ullstein

SILKE ZIEGLER lebt mit ihrer Familie in Weinheim an der Bergstraße. Zum Schreiben kam sie 2013 durch Zufall, als sie während eines Familienurlaubs im Süden Frankreichs auf ihre erste Romanidee stieß. Wenn sie nicht gerade in ihre französische Herzensheimat reist, liest und schreibt sie sich die traumhafte Kulisse einfach herbei.

Silke Ziegler

Die Frauen von der Purpurküste
Isabelles Geheimnis

Roman

Ullstein

Besuchen Sie uns im Internet:
www.ullstein-buchverlage.de

MIX
Papier
FSC® C083411

Originalausgabe im Ullstein Taschenbuch
1. Auflage Juni 2020

Umschlaggestaltung: zero-media.net, München
Titelabbildung: © incamerastock / alamy images (Haus); © FinePic®, München (Fensterläden, Himmel, Tisch, etc.); Albasir Canizares / EyeEm / getty images (Baguettes); © Margarita Almpanezou / getty images (Landschaft)
Gesetzt aus der Quadraat Pro powered by pepyrus.com
Druck und Bindearbeiten: CPI books GmbH, Leck
ISBN 978-3-548-06 215-0

Für Christian

Prolog

Collioure, August 1944

Isabelle starrte verzweifelt an die Decke. Während sie den vertrauten Geräuschen der Nacht lauschte, spürte sie das heftige Pochen ihres Herzens. Würde sie jemals wieder zur Ruhe kommen? Sie schloss die Augen und versuchte, ihre Gedanken zu ordnen. Doch die Ungewissheit, die Angst vor dem, was geschehen war, ließ sie nicht mehr los. Die Müdigkeit zerrte an ihren Kräften, doch ihr Verstand war nicht in der Lage, den Ballast, den sie seit Tagen mit sich herumtrug, abzuwerfen. Nach weiteren endlosen Minuten des Grübelns warf sie die Decke zurück und setzte sich auf.

Langsam stellte sie ihre Füße auf die kalten Kacheln und verließ das Bett. Während sie ihren Vater unten in der Backstube herumwerkeln hörte, trat sie ans Fenster und öffnete einen der Klappläden. Die Gasse lag menschenleer vor ihr. Wie spät mochte es sein? Aus dem Stockwerk über ihr war kein Laut zu hören. Ihre Mutter schlief also noch. Isabelle legte die Hand auf den Holzrahmen und schaute auf das Kopfsteinpflaster. Was war nur alles geschehen in diesem Sommer? Während sie ihren Blick über die gegenüberliegende Häuserzeile schweifen ließ, die weißen Margeriten im ersten Stock des Nachbarhauses registrierte, die neben den gelben Rosen der Vollets blühten, wurde ihr plötzlich bewusst, wie friedlich dieser Tag begann. Wann hatte sie das letzte Mal diese unvergleichliche Ruhe wahrgenommen? War es an der alten Windmühle gewesen? Oder am Fort Saint-Elme? Fast schien es Isabelle, als existiere der Krieg in diesem Moment gar nicht.

Das Ziehen in ihrer Brust verdeutlichte ihr jedoch augenblicklich den Trugschluss ihrer Gedanken. Der Krieg war noch lange nicht vorbei. Obwohl sie jeden Tag die Nachrichten weiterer befreiter französischer Städte erreichten, konnte Isabelle noch nicht an ein Leben ohne Nazibesatzung glauben. An eine Zeit, in der ihnen nicht in jeder Ecke Collioures die Uniformen der deutschen Wehrmachtssoldaten begegneten.

Seufzend lehnte sie sich an den Fensterrahmen und presste ihre Stirn gegen das kalte Glas. Wie sollte es weitergehen? Das Gewicht, das seit Tagen auf ihrem Brustkorb lastete, schien heute früh noch schwerer zu wiegen als sonst. Isabelle fühlte sich kraftlos und matt. Wozu stand sie auf? Um wie ein Geist durch den Tag zu irren? Jeder Handgriff, den sie in der Baguetterie ausführte, geschah mechanisch. Als sei sie fremdgesteuert. Das Leben, das ihr noch vor wenigen Wochen trotz des Krieges so wunderschön und wertvoll vorgekommen war, lag nun trist und leer vor ihr. Jeder Tag, jede Stunde erschien Isabelle wie eine Ewigkeit. Ohne Sinn, ohne Inhalt. Ihre Augen begannen zu brennen. Wie viele Tränen hatte sie noch zu vergießen? Müde wischte sie über ihr Gesicht und wandte sich ab.

Als aus der Baguetterie ein lauter Knall ertönte, schrak Isabelle zusammen. In Windeseile zog sie sich an und verließ ihre Schlafkammer. Leise tapste sie die Treppe hinauf und schaute auf die Uhr. Halb vier. Kein Wunder, dass ihre Mutter noch schlief. Seufzend stieg sie nach einem sehnsuchtsvollen Blick auf die Kaffeedose ins Erdgeschoss hinab und betrat die Backstube.

»*Bonjour*, Isabelle. Habe ich dich geweckt?«

»*Bonjour*«, murmelte sie und schüttelte den Kopf. »Ich konnte sowieso nicht mehr schlafen.«

»Mir ist ein Blech aus der Hand gerutscht«, erklärte ihr Vater, während er die Mundwinkel verzog. »Ich hoffe, Maman hat nichts gehört.«

»Sie schläft noch.«

Isabelles Vater schloss die Ofentür und wandte sich seiner Tochter zu. »Ich schaffe das hier auch allein. Warum legst du dich nicht noch mal hin? Du bist ganz blass um die Nase.«

Sie senkte ihren Blick. »Nein, schon gut.«

Einige Sekunden lang musterte ihr Vater sie schweigend, bevor er tief ausatmete. »Wie du meinst. Dann kannst du die fertigen Baguettes in die Regale räumen.«

Während Isabelle sich an die Arbeit machte, herrschte angespanntes Schweigen zwischen ihnen. Doch sie konnte nicht mit ihrem Vater sprechen, konnte ihm nicht erklären, warum sie nachts nicht schlafen konnte. Sie hatte sich in eine Situation manövriert, aus der ihr niemand heraushelfen konnte. Das stimmte nicht ganz, verbesserte sie sich stumm. Es gab eine einzige Person auf dieser Welt, die ihr Leiden und Bangen beenden konnte.

»Träumst du?« Ihr Vater schmunzelte, als er neben sie trat und auf die Baguettes in ihren Händen deutete.

»Pardon«, beeilte Isabelle sich zu sagen.

»Es ist früh«, beschwichtigte ihr Vater. »Bis die ersten Kunden kommen, dauert es noch.«

Sie wusste nichts zu erwidern, räumte weiter schweigend die Backwaren ein, während sie ihren Gedanken nachhing. Was war nur geschehen? Die Ungewissheit raubte Isabelle fast den Verstand. Ihr ganzes Denken, ihr Alltag bestand seit Tagen aus dieser einen Frage, auf die sie trotz ihres Grübelns keine Antwort fand. Wo sollte sie noch ansetzen? Hatten ihre Gefühle sie wirklich dermaßen getrogen? Erneut spürte sie, wie ihr das Herz schwer wurde. Sie konnte sich nicht vorstellen, dass sie jemals wieder in der Lage sein würde, so etwas wie Glück oder Freude zu empfinden. Nicht nach dem, was sie in den letzten Monaten erlebt hatte.

»Dein Urgroßvater pflegte immer zu sagen, es gibt keine Probleme, die sich nicht mit einem warmen, knusprigen Baguette lösen lassen«, bemerkte ihr Vater in diesem Moment hinter ihr, während Isabelle seine Hand auf ihrer Schulter spürte. Angestrengt verzog sie die Lippen zu einem schwachen Lächeln und nahm das Stück Brot entgegen, das er ihr hinhielt. »Danke, Papa.«

»Iss«, forderte er sie auf und nickte mit zuversichtlicher Miene.

Obwohl Isabelle keinerlei Appetit verspürte, biss sie in das Baguette und spürte sofort die Wärme in ihrem Mund. Sie schloss die Augen und genoss den Hauch von Geborgenheit und Trost, den der vertraute Geschmack in ihr auslöste.

»Besser?«, wollte ihr Vater wissen, während er sie aufmerksam betrachtete.

Isabelle nickte. »Ein wenig.«

»Wir haben alle Tage, an denen der Himmel etwas grauer wirkt als sonst, an denen die Sonne weniger hell zu leuchten scheint.« Er nickte ihr zu, bevor er wieder in der Backstube verschwand.

Voller Wehmut blickte Isabelle ihm hinterher. Wenn ihr Vater wüsste ... Es war immer sein großer Traum gewesen, dass seine Tochter eines Tages die Baguetterie von ihm übernehmen und weiterführen würde. Und auch Isabelle hatte der Gedanke gefallen, irgendwann einmal selbst Inhaberin dieses kleinen Geschäfts zu sein. Doch was spielten all diese Überlegungen jetzt noch für eine Rolle? Nichts würde je wieder so sein, wie es einmal war. Der Krieg hatte alles verändert. Isabelle schüttelte sofort den Kopf. Nein, nicht der Krieg ... Sie legte eine Hand auf ihr Schlüsselbein und versank in Erinnerungen.

Der überwältigende Blick auf das azurblaue Meer, während sie hoch über dem Ort gestanden hatten. Die Momente vollkommenen Glücks in der Einsamkeit des Forts. Das ziellose Herumirren zwischen den Mauern, als ihre schlimmsten Befürchtungen wahr zu werden schienen. Wie ein Film liefen die Geschehnisse der letzten Monate vor ihrem geistigen Auge ab. Schnell und intensiv, emotionsgeladen und aufwühlend.

Isabelle erkannte sich selbst kaum wieder. Konnte eine so kurze Zeit einen Menschen derart verändern? Während ihre Gedanken wirre Bahnen einschlugen, wurde ihr regelrecht schwindlig. Sie stützte eine Hand am Regal ab und atmete tief ein und aus. Durch die Tür erkannte sie ihren Vater, der Teig knetete. Sie drehte sich um und starrte auf die Gasse hinaus. Nein, sie würde nie wieder dieselbe sein wie vorher. Bevor ihr Leben völlig aus den Angeln gehoben worden war und sie erkannt hatte, dass der Unterschied zwischen Gut und Böse manchmal verschwindend gering war. Bevor sie der Liebe ihres Lebens begegnet war. Und bevor ihr auf so schmerzhafte Weise das Herz gebrochen worden war.

1

Heute war kein guter Tag. Amélie lehnte sich mit der Stirn gegen die kühle Fensterscheibe und starrte hinaus. Der Schmerz, der zwischen ihren Schläfen tobte, war kaum noch auszuhalten. Obwohl sie innerhalb der letzten Stunden bereits drei Tabletten eingenommen hatte, ließ das Hämmern und Dröhnen einfach nicht nach.

Als ihr Telefon klingelte, drehte sie sich um und nahm den Hörer auf.

»Trauber.«

»Amélie, hier ist Tina. Wie geht es dir?«

Sie verdrehte die Augen. »Was gibt es?« Seit Monaten war es das erste Mal, dass sich ihre Agentin wieder bei ihr meldete.

»Was es gibt?«

Tina Baldauf schnaufte ins Telefon. »Ich wollte mich erkundigen, wann wir wieder mit dir rechnen können.«

Amélie fasste sich an ihren Kopf. So schlimm war es schon lange nicht mehr gewesen. Die Medikamente schienen keinerlei Wirkung zu entfalten. Amélie fühlte sich müde und ausgelaugt. »Was willst du genau, Tina?«

»Der Verlag sitzt mir im Nacken«, erwiderte die Agentin mit ernster Stimme. »*Die Seelenverwandte* ist mittlerweile drei Jahre alt.

Du hattest damals eine Trilogie angekündigt. Deine Leser warten auf Nachschub.« Sie zögerte. »Und Bernd auch.«

Natürlich, Bernd Sattler, ihr Verleger, wollte endlich nachlegen. Amélie war schon von Beginn an sein bestes Pferd im Stall gewesen. Ihr Debütroman hatte sich vor sieben Jahren überraschend zum Bestseller entwickelt, und auch die beiden Folgebände hatten sämtliche Erwartungen übertroffen. Als Amélie vor vier Jahren *Die Seelenverwandte* schrieb, hatte jedoch niemand ahnen können, dass dieses Buch seine Vorgänger noch um ein Vielfaches übertrumpfen würde. Mittlerweile war das Buch in fünfzehn verschiedene Sprachen übersetzt worden und verkaufte sich nach wie vor wie warme Semmeln.

»Bist du noch dran?«

»Ja«, erklärte Amélie abwesend.

»Was ist jetzt?«

»Was soll sein?«

»Hast du schon mit dem zweiten Teil begonnen?«

»Nein, noch nicht«, erwiderte sie kurz angebunden.

»Amélie, jeder hat Verständnis für deine Situation. Aber du hast einen Vertrag unterschrieben. Und ich weiß nicht, wie lange ich Bernd noch hinhalten kann. Vielleicht würde dir das Schreiben ja sogar guttun. Dich etwas ablenken.«

Amélie ließ den Blick durch das großzügig geschnittene Wohnzimmer wandern: die hochwertige schwarze Ledercouch, die massiven schweren Holzmöbel, die teuren Gemälde an den Wänden. Es war ihr Mann gewesen, der darauf gedrungen hatte, diese Wohnung zu kaufen. Amélie hatte sie von Anfang an als viel zu groß und steril empfunden. Doch für einen Verkauf fehlte ihr die Kraft.

»Es geht nicht«, entgegnete sie nun.

»Wie meinst du das?« Tina klang irritiert.

»Ich kann nicht schreiben«, erklärte Amélie mit Nachdruck.

»Du hast einen Vertrag«, erinnerte ihre Agentin sie erneut.

»Ja, den habe ich.« Das Hämmern in ihrem Kopf wurde stärker. »Soll Bernd mich eben verklagen.«

»Aber ...« Tina schienen die Worte zu fehlen. »Süße, dein Erfolg ist ein verdammtes Geschenk. Deine Leser lieben dich. Die Presse liebt dich. Du bist das Vorbild vieler Autoren, die nur vom großen Ruhm träumen können. Du hast eine Verantwortung.«

Amélie schluckte. Verantwortung, ja, die hatte sie einmal gehabt. Doch das war lange her. Der ganze Erfolg bedeutete ihr nichts mehr. Ihr Leben lag in Scherben. Es gab niemanden, der sich mit ihr freute. Niemanden, der sie antrieb. Niemanden, für den sie schreiben konnte.

»Mir fällt nichts ein. Ich habe keine Ideen mehr.«

»Amélie, die Trilogie war doch von der Grundidee bereits fertig. Du müsstest dieses Gerüst jetzt lediglich mit Leben füllen.«

Amélie schüttelte den Kopf. Tina hatte keine Ahnung. So einfach war es nicht. Natürlich hatte sie beim Unterzeichnen des Vertrages für die drei Bücher vage Ideen im Kopf gehabt. Diese existierten auch weiterhin. Aber das Fieber, das sie bisher jedes Mal beim Schreiben ergriffen hatte, die Vorfreude, die das Gestalten der Handlung in ihr auslöste, und die Zufriedenheit, die das Formen der Figuren hervorrief, waren verschwunden. All diese Gefühle existierten nicht mehr. Wenn Amélie in sich hineinhörte, waren da nur Dunkelheit und Leere. Sie konnte nicht mehr schreiben. Nie wieder.

»Es geht nicht.«

»Was willst du damit sagen?«

»Dass ich nicht mehr schreibe.«

»Das kannst du doch nicht machen.« Jetzt klang die Agentin empört. »Gut, es ist schlimm, was geschehen ist. Das stellt mit Sicherheit niemand infrage. Und es ist auch völlig normal, dass du erst mal Zeit für dich brauchst, um diese Tragödie zu verarbeiten. Aber das Leben muss doch weitergehen, Amélie.«

»Genau das ist ja das Schlimme daran«, erwiderte sie mit zitternder Stimme. »Das Leben geht weiter. Ob ich möchte oder nicht. Niemand fragt mich.«

»Ich weiß nicht, was ich …«

Amélie drückte das Gespräch weg. Sie wollte nichts mehr hören. Erst als sie das Telefon aus der Hand legte, bemerkte sie, dass ihre Wangen feucht waren. Ja, das Leben ging weiter. Unerbittlich. Unaufhaltsam. Aber was hatte sie die letzten drei Jahre getan?

Entschlossen nahm sie ihre Schlüssel vom Sideboard und verließ die Wohnung. Sie musste an die frische Luft, bevor sie noch komplett durchdrehte. Hastig rannte sie die Treppen hinunter und überquerte die Straße, auf der um diese Uhrzeit wenig Verkehr herrschte.

Die Sonne strahlte von einem wolkenlosen Himmel. Ein leichter Windhauch machte die Hitze erträglicher. Wann war sie das letzte Mal vor der Tür gewesen? Amélie konnte sich nicht erinnern. Vor vier Tagen? Vor einer Woche?

Schnellen Schrittes lief sie zur Neckarwiese. Auf dem Rasen saßen mehrere Grüppchen junger Leute zusammen. Waren etwa schon Sommerferien? Amélie wusste es nicht. Seit drei Jahren hatte sie jegliches Zeitgefühl verloren.

Am Flussufer fütterte eine Familie Enten. Die beiden Kinder jauchzten und lachten jedes Mal, wenn sie den Wasservögeln einen Brotkrümel hinwarfen. Amélie betrachtete das glückliche Gesicht der Mutter, die in einem ähnlichen Alter sein musste wie sie. Ihr Mann streckte eine Hand aus und strich ihr liebevoll über den Rücken. Bei dem Anblick krampfte sich Amélies Herz zusammen. Sie wandte sich ab und lief hastig weiter, bis sie eine freie Bank in der Sonne fand. Dort setzte sie sich und blickte auf das dunkle Flusswasser, das träge dahinfloss. Ein Spaziergänger vor ihr ließ seinen Border Collie von der Leine und warf ihm einen Stock. Der Hund stürmte schwanzwedelnd davon, während sein Besitzer ihn kopfschüttelnd beobachtete. »Das Spielchen kann ich fünfzigmal wiederholen, und er ist immer noch nicht müde.« Der Mann lachte in ihre Richtung.

Amélie erwiderte nichts, verfolgte jedoch, wie der Hund in dem Moment mit dem Ast im Maul auf sein Herrchen zuraste. Wieder warf der Mann den Stock, diesmal in die andere Richtung. Der Hund bellte einmal kurz und rannte erneut los.

»Er ist verrückt«, versuchte der Hundebesitzer noch mal, ein Gespräch mit ihr in Gang zu bringen.

Amélie nickte kurz und schwieg weiter. Nachdem der Mann ihr einen weiteren Blick zugeworfen hatte, zuckte er kurz mit den Achseln und bedeutete dem heranstürmenden Hund weiterzugehen.

Amélie atmete tief durch. Sie wollte mit niemandem reden. Wieder blickte sie zum Neckar, auf dem ein Frachtschiff gemächlich weiterschipperte. Am hinteren Ende wehte eine französische Flagge. Wie es sich wohl anfühlen musste, immer unterwegs zu sein? Sich auf dem Wasser treiben zu lassen? Entwurzelt, ohne festen Hafen, in den man zurückkehren konnte? Entsprach das nicht genau Amélies Situation? Ihr Hafen existierte schließlich auch nicht mehr. Sie war sich nicht einmal sicher, ob er überhaupt jemals existiert hatte. Was war die glänzende Oberfläche noch wert, wenn sich alles darunter im Nachhinein als große Lüge entpuppt hatte?

Amélie kickte einen Kiesel weg. Wie sollte es bloß weitergehen? Würde sie jemals wieder in ihr altes Leben zurückkehren können? Wollte sie das überhaupt? Ein Leben, in dem es Freude und Glück gab, Leichtigkeit und Unbeschwertheit. Wieder traten ihr die Tränen in die Augen. Amélie fühlte sich unendlich einsam.

• • •

»Du bist so dünn geworden.« Katarina Monet sah ihre Tochter voller Besorgnis an. »Komm rein.«

»Es geht mir gut.« Amélie umarmte ihre Mutter kurz, bevor sie in den kleinen Flur des Einfamilienhauses trat.

»Papa ist im Wohnzimmer.«

André Monet stand an der offenen Terrassentür und drehte sich um, als er Amélie hinter sich hörte.

»Wie geht es dir?« Auch der Blick ihres Vaters wirkte sorgenvoll.

Amélie nickte schwach, bevor sie ihn auf die Wange küsste. »Es geht«, erwiderte sie leise.

Er berührte sie am Arm und schob sie sanft zum Esstisch. »Setz dich.«

»Das Essen dauert noch ein wenig. Möchtest du schon etwas trinken?« Ihre Mutter tauchte im Türrahmen auf.

»Nur Wasser, danke.« Angespannt verschränkte Amélie ihre Finger.

»Es ist schön, dass du gekommen bist«, begann ihr Vater vorsichtig. »Maman und ich freuen uns wirklich sehr.«

»Ich kann nicht lang bleiben«, erwiderte sie unbeholfen.

»Hast du noch einen Termin?« André Monet runzelte die Stirn.

Amélie zögerte. »Nein, das nicht, aber …« Ihre Stimme brach. Unruhig rutschte sie auf dem Stuhl umher. Warum war sie überhaupt hergekommen? Ihre Mutter hatte vor wenigen Tagen am Telefon so lange auf sie eingeredet, bis sie schließlich eingewilligt hatte, zum Abendessen bei ihren Eltern vorbeizuschauen.

Ihr Vater streckte eine Hand aus und umfasste ihre Finger. »Du siehst erschöpft aus, Amélie. Können wir irgendetwas für dich tun?« Er klang frustriert.

Amélie blickte zu der offenen Terrassentür. Vor der breiten Fensterfront flatterte ein Tagpfauenauge umher. Nachdenklich verfolgte sie seinen Weg.

»Amélie?« Ihre Mutter stellte ein Tablett mit einer Wasserkaraffe und drei Gläsern auf den Tisch, bevor sie sich einen Stuhl zurechtrückte und neben ihrer Tochter Platz nahm.

Amélie nahm ein Glas vom Tablett und füllte es. »Ich hätte nicht herkommen sollen.«

»Wie meinst du das?« Der Schmerz in der Stimme ihrer Mutter war unüberhörbar.

»Ich muss die Wohnung verkaufen«, erwiderte Amélie emotionslos, ohne auf die Frage einzugehen.

»Warum das denn?« Ihr Vater sah sie überrascht an.

»Sie ist viel zu groß für mich allein. Die Bank hat mir schon vor Monaten nahegelegt, mich davon zu trennen. Wenn es nach mir gegangen wäre, wären wir niemals dorthin gezogen. Ihr wisst, dass es Thorstens Traum war, direkt am Neckar mit Blick aufs Wasser zu wohnen.« Ihre Stimme zitterte. Nach wie vor war Amélie der Ansicht, dass die Wohnung am Flussufer völlig überteuert gewesen war. Die aktuellen Immobilienpreise weckten jedoch die leise Hoffnung in ihr, dass sie sich vielleicht sogar ohne größere Verluste von ihrem Eigentum trennen konnte.

»Was ist mit deinen Buchverkäufen? Was sagt denn der Verlag?«

Amélie sah ihrer Mutter ins Gesicht. Katarina Monet war eine sehr attraktive Frau mit kinnlangem blonden Haar. Lediglich die

Schatten unter ihren Augen verrieten, dass die Sorgen um das eigene Kind ihre Mutter stärker belasteten, als sie jemals zugeben würde.

»Die Bücher verkaufen sich nach wie vor gut«, erklärte Amélie gleichgültig. »Aber wenn kein neues mehr nachkommt …« Sie schüttelte den Kopf.

»Warum fängst du denn nicht wieder mit dem Schreiben an?« Ihr Vater bemühte sich um einen zuversichtlichen Ton.

Amélie seufzte. »Diese Diskussion hatte ich heute schon einmal. Tina hat mit Bernd gesprochen. Der Verlag drängt auf Vertragserfüllung.«

»Das ist doch aber eine wundervolle Idee«, rief ihre Mutter neben ihr aus. »Das Schreiben hat dir doch all die Jahre so viel Freude bereitet. Sicher wäre es gut, wenn du …«

»Schreiben war für mich immer das Paradies«, fiel ihr Amélie ins Wort. »Aber jetzt bin ich in der Hölle.«

Ihre Eltern wechselten einen unsicheren Blick.

»Vielleicht wäre es doch gut, wenn du dir einen Therapeuten suchen würdest«, schlug Katarina Monet vorsichtig vor.

Amélie lachte bitter auf. »Wozu? Er kann doch auch nichts an meiner Situation ändern.«

»Er könnte mit dir sprechen«, brachte ihre Mutter an. »Könnte dir Möglichkeiten aufzeigen, wie du zurück ins Leben finden kannst.«

»Ich lebe«, bekannte Amélie bitter. »Das ist ja das Problem.«

»So solltest du nicht reden«, versuchte ihr Vater es behutsam. »Es gibt so viele Dinge, die noch vor dir liegen …«

Amélie hob den Kopf und sah ihn einige Sekunden lang schweigend an. »Es gibt nichts mehr, was vor mir liegt, Papa. Alles, was ich mir je gewünscht habe, hatte ich bereits.« Sie biss sich auf die Unterlippe. Die Lüge schnürte ihr fast die Kehle zu. »Und ich habe es verloren. Alles.«

»Du bist noch jung. Und ja, dieser Unfall wird dich dein Leben lang verfolgen. Aber du kannst dich nicht von der Welt abkapseln. Wir können das nicht zulassen! Verstehst du das nicht?«

Ihre Mutter schien von dem Gefühlsausbruch ihres Mannes genauso überrumpelt worden zu sein wie Amélie.

Erschrocken schlug Katarina Monet die Hand vor den Mund.

»Was soll ich denn tun?« Wut kochte in Amélie hoch. Sie ballte die rechte Hand zur Faust und legte sie an ihre Brust. »Hier drinnen bin ich tot. Verstehst du das?« Sie verengte die Augen, während sie ihren Vater ansah. »Da ist nichts mehr. Absolut nichts. Keine Gefühle, keine Wärme.« Sie zögerte. »Kein Leben. Egal, was ich tue, nichts ergibt mehr Sinn. Es ist egal, ob ich morgens aufstehe. Es ist egal, ob ich etwas esse, mir schmeckt sowieso nichts. Und es ist egal, ob ich zu Hause auf der Couch sitze, am Neckar entlanglaufe, mich mit Freunden treffe oder shoppen gehe. Es ist einfach nicht mehr wichtig. Nichts davon.«

Ihre Mutter begann zu schluchzen. Behutsam legte sie den Arm um Amélies Schultern und zog sie dichter zu sich heran.

Amélies Augen begannen ebenfalls zu brennen.

Ihr Vater sah aus, als ob er jeden Moment die Fassung verlieren würde. Unbeholfen knetete er seine Hände. »Du hast mich gefragt, was du tun sollst.«

Amélie nickte schwach, erwiderte jedoch nichts.

»Ich habe eine Idee«, verkündete er mit bebender Stimme. »Was hältst du davon, wenn du für eine Zeit lang nach Collioure fährst?«

»Nach Collioure?«, wiederholte Amélie irritiert. Es war der Heimatort ihres Vaters. Jahrelang war sie mit ihren Eltern in den Ferien in das kleine Städtchen an der Côte Vermeille im Süden

Frankreichs gefahren, und die Familie ihres Vaters lebte noch immer dort. Ihre Oma war mittlerweile in ein Pflegeheim nach Argelès-sur-Mer gezogen, aber ihre Tante, die Schwester ihres Vaters, wohnte mit ihrem Mann direkt in Collioure. Und auch ihre Cousine Charlotte hatte sich mit ihrem Lebensgefährten nur wenige Kilometer entfernt niedergelassen.

»Ja, nach Collioure«, unterbrach André Monet die Gedanken seiner Tochter. »Deine Oma würde sich freuen, wenn sie dich noch mal sehen könnte. Und Valérie und Charlotte ebenfalls. Du warst dort immer sehr glücklich.«

Ihr Vater hatte recht. Amélie liebte seine Heimat über alles. Sie liebte das Meer, dessen unzählige Blautöne sich der talentierteste Maler nicht ausdenken konnte. Das milde Klima, das das Lebensgefühl Südfrankreichs so nachhaltig prägte. Die Landschaft und nicht zuletzt die Menschen und das Leben, das sich dort so viel leichter und zugleich intensiver anfühlte. Doch was sollte sie allein in Collioure? In ihrer momentanen Verfassung war sie nicht einmal in der Lage, Heidelberg zu verlassen. Wie sollte sie da die mehr als tausend Kilometer bis kurz vor die französisch-spanische Grenze bewältigen?

2

Während Benjamin über die Dächer der Altstadt starrte, wehte ein schwacher Wind vom Meer heran. Die Nachmittagssonne tauchte die gelben, weißen und ockerfarbenen Häuser in schmeichelnd warmes Licht. Noch immer zogen nicht enden wollende Touristenschwärme durch die engen Gassen Collioures. Die Stimmen der Menschen vermischten sich zu einem einzigen Summen, während er den Blick über den Horizont schweifen ließ. Erst heute Abend würde das Viertel zur Ruhe kommen, wenn die Tagesbesucher in ihre Ferienunterkünfte zurückgekehrt waren. Mittlerweile kannte er den Ablauf.

Er seufzte. Sein Unterfangen gestaltete sich komplizierter als gedacht. Obwohl er in der Zwischenzeit mehrere Ansatzpunkte gefunden hatte, erschien ihm sein Vorhaben schwieriger denn je. Doch er konnte nicht mehr zurück. Aufgeben kam nicht infrage. Es war kein Geheimnis, dass ihm die Zeit buchstäblich davonlief. Sollte er scheitern, wäre es unwiderruflich. Nein, so weit durfte es nicht kommen. Er hatte ein Versprechen gegeben. Vielleicht hätte er vorher darüber nachdenken sollen. Hätte sich erst einmal über das Ausmaß seiner Zusage bewusst werden müssen.

Gedankenverloren fuhr er mit seiner Hand über die gemauerte Brüstung. Steine, die eine Geschichte erzählen konnten. Fast meinte er zu spüren, wie das Gebäude die Schatten der Vergangenheit in seinem Inneren gefangen hielt, auch wenn er selbst nie hier gelebt hatte. Mauern, die ihre Bewohner und deren Leben über Jahrzehnte begleitet und geschützt hatten. Würde er dem Haus sein Geheimnis entlocken können? Wie mochte es damals wohl ausgesehen haben? Vielleicht wäre das ein Ansatz, den er verfolgen sollte. Hatten die Bewohner des Hauses vor mehr als siebzig Jahren auf dieser Dachterrasse ebenfalls den schwachen Geruch von Tang und Algen wahrgenommen? Hatten sie in den wolkenlosen Himmel über den unzähligen Dächern Collioures geschaut, so wie er es gerade tat? Hatte er jemals ein solch strahlendes Blau gesehen? Der sanfte Wind streichelte seine Haut. Die trockene Hitze des Tages stand noch zwischen den Häusern und würde sich erst in der Nacht verflüchtigen.

Wenn er hier nicht weiterkam, blieb ihm immer noch die Möglichkeit, es in Deutschland zu versuchen. Die Chance, dort etwas herauszufinden, war zwar wesentlich geringer. Aber er würde nichts unversucht lassen, um sein Versprechen zu halten.

Obwohl Recherchen und Nachforschungen seit Jahren zu seinem täglichen Brot gehörten, fühlte sich die Situation hier anders an. Intensiver und aufwühlender. Dies war kein Auftrag, wie er ihn in der Vergangenheit schon hundertfach bekommen hatte. Nein, der Druck erschien ihm ungleich höher.

Er lehnte sich gegen die Brüstung und dachte über das gerade Gehörte nach. Der Polizist war wenig hilfsbereit und auskunftsfreudig gewesen. Hatte diese Geheimniskrämerei einen triftigen Grund? Gab es überhaupt ein Geheimnis? Er hatte die Ereignisse vor drei Jahren nur der Vollständigkeit halber überprüfen wollen. Das Herumgedruckse des Beamten jedoch hatte sämtliche Alarmglocken in ihm schrillen lassen. Vielleicht bildete er sich aber auch nur etwas ein. Er wusste es nicht. Da er noch keine andere Spur hatte, würde er nicht lockerlassen, auch wenn er sich kaum vorstellen konnte, wie ihm die Umstände dieses Unfalls bei seinen eigentlichen Recherchen behilflich sein mochten. Aber das pikante Detail, das er schon vor Tagen durch Zufall herausgefunden hatte, konnte am Ende vielleicht sogar den entscheidenden Hinweis geben. Zumindest hatte er in keiner Zeitung davon gelesen. Und die Presse hatte weiß Gott mehr als genug Artikel dazu veröffentlicht. Doch er würde erst mal abwarten, wie sich seine Nachforschungen weiterentwickelten. Schließlich lag ihm nicht das Geringste daran, sich am Waschen schmutziger Wäsche zu beteiligen. Das war nicht sein Stil. Noch nie gewesen.

In der Gasse unter ihm begann eine junge Frau zu singen. Sie begleitete sich selbst auf einer Gitarre und hatte die Augen geschlossen, soweit er auf die Entfernung erkennen konnte. Das Lied hatte er noch nie zuvor gehört. Die melancholische Melodie traf ihn mitten ins Herz. Sein Entschluss verstärkte sich. Er musste schnellstmöglich Antworten auf schmerzliche Fragen finden, die seit Jahrzehnten im Raum standen. Antworten, die hoffentlich endlich Gewissheit geben konnten.

Er schloss die Augen und lauschte der Musik. Wie war es damals hier gewesen? Er konnte wahrscheinlich nicht einmal ansatzweise erahnen, welches Leid überhaupt möglich war, welche Ängste Menschen hatten aushalten müssen und wie unbarmherzig das Schicksal vor niemandem haltgemacht hatte. Eine dunkle Zeit, die dunkelste, die man sich vorstellen konnte. Auch seine Recherchen würden nichts an den Tatsachen ändern. Vielleicht jedoch konnten die Gründe, die noch immer verborgen in den Tiefen der Vergangenheit schlummerten, ein anderes Licht auf die damaligen Ereignisse werfen.

3

Ungeduldig bewegte Amélie ihre Finger in der Luft, als wollte sie Klavier spielen. Es ging nicht. Es hatte überhaupt keinen Sinn. Ihre Tastatur schien sie vorwurfsvoll anzublicken. Das Schreiben würde nicht wiederkommen. Wo die Worte früher flossen und übergebrodelt waren, herrschte jetzt beängstigende Leere. Ihr Kopfkino, das Amélie immer die lebendigsten Szenen, die interessantesten Figuren und detailliertesten Beschreibungen geliefert hatte, sprang nicht mehr an.

Frustriert starrte sie auf ihren Notizblock, auf dem sie den kompletten Plot skizziert hatte – vor Ewigkeiten. In einem anderen Leben. Je länger sie auf die Wörter blickte, desto verschwommener nahm sie ihre eigene Handschrift wahr. Ja, die Handlung stand. Die Hauptarbeit war lange erledigt. Die Geschichte musste nur noch ausformuliert werden. Handwerkszeug, dachte Amélie bitter. Sie wusste, dass sie formulieren und ihr Schreibstil die Leser mitreißen und fesseln konnte. Oft genug war sie selbst durch das Schreiben in einen regelrechten Sog geraten, der sie so tief in die Geschichte hineingezogen hatte, dass sie nachts nicht mehr hatte schlafen können. Der das reale Leben oft genug nur noch wie eine Nebensächlichkeit hatte erscheinen lassen. Ja, es gab Zeiten, da hatte sie in ihren Geschichten gelebt. Amélie hatte mit den Protagonisten gelitten, sie hatte mit ihnen gekämpft und geweint, geliebt und gefühlt. Ihre Leser und auch die Presse hoben immer wieder die Emotionen hervor, die Amélie mit wenigen Worten entfachen konnte.

Wie jedoch sollte sie schreiben und sich in andere Personen mit all ihren Enttäuschungen hineinversetzen, wenn sie selbst nichts mehr fühlte? Ihr Körper funktionierte. Er verließ das Bett, wenn er der Meinung war, der Tag könne beginnen. Er aß, wenn er Hunger verspürte. Er ruhte, wenn das Gefühl zu übermächtig wurde, mit dem Leben überfordert zu sein. Alles, was Amélie tat, lief mechanisch ab. Das Feingefühl, die Empathie, die sie immer ausgezeichnet hatte, ihre ausgeprägte Vorstellungskraft, all die Zutaten, die es für einen guten Roman brauchte, schienen in den letzten Jahren verloren gegangen zu sein. Wo Amélie früher mit den Tränen zu kämpfen hatte, wenn sie von einem berührenden Schicksal, Missbrauchsopfern, gequälten Tieren, von Eltern, die ihr Kind verloren hatten, erfuhr, herrschte nun gähnende Leere. Dadurch konnte sie auch den Hauptfiguren ihres neuen Buches kein Leben einhauchen. Keine Emotionen, keine Konflikte, nichts.

Wie sollte es jetzt mit ihr weitergehen? Amélie konnte nichts anderes. Sie schrieb, seit sie denken konnte. Ihr Literaturstudium hatte sie vor zehn Jahren eher halbherzig beendet, um nicht komplett ohne Abschluss dazustehen. Schon als kleines Mädchen hatte sie davon geträumt, eigene Geschichten zu spinnen. Seit sie schreiben konnte, hatte sie ihre Eltern mit Aufsätzen, Gedichten und selbst ausgedachten Märchen erfreut. Nachdem Amélie von einem ihrer Deutschlehrer ein überdurchschnittliches Talent zum Entwickeln eigener Geschichten attestiert bekommen hatte, stand ihr Entschluss endgültig fest. Sie wollte eine berühmte Schriftstellerin werden. Obwohl der Aspekt mit dem Berühmtsein sich als schwieriger erwiesen hatte als anfangs gedacht, hatte sie sich keine Sekunde lang auf ihrem Weg beirren lassen. Unzählige Verlagsabsagen, wiederholte bissige Kommentare aus ihrem Freundeskreis sowie die unsichere Verdienstsituation hatten sie nicht abhalten können. Schreiben war schon immer ihr Traum gewesen. Ein Traum, für den es sich zu kämpfen gelohnt hatte und der kein Traum geblieben war. Sie hatte mehr erreicht als die meisten anderen Autoren. Ihre Bücher sicherten ihr mittlerweile einen komfortablen Lebensstandard.

Allerdings war seit drei Jahren alles anders. Amélie kam in ihrem eigenen Leben nicht mehr zurecht. Wie sollte sie sich in dieser Situation um andere Schicksale kümmern? Frustriert schlug sie mit beiden Händen auf die Tastatur. Sofort erschien eine Reihe Hieroglyphen auf dem weißen Dokument. Unlesbares Kauderwelsch. Wie in ihrem Kopf, dachte Amélie.

Sie stand auf und ging in die Küche hinüber, um sich ein Wasser zu holen. Nachdem sie das Glas auf dem Tresen abgestellt hatte, fiel ihr Blick auf den Messerblock, der neben dem Herd auf der Arbeitsfläche stand. Nachdenklich kniff sie die Augen zusammen und schluckte. Vorsichtig zog sie das kleinste Messer heraus und betrachtete die glänzende Schneide. Sie konnte sich nicht einmal erinnern, wann sie es das letzte Mal benutzt hatte. Wann sie das letzte Mal hier gekocht hatte.

Im nächsten Augenblick starrte sie auf die dünne Haut an ihrem Unterarm, die feinen blauen Adern. Behutsam legte sie das Messer darauf und verharrte. Es wäre so unglaublich einfach. Amélie lehnte sich gegen die Küchenplatte und schloss die Augen. Ein einziger schneller Schnitt. Nur wenige Sekunden – dann wäre es vorbei. Für immer. Es gäbe kein Grübeln mehr, und die düsteren Gedanken würden für ewig verschwinden. Sie müsste nicht mehr nachdenken, nicht mehr hadern. Die Verlockung wuchs. Worauf wartete sie? Es gab nichts mehr, das sie zurückhielt. Amélie hatte alles verloren, was ihr in ihrem Leben je etwas bedeutete. Ihre Familie, ihre Berufung, ihre Gefühle. Die Zukunft lag dunkel und trostlos vor ihr.

Wer würde sie vermissen? Ihre Eltern. Natürlich. Wer noch? Amélie musste sich eingestehen, dass sie sich in den letzten Jahren komplett von der Außenwelt zurückgezogen hatte. Das Schreiben war schon immer eine einsame Angelegenheit gewesen. Und Amélie mochte das Alleinsein. Sie hatte noch nie Menschen um sich herum gebraucht, um glücklich zu sein. Doch jetzt war sie nicht nur allein und einsam, sie hatte förmlich aufgehört zu existieren. Die Leser kannten ihren Namen durch ihre Bücher. Ihr Verleger wollte sie weiter vermarkten, ihre Verkaufszahlen für zukünftige Projekte nutzen. Und auch Tina hatte für ihre Anrufe und Nachfragen vorwiegend finanzielle Motive. Keinem von ihnen ging es wirklich um den Menschen hinter dem Autorennamen.

Amélie drückte sich die Schneide fester ins Fleisch. Wie hatte es nur so weit kommen können? Ja, sie hatte einen schweren Schicksalsschlag erlitten. Aber das hatten ihre bisherigen Protagonisten doch auch. Und jeder von ihnen hatte über kurz oder lang ein neues Glück gefunden. Warum schaffte Amélie das nicht?

Ihre Haut begann zu brennen. Sie öffnete die Augen und starrte fassungslos auf die dünnen roten Linien, die sich über ihren Unterarm zogen. Ein solches Schicksal hatte sie noch keiner ihrer Figuren auf den Leib geschrieben. Sie war schon immer eine überzeugte Verfechterin des traditionellen Happy Ends gewesen. Niemals hätte sie es übers Herz gebracht, ihre Leser mit einem traurigen Ende in den Alltag zu entlassen. Fast hätte Amélie aufgelacht. Ihre Protagonisten lebten glücklich und zufrieden bis an ihr Lebensende, während sie selbst gerade dabei war, sich zu ritzen, um endlich überhaupt wieder etwas zu fühlen, und wenn es nur der Schmerz der Schnitte war.

Das Blut auf ihrer Haut begann bereits zu gerinnen. Plötzlich erschien ihr die ganze Situation grotesk und irreal.

Szenen einer Lesung erschienen vor ihrem geistigen Auge. Es war eine ihrer ersten Veranstaltungen gewesen. Eine Buchhandlung in Stuttgart hatte einen bunten Abend organisiert, mit Büfett und Sektempfang. Als Amélie eingetroffen war, platzte der Laden bereits aus allen Nähten. Amélie liebte es, vor der eigentlichen Lesung mit den Gästen zu reden. Immer wieder ergaben sich dabei interessante Gespräche. An jenem Abend war es jedoch aufgrund der vielen Zuhörer nicht möglich gewesen, abseits der Lesung den Kontakt zum Publikum zu suchen. Amélie hatte sich auf Anraten der Buchhändlerin in ein kleines Büro gesetzt und auf den Beginn der Veranstaltung gewartet. Ganz unverhofft war es drei Minuten vor acht einer der Zuhörerinnen gelungen, zu Amélie vorzudringen. Die Frau war sehr schlank, fast schon dürr gewesen. Sie hatte große grüne Augen, mit denen sie Amélie voller Dankbarkeit ansah.

»Ihr Buch hat mir das Leben gerettet«, hatte sie ihr ohne jede Einleitung erklärt. »*Sie* haben mir das Leben gerettet.«

Die Wucht ihrer Worte hatte Amélie in dem Augenblick die Sprache verschlagen. Fragend sah sie die junge Frau an, bis diese ihr ihre Geschichte in kurzen abgehackten Sätzen erzählte. Ihr Bruder habe vor fünf Jahren Suizid begangen, nachdem ihm mitgeteilt worden war, dass er an einem unheilbaren Tumor leide. Zwei Jahre später seien ihre Eltern bei einem Unfall ums Leben gekommen. Nachdem sich im letzten Jahr ihr Freund von ihr getrennt und sie fast zeitgleich ihren Job verloren hatte, habe sie keinen Sinn mehr in ihrem Leben gesehen. Die Überdosis an Schlaftabletten hatte sie schon auf ihrem Nachttisch bereitgestellt gehabt. Durch Zufall habe sie an jenem Tag von einer Bekannten Amélies Buch geschenkt bekommen. Das Cover habe sie so angesprochen, dass sie sich schwor, dieses Buch als Letztes in ihrem Leben zu lesen, bevor sie Schluss machen würde. Als sie am nächsten Morgen mit der Geschichte durch war, brachte sie es jedoch nicht mehr übers Herz, sich das Leben zu nehmen. Die Geschichte um Sandra und Richard habe ihr auf eindringliche Weise gezeigt, dass das Leben zu kostbar sei, um es leichtfertig wegzuwerfen. Sie habe sich zusammengerissen und aufgerafft, einen neuen Job gesucht, und seit drei Monaten gebe es auch wieder jemanden in ihrem Leben. Doch die Frau war felsenfest davon überzeugt gewesen, dass sie nicht mehr leben würde, hätte sie an jenem Abend, in jener Nacht nicht Amélies Buch gelesen.

Dieses Schicksal hatte Amélie damals so berührt, dass sie bei der anschließenden Veranstaltung trotz der mindestens zweihundert anwesenden Gäste das Gefühl nicht verließ, allein für diese eine Frau zu lesen, die der Meinung war, Amélie habe ihr mit ihrer Geschichte das Leben gerettet.

Warum musste sie gerade jetzt daran zurückdenken? Erneut verstärkte sie den Druck des Messers auf ihrer Haut. Selbst wenn sie einer Frau das Leben gerettet hatte, unwissentlich und indirekt, bedeutete das nicht, dass sie auch in der Lage sein würde, sich selbst zu retten. Wieder schloss sie die Augen und konzentrierte sich auf das Messer in ihrer Hand. Während sie stumm die Lippen bewegte und die Haut erneut zu brennen begann, ertönte in die Stille hinein die Türklingel.

»Kommissar Schmidt?« Überrascht blickte Amélie im Hausflur dem Polizeibeamten entgegen, den sie mehr als zwei Jahre nicht gesehen hatte.

»Guten Abend, Frau Trauber.« Er nickte leicht. »Störe ich?«

Amélie schüttelte den Kopf und deutete in die Wohnung hinter sich. »Kommen Sie doch rein.« Verlegen nestelte sie an dem Küchenhandtuch herum, das sie sich nach dem Klingeln hastig um den Unterarm geschlungen hatte.

»Haben Sie sich verletzt?« Der Kommissar zeigte auf ihren Arm.

»Nichts Schlimmes«, beeilte Amélie sich zu sagen. »Nur ein kleiner Schnitt.« Verunsichert wich sie seinem prüfenden Blick aus, während sie zur Seite trat.

»Ich möchte wirklich nicht stören.«

Sie senkte den Kopf. »Das tun Sie nicht«, erwiderte sie leise und betrat vor ihm das Wohnzimmer. »Kann ich Ihnen etwas zu trinken anbieten?«

Kommissar Schmidt winkte ab.

»Bitte.«

Nachdem sie sich gesetzt hatten, schwiegen beide, bis der Polizist sich schließlich räusperte. »Soll ich mir die Wunde mal ansehen?«

Wieder schüttelte Amélie den Kopf. »Warum sind Sie hier?« Ihre Stimme klang belegt. Sie betrachtete den Mann, den sie auf das Alter ihres Vaters schätzte.

»Wir haben uns lange nicht gesehen«, begann er vorsichtig.

Sie nickte.

»Die Pressestelle hat mich informiert, dass gestern eine Anfrage bezüglich Ihres Falles hereinkam.«

Amélie setzte sich aufrecht hin. Ihr Puls beschleunigte sich. »Was soll das heißen?«

Der Polizist zögerte. »Ein Journalist hat um Details zu dem Unfall gebeten.«

Amélies Gedanken rasten. »Ich verstehe nicht ...«

Kommissar Schmidt wiegte den Kopf hin und her. »Die Mitarbeiterin hat ihm nur die offiziellen Informationen zukommen lassen.«

Sie schluckte. »Die offiziellen Informationen? Wie meinen Sie das? Welche Informationen sind denn inoffiziell?«

Sein Blick wurde eindringlicher. »Der Reporter interessierte sich auffallend stark für Ihr Privatleben, Frau Trauber.«

Amélie verschränkte die Finger, um das Zittern zu verbergen. Dabei rutschte das Handtuch vom Gelenk.

»Eine ungewöhnliche Stelle, um sich gleich mehrfach zu schneiden«, merkte der Beamte mit ruhiger Stimme an.

Amélie wandte den Blick ab, während sie das Handtuch eilig aufhob und es wieder über die Wunde legte.

»Kann ich Ihnen irgendwie helfen?«

»Mir kann niemand helfen«, murmelte sie bitter.

»Was Ihnen widerfahren ist, ist furchtbar. Aber Sie sind jung. Vielleicht sollten Sie sich Hilfe holen.« Er lächelte. »Sie haben noch Ihr ganzes Leben vor sich.«

»Was wollte dieser Journalist wissen?«, lenkte sie ihn auf das ursprüngliche Thema zurück. »Wegen meines Privatlebens?«

»Ob Ihr Mann eine Affäre hatte. Ob Sie einen Liebhaber hatten. Ob es an jenem Abend Streit gab. Und in diesem Zusammenhang, ob der Unfallhergang so passiert sein konnte, wie Sie es damals geschildert haben.«

Wut kochte in Amélie hoch. »Er hat meine Glaubwürdigkeit angezweifelt?«

»Ich wollte Sie nicht aufregen«, versuchte der Polizist, sie zu beschwichtigen. »Mir ging es lediglich darum, Ihnen Bescheid zu geben, falls der Reporter sich direkt an Sie wenden sollte. Damit Sie vorbereitet sind.«

»Was hat Ihre Mitarbeiterin ihm gesagt?« Amélie musterte ihn argwöhnisch.

»Nur die offiziellen und frei zugänglichen Informationen.« Offen erwiderte er ihren Blick. »Alles andere geht niemanden etwas an, auch uns nicht.«

Da er nicht weitersprach, sah sich Amélie in der Pflicht, etwas zu entgegnen. »Wer ist dieser Schmierfink?«

Schmidt zuckte mit den Achseln. »Solche Anfragen gehen tagtäglich bei uns ein. Und natürlich hat die Öffentlichkeit ein gewisses Recht auf Transparenz und Aufklärung. Aber wenn jemand nur Staub aufwirbeln will um des Ärgers willen, womöglich einen Skandalbericht schreiben möchte ... Außerdem ist es mittlerweile drei Jahre her.« Er verzog das Gesicht. »Da ist er bei uns an der falschen Adresse.«

Amélie überlegte. Sie hatte den Kommissar während der Ermittlungen nach dem Unfall als äußerst einfühlsamen und kompetenten Beamten kennengelernt. Er hatte sie immer wieder im Krankenhaus besucht, obwohl die Aufklärung des Unfallhergangs längst abgeschlossen worden war. In jener Zeit hatte Amélie sich mehr als einmal gewünscht, sie hätte ebenfalls nicht überlebt. Doch hatte sich daran überhaupt etwas geändert? Ihre Augen wanderten zu dem Handtuch.

»Soll ich jemanden für Sie anrufen?« Er deutete erneut auf ihren Arm, da er die Bewegung wahrgenommen zu haben schien. »Eigentlich darf ich Sie in diesem Zustand nicht allein lassen.«

»Welcher Zustand?« Sie blinzelte. »Ich habe mich beim Kochen geschnitten.«

Er blickte sie lange an. »Ihre Küche glänzt blitzblank. Ich kann nicht den Hauch eines Essensgeruchs wahrnehmen. Hier wurde heute mit Sicherheit noch nicht gekocht.«

Amélie schloss kurz die Augen. Was sollte sie darauf erwidern? Der Mann war Polizist. Ihm konnte sie nichts vormachen. »Sie können mich allein lassen«, hauchte sie kaum hörbar.

»Lassen Sie sich helfen«, wiederholte er ernst. »Es gibt Ärzte, die darauf spezialisiert sind, Menschen wie Ihnen zu helfen.«

Menschen wie Ihnen, dachte Amélie verzweifelt. Was genau zeichnete Menschen wie sie denn aus? »Ich glaube, ich wäre jetzt gern allein.«

Der Polizist erhob sich und nickte. »Sie kommen zurecht?«

Sie nickte leicht. »Danke, dass Sie vorbeigekommen sind.«

»Ich finde allein hinaus.« Er trat einen Schritt auf sie zu und fasste nach ihrer linken Hand. »Wenn Sie reden möchten, können Sie mich jederzeit anrufen. Jederzeit, einverstanden?«

»Danke.«

»Ich wünsche Ihnen alles erdenklich Gute.«

Nachdenklich verfolgte sie, wie der hagere Mann den Raum verließ. Wenige Augenblicke später wurde die Wohnungstür geöffnet und wieder ins Schloss gezogen. Erst jetzt bemerkte sie, dass sie die Luft angehalten hatte. Amélie atmete tief aus. Behutsam entfernte sie das Handtuch und betrachtete die roten Linien. Was sollte sie bloß tun? Amélie spürte, dass sie nicht mehr viel tiefer fallen konnte. Sie musste dringend etwas ändern. Aber was? Während sie grübelte, sah sie sich in ihrem Wohnzimmer um. Der Raum war viel zu groß für sie allein. Gleich morgen früh würde sie sich um einen Makler kümmern, den sie mit dem Verkauf der Wohnung beauftragen konnte. Doch wo sollte sie hin?

Das Gespräch mit ihren Eltern fiel ihr wieder ein. Sie hastete in den Flur, holte ihr Handy aus der Handtasche und wählte ihre Tante an, bevor sie es sich anders überlegen konnte. »Der Teilnehmer ist vorübergehend nicht erreichbar.«

Dann also nicht, dachte sie, bevor sie sich ihre Oma bildlich vorstellte. Es musste Jahre her sein, dass sie den französischen Teil ihrer Familie gesehen hatte. Während ihrer Kindheit und Jugend war sie regelmäßig mit ihren Eltern nach Collioure gefahren. Sie kannte die Côte Vermeille, die oft auch als Purpurküste bezeichnet wurde, wie ihre Westentasche. Gedankenversunken öffnete sie einen der Wohnzimmerschränke und holte ein altes Fotoalbum hervor. Fast hätte sie aufgeschluchzt, als sie auf der ersten Seite ihre Oma erblickte, die gerade dabei war, Baguetteteig zu kneten. Amélie schloss die Augen und meinte beinahe, den Duft des frischen Brots wahrnehmen zu können. Wie glücklich war sie gewesen, wenn sie ihrer Großmutter während der Ferien immer in der Baguetterie hatte helfen dürfen. Während ihre Eltern Ausflüge in die Umgebung unternahmen, hatte Amélie es meist vorgezogen, bei ihrer Oma zu bleiben und der alten Frau in der Backstube zur Hand zu gehen. Collioure, der kleine Ort, nur wenige Kilometer von der französisch-spanischen Grenze entfernt, symbolisierte für sie ein völlig anderes Lebensgefühl voller Leichtigkeit und Sorglosigkeit. Ja, in Collioure war sie glücklich gewesen. Warum hatte sie es bloß so lange nicht mehr dorthin geschafft? Ihre Oma wurde nicht jünger. Amélie blätterte um und betrachtete das Wohnhaus, in dem der kleine Laden ihrer Großmutter untergebracht gewesen war und in dem sie bis zu ihrem Umzug in ein Pflegeheim lange Jahre allein gelebt hatte. Amélies Opa war schon vor über dreißig Jahren verstorben.

Sollte sie es wirklich wagen? Es war eine sehr lange Strecke, die sie allein bewältigen müsste. Soweit sie wusste, stand das Haus ihrer Oma, das Elternhaus ihres Vaters, leer. Sicher wäre es kein Problem, dort für eine Weile unterzukommen. Was hielt sie hier? Die Wohnung war untrennbar mit dem Unfall vor drei Jahren verbunden. Alles hier erinnerte sie daran, was ihr Leben einmal ausgemacht hatte. Entschlossen drückte sie auf die Wahlwiederholungstaste, doch wieder kam nur der automatische Ansagetext vom Band. Amélie würde es weiter versuchen. Irgendwann musste ihre Tante schließlich ans Telefon gehen. Eingehend betrachtete Amélie das nächste Foto, das sie vor der Wehrkirche am Hafen zeigte. Sehnsucht stieg in ihr auf. Die sich brechenden Wellen im Hintergrund, das intensive Blau des südfranzösischen Himmels darüber, die schmalen vierstöckigen Häuser der Altstadt. Warum war sie nicht schon längst auf diese Idee gekommen? Sie musste hier weg. Dringend. Vielleicht schaffte sie es in der Heimat ihres Vaters, endlich ein wenig zur Ruhe zu kommen und die Dämonen der Vergangenheit zu vertreiben.

• • •

»Warum?« Ihre Stimme klang schrill.

Thorsten sah sie nicht an. »Was willst du denn hören?«

Amélie versuchte, sich zusammenzureißen, doch Wut und Enttäuschung saßen zu tief. »Ich möchte eine Antwort.«

»Ich weiß nicht, was ich sagen …«

»Die Wahrheit, verdammt noch mal«, fauchte sie ihn an, während sie weiter starr auf die dunkle Fahrbahn blickte.

»Marco schläft«, versuchte ihr Mann, sie zu beschwichtigen.

»Ach, plötzlich interessiert dich das Wohlergehen deines Kindes wieder. Vielleicht hättest du dir vorher mal Gedanken machen sollen, was dein …« Sie wusste, dass ihr dieser Sarkasmus nicht stand.

»Amélie«, zischte er. »Unser Sohn schläft. Bitte sprich leiser.«

Zornig schüttelte sie den Kopf. »Du erbärmlicher Feigling.« Ihr Gedanken rasten. Sie wollte nur noch nach Hause.

»Können wir das bitte in Ruhe daheim besprechen?«

»In Ruhe?« Amélie konnte sich kaum noch im Zaum halten. Am liebsten hätte sie die Autotür aufgerissen und wäre hinausgesprungen. Sie überkam das bittere Gefühl, es keine Sekunde länger neben dem Mann auszuhalten, von dem sie all die Jahre gedacht hatte, er sei die Liebe ihres Lebens.

Thorsten schnallte sich ab und beugte sich nach vorn.

»Was machst du da?«, wollte sie nervös wissen.

»Mein Handy ist runtergefallen.«

Wie aus dem Nichts tauchten plötzlich zwei grelle weiße Scheinwerfer in der Dunkelheit vor ihnen auf. Fuhr der Wagen nicht viel zu weit auf ihrer Seite? Amélie schluckte, während sie weiter auf die Fahrbahn stierte.

»Was macht der Idiot denn da?«, fluchte Thorsten neben ihr, während er sich wieder aufrichtete.

Amélies Finger verkrampften. Weit und breit war kein anderer Wagen zu sehen. Warum fuhr der Fahrer bloß so weit rechts? Ihr stockte der Atem.

Im nächsten Augenblick bemerkten sie, dass der Wagen nicht nur viel zu weit von seiner Seite abgewichen war, sondern ihnen frontal auf ihrer Fahrbahn entgegenkam. Amélie begann, heftig zu zittern, als ihr bewusst wurde, dass die Situation gerade außer Kontrolle geriet, der Abstand viel zu kurz war. Ihr Fahrzeug brach aus, während der andere Wagen hupend wieder auf seine Seite hinüberzog. Immer schneller rollten sie die steile Böschung hinunter, die sich direkt neben der Straße den Hügel hinabzog. Sie schrie erschrocken auf, während auch Thorsten neben ihr etwas brüllte, das sie jedoch nicht verstand. Während das Auto immer weiter beschleunigte, wurde Amélie auf ihrem Sitz herumgeschleudert. Marco, schoss es ihr durch den Kopf.

Als der Wagen schließlich mit einem lauten Schlag auf die Seite kippte und zum Liegen kam, erstarb der Motor. Eine beängstigende Stille breitete sich aus.

Amélies Kopf dröhnte, ihr linkes Bein brannte wie Feuer. Mit bebenden Fingern nestelte sie an ihrem Anschnallgurt herum, der ihr fast die Luft abschnürte, und versuchte hektisch, ihn zu lösen. »Marco? Thorsten?«

Keine Antwort. Totenstille.

Amélie bekam die Schnalle nicht zu fassen. Panik stieg in ihr auf. Sie blickte zur Seite. Thorstens Sitz war leer. Nein, das konnte nicht sein! Eben hatte er doch noch hier gesessen. Wo war er?

»Marco?« Verzweifelt versuchte Amélie, sich zu ihrem Sohn umzudrehen, der bis eben friedlich auf der Rückbank geschlafen hatte. »Geht es dir gut, mein Schatz?« Ihre Stimme glich einem Wimmern. »Marco?« Sie konnte sich nicht befreien, war zwischen Sitz und geöffnetem Airbag eingezwängt. Wütend schlug sie mit ihrer rechten Faust auf den weißen Stoff. Erneut tastete sie nach der Gurtschnalle, bis sie sie endlich zu fassen bekam. Nachdem sie mehrfach ungeduldig auf den Knopf gedrückt hatte, löste sich der Gurt. Der Schmerz in Amélies linkem Bein war einer merkwürdigen Taubheit gewichen. Auch ihren Fuß spürte sie nicht mehr. Was war passiert? Hatte der Fahrer des anderen Wagens nicht angehalten? Sie brauchten dringend Hilfe. Und was war mit ihrem Sohn und Thorsten? Mühsam schälte sie sich hinter dem Airbag hervor, bis sie schließlich unsanft auf der Wagentür aufschlug. »Ah!«, entfuhr es ihr schmerzerfüllt, als ihr verletztes Bein sich wieder meldete. Ihr Blickfeld verschwamm, das Donnern in ihrem Kopf wurde lauter. Sie durfte jetzt nicht ohnmächtig werden. Wo war ihr Handy? Sie musste Hilfe rufen. Erschöpft schloss sie die Augen, bevor sie sich wieder an Marco erinnerte. Ihr geliebtes Kind. Was war mit ihm? Sie versuchte ein weiteres Mal, den Kopf zu drehen, doch das Flimmern vor ihren Augen wurde immer stärker. Nein, sie musste zu ihrem Sohn. »Marco?« Ihre Stimme glich nur noch einem Krächzen. Wieder keine Antwort. »Thorsten?« Stille. Wo war er bloß? Hatte er sich bereits retten können? Hatte er vielleicht schon den Notarzt gerufen? Amélies Gedanken verloren sich. Immer stärker wurde sie in undurchdringliche Dunkelheit gezogen.

»Können Sie mich hören? Hallo? Hören Sie mich?«

Amélies Lider fühlten sich bleischwer an. Wer weckte sie auf so unliebsame Weise?

»Hallo? Kommen Sie bitte zu sich!«

Ja, ja, sie versuchte es ja. Wer redete da nur mit ihr? Die Stimme war ihr fremd.

Als sie blinzelte, nahm sie ein unscharfes Gesicht über sich wahr.

»Können Sie mich hören?«

Sie nickte schwach. Ihre Kehle fühlte sich staubtrocken an.

»Sie hatten einen schweren Unfall. Wir bringen Sie jetzt ins Krankenhaus. Verstehen Sie mich?«

Amélies Gehirnwindungen ratterten unaufhörlich. Was war geschehen?

»Für den Jungen können wir nichts mehr tun«, ertönte eine Stimme wie in weiter Ferne.

Was? Von wem redeten die Leute? War noch ein anderer Wagen in den Unfall verwickelt gewesen?

Sie hustete. »Marco? Mein Mann?« Warum klang ihre Stimme nur so heiser?

»Wir bringen Sie jetzt ins Krankenhaus, wo Sie weiterbehandelt werden. Ihr Mann und Ihr Sohn sind bereits auf dem Weg dorthin.«

Erleichterung machte sich in Amélie breit. Die Leute hatten tatsächlich von jemand anderem gesprochen. Ihre beiden Männer hatten den Unfall überlebt. Wahrscheinlich waren sie ebenfalls verletzt, aber sie lebten. Vorsichtig bewegte sie den Kopf und konnte undeutlich erkennen, wie zwei Sanitäter in einiger Entfernung einen kleinen Zinksarg anhoben. Traurig schloss sie die Augen. Ein Kind musste ums Leben gekommen sein. Die armen Eltern, schoss es ihr noch durch den Kopf, bevor sich ihre Gedanken erneut zu verabschieden begannen.

»Wir haben ihr ein starkes Schmerzmittel verabreicht, damit wird sie eine Weile schlafen. Das Bein sieht nicht gut aus. Sagt im OP Bescheid, dass wir gleich kommen.«

Schweißgebadet schreckte Amélie hoch. In der Stille der Dunkelheit konnte sie das laute Pochen ihres Herzens hören. Der Traum war selbst jetzt noch beängstigend realistisch. Warum musste sie ausgerechnet heute von der schlimmsten Nacht ihres Lebens träumen? Amélie tastete blind nach dem Schalter ihrer kleinen Nachttischlampe. Ein Blick auf die Uhr verriet ihr, dass es kurz nach Mitternacht war. Sie lag noch keine zwei Stunden im Bett. Erschöpft ließ sie sich auf ihr Kissen zurücksinken. An Schlaf war nicht mehr zu denken. Wieder erschien der kleine Sarg vor ihrem geistigen Auge, in dem man Marco abtransportiert hatte. Amélie hatte ihn nicht retten können. Die Gerichtsmedizin war zu dem Ergebnis gekommen, dass ihr damals zweijähriger Sohn sich beim Umkippen des Autos das Genick gebrochen haben musste. Er war sofort tot gewesen. Wahrscheinlich war er nicht einmal mehr vor dem Unfall aufgewacht. Amélie begann, stumm zu weinen. Thorsten war im Krankenhaus wenige Stunden später an seinen inneren Verletzungen gestorben. Durch den Aufprall war er aus dem Wagen geschleudert und zwanzig Meter von dem Unfallwrack entfernt gefunden worden.

Amélie wischte sich über die Augen. Wenn sie morgen wirklich nach Collioure aufbrechen wollte, musste sie dringend noch ein paar Stunden schlafen. Entschlossen stand sie auf und ging ins Badezimmer hinüber. Ihr Hausarzt hatte ihr bereits vor einigen Monaten Schlaftabletten verschrieben für den Fall, dass die Erinnerungen wieder allzu übermächtig wurden. Nachdem sie eine davon mit einem Glas Wasser eingenommen hatte, kehrte sie ins Bett zurück, löschte das Licht und wartete darauf, dass der künstlich herbeigerufene Schlaf sie endlich einholen und die Schatten der Vergangenheit zumindest für ein paar Stunden vertreiben würde.

4

Nachdenklich stand Amélie vor ihrem Kleiderschrank und betrachtete den Inhalt. Früher hatte sie die Vorfreude auf einen geplanten Urlaub geliebt, die Aufregung beim Packen, die Emsigkeit, ob man auch ja alles dabeihatte. Heute erschien ihr die Überlegung, was sie in Südfrankreich brauchen könnte, nur lästig. Doch ohne Gepäck konnte sie nicht losfahren. Amélie musste sich endlich zusammenreißen und ihre Klamotten sichten. Ihr Blick fiel auf ein rotes Kleid rechts im Schrank. Sie wusste noch genau, wofür sie es gekauft hatte. Als Bernd Sattler ihr mitgeteilt hatte, dass die Rechte für eines ihrer ersten Bücher an zwei ausländische Verlage verkauft worden waren, hatte Thorsten sie zur Feier des Tages schick zum Essen ausführen wollen. Marco war gerade wenige Monate alt gewesen. An jenem Abend hatten ihre Eltern zum ersten Mal auf ihren Enkel aufgepasst, und Amélie hatte zum ersten Mal ihr neues rotes Kleid ausgeführt, dachte sie nun traurig, während sie den Bügel wegschob und einige dünnere Sommerkleider hervorzog. Thorsten und sie waren in einem teuren Restaurant direkt am Neckar zum Essen gewesen. Zum ersten Mal hatten sie zu zweit für einen dreistelligen Betrag gespeist – und überhaupt keine Reue dabei empfunden. Es war ein besonderer Abend gewesen, der sich auf diese Weise niemals wiederholen sollte.

Lustlos nahm sie einen Stapel T-Shirts aus dem Schrank und legte kurze Hosen und Unterwäsche dazu, bevor sie sich aufs Bett sinken ließ. Ihr Vorhaben war Wahnsinn. Trotz der Schlaftablette war die Nacht unruhig und kurz gewesen. Obwohl es erst sieben Uhr war, wurde das Schlafzimmer bereits in gleißendes Sonnenlicht getaucht. Die breite Fensterfront, die einen atemberaubenden Blick auf den Neckar freigab, ließ die wärmenden Strahlen ungehindert in den Raum einfallen.

Müde angelte sich Amélie ihr Handy und versuchte erneut, bei ihrer Tante anzurufen. »Der Teilnehmer ist vorübergehend nicht erreichbar.« Verdammt! Wo steckte Valérie? Vielleicht sollte sie es bei Charlotte versuchen, ihrer Cousine. Es musste mehr als acht Jahre her sein, dass sie zuletzt Kontakt zu ihr hatte. Soweit Amélie wusste, lebte sie nicht mehr in Collioure. Sicher konnte sie ihr sagen, wo Valérie war. Amélie erhob sich wieder, öffnete die Schublade einer Kommode und holte zwei Bikinis und einen Badeanzug heraus. Die Koffer befanden sich in einem kleinen Abstellraum, der vom Flur abging. Amélie kehrte mit dem größten davon ins Schlafzimmer zurück und begann, ihre Kleidung darin zu verstauen. Nachdem sie mehrere Paar Schuhe in eine separate Reisetasche gepackt hatte, stellte sie beide Gepäckstücke in den Gang. In der Küche war in der Zwischenzeit der Kaffee durchgelaufen. Amélie schenkte sich eine Tasse ein und trat auf die weitläufige Terrasse hinaus. Trotz der frühen Morgenstunde war es schon warm. Zwei Ruderer trieben ihr Kajak mit gleichmäßigen Armbewegungen auf dem Wasser voran. Auf der Wiese am Ufer spielten zwei Hunde ausgelassen miteinander, während deren Besitzer sich unterhielten und immer wieder zu ihren Tieren hinübersahen.

Das Schloss aus rotem Sandstein thronte wie immer majestätisch am Nordhang des Königsstuhls, schräg gegenüber von ihrer Wohnung.

Amélie würde ihre Eltern damit beauftragen, einen Makler zu kontaktieren. Ihr fehlte die Kraft, sich von einem Wildfremden die Vorzüge ihrer Immobilie aufzählen zu lassen. Wenn sie mit der Vergangenheit abschließen wollte, musste sie sich endlich von ihrem Zuhause trennen.

Amélie konnte sich noch genau an den Tag von Marcos Geburt erinnern. Die Wehen hatten mitten in der Nacht eingesetzt. Thorsten hatte sie unverzüglich in die Klinik gefahren, und zwei Stunden später hatte Marco bereits in ihren Armen gelegen. Amélies Augen wurden feucht, als sie daran denken musste, wie ihr kleines Baby geduftet hatte, wie sich der zarte Flaum unter ihrer Hand anfühlte. Wie friedlich er die ersten Tage seines Lebens verschlafen hatte. Thorsten und sie hatten sich so sehnlichst ein Kind gewünscht. Als sie bemerkte, dass sie schwanger war, war ihr größter Traum in Erfüllung gegangen. Amélie hatte keine Geschwister. Für sie war schon immer klar gewesen, dass sie mindestens zwei Kinder haben wollte, vielleicht sogar drei.

Sie schluckte. Wie schnell Träume doch zerplatzen konnten! In dem einen Moment wähnte man sich auf der Sonnenseite des Lebens, während schon im nächsten Augenblick alles in Schutt und Asche lag. Schatten und Licht lagen dicht nebeneinander. Zu dicht, dachte Amélie. Wie sollte sie sich jemals wieder für etwas begeistern können? Nein, das Leben war kein Märchen. Und es war auch kein Roman, in dem man sich die Handlung so hinbiegen konnte, wie man wollte. Das Leben war ein unerbittlicher und gnadenloser Geselle, der das Schicksal nutzte, um Unfrieden und Trauer zu säen.

Amélie drehte ihre linke Hand und blickte nachdenklich auf die Schnitte am Arm. Die feinen roten Linien wirkten im hellen

Tageslicht fast wie eine Warnung. Eine Grenze, die sagen wollte, bis hierher und nicht weiter. Aber hatte Amélie das wirklich verstanden? Was musste noch geschehen, damit sie endlich neuen Lebensmut fassen konnte? Würde es tatsächlich nur einen Ortswechsel brauchen, damit sie ihre Lethargie überwand? Sie kehrte ins Wohnzimmer zurück und holte erneut ihr Handy hervor. Nachdem sie die Nummer ihrer Tante gewählt hatte und wieder dieselbe Ansage ertönte, schnappte sie sich trotzig ihr Gepäck und verließ die Wohnung.

Fünfzehn Minuten später drückte sie auf die Klingel am Haus ihrer Eltern.

»Amélie!« Ihr Mutter sah sie überrascht an. »Ist etwas passiert?«

»Ist Papa auch da?«

Ihre Mutter zog die Brauen hoch. »Er ist noch im Bad. Komm doch rein.«

»Ich habe nicht lange Zeit«, erklärte Amélie bestimmt.

»Es ist noch nicht einmal halb acht«, erwiderte Katarina Monet irritiert. »Was hast du denn vor?« Sie deutete in die Küche. »Ich mache dir einen Kaffee. Wir wollten eh gleich frühstücken.«

»Nein danke, Mama. Ich hatte schon einen. Ich möchte wirklich gleich weiter.«

»Wohin?« Ihre Mutter wirkte besorgt.

»Nach Collioure.«

»Was?«, platzte es aus Katarina Monet heraus. »Du willst nach Frankreich fahren? Jetzt?«

Amélie nickte. »Papa meinte gestern …«

»Aber doch nicht so schnell. Und nicht allein.«

»Was nicht allein? Habe ich etwas verpasst?« Amélies Vater erschien lächelnd im Türrahmen.

»Deine Tochter möchte nach Collioure fahren«, erwiderte seine Frau ungehalten. »Allein und jetzt sofort.«

»Du willst heute nach Südfrankreich fahren?«

Amélie nickte. »Ich kann aber Valérie nicht erreichen. Seit gestern Abend habe ich es mehrfach versucht, aber sie geht nicht ans Telefon.«

André Monet verzog den Mund. »Ich habe letzte Woche noch mit ihr telefoniert.«

»Kannst du mir die Schlüssel zum Haus geben?«

Amélies Vater zögerte. »Hast du dir das wirklich gut überlegt?«

»Nein. Aber wenn ich darüber nachdenken würde, würde ich es nicht durchziehen.«

André Monet blickte sie lange an, bevor er nickte. »Ja, gegrübelt hast du wahrscheinlich wirklich genug in den letzten Jahren.« Er ging in den Flur und öffnete einen kleinen Schrank. Als er zurückkehrte, überreichte er ihr fast feierlich die Schlüssel. »Noch einen Kaffee, bevor du dich auf die Reise machst? Ganz schnell?«

Amélie blickte erst ihre Eltern an, bevor sie auf ihre Armbanduhr sah. »Einverstanden. Ein schneller letzter Kaffee.«

• • •

Amélie fuhr an den Straßenrand und stellte den Motor ab. Es war halb neun abends. Sie hatte fast dreizehn Stunden im Auto gesessen und gut tausend Kilometer Autobahn hinter sich. Sie öffnete die Fahrertür und stieg aus. Die Sonne stand bereits tief am Himmel, die Luft fühlte sich warm und trocken an. Amélie streckte ihre Arme in die Höhe und bog den Rücken durch. Sie hatte es beinahe geschafft. Vor ihr lagen noch maximal acht Minuten Autofahrt, bevor sie ihr Ziel erreichen würde. Während sie über die Leitplanke kletterte, schüttelte sie ungläubig den Kopf über sich selbst. Gestern Morgen wäre ihr ihr Vorhaben irrsinnig und völlig unmöglich erschienen. Und jetzt stand sie hier an der steilen Küste der Côte Vermeille und blickte auf den schier endlosen Horizont. Amélie überquerte einige größere Felsen, bis sie tief unter sich die Wellen gegen die steinigen Wände rollen sah. Ein Gefühl der Erleichterung machte sich in ihr breit. Sie schloss die Augen und konzentrierte sich auf den salzigen, leicht nach Fisch und Algen riechenden Duft des Meeres. Das Glucksen und Tosen des Wassers überdeckte fast komplett die Motorengeräusche, die von der Straße heranwehten. Warum war sie bloß so lange nicht hier gewesen? Thorsten hatte es schon immer mehr in den Norden gezogen, da er die Hitze des Sommers nicht mochte. Aber trotzdem ... Warum hatte sie ihm nie die Heimat ihres Vaters, den Urlaubsort ihrer Kindheit und Jugend gezeigt? Ihr kleiner Sohn drängte sich in ihre Gedanken. Sie musste daran denken, wie er in ihrem letzten gemeinsamen Urlaub am Strand der Ostsee mit ihnen zusammen herumgetobt hatte. Wie er an ihrer Hand gejauchzt und gelacht hatte, wenn das Wasser seine kleinen Füße umspült hatte, als sie mit ihm am Ufer standen. Hier hätte es ihm sicherlich auch gefallen. Das warme Meer, die schmeichelnde französische Sonne, der feine Sandstrand der unzähligen Buchten in der Gegend.

Amélie öffnete wieder die Augen und starrte auf die weißen, wie Watte wirkenden Schaumkronen, die sich unaufhörlich auf den Wellen bildeten. Jetzt stand sie allein hier. Ohne ihren Mann und ohne ihren Sohn. Die Erleichterung, die sich beim Aussteigen eingestellt hatte, wich einer tiefen Erschöpfung. Amélie hatte nur zwei Pausen gemacht. In Lyon war sie auf den Parkplatz eines Einkaufszentrums gefahren, hatte getankt und sich ein Käsesandwich gekauft. Einige Stunden später war sie in der Nähe von Béziers in ein kleines Bistro eingekehrt, um einen Milchkaffee zu trinken und einen der süßen französischen Kuchen zu genießen, die sie schon liebte, seit sie denken konnte.

Jetzt spürte sie, wie sich die Müdigkeit in ihr ausbreitete. Der Tag war lang und anstrengend gewesen. Zum wiederholten Mal holte sie ihr Handy hervor und wählte Valéries Nummer, doch wie schon zig Male zuvor meldete sich nur die automatische Ansage. Beunruhigt steckte Amélie das Telefon wieder weg. Was war mit ihrer Tante? Sie musste doch sehen, dass Amélie sie mehrfach zu erreichen versucht hatte. Warum rief sie nicht zurück?

Neben Amélies Wagen parkte ein Auto mit französischem Nummernschild, aus dem gerade eine Familie mit zwei Kindern ausstieg. Der Vater holte einen Fotoapparat aus dem Kofferraum und bat seine Frau und die Kinder, sich an die Leitplanke zu stellen.

»Könnten Sie ein Foto von uns machen?«, rief er Amélie zu, während sie von dem Abhang zurücktrat.

Widerwillig nickte sie.

»Vielen Dank.«

Er erklärte ihr kurz den Apparat und stellte sich dann neben seine Frau. Als er seinen Arm um ihre Schultern legte und sie kurz küsste, krampfte sich Amélies Herz zusammen. Sie bemühte sich um ein Lächeln und drückte dreimal ab. »Ich hoffe, es ist gut geworden.«

Der Mann nickte, während er wieder zu ihr trat und sich erneut bedankte. Seine Frau nahm die beiden Kinder an die Hand und zeigte ihnen die Brandung in der Tiefe.

»Es ist unser erstes Mal hier unten«, erklärte er. »Wir kommen aus der Nähe von Rouen.«

»Ich bin aus Deutschland«, erwiderte Amélie zögernd. »Ich weiß gar nicht, wie oft ich schon hier war. Mein Vater stammt ursprünglich aus Collioure.« Warum erzählte sie ihm das?

»Deshalb sprechen Sie so gut Französisch.«

Sie nickte. »Ich liebe diese Region.«

»Dann kennen Sie sich hier ja bestimmt bestens aus.«

»Kann man so sagen.« Sie lächelte.

Er packte den Fotoapparat wieder in die Tasche zurück. »Wir haben für zwei Wochen ein Ferienhaus in Banyuls-sur-Mer gemietet.«

»Banyuls ist sehr schön«, erwiderte Amélie. »Dort wird es Ihnen sicher gut gefallen.«

»Wir haben keine großen Ansprüche. Die Kinder sind glücklich, wenn sie im Sand buddeln und im Wasser herumplanschen können. Meine Frau und ich freuen uns auf ein paar ruhige Tage in der Sonne ohne Termindruck und Stress.«

»Dafür haben Sie genau den richtigen Ort ausgewählt.«

»Was ist mit Ihnen?« Er warf seiner Frau einen kurzen Blick zu. »Sind Sie ganz allein hier unten?«

Amélie senkte den Blick.

»Pardon, ich wollte nicht ... Es geht mich gar nichts an. Verzeihen Sie bitte«, ruderte er sofort zurück, da er zu bemerken schien, wie unwohl sich Amélie fühlte. »Ich ...«

In dem Moment fasste sie einen Entschluss.

»Nein, schon gut«, bemühte sie sich um eine feste Stimme. »Und ja, ich bin allein hier. Mein Mann und mein Sohn sind vor drei Jahren ums Leben gekommen.« Sie neigte den Kopf zur Seite. »Marco war etwas jünger als Ihre beiden Kinder.« Was war plötzlich in sie gefahren? Warum erzählte sie einem Fremden von ihrer Trauer?

Sein Gesicht nahm einen entsetzten Ausdruck an. »Mein Gott. Das ist ja furchtbar. Es tut mir aufrichtig leid.«

»Sie sind bei einem Autounfall gestorben«, erklärte Amélie knapp. Sie wollte sich nicht länger verstecken. Dieser Mann kannte sie nicht. Er hatte aus Höflichkeit gefragt. Ihm die Wahrheit zu sagen empfand sie plötzlich als ersten Schritt zu einem neuen selbstbestimmten Leben. Ja, ihr Mann und ihr Sohn waren tot. Und ja, noch gestern Abend hatte sie ihren Unterarm aufgeritzt, um ihre inneren Qualen durch den körperlichen Schmerz zu überlagern. Wenn Kommissar Schmidt nicht bei ihr vorbeigeschaut hätte ... Aber dann stünde sie jetzt vielleicht nicht hier. Dann hätte sie diesen grandiosen Ausblick auf ihr geliebtes Mittelmeer und die traumhafte felsige Purpurküste nie mehr genießen können. Sie hätte diese Familie nicht getroffen und dieses Gespräch nicht geführt. Lohnte es sich nicht vielleicht doch, ein neues Leben zu beginnen? Zumindest zu versuchen, wieder Fuß zu fassen? Aufgeben konnte sie jederzeit, dazu bedurfte es nicht viel. Die wahre Stärke bestand darin, endlich einen Schritt nach vorn zu machen, in der Gegenwart anzukommen, anstatt sich weiter in der Vergangenheit zu vergraben.

Als sie den mitfühlenden Blick des Mannes bemerkte, unterbrach sie ihr Grübeln. »Pardon?«

»Ich sagte, ich wünsche Ihnen viel Kraft, um diesen Schlag zu verarbeiten.«

»Danke. Aus diesem Grund bin ich hier.«

»Ich glaube, Sie können das schaffen.« Er nickte nachdrücklich. »Auch wenn ich Sie nicht kenne, habe ich das Gefühl, dass Sie auf einem guten Weg sind.«

Sie nickte halbherzig. »Ich hoffe es.«

»Papa, komm«, rief eines seiner Kinder in diesem Moment von den Felsen her.

Unsicher blickte er Amélie an, während er seiner Familie zuwinkte.

»Ich wünsche Ihnen einen schönen Urlaub. Genießen Sie die Zeit mit Ihrer Familie«, beendete Amélie ohne jede Bitterkeit das

Gespräch. »Gehen Sie zu Ihren Kindern. Der Ausblick dort vorne ist überwältigend.«

Er streckte ihr die Hand hin und sah sie aufmunternd an. »Danke. Sie schaffen das. Es war sehr nett, Sie kennengelernt zu haben.«

Amélie erwiderte den Blick und ergriff kurz seine Hand.

Während der Mann zu seiner Familie ging, blieb sie stehen und atmete tief durch. Vielleicht hatte er recht. Vielleicht war sie stärker, als sie all die Jahre gedacht hatte. Immerhin hatte sie es geschafft, allein hierherzufahren. Das war keine Rekordleistung, aber in ihrem Zustand mehr, als sie sich noch vor Kurzem selbst zugetraut hätte. Nach einem letzten Blick auf die Küste kehrte sie zu ihrem Wagen zurück und stieg ein.

5

Nachdem Benjamin das Telefonat beendet hatte, musste er tief durchatmen. Was hatte er sich nur aufgebürdet?

Er setzte Kaffee auf. Der Abend würde noch lang werden. Während er darauf wartete, dass der Kaffee durchlief, kehrte er zu dem kleinen Schreibtisch zurück, auf dem sein aufgeklappter Laptop stand. Er seufzte. Je tiefer er in die Geschichte Collioures und der Küstenregion eintauchte, desto stärker schienen ihn die so lange zurückliegenden Ereignisse in ihren Bann zu ziehen.

Am Anfang hatte sein Versprechen gestanden. Und jetzt? Mittlerweile hatte er sich so tief in die Vergangenheit eingearbeitet, dass er aufpassen musste, sein eigentliches Ziel nicht aus den Augen zu verlieren. Frustriert blickte er auf den leeren Bildschirm. Als er wieder in die Küche ging, quietschten die Dielen unter seinen Sohlen. Vielleicht hätte er sich eine etwas komfortablere Bleibe suchen sollen. Schließlich wusste er nicht, wie lange sein Aufenthalt hier dauern würde. Andererseits war es ihm wichtig gewesen, die Stadt nicht als Tourist zu erkunden. Er wollte hier leben, wie die Einwohner von Collioure. Wollte das authentische Leben des Ortes nachempfinden. Nur so konnte er sich seinem eigentlichen Ziel nähern. Dass er vor einigen Wochen zufällig diese Wohnung hatte anmieten können, war mehr Glück gewesen, als er sich je erhofft hätte.

Benjamin öffnete die Tür des kleinen Küchenschranks, die immer mal wieder hakte, und holte eine Tasse heraus. Während er gedanklich die Informationen durchging, auf die er heute gestoßen war, stieg er die Stufen zur Dachterrasse hinauf. Die Gassen unter ihm waren leerer als noch heute Nachmittag. Er nippte an dem Kaffee. Als Journalist liebte er Recherchereisen. Das Aufschreiben der Fakten und das Verfassen der Berichte erschienen ihm dagegen immer wie eine reine Fleißarbeit, der er sich so lange wie möglich entzog. Heute half jedoch alles nichts. Er musste seine bisherigen Nachforschungen etwas strukturieren, um nicht den Überblick zu verlieren. Nach einem letzten Blick auf die idyllische Altstadt verließ er die Terrasse wieder und setzte sich vor seinen Laptop. Mit wenigen Klicks öffnete er den Ordner, den er schon vor seiner Ankunft in Collioure angelegt hatte. Er suchte im Internet nach einer Karte, die die Aufteilung Frankreichs während des Zweiten Weltkriegs zeigte. Damals war das Land in zwei Hälften eingeteilt. Die von den Deutschen seit Juni 1940 besetzte Zone im Norden und Westen des Landes und das Gebiet der sogenannten Vichy-Regierung, das sich über den gesamten Süden erstreckte. Seit November 1942 jedoch war auch diese Hälfte Frankreichs von Deutschland besetzt gewesen.

Während Benjamin die Berichte über die Internierungslager las, die die Deutschen in ganz Frankreich errichtet hatten, kochte Wut in ihm hoch. Es waren mehrheitlich Franzosen gewesen, die die Befehle der Besatzer ausführten. Es waren französische Polizisten, die im Auftrag der Nazis ihre eigenen Landsleute gängelten und schikanierten. Er versuchte, seinen Zorn zu zügeln. Benjamin war in einer Zeit geboren, in der das Risiko eines Kriegs innerhalb Europas quasi gegen null ging. Wahrscheinlich konnte seine Generation nicht annähernd nachempfinden, wie sich der Alltag vor achtzig Jahren gestaltet haben musste. Franzosen, die andere Franzosen denunzierten. Nachbarn, die untereinander nicht mehr wussten, wem sie trauen konnten und was sie noch laut aussprechen durften. Ja, er musste sehr vorsichtig sein mit seinen Urteilen. Benjamin hatte noch nie Angst um sein Leben haben müssen. Er wusste nicht, wie sich Todesgefahr anfühlte. Was sie mit den Menschen machte.

Vor vielen Jahren hatte er die Chronik dieser Schreckenszeit in der Schule durchgenommen. Sie hatten Filme dazu angesehen, die ihn noch wochenlang beschäftigten. Bilder von befreiten KZ-Insassen, deren furchtbarer Anblick ihn bis in den Schlaf verfolgt hatte. Viele Zeitzeugen gab es nicht mehr, die von damals berichten konnten. Entweder waren sie bereits verstorben, oder sie waren erst in den Kriegsjahren geboren worden, sodass sie keinerlei Erinnerung mehr an die Besatzungszeit hatten. Benjamin ging nicht davon aus, dass dieses Thema in den Nachkriegsgenerationen ausführlich besprochen oder aufgearbeitet worden war.

Viele Franzosen hatten damals mit den Deutschen kollaboriert. Sie hatten Geschäfte mit ihnen abgeschlossen und ihnen ihre Hilfe angeboten. Dies war ein dunkles Kapitel in der Vergangenheit Frankreichs, das bis heute nur lückenhaft beleuchtet worden war. Obwohl es Aufzeichnungen aus jener Zeit gab, schriftliche Dokumente, welche Behörden mit den Deutschen gemeinsame Sache gemacht hatten, wollte es hinterher niemand mehr gewesen sein. Im Gegenteil, nach dem Krieg gab es plötzlich Tausende Widerstandskämpfer, die mit aller Macht gegen die Besatzer gekämpft haben wollten.

Benjamin nickte grimmig. Es gab tatsächlich viele mutige Männer und Frauen, die damals der Résistance angehört hatten. Die mit brandgefährlichen Sabotageakten die Versorgung der Deutschen boykottiert hatten. Die den Zugverkehr lahmlegten, um Gefangenentransporte nach Deutschland zu verhindern, und die politische und ausländische Flüchtlinge ohne Rücksicht auf ihr eigenes Leben versteckten. All diese Widerstandskämpfer wurden durch die falschen Behauptungen nach Kriegsende verunglimpft. Jeder wollte plötzlich gegen die Deutschen gewesen sein. Und wenn jemandem seine Kollaboration nachgewiesen werden konnte, so diente diese lediglich der Kontrolle der verhassten Besatzer oder dem Schutz des eigenen Lebens. Was sicher ein Grund gewesen sein mochte. Es gab jedoch genügend Gegenbeispiele, bei denen auch Franzosen nur auf ihren eigenen Vorteil bedacht waren, indem sie die Nazis unterstützten.

Seine Finger flogen über die Tasten, während er die Fakten niederschrieb, die er in den letzten Tagen herausgefunden hatte. Der Unfall, den er noch nicht einzuordnen wusste, die Résistancekämpfer, die in Collioure gelebt und von hier aus drei Morde an hochrangigen deutschen Wehrmachtssoldaten organisiert hatten.

Vor seiner Ankunft in Collioure war Benjamin nicht annähernd klar gewesen, welches Ausmaß seine Nachforschungen annehmen sollten. Und je intensiver er sich mit der Geschichte beschäftigte, desto lebendiger erschienen ihm die Fakten. Vielleicht konnte er seine Abschriften irgendwann später sogar für weitere Projekte nutzen. Aber ein Schritt nach dem anderen, mäßigte er sich. Vielleicht war der Ansatz, sich vom großen Ganzen zum kleinen Detail vorzuarbeiten, gar nicht so schlecht gewesen. Sollte er erneut in einer Sackgasse landen, würde er es in die andere Richtung probieren. Benjamin Lemarre gab so leicht nicht auf. Vor allem nicht, wenn so viel auf dem Spiel stand. Um an Schicksal zu glauben, war er zu nüchtern. Spätestens bei Maries Tod vor sieben Jahren war ihm klar geworden, dass das Leben sich seinen eigenen Weg suchte. Mittlerweile betrachtete er seine Zukunftspläne eher pragmatisch, was ihn aber nicht davon abgehalten hatte, sich auf dieses Vorhaben einzulassen. Vielleicht sollte er es als eine Art Abenteuer ansehen. Eine Schatzsuche – nur ohne Schatz. Die Vorstellung gefiel ihm. Benjamin beendete seinen ersten Bericht und fuhr den Laptop herunter. Gedankenverloren starrte er auf den Papierstapel, der sich auf dem Schreibtisch angesammelt hatte. Ausdrucke aus dem Internet, handschriftliche Notizen, die er kaum noch entziffern konnte. Er sollte seine Arbeitsweise allmählich etwas besser strukturieren.

Benjamin erhob sich und verließ den kleinen Raum. Während er überlegte, was er mit dem angebrochenen Abend anfangen sollte, hörte er, wie unter ihm die Haustür aufgeschlossen wurde. Wer war das? Seine Vermieterin? Benjamin blickte auf die Uhr. Viertel nach neun. Aber warum sollte sie unangekündigt auftauchen und ohne zu klingeln eintreten? Alarmiert durchquerte er den kleinen Flur.

6

Amélie stellte ihren Wagen auf dem großen Parkplatz am Hafen ab. In der Altstadt war Autoverkehr verboten, und das Haus ihrer Oma besaß keine Unterstellmöglichkeit für das Fahrzeug. Sie stieg aus und ließ den Blick über das sich ihr bietende Panorama schweifen: die weit ins Meer vorgeschobene Wehrkirche, die früher einmal als Leuchtturm gedient hatte, und das massive Château Royal mit seinen wuchtigen Außenmauern. Wellen schlugen gegen den Kai vor der Burg. Zwei Möwen saßen auf einem der Felsen und putzten ihr Gefieder. Salz- und Fischgeruch lag in der Luft. Es war noch angenehm warm. An der Uferpromenade schlenderte eine junge Familie mit drei kleinen Kindern entlang. Ein Jugendlicher fuhr auf einem Skateboard an ihnen vorbei.

Einen Moment lang nahm Amélie den atemberaubenden Anblick der Bucht in sich auf, während sie ein Gefühl des Nach-Hause-Kommens verspürte. Sie fuhr sich durch das kinnlange Haar und wandte sich ab. Müde griff sie nach dem Koffer und der Reisetasche. Ein etwa zehnminütiger Fußweg lag vor ihr. Der Parkplatz war um diese Uhrzeit nur spärlich besetzt, Amélie erkannte vor allem einheimische Nummernschilder. Für die Tagestouristen war es schon zu spät. Während sie den Weg zur Innenstadt hinabstieg, knurrte ihr Magen. Sie hatte seit Stunden nichts gegessen. Sobald sie sich im Haus ihrer Oma eingerichtet hätte, würde mit Sicherheit die Müdigkeit durchschlagen. Daher beschloss sie, sich erst eine Kleinigkeit zu essen zu holen.

Fünf Minuten später setzte sie sich mit ihrem Crêpe auf einen kleinen Mauervorsprung und beobachtete, wie die Dämmerung langsam über den Ort hereinbrach. Der Himmel färbte sich dunkel. Ein älteres Ehepaar führte seinen kleinen Chihuahua Gassi. Zwei Schulkinder fuhren mit ihren Fahrrädern, die Rucksäcke auf ihren Rücken, heftig diskutierend an ihr vorbei. Fünf Meter weiter begann eine mollige Frau geschickt, eine Holzstaffel aufzubauen. Neugierig verfolgte Amélie die Szene.

»Das Licht ist zu dieser Tageszeit wundervoll«, rief die Künstlerin herüber, als sie ihren Blick bemerkte. »Morgens und abends male ich am allerliebsten.«

Amélie nickte und erhob sich, als sie fertig gegessen hatte.

»Sind Sie das erste Mal hier?«

Sie schüttelte den Kopf und sah zur Hafeneinfahrt. »Nein, mein Vater kommt aus Collioure. Und meine Oma, meine Großeltern haben hier gewohnt. Ich weiß gar nicht mehr genau, wie oft ich schon hier war.«

Die Frau nickte lächelnd. »Es zieht einen immer wieder zurück hierher, nicht wahr?«

»Während meiner Kindheit und Jugend war ich sehr oft hier.« Amélie betrachtete die weiße Leinwand, die die Malerin jetzt auf die Staffel hob. »Mit meinen Eltern.«

»Wohnen Sie in einem der Hotels?«

Amélie zeigte zu ihrem Gepäck, das sie wenige Meter weiter an der Mauer hatte stehen lassen. »Ich bin gerade erst angekommen. Ich werde im Haus meiner Oma wohnen. Leben Sie hier?«

Die Künstlerin verzog das Gesicht. »Ich lege mich ungern fest.« Sie lachte. »Wo es mir gefällt, da bleibe ich. Vor etwas mehr als drei Wochen bin ich hier angekommen. Aber ich war in den letzten Jahren schon mehrmals in Collioure. Die Küste ist traumhaft.« Sie deutete auf sich. »Zumindest für mich. Die Motivauswahl ist unerschöpflich. Das Meer, die vielen wunderschönen Gebäude. Die Atmosphäre in diesen Küstenorten ist unbeschreiblich.«

»Das stimmt«, erwiderte Amélie versonnen.

Die Frau neben ihr lachte erneut. »Wir Künstler sind schon ein seltsames Völkchen. Aber ich liebe meine Freiheit. Jeden Tag morgens um neun am Schreibtisch sitzen ...« Sie schüttelte den Kopf. »Das wäre nichts für mich.« Während sie innehielt, musterte sie Amélie. »Pardon, ich wollte nicht ... Sicher ist Büroarbeit für manche der Traumjob schlechthin.«

Amélie winkte ab. »Das ist sie sicher. Ich selbst sitze zwar auch oft am Schreibtisch, aber ...« Sie zögerte. »In gewisser Hinsicht bin ich auch Künstlerin.«

Die Miene der Malerin nahm einen interessierten Ausdruck an.

»Ich schreibe.«

»Sie sind Schriftstellerin?« Sie klatschte in die Hände. »Was ich mit Farben versuche, erledigen Sie mit Worten.«

Amélie lächelte. »So könnte man es vergleichen, ja.«

»Na, da bin ich gespannt, ob Sie die Muse hier küsst. Collioure hat ja schon viele Künstler inspiriert.« Die Frau grinste.

»Ich habe schon eine ganze Weile nichts mehr geschrieben«, erklärte Amélie in dem Moment und fragte sich sofort, warum sie einer Wildfremden von ihren Problemen erzählte. Zu Hause hatte sie stets jeglichen Small Talk, der ihr im Alltag begegnet war, abgeschmettert.

»Also, ein besseres Mittel gegen eine Schreibblockade als diesen wunderhübschen Ort kann ich mir gar nicht vorstellen«, erwiderte die Malerin und streckte Amélie ihre Hand hin. »Ich bin Mathilde.«

Amélie ergriff die Hand und stellte sich ebenfalls vor.

»Wie lange bleiben Sie?«

Amélie zuckte mit den Achseln. »Ich weiß es nicht.«

Mathilde nickte. »Das ist eine gute Einstellung. Lassen Sie sich treiben. Machen Sie sich keinen Druck. Alles kommt, wie es kommen soll. Und wenn Sie hier neue Impulse bekommen, nehmen Sie das als Geschenk.«

»Ich bin nicht wegen des Schreibens hier«, bekannte Amélie leise. »Nicht in erster Linie.«

Die Miene der Malerin nahm einen mitfühlenden Ausdruck an. »Sicher sehen wir uns jetzt öfter, wenn Sie eine Weile hier wohnen. Was halten Sie davon, wenn Sie die nächsten Tage einfach mal vorbeikommen, und wir gehen zusammen einen Kaffee trinken? Manchmal redet es sich mit Fremden besser, weil sie einen unvoreingenommenen Blick auf die Dinge haben.«

»Das wäre schön«, erwiderte Amélie dankbar. »Wie kann ich Sie erreichen?«

Mathilde zog die Brauen hoch. »Ein Handy habe ich nicht. Aber ich halte mich meist irgendwo hier am Hafen auf. Am besten schauen Sie frühmorgens oder um diese Zeit vorbei. Sie finden mich bestimmt.«

»Das werde ich auf jeden Fall tun. Jetzt muss ich aber weiter. Ich habe eine sehr lange Fahrt hinter mir.«

»Sie sehen auch müde aus. Schlafen Sie gut, Amélie. Und bis bald!«

Amélie kehrte zu ihrem Gepäck zurück und machte sich auf den Weg zu dem Haus ihrer Oma. In Erinnerungen schwelgend ließ sie den Blick über die Fassaden der alten vierstöckigen Stadthäuser schweifen. Die bunten Holzläden an den Fenstern setzten farbenfrohe Akzente. Einige Gebäude besaßen Dachterrassen im obersten Stock. In vielen befand sich im Erdgeschoss ein Ladengeschäft, wie in dem ihrer Großmutter. Schon von Weitem erblickte sie das helle Schild mit dem Schriftzug *Baguetterie*. Ihr Herz machte einen Hüpfer, während sie sich dem Gebäude näherte. Trotz der beginnenden Dunkelheit waren die abblätternde Farbe des Schildes sowie die verschrammten Holzläden gut zu erkennen. Amélies Oma lebte seit drei Jahren in einem Pflegeheim. So lange stand das Haus schon leer.

Amélie ließ den Blick über die Fassade wandern – und erstarrte. Im dritten Stock standen die Fenster offen, und es brannte unverkennbar Licht. Was hatte das zu bedeuten? Ihr Vater hatte nichts davon erwähnt, dass das Haus in der Zwischenzeit vermietet worden war. Amélie trat an die verstaubten Schaufenster und versuchte hineinzuspähen. Der Laden war seit zwanzig Jahren geschlossen, und so sah das Innere auch aus. Wer sollte ein solches Haus anmieten?

Amélie atmete tief durch und holte ihren Schlüssel hervor. Mit zittrigen Fingern öffnete sie das Schloss und trat ein. Die Verkaufstheke strotzte vor Dreck. Auf den Regalen an den Wänden hatte sich eine zentimeterhohe Staubschicht gebildet. Sie durchquerte den Raum und betrat die Backstube, die hinter dem Laden lag. Lang zurückliegende Erinnerungen überfielen sie. Amélie als kleines Mädchen, das neben seiner Oma stand und ihr beim Teigkneten zusah. Die überbordende Hitze, wenn die Tür des großen Ofens geöffnet worden war. Ihre Oma, die die Baguettes immer in einem atemberaubenden Tempo übereinandergestapelt hatte und sie in den Regalen verstaute. Die kleine Amélie, die eifrig und mit fast übermächtigem Stolz die Brote holte, wenn Kunden sie darum baten.

Amélie rang um Fassung. Fast erschienen ihr diese Szenen wie aus einem anderen Leben. Und irgendwie war es ja auch so. Beklommen schluckte sie und steuerte auf die Treppe zu.

»Hallo? Wer ist denn da?«

Die männliche Stimme ließ ihr den Atem stocken. Das Haus war tatsächlich bewohnt. Das konnte doch nicht sein. Wut ergriff sie. Mühsam schleppte sie ihr Gepäck die Stufen hinauf, ohne etwas zu erwidern. Als sie in den zweiten Stock hinaufsteigen wollte, tauchte ein Mann mit hellblondem Haar am Treppenabsatz auf. Seine Miene wirkte überrascht. »Darf ich fragen, wer Sie sind und was Sie in meinem Haus zu suchen haben? Wie sind Sie überhaupt hereingekommen?«

Amélie stellte schnaufend ihren Koffer ab und stemmte die rechte Hand in ihre Hüfte. Sie hatte sich wohl verhört! »Was ich hier mache? In Ihrem Haus?«, keifte sie ihn an.

Er musterte sie mit grünen Augen und nickte. »Allerdings. Meine Vermieterin hat mir nichts davon gesagt, dass hier eine WG geplant wäre.«

»Eine WG?« Amélie schnappte nach Luft. »Hören Sie, ich weiß nicht, was hier läuft und warum Sie im Haus meiner Oma sind. Aber ich bin seit heute früh auf den Beinen, habe tausend Kilometer Autobahn hinter mir und möchte jetzt nur noch meine Ruhe haben. Also bitte, packen Sie einfach Ihre Sachen, und verschwinden Sie von hier.« Ihr war plötzlich hundeelend zumute. Sie hatte keine Lust auf Diskussionen, wollte nur noch allein sein.

Der Mann lachte. »Na, Sie sind ja eine Nummer. Dringen unberechtigterweise in mein Haus ein und wollen mich hinauswerfen.« Er drehte sich auf dem Absatz um und verschwand nach oben. »Schließen Sie bitte die Tür beim Hinausgehen hinter sich.«

Amélie blies die Wangen auf, ließ den Koffer auf dem Boden stehen und eilte die Stufen hinauf. Im zweiten Stock befanden sich die Küche, das Bad und das ehemalige Schlafzimmer ihrer

Oma. Ein Stock darunter hatte Amélie mit ihren Eltern gewohnt, wenn sie zu Besuch gewesen waren. Im Vorbeigehen erkannte sie, dass sich Geschirr in der Spüle stapelte. Während der Mann die Stufen in den obersten Stock hinaufstieg, hastete sie ihm erneut hinterher. »He, bleiben Sie stehen.«

Oben angekommen, drehte er sich kopfschüttelnd um. »Ich weiß nicht, was mit Ihnen los ist. Aber ich möchte, dass Sie verschwinden. Ich habe dieses Haus gemietet und finde es eine Unverschämtheit von Ihnen, hier ohne Aufforderung hereinzuplatzen.«

»Von wem haben Sie dieses Haus gemietet?« Das letzte Wort spuckte Amélie geradezu aus.

»Von der Eigentümerin.«

Seine überhebliche Art brachte sie vollends auf die Palme. »Name?«

»Ist das ein Verhör?« Er grinste blasiert.

»Wie heißt die Eigentümerin?« Amélie meinte fast, keine Luft mehr zu bekommen.

»Madame Duran«, erklärte er mit kühler Stimme. »Ich wüsste zwar nicht, was Sie das angeht, aber die Dame heißt Valérie Duran.«

Ihre Tante! Wie kam Valérie dazu, das Haus zu vermieten? Im nächsten Moment entsann sie sich, dass ihre Tante überhaupt nichts von Amélies Ankunft und ihren Plänen wusste.

»Hat es Ihnen die Sprache verschlagen?« Er wirkte amüsiert.

Was sollte sie jetzt tun? »Haben Sie einen Mietvertrag?« Sie konnte es immer noch nicht glauben.

Der Mann ließ die Schultern sinken. »Ich glaube, Sie haben mich nicht verstanden. Ich habe dieses Haus gemietet. Das heißt, Sie sind diejenige, die hier falsch ist.«

»Valérie ist meine Tante«, murmelte Amélie undeutlich.

»Ihre Tante?« Er sah sie verwirrt an. »Hat sie Ihnen denn nicht gesagt, dass das Haus vermietet ist?«

Amélie schüttelte den Kopf. »Es war ... eine spontane Idee von mir hierherzukommen. Ich habe mehrmals versucht, sie anzurufen, sie aber nicht erreicht.« Wo sollte sie jetzt hin?

Der Mann kam ihr einen Schritt entgegen und hielt ihr eine Hand hin. »Benjamin Lemarre.«

»Amélie Trauber.« Sie erwiderte den Handschlag.

Seine Mundwinkel zuckten leicht.

Während sie sich stumm gegenüberstanden, rasten ihre Gedanken. Was sollte sie nun tun?

»Hören Sie«, setzte Lemarre an. »Ihre Tante und ich haben vereinbart, dass ich die oberen beiden Etagen bewohnen kann. Wenn Ihnen der erste Stock reichen würde ...«

Amélie hätte heulen können. All ihre Pläne lösten sich in Luft auf. Sich das Haus ihrer Oma mit einem wildfremden Mann zu teilen war wirklich das Letzte, worauf sie Lust hatte. Unsicher blickte sie auf die Uhr, bevor sie hastig ihren Unterarm verdeckte. Sich eine andere Unterkunft zu suchen war allerdings auch keine Alternative. Zumindest nicht mehr heute Abend.

Sie schluckte und nickte.

»Kann ich Ihnen mit Ihrem Gepäck helfen?«

Abwehrend hob sie die Hände. »Nein, danke.« Ohne ein weiteres Wort drehte sie sich um und stieg die Stufen wieder hinab. Sie hob ihren Koffer und die Reisetasche hoch und kehrte in den ersten Stock zurück. Frustriert öffnete sie eines der Zimmer und trat ein. Der Raum sah noch fast genauso aus wie bei ihrem letzten Besuch vor vielen Jahren. In der Ecke stand ein breites Holzbett, daneben ein kleiner Schreibtisch, an der Wand gegenüber befand sich ein großer Schrank. Neben dem Fenster hing noch immer die alte Schwarz-Weiß-Fotografie des Hafens.

Amélie öffnete den Schrank, in dem ihre Oma schon früher Handtücher und Bettwäsche für sie aufbewahrt hatte. Ihre Eltern hatten während der Urlaube immer in dem Raum nebenan geschlafen. Als Amélie die leicht muffig riechende Wäsche aus dem Schrank nahm, kämpfte sie fieberhaft gegen die aufsteigenden Tränen an. Was hatte sie sich nur dabei gedacht, hier herunterzufahren, ohne auch nur einmal mit Valérie zu sprechen? Und wo war ihre Tante? Hoffentlich konnte sie sie morgen erreichen und die Situation klären. Sicher hätte dieser Benjamin Lemarre nichts dagegen, sich eine Ferienwohnung zu suchen, wenn Valérie ihm klarmachte, dass das Haus aus familiären Gründen benötigt wurde. Etwas zuversichtlicher machte sie sich daran, das Bett zu beziehen.

7

Als Amélie erwachte, musste sie sich erst mal orientieren. Sie schlug die modrig riechende Decke zurück und stieg aus dem Bett. Von irgendwoher drangen Stimmen zu ihr herauf. Das war doch ... Valérie. Amélie trat an das Fenster, das auf den Innenhof hinausging, und lauschte. Ja, das war eindeutig ihre Tante, die da sprach. Amélie konnte die Worte zwar nicht verstehen, aber sie war sich sicher. Jetzt erklang eine Männerstimme. Der Mieter von oben. Leise öffnete sie die Fensterscheiben und linste durch die Ritze zwischen den beiden Holzklappläden.

»... Madame, das ist überhaupt kein Problem«, erklärte Lemarre in dem Moment. »Natürlich verstehe ich das.«

Amélie nickte zufrieden. Offenbar hatte er ihre Tante bereits von ihrer Ankunft unterrichtet. Und Valérie konnte sich sicher denken, dass Amélie ihre Ruhe brauchte. Erleichtert kehrte sie zum Schrank zurück und holte ein rot geblümtes Sommerkleid hervor. Gestern Abend hatte sie sich nicht mehr getraut, duschen zu gehen, da sich das Badezimmer im Stock über ihr neben dem Wohnzimmer und der Küche des Mieters befand. Sie war leise ins Erdgeschoss gehuscht und hatte sich dort am Spülbecken notdürftig gewaschen. Dieses Herumgeschleiche im eigenen Haus hatte nun ja aber hoffentlich ein Ende. Solange Lemarre unten mit Valérie sprach, wollte Amélie kurz unter die Dusche springen. Mit

Handtuch und Klamotten bewaffnet, hastete sie die Stufen hinauf und schloss hektisch die Badezimmertür hinter sich. Genervt bemerkte sie den fehlenden Schlüssel im Schloss. Doch auch von hier oben konnte sie die beiden im Hof noch immer miteinander sprechen hören. Amélie stellte das Wasser an und schäumte sich ein. Mit schnellen Bewegungen wusch sie ihr Haar, während sie immer wieder zur Tür sah. Doch Lemarre tauchte nicht auf. Unbehelligt konnte sie sich abtrocknen und anziehen. Ihr Handtuch hängte sie an einen freien Haken neben der Tür. Auf dem Waschbecken stand ein Glas mit einer Zahnbürste, Zahnpasta, Aftershave und Haargel. Hastig wandte sie den Blick ab und verließ das Bad.

Nachdem sie sich die Haare gekämmt hatte, stieg sie die Treppe hinunter, um ihre Tante zu begrüßen. Wie lange würde es wohl dauern, bis der Mieter eine neue Bleibe gefunden hatte? Wie sie gestern festgestellt hatte, hatte die Urlaubssaison bereits begonnen, auch wenn in Frankreich noch keine Ferien waren. Aber für eine einzelne Person etwas zu finden dürfte nicht allzu schwierig sein, hoffte Amélie, während sie die Tür öffnete.

»Amélie«, rief Valérie entzückt aus, als sie ihre Nichte entdeckte. »Was für eine Überraschung! Monsieur Lemarre hat mir gerade von deiner Ankunft erzählt.«

Der Mieter stand neben ihrer Tante und nickte ihr freundlich zu. Amélie ignorierte ihn und umarmte ihre Tante stürmisch. »Bonjour, Valérie.«

Nachdem sie sich ausführlich begrüßt hatten, schob ihre Tante Amélie ein Stück von sich weg. »*Mon Dieu*, bist du dünn geworden, Kind. André sagte mir schon, dass du …« Sie brach ab und schüttelte bekümmert den Kopf. »Heute Abend kommst du bei uns zum Essen vorbei. François wird sich auch freuen.«

Sie nickte nachdrücklich. »Das wird schon wieder.« Sie schlug die Hände zusammen. »Ach, wenn ich gewusst hätte, dass du kommst ...«

»Ich hatte mehrfach versucht, dich anzurufen«, versuchte sich Amélie an einer Rechtfertigung. »Aber ich konnte dich nicht erreichen. Hast du denn meine Nachrichten nicht bekommen?«

Schuldbewusst blickte Valérie zu Lemarre, der noch immer nichts gesagt hatte, und verzog die Lippen. »Amélie, verzeih deiner alten Tante.« Sie lachte. »François und ich waren ein paar Tage in den Pyrenäen bei Freunden. Da wir dort so gut wie kaum Netz haben, habe ich das Handy zu Hause gelassen. In meiner Generation muss man nicht rund um die Uhr erreichbar sein.« Wieder lachte sie. »Wir sind gestern Abend erst spät nach Hause gekommen, weil wir noch den ganzen Tag wandern waren. Und als ich gehört habe, dass du vorhast herzukommen, habe ich mich natürlich sehr gefreut. Aber ich wusste nicht, ob du schon da bist, und wollte auch nicht mitten in der Nacht hier hereinplatzen.« Wieder blickte sie zu ihrem Mieter und lächelte verschmitzt. »Ich dachte mir aber, dass Monsieur Lemarre die Situation sicher mit dir klären kann.«

Nun sah auch Amélie zu dem blonden Mann. »Na ja ...«, begann sie zögernd. »Ich habe schon einen ganz schönen Schreck bekommen, als ich Licht brennen sah. Papa hatte mir nichts davon gesagt. Es war sogar seine Idee, dass ich eine Weile herkommen sollte.«

Ihre Tante zog den Kopf ein. »Schande auf mein Haupt. Ich hatte André nicht erzählt, dass ich das Haus vermietet habe.« Sie verdrehte die Augen. »Ich muss es vergessen haben. Da dein Vater aber auch nicht vorhatte, in nächster Zeit zu kommen, und Monsieur Lemarre nur einige Wochen hier wohnen möchte, hielt ich es nicht für relevant.«

Amélie bemühte sich um ein freundliches Gesicht, während sie Lemarres Blick auf sich spürte. »Ich habe gerade mitbekommen ...«, sie zeigte mit dem Daumen über die Schulter, » ... dass ihr die Situation schon geklärt habt.« Jetzt blickte sie dem Mieter offen ins Gesicht. »Ich danke Ihnen für Ihr Verständnis und Ihre Rücksichtnahme.«

Er zuckte mit den Achseln. »Kein Thema. Ihre Tante hat angedeutet, dass Sie eine schwere Zeit hinter sich haben.«

Amélie nickte dankbar. »Ich brauche wirklich ein paar Tage Ruhe.«

»Sie werden nichts von mir hören.« Lemarre grinste.

Irritiert blickte Amélie von ihm zu ihrer Tante. »Ich verstehe nicht ...«

»Ich bin zum Arbeiten hier. Tagsüber bin ich sowieso meist unterwegs. Und ich habe nicht vor, abends Partys zu feiern. Wie gesagt, Sie werden mich gar nicht hören.«

Valérie nickte freudestrahlend. »Das Haus ist so groß, dass es glücklicherweise überhaupt kein Problem ist, sich aus dem Weg zu gehen. Und die Küche darfst du selbstverständlich mitbenutzen.«

Amélie rang um Fassung. Irgendetwas lief hier gerade völlig schief. »Ich verstehe nicht ganz ...«

»Es ist doch sehr nett von Monsieur Lemarre, dass du den ersten Stock bewohnen kannst. Du hast zwei große Zimmer für dich. Und Bad und Küche teilt ihr euch.«

Das konnte nicht ihr Ernst sein. Amélie schloss kurz die Augen. Sie sollte mit einem Wildfremden im Haus ihrer Oma wohnen? Es war ihr Haus! Gut, nicht ihres persönlich, aber das ihres Vaters und seiner Schwester. Was wollte Lemarre in dieser Bruchbude?

»Aber ...«, stammelte sie hektisch. »Ich dachte, Sie ...«

»Was, Madame?« Der Blick ihres unerwünschten Mitbewohners wurde eindringlicher. »Was dachten Sie?«

Bevor sie etwas erwidern konnte, fing sie den liebevollen Blick ihrer Tante auf. Mühsam schluckte sie ihren Ärger hinunter und schüttelte den Kopf. »Nichts. Ich dachte gar nichts. Danke, dass Sie Valéries Idee zugestimmt haben.« Der letzte Satz blieb ihr fast im Hals stecken.

»Wie gesagt, überhaupt kein Problem. Sicher verbinden Sie schöne Erinnerungen mit diesem Haus. Und Ihre Tante hat recht: Es ist für mich allein ohnehin viel zu groß. Ich bin mir sicher, dass wir gut miteinander auskommen.« Er streckte ihr seine Hand hin. »Ich bin Benjamin.«

Widerwillig ergriff sie sie und murmelte: »Amélie.«

»Hört zu, ihr beiden, ich muss weiter. Der Kühlschrank ist leer«, Valérie zwinkerte vergnügt, » ... und dein Onkel hungrig.« Sie strich Amélie sachte über den rechten Oberarm. »Wir sehen uns heute Abend, Liebes. Dann haben wir Zeit zum Reden.« Sie blickte kurz zu Lemarre. »Vielleicht ist es gar nicht so schlecht, dass du nicht ganz allein hier bist.«

Was wollte ihre Tante damit sagen? Amélie benötigte keinen Aufpasser. Doch sie verbiss sich eine entsprechende Erwiderung, da sie befürchtete, dass es am Ende sie wäre, die in ein Hotel oder eine Pension ziehen müsste, wenn diese Zweckgemeinschaft schiefginge. Lemarre hatte immerhin einen gültigen Mietvertrag. Sie dagegen ... Amélie atmete tief durch, während ihre Tante sich von ihnen verabschiedete und durch das leer stehende Ladengeschäft verschwand.

»Dann auf ein gutes Zusammenwohnen.« Lemarre blickte sie aufmunternd an.

Amélie presste verärgert die Kiefer aufeinander, drehte sich um und ließ ihn ohne ein weiteres Wort stehen.

Wie sollte es jetzt weitergehen? Was hatte sich ihre Tante nur dabei gedacht? Tränen stiegen in Amélie auf. Wie sehr sehnte sie sich in diesem Moment nach der Einsamkeit ihrer weitläufigen Wohnung am Heidelberger Neckarufer. Sollte sie ihr Zeug packen und nach Hause fahren? Warum nicht? Was hielt sie hier? Ganz offensichtlich gab es keinen Platz für sie in Collioure.

Sie setzte sich wieder auf. Gut, vielleicht verhielt sie sich gerade etwas melodramatisch. Doch die Reise nach Südfrankreich hatte Amélie so viel Überwindung, so viel Kraft gekostet, dass die Enttäuschung über ihre geplatzten Pläne tief saß. Sie hatte Ruhe gesucht. Frieden. Wie aber sollte sie zur Ruhe kommen, wenn sie sich das Haus mit Benjamin Lemarre teilte? Wenn sie mit einem fremden Mann Bad und Küche gemeinsam nutzen musste? Dieser Eingriff in ihre Privatsphäre schien ihr kaum erträglich. Sollte sie nicht doch lieber abreisen? Oder sich ein Appartement suchen? Nein, der Gedanke, in ihr fremde vier Wände zu ziehen, war noch schlimmer als die momentane Situation.

Ihr Magen begann zu knurren. Wann hatte sie das letzte Mal etwas gegessen? Der Crêpe gestern Abend, fiel es ihr im nächsten Augenblick ein. Vor der Begegnung mit Mathilde, der Malerin.

Amélie erhob sich und öffnete den Schrank ihrer Oma. Wie erwartet lag im untersten Fach die Korbtasche, mit der ihre Großmutter immer auf den Markt gegangen war. Wehmütig holte Amélie die Tasche heraus und verließ ihr Zimmer. Im Stockwerk über sich hörte sie den Mieter in der Küche herumwerkeln. Trotzig trampelte sie die Stufen hinunter und warf lautstark die Eingangstür hinter sich ins Schloss.

Als sie auf die Gasse hinaustrat, wurde sie augenblicklich von der typischen südfranzösischen Wärme eines Frühsommertages umhüllt. Sie atmete tief durch und machte sich auf die Suche nach einem Bäcker. In dem Altstadtviertel entdeckte Amélie beim

Durchqueren einige leer stehende Gebäude, die sich in einem ähnlichen Zustand befanden wie das Haus ihrer Familie. Wahrscheinlich stellte sich deren Eigentumssituation genauso dar wie bei ihnen. Betagte Besitzer, die sich nicht mehr um ihr Hab und Gut kümmern konnten und keine Kinder hatten, die in der Nähe wohnten oder denen die finanziellen Mittel für eine Sanierung fehlten.

Nachdenklich betrachtete Amélie die lange Häuserreihe. An einigen der Gebäude blätterte der Putz ab. Stromkabel hingen herrenlos an Außenmauern herunter und Holzläden schief in den Angeln. Vor einem der vielen bereits restaurierten Häuser blieb sie stehen und ließ den Blick über die sanierte Fassade schweifen. Gepflegte blaue Klappläden umrahmten die bodentiefen Türen, vor denen sich schwarze Eisenbrüstungen befanden. Das Haus war kaum breiter als drei Meter, behauptete sich aber mit seinen vier Etagen tapfer zwischen den wesentlich größeren, aber auch verwahrlost wirkenden Nachbargebäuden. An einem anderen ebenfalls sanierten Haus hingen an jedem Fenster breite Blumenkästen mit roten Geranien, die sich wunderschön vor der sonnengelben Fassade abhoben. Daneben saßen zwei ältere Frauen auf einer weiß gestrichenen Holzbank. Obwohl sie sich nur zwei Querstraßen von der belebten Fußgängerzone mit ihren zahlreichen Geschäften und Restaurants entfernt befanden, herrschte hier eine heimelige Ruhe. Tagsüber, wenn die Tagestouristen Collioure bevölkerten, blieb auch ihre Gasse davon nicht unberührt, doch es war noch früh, und außer ein paar wenigen Einheimischen kam Amélie niemand entgegen.

Sie holte sich zwei Croissants und ein Pain au chocolat aus einer hübschen kleinen Boulangerie in der Nähe der Touristeninformation. Amélie konnte sich nicht erinnern, wann sie das letzte Mal eine solche Menge zum Frühstück vertilgt hatte. Es musste an der Meeresluft liegen, die ihren Appetit anregte. Denn Valérie hatte recht. Seit dem Tod von Marco und Thorsten hatte sie fast zehn Kilo abgenommen, und Amélie war auch vor dem Unfall schon schlank gewesen. Mit einem Kaffee und ihrem Frühstück bewaffnet, schlenderte sie gemütlich durch die Altstadt. Ließ die farbenfrohen Fassaden und Balkone auf sich wirken und versuchte, die unglückliche Wohnsituation auszublenden.

»Amélie?«

Sie drehte sich um. »Muriel?«

»Amélie, was machst du denn hier?« Die blonde Frau trat zu ihr und öffnete ihre Arme, um Amélie zu begrüßen.

»Was für ein Zufall«, entgegnete sie, während sie ihre Freundin aus Jugendzeiten ebenfalls umarmte.

»Was machst du hier? Seit wann bist du in Collioure? Wie lange bleibst du?«

Amélie musste lachen. »Muriel«, sie hob langsam die Hand mit dem Kaffeebecher, »langsam.«

»Ich kann es nicht glauben.« Das Gesicht ihrer Freundin strahlte. »Amélie.« Sie schüttelte den Kopf. »Wie lange haben wir uns nicht gesehen?«

Beschämt verzog sie das Gesicht. »Zu lange.«

Muriel nickte und hakte sich bei ihr unter. »Hast du Zeit?« Sie blickte auf die Uhr. »Ich muss erst in einer Stunde zum Arzt. Wollen wir uns irgendwo hinsetzen?«

Amélie willigte ohne zu zögern ein. Mit einer alten Freundin plaudern war genau das, wonach ihr jetzt der Sinn stand. Und sie war gespannt, was Muriel in den letzten Jahren erlebt hatte.

»Ich fasse es nicht«, wiederholte ihre Freundin ihre Überraschung über das zufällige Treffen, nachdem sie sich auf eine Bank direkt am Meer gesetzt hatten. »Lass es dir schmecken.« Grinsend zeigte sie auf das Croissant.

Amélie zog eine Grimasse. »Ich bin erst gestern angekommen. Und habe spätabends nur einen dünnen Crêpe gegessen.«

Muriel lachte. »Oje, du Arme. Wenn ich das gewusst hätte, hätten wir gemeinsam bei mir frühstücken können. Die Kinder sind jetzt in der Schule.«

»Kinder?«, wiederholte Amélie überrascht. Als sie das letzte Mal mit Muriel gesprochen hatte, hatte die gerade ihr Jurastudium begonnen und immer wieder mit Nachdruck erklärt, sie werde ihre Karriere nicht für eine Familie opfern.

Grinsend hob Muriel eine Hand und zeigte auf den goldenen Ring an einem ihrer Finger. »Irgendwie hat das Leben meine Pläne durchkreuzt. Ich bin verheiratet und habe zwei Töchter. Zwillinge.«

»Das klingt wundervoll«, erwiderte Amélie ehrlich. »Wie alt sind die beiden?«

»Sieben. Und rate mal, wer mich vor einer staubtrockenen Juristenkarriere bewahrt hat.« Ihr Lächeln wurde breiter. »Du kommst mit Sicherheit nicht drauf.«

Amélie runzelte die Stirn. »Ich kenne ihn?«

»Definitiv«, erwiderte Muriel spitzbübisch.

Während Amélie nachdachte, platzte sie heraus: »Adrien.«

»Adrien? *Der* Adrien?«

»Der Adrien, den ich seit meinem sechsten Lebensjahr kenne. Der mein gesamtes Leben lang nie weiter als zweihundert Meter von mir entfernt gewohnt hatte. Und den ich meine gesamte Jugendzeit absolut nervig und unerträglich fand.« Sie lachte.

Amélie musste ebenfalls grinsen. Nur zu gut konnte sie sich an die Schimpftiraden ihrer Freundin über Adriens neueste Gemeinheiten erinnern. Von seinem unmöglichen Benehmen in der Schule. Seinen üblen Scherzen, die er immer wieder mit ihr getrieben hatte.

»Na ja. Was sich liebt, das neckt sich. Irgendetwas scheint an dem Spruch wohl doch dran zu sein.«

Muriel stieß ihr spielerisch den Ellenbogen in die Seite. »Das hättest du nicht vermutet, oder?«

»Wenn ich ehrlich bin«, Amélie legte den Kopf schief, »nein.«

Einen Moment lang blickten die Frauen stumm aufs Wasser. Eine Möwe saß auf einem aus dem Meer ragenden Felsvorsprung und tauchte ihren Schnabel ins Wasser.

»Ja, wenn man wüsste, was das Leben für einen bereithält«, sinnierte Muriel ernst.

»Dann hättest du Adrien schon während deiner Schulzeit mit anderen Augen betrachtet«, frotzelte Amélie.

Muriel lachte. »Ja, vielleicht.«

Amélie nahm die Hand der Freundin in ihre und drückte sie. »Ich freue mich für dich. Ehrlich.«

Muriel nickte zögernd. »Ich habe vor Längerem deine Tante getroffen. Sie erzählte mir, was dir ... was passiert ist«, druckste sie unbeholfen herum.

»Ja, manchmal durchkreuzt das Leben unsere Pläne«, erwiderte Amélie, »manchmal aber auch der Tod.«

Muriel löste ihre Hand und legte Amélie einen Arm um die Schulter. »Ach, Süße. Kannst du dich noch erinnern, als wir Adrien und seinen Freund abends beim Kiffen erwischt hatten?«

Ja, Amélie erinnerte sich. Da Muriels und Adriens Eltern quasi Nachbarn gewesen waren, hatte der Jugendliche eine Heidenangst gehabt, dass Muriel ihn bei seinem Vater verpetzen könnte. Wegen seiner ständigen Witzeleien auf ihre Kosten wäre es ihr nicht einmal zu verdenken gewesen. Doch Muriel hatte damals nichts verraten.

»Ich hoffe, er hat dich überhaupt verdient«, erwiderte Amélie jetzt.

»Das hat er«, bestätigte Muriel mit einem dankbaren Unterton. »Er ist der Beste.«

»Wow«, entfuhr es Amélie. »Dich hat es ja mächtig erwischt. Wie lange seid ihr zusammen?«

»Zehn Jahre. Und acht davon verheiratet«, erklärte Muriel leise. »Ich könnte mir keinen besseren Mann vorstellen. Manchmal ist der erste Eindruck eben nicht der entscheidende.«

Amélie lachte kurz auf. »Von einem ersten Eindruck kann man bei euch wohl eher nicht sprechen, oder? Wohl eher vom tausendsten. O Mann, ihr kennt euch schon so lange. Dass aus einer Hassfreundschaft tatsächlich Liebe werden kann …«

»Heute lachen wir über unsere Vergangenheit«, bekannte Muriel. »Manchmal denke ich, dass mein richtiges Leben erst mit Adrien begann. Also, als wir zusammengekommen sind«, berichtigte sie sich sofort.

»Du hörst dich sehr glücklich an«, stellte Amélie fest.

»Das bin ich.«

Hatte sie je so von Thorsten gesprochen? Sie war doch ebenfalls einmal glücklich gewesen. Wehmut stieg in Amélie auf. Wehmut über eine Ehe, die sich im Nachhinein als Schmierentheater entpuppt hatte. Wehmut über ein Leben, von dem sie schon immer geträumt, es aber nie gelebt hatte. Sie wollte nicht schon wieder weinen.

»Was macht das Schreiben? Deine Tante erzählte mir, dass deine Bücher richtige Verkaufsschlager sind«, wechselte Muriel das Thema, da sie Amélies Zustand zu spüren schien. »Es war doch schon immer dein Traum gewesen zu schreiben. Und ich finde es so toll, dass du so erfolgreich bist.«

Amélie bemühte sich um ein schwaches Lächeln. »Das Schreiben war ein Traum, ja. Aber es bedeutet mir nichts mehr.« Sie schluckte, als sie spürte, wie erneut Tränen in ihr aufstiegen. Muriels Umarmung wurde fester. Sie zog Amélie dichter zu sich heran und hielt sie einfach nur gedrückt. Als Amélie zu weinen begann, wiegte ihre Freundin sie sachte im Arm und redete beruhigend auf sie ein. Das Gefühl, nach Hause gekommen zu sein, verstärkte sich.

• • •

Eine Stunde später setzte sich Amélie tief bewegt in ihren Wagen. Das zufällige Wiedersehen und ihr Gespräch mit Muriel hatten sie sehr aufgewühlt. Sie war dankbar über die Nähe, die sofort wieder zwischen ihnen geherrscht hatte. Amélie kannte Muriel seit mehr als zwanzig Jahren. Schon als junge Mädchen hatten sich ihre Wege während Amélies Aufenthalten in Collioure gekreuzt, und es hatte nicht lange gedauert, bis eine innige Freundschaft zwischen ihnen entstanden war. Vielleicht war Amélies Rückkehr doch der Beginn eines Neuanfangs. Muriel hatte ihr noch das Versprechen abgerungen, in den nächsten Tagen bei ihr und ihrer Familie vorbeizuschauen.

Während Amélie aus der Parklücke stieß, klingelte ihr Handy. Sie fluchte leise, bremste jedoch ab und angelte das Telefon aus der Handtasche. Es war ihre Agentin.

»Amélie, ich war zufällig in der Gegend und wollte kurz bei dir vorbeischauen. Wo bist du?«

»Du stehst vor meiner Wohnung?«

»Ja. Ich habe mit Bernd gesprochen und wollte mich jetzt noch mal mit dir beraten.«

»Ich bin nicht zu Hause«, erwiderte Amélie genervt.

Tina lachte. »Das habe ich gemerkt. Wann bist du wieder da?«

»Ich weiß nicht …«

»Ich verstehe nicht ganz«, entgegnete Tina irritiert. »Du musst doch wissen, wann …«

»Ich bin in Frankreich«, unterbrach Amélie sie.

»In Frankreich? Was machst du da?«

»Urlaub«, erwiderte sie schnippisch.

Einige Sekunden blieb es am anderen Ende der Leitung still, bevor Tina sich räusperte. »Vielleicht tut dir ein Tapetenwechsel wirklich ganz gut. Bist du bei deiner Familie?«

»Nicht direkt«, wich Amélie aus.

»Vielleicht küsst dich sogar die Muse, und du kommst dazu, an Band zwei weiterzuschreiben.«

»Weiterzuschreiben? Ich habe noch nicht einmal angefangen. Und nein, ich bin nicht zum Schreiben hier.«

»Amélie, Bernd wird langsam ungeduldig. Der Mittelteil der Trilogie sollte laut Vertrag seit achtzehn Monaten fertig sein.«

Amélie trommelte mit ihren Fingern ungeduldig auf das Lenkrad. »Und wenn du es noch zehnmal wiederholst, Tina. Ich kann nicht mehr schreiben. Das habe ich dir jetzt schon mehrfach erklärt.«

»Soll ich das Bernd so sagen?«

»Es ist mir egal, was du ihm sagst. Mein Sohn ist vor drei Jahren gestorben. Er war gerade einmal zwei Jahre alt. Mein Mann ist tot. Kannst du dir auch nur annähernd vorstellen, dass mir irgendwelche abgeschlossenen Verträge mittlerweile völlig gleichgültig sind? Ich habe meine Familie verloren. Es interessiert mich nicht, was Bernd darüber denkt. Und es interessiert mich, ehrlich gesagt, auch nicht, was du denkst.« Hastig drückte Amélie das Gespräch weg. Ihr war klar, dass ihr Verhalten Konsequenzen haben würde. Sowohl Bernd als auch Tina würden auf dem Einhalten ihrer Verträge beharren. Sie waren Geschäftspartner, nicht mehr und nicht weniger. Und es war Amélie, die sich nicht an die

Abmachungen hielt. Was war nur mit ihr los? Ihr Leben lang war sie stets ein verlässlicher Mensch gewesen und hatte sich loyal verhalten. Diese Patzigkeit, diese immer wieder auftretende Gereiztheit, das passte doch gar nicht zu ihr. Hatte der Unfall sie wirklich so stark verändert, dass sie sich teilweise nicht mehr im Griff hatte?

Für einen Moment legte sie die Stirn auf das Lenkrad und schloss die Augen. Sie musste mit ihrer Vergangenheit abschließen. Nicht verdrängen und nicht leugnen, sondern abschließen. Ohne diesen Prozess würde sie nicht nach vorne schauen können. Entschlossen startete sie den Wagen und machte sich auf den Weg nach Argelès-sur-Mer.

8

Nachdem Amélie den Wagen hinter der Touristeninformation von Argelès geparkt hatte, klingelte erneut ihr Handy. Genervt blickte sie auf das Display, doch diesmal war es nicht Tina, sondern ihr Vater.

»Papa.«

»Amélie, ich habe gerade mit Valérie gesprochen, und sie hat mir von Monsieur Lemarre erzählt.«

Monsieur Lemarre? Ach so, der Mieter. »Ja, das ist leider etwas unglücklich gelaufen. Wenn ich sie in Deutschland erreicht und erfahren hätte, dass das Haus nicht leer steht ...«

»Valérie meinte, der junge Mann sei sehr umgänglich.«

»Keine Ahnung, wir haben uns bisher nur kurz gesehen«, murrte sie.

»Weswegen ich eigentlich anrufe«, wechselte ihr Vater das Thema, »ich war vorhin mit dem Makler in deiner Wohnung.«

Amélie horchte auf. Das ging ja schneller als gedacht. »Und?«

»Er meinte, es dürfe kein Problem sein, die Immobilie zu verkaufen.«

»Hat er etwas zum Preis gesagt?« Sie stieg aus dem Wagen aus und hängte sich ihre Einkaufstasche um.

»Er wollte wissen, was ihr ... du bezahlt hast. Und schätzt, dass du aktuell etwa ein Viertel mehr bekommst.«

»Fünfundzwanzig Prozent Wertsteigerung?«, platzte es aus Amélie heraus. »Ist er sicher?«

Ihr Vater lachte. »Na ja, er ist eben ein Makler. Aber ja, er scheint sich ganz gut mit der momentanen Marktlage auszukennen. Und hochpreisige Immobilien hätten wohl gerade Konjunktur.«

Amélie konnte es nicht glauben. »Wie lange wird es dauern, bis er jemanden gefunden hat?«

»Wir sprechen hier von einer siebenstelligen Summe. Dir ist schon klar, dass man ein solches Objekt nicht einfach mal so im Vorbeigehen kauft.«

»Also wird es länger dauern?« Ihre Hoffnung, die Wohnungsangelegenheit schnell hinter sich zu bringen, sank augenblicklich.

»Das hat er nicht gesagt. Ich habe ihm angeboten, dass er jederzeit mit Interessenten die Wohnung ansehen kann. Ich würde ihn hineinlassen.«

Eine Welle der Dankbarkeit überflutete Amélie. »Das ist lieb von dir, Papa. Danke!«

»Ach, Kind. Das ist doch nichts. Maman und ich haben Zeit, und wenn wir dir irgendwie helfen können …« Er ließ den Satz unbeendet. »Wo bist du?«

»In Argelès. Ich gehe jetzt erst einmal einkaufen. Dann will ich bei Charlotte vorbeischauen und im Anschluss Oma besuchen.«

»Sie wird sich sehr freuen.«

»Es wird eine Überraschung für sie sein«, stimmte Amélie ihm lächelnd zu.

»Melde dich, wenn du Hilfe benötigst.«

»Danke, Papa. Das mache ich. Aber ich komme schon zurecht. Grüß Mama.«

Amélie überquerte den weitläufigen Parkplatz und legte nachdenklich die wenigen Schritte bis zum Markt zurück. Natürlich verkaufte sich eine Luxusimmobilie nicht über Nacht. Die Größe der Wohnung war vor allem für Familien reizvoll. Doch welche Familie konnte einen solchen Kaufbetrag aufbringen? Sie war realistisch genug, um zu wissen, dass Thorsten und sie ein sehr privilegiertes Leben geführt hatten. Dank seines Vorstandsgehalts und ihrer Bücher. Was war ihr davon geblieben? Sie verdrängte die traurigen Gedanken und stürzte sich in den Trubel.

Den Markt in Argelès kannte sie seit ihrer Kindheit. Regelmäßig war sie in den Ferien mit ihrer Oma hierhergekommen, um einzukaufen. Die Märkte waren für Amélie wie kaum etwas anderes urtypisch für die südfranzösische Lebensart. Hier wurden Lebensmittel zelebriert. Man kochte anders, wenn man das Gemüse nicht anonym im Supermarkt gekauft hatte. Wenn man wusste, wo das Stück Rindfleisch herkam, das man bei einem der Bauern der Region erworben hatte. Die Menschen trafen sich auf den Märkten, man plauderte und tauschte die aktuellen Neuigkeiten aus. Amélie verspürte bei den Franzosen nicht den Hauch von Stress, wenn sie sich umsah. Wie anders lief dagegen in Deutschland der Wocheneinkauf. Genörgel und Gedrängel, wo man hinsah. Jede Minute, die die Menschen ihres Erachtens zu lang an der Kasse anstanden, steigerte deren Aggressionspegel.

Gleich am ersten Stand kaufte sie einen Knoblauchzopf aus der Drôme Provençale, nachdem sie genüsslich an ihm geschnuppert hatte. Der beste Knoblauch Frankreichs, wie ihre Oma seit jeher behauptete. Amélie bedankte sich bei der Verkäuferin und ging weiter. Sie kaufte ein wenig Obst und Gemüse und verstaute alles in ihrer Korbtasche. Am nächsten Stand entdeckte sie die berühmten Seifen aus Marseille. Wehmütig ließ sie den Blick über die Seifenstücke wandern, die in den unterschiedlichsten Farben aufgereiht waren, violette, rote, gelbe, hellgrüne, blaue, weiße, braune. Amélie konnte sich nicht sattsehen.

»Suchen Sie etwas Bestimmtes?«

Sie blickte den Verkäufer an, der sie freundlich musterte, und schüttelte den Kopf. »Nein. Diese Seifen erinnern mich an meine Kindheit, meine Jugend.« Sie stockte. »An meine Oma.« Ihre Großmutter hatte im Badezimmer immer Lavendelseife liegen gehabt. Amélie hatte den Duft geliebt. Der Geruch bedeutete für sie Fürsorge, Heimkommen und ... Liebe. »Ich nehme zwei davon.« Sie deutete auf die fliederfarbenen Stücke.

Einige Meter weiter wurde italienische Mode verkauft. Ein hellblaues knielanges Kleid mit einem raffinierten Ausschnitt erregte Amélies Aufmerksamkeit. Sie blieb stehen und betastete den Stoff.

»Das würde Ihnen zu Ihrem brünetten Haar sicher sehr gut stehen«, meinte eine ältere Frau dicht neben ihr.

Überrascht blickte sie sie an. »Meinen Sie? Ich bin mir nicht sicher, ob dieses Babyblau wirklich meine Farbe ist.«

»Ist es«, bekräftigte die Fremde. »Ihre warmen braunen Augen und das braune Haar. Das Blau wird fantastisch an Ihnen aussehen.«

»Danke. Ich glaube, ohne Sie hätte ich nicht darüber nachgedacht, es anzuprobieren.« Sie nahm das Kleid vom Ständer und steuerte auf die provisorische Umkleidekabine zu, die aus einem einfachen Stahlgerüst mit Stoffverkleidung bestand.

Die Frau hatte recht gehabt. Das Blau betonte Amélies leicht gebräunte Haut und setzte einen hübschen Akzent zu ihrem dunklen Haar.

Nachdem sie ihre Garderobe erweitert hatte, kaufte sie noch ein hochwertiges Olivenöl sowie die typischen südfranzösischen kleinen Würstchen.

Ein Stand mit Ohrringen zwang sie, erneut stehen zu bleiben. Amélie wusste, dass es sich nur um Modeschmuck handelte, doch die silbernen und goldenen Kreationen waren sorgfältig und filigran ausgearbeitet.

»Schauen Sie sie sich ruhig näher an«, bot ihr die Verkäuferin an, während sie auf ein besonders schönes Paar zeigte.

»Haben Sie die selbst gemacht?«, wollte Amélie wissen, während sie den silbernen Ring mit den kleinen Perlen an ihr Ohr hielt und sich in dem aufgestellten Spiegel bewunderte.

»Ja, Madame. Alles, was Sie hier sehen, ist Handarbeit.«

»Sie sind wundervoll«, hauchte Amélie verzückt.

»Sie passen gut zu Ihnen. Sie sind eine sehr schöne Frau.«

»Danke«, gab sie verlegen zurück.

»Ihr Mann wird Augen machen, wenn er Sie mit den Ohrringen sieht.«

»Ja, vielleicht«, erwiderte sie unverbindlich. »Ich nehme sie. Haben Sie eine kleine Tüte, damit ich sie nicht verliere?«

Als Amélie an den anstehenden Besuch bei ihrer Großmutter denken musste, lief sie nochmals zurück und erstand an einem der ersten Stände eine Flasche Pastis. Bewaffnet mit ihren Einkäufen, verließ sie den Markt und verstaute alles in ihrem Wagen.

9

»Monsieur Lemarre?« Der alte Mann sah Benjamin mit dunklen Augen an.

»Bonjour, Monsieur Vincent. Vielen Dank für das kurzfristige Treffen.«

Der ehemalige Stadtarchivar wedelte mit der Hand. »Kommen Sie herein, junger Mann.«

Benjamin musste ein Grinsen unterdrücken. *Jung* war eben immer eine Frage der Perspektive.

»Setzen wir uns auf den Balkon.« Der Herr schlurfte vor ihm durch das mit dunklen Holzmöbeln ausgestattete Wohnzimmer und trat ins Freie.

Nachdem Benjamin ihm gefolgt war, blieb er überrascht stehen. »Wow!«, entfuhr es ihm. Vor Benjamin erstreckten sich der Hafen und die Altstadt von Collioure. Linker Hand das mächtige Château Royal, davor die alte Wehrkirche. Unzählige Touristen tummelten sich auf dem Steg, der am Meer entlangführte. »Das ist eine traumhafte Aussicht.«

Monsieur Vincent lächelte neben ihm. »Ich bin hier geboren und habe jahrzehntelang in der Altstadt gelebt. Als mein Sohn mich vor ein paar Jahren davon überzeugen wollte, mein mehrstöckiges Haus zu verlassen, hatte ich mir nie vorstellen können, dass ich nochmals einen Ort finde, an dem ich mich so wohlfühle.

So heimisch.« Er verzog schelmisch das Gesicht. »Eines Tages kam Jacques mit seiner Frau und erklärte mir, dass wir einen kurzen Ausflug machen würden.« Er hob den rechten Zeigefinger. »Ich kenne meinen Sohn.« Der alte Mann lachte. »Und ich wusste ganz genau, dass er etwas im Schilde führt. Er hat mich zu dieser Wohnung und auf den Balkon gebracht.«

Benjamin musterte das faltige, wettergegerbte Gesicht von Monsieur Vincent, der jetzt die Arme ausbreitete. »Und was soll ich sagen? Ich habe meine Stadt gesehen, wie ich sie immer geliebt habe, und Jacques gefragt, wann ich hier einziehen könne.«

»Der Blick ist einzigartig«, bestätigte Benjamin. »Und was haben Sie mit dem Haus in der Altstadt gemacht?«

»Es steht seit vier Jahren leer. Seit meinem Umzug. Jacques versucht, es zu verkaufen.« Er schüttelte den Kopf. »Aber die Marktlage ...«

»Ja, für einen Immobilienverkauf ist die aktuelle Situation nicht gerade einfach.«

»Aber setzen Sie sich doch, Monsieur Lemarre.« Er deutete zu einem kleinen Eisentisch, auf dem ein Tablett mit einer Kanne, zwei Tassen und einem Teller mit Macarons stand. »Die hat meine Schwiegertochter gebacken«, flüsterte der Pensionär verschwörerisch. »Die besten an der ganzen Côte Vermeille.«

Benjamin zog einen der beiden Stühle hervor und setzte sich. Nachdem auch Monsieur Vincent Platz genommen hatte, bedankte er sich ein weiteres Mal. »Ihr Sohn erklärte mir, es gebe keinen erfahreneren Kenner der Geschichte Südfrankreichs.«

Der Mann winkte ab. »Jacques übertreibt.« Er deutete auf die Kanne. »Bitte seien Sie doch so frei, und schenken Sie uns ein Tässchen ein. Ein kleiner Koffeinschub kann in meinem Alter nicht schaden. Sicher wird unser Gespräch etwas länger dauern.«

Während Benjamin nach der Kanne griff, setzte er an: »Ich möchte auf keinen Fall zu viel Ihrer kostbaren Zeit stehlen.«

Wieder lachte der ehemalige Stadtarchivar. »Machen Sie Witze, junger Mann? Ich bin vor zwei Jahren achtzig geworden. In meinem Alter zählt jede Minute.« Erneut hob er seinen knochigen Zeigefinger. »Ihr Besuch ist mir eine willkommene Abwechslung. Es gibt leider viel zu wenige in Ihrer Generation, die sich mit der leidvollen Vergangenheit unseres schönen Landes auseinandersetzen.«

»Sie sind 1937 geboren«, begann Benjamin. »Das heißt, Sie waren während der Besatzungszeit noch ein Kind. Haben Sie überhaupt irgendwelche Erinnerungen an damals?«

Monsieur Vincent wandte den Kopf und starrte zum Horizont. »Ich war sieben Jahre alt, als der Krieg endete. Manchmal bin ich mir nicht sicher, ob es meine Erinnerungen sind, aus denen ich schöpfe, oder ob es die späteren Erzählungen meiner Eltern sind. Auch meine Arbeit bestand ja aus der ständigen Konfrontation mit der Vergangenheit. Letztlich ist es wohl eine Mischung aus allem.«

»Wann haben Sie im Stadtarchiv angefangen?«

Der Mann legte den Kopf schief. »Das war 1959. Ein Jahr später wurde Jacques geboren.« Er blinzelte. »Ich hatte es mit Tausenden von Unterlagen zu tun, die gesichtet, sortiert und gelistet werden mussten. Davor hatte sich niemand an dieses finstere Kapitel herangetraut. Aber ich habe mich auf die Arbeit gefreut. Als ich angefangen habe, war noch wenig bekannt über die Kollaboration der Franzosen mit den Nazis.«

»Ein schwieriges Thema«, stimmte Benjamin zu und dachte an seine eigenen Recherchen. »Frankreich war ein besetztes Land. Wir waren Opfer, nicht Täter.«

»Diese Aussage ist zu undifferenziert«, widersprach der Rentner vehement. »Deutschland hat Frankreich besetzt, das ist richtig. Erst den Norden und Westen, später auch den Süden. Pétain war lediglich eine Marionette in den Händen der Deutschen. Ein Befehlsempfänger, der die Anweisungen der Nazis ohne große Widerrede weitergab und ausführen ließ. Aber die Franzosen haben auf fast allen Ebenen mit Nazideutschland zusammengearbeitet.« Er verharrte einen Moment.

»Gibt es dazu Unterlagen?«, hakte Benjamin nach, während er einen Schreibblock aus seiner Tasche zog und sich Notizen machte.

Monsieur Vincent nickte. »Mehr als genug. Kollaboration fand sowohl im privaten als auch im öffentlichen Bereich statt. Angestellte der Städte, die zu Handlangern der sogenannten Herrenmenschen wurden.« Er malte Anführungszeichen in die Luft. »Postmitarbeiter wurden dazu angehalten, Briefe von verdächtigen Personen zu öffnen und Bericht darüber zu erstatten, welche Gesinnung die Betreffenden vertraten. In Bezug auf die Regierung, in Bezug auf die Deutschen.« Er schüttelte bekümmert den Kopf. »Kommunisten, Juden, Ausländer. Jeder konnte damals verdächtigt werden. Nicht zu vergessen, die Mitglieder der Résistance.«

»Ihre Familie hat damals in Collioure gelebt. Was haben Ihre Eltern über diese Zeit erzählt?«

»Wir waren sechs Kinder. Drei Jungen und drei Mädchen.« Er blickte auf und sah Benjamin traurig an. »Ich war der Jüngste, das Nesthäkchen, wie man heute sagen würde. Meine Geschwister sind bereits verstorben.« Nachdenklich kratzte er sich am Kinn. »Mein ältester Bruder war 1923 geboren. Er wurde kurz vor Kriegsende von der Gendarmerie erschossen.« Er schnaufte. »Ein Unfall angeblich. Ein Versehen. Der Zweitälteste war drei Jahre jünger. Er hat immer behauptet, Albert habe sich der Résistance angeschlossen. Auch nach dem Krieg haben meine Eltern diesbezüglich jedoch nichts in Erfahrung bringen können. Niemand hat sich je bei uns gemeldet.« Er nickte nachdrücklich. »Wir wissen bis heute nicht, warum er sterben musste.«

»Das ist furchtbar.«

»Ja, das war es. Aber unsere Familie war kein Einzelfall. Jeder kannte jemanden, der den Krieg nicht überlebt hatte. Keine schöne Zeit.«

»Wie war es für Sie, als Sie die Dokumente gesichtet haben, die bewiesen, dass es Franzosen waren, die ihre Nachbarn verraten hatten? Dass es die eigene Polizei war, die den Nazis bei ihren Verbrechen half? Was hat dieses Wissen mit Ihnen gemacht?«

Der alte Mann lachte kurz auf. »Was es mit mir gemacht hat? Ich war fassungslos. Sie kennen doch den Spruch: In der Liebe und im Krieg ist alles erlaubt.«

Benjamin nickte.

»Genau so war es. Es gab Dinge, die ich nicht glauben konnte. Ja, die Zeit war schwierig. Und ich finde es nach wie vor heikel, mir ein Urteil über das damalige Verhalten mancher Landsleute zu erlauben. Was war die Alternative? Wer nicht kooperierte, kam in eines der Lager oder wurde gleich erschossen. Frankreich glich einem rechtsfreien Raum. Natürlich ist es mit dem Wissen von heute einfach, moralisch zu verurteilen.« Er sah wieder zu Benjamin. »Aber können wir wirklich mit Bestimmtheit sagen, wie wir damals agiert hätten? Viele wurden mit dem Tod bedroht. Das Leid der Menschen war unsäglich. Ich weiß nicht, ob es eine Rechtfertigung für solch schäbiges Verhalten gibt. Aber wenn, dann wäre der Schutz der eigenen Familie ein plausibler Grund. Das Leben und der Alltag gingen ja weiter. Kinder mussten irgendwie satt werden.«

»Es ging ums nackte Überleben«, ergänzte Benjamin berührt.

»Da haben Sie recht, junger Mann. Ihre Generation ist im Frieden aufgewachsen, Sie kennen nichts anderes. Die Schrecken der Vergangenheit scheinen lang überwunden. Meine Generation stirbt nach und nach weg. Aber die Erinnerung, die darf nicht sterben. Niemals. Der Krieg zerstört die Menschen und hinterlässt nur Verlierer.«

10

Interessiert betrachtete Amélie das Restaurant, das sich über die gesamte Ecke des Gebäudekomplexes erstreckte. Auf der dunklen Holzterrasse standen mindestens zwanzig Tische. Eine grüne Tafel verkündete das heutige Mittagsmenü. Ihre Cousine betrieb die Gaststätte seit mehreren Jahren, doch Amélie sah sie heute zum ersten Mal. Sie entschied sich für einen der vorderen Tische, die sich direkt an der Brüstung befanden. An den verkleideten Wänden hingen grobe weiße Fischernetze, in denen sich wie zufällig Muscheln in unterschiedlichen Formen verfangen zu haben schienen. Charlotte hatte schon immer ein Auge für Details gehabt, erinnerte sich Amélie, während sie an das frühere Kinderzimmer ihrer Cousine dachte, das direkt einem »Schöner-Wohnen«-Heft hätte entsprungen sein können.

Wenn Amélie ihren Kopf etwas reckte, konnte sie das Meer erkennen. Der perfekte Platz für ein Restaurant mit südfranzösischer Küche.

Am Nebentisch nahm eine Familie mit zwei kleineren Kindern Platz. Soweit Amélie an der fremden Sprache erkennen konnte, handelte es sich um Holländer. Der Vater ermahnte die Kinder, die wie wild auf ihren Stühlen herumzuzappeln begannen.

Als ihre Cousine um die Ecke bog, senkte Amélie den Kopf und schob sich ihr kinnlanges Haar vors Gesicht.

»Haben Sie schon gewählt?« Die schlanke schwarzhaarige Charlotte stellte sich abwartend vor den Tisch der Touristen. In brüchigem Englisch bestellte die Mutter dreimal das Mittagsmenü sowie eine Flasche Weißwein und zwei Limonaden.

»Madame, was kann ich Ihnen bringen?«, erklang im nächsten Moment die sonore Stimme ihrer Cousine, während sie sich Amélie näherte.

Grinsend schob diese ihr Haar hinters Ohr, während sie von ihrem Stuhl aufstand.

Charlotte stieß einen schrillen Schrei aus, woraufhin die Holländer irritiert zu ihnen herübersahen. »Amélie!« Überschwänglich zog sie Amélie in ihre Arme und wiegte sie lange hin und her.

Als sie sie wieder freigab, atmete Amélie demonstrativ laut durch.

»Was machst du hier? Warum hat Maman nichts gesagt, dass du kommst? Wie lange bleibst du? Wo wohnst du?« Während Charlotte sie mit Fragen überhäufte, hob Amélie lachend die Hände. »Sieht so aus, als ob mir meine Überraschung gelungen wäre.«

Empört schüttelte Charlotte den Kopf, bevor sie ebenfalls zu grinsen begann. »Hör zu, ich sage kurz unserer Aushilfe Bescheid, dass sie die Tische auf dieser Seite übernehmen soll. Dann komme ich zu dir, und du erzählst mir, wie es dir geht und was du hier machst, *d'accord*?«

»Klar, ich warte.«

»Was kann ich dir bringen?«

»Nur ein Wasser, ich muss noch fahren.«

»Und eine Portion Moules frites?«, spielte Charlotte auf Amélies Lieblingsessen an.

»Ihr habt Moules frites?«

Ihre Cousine verzog die Brauen. »Süße, du bist in Argelès.« Sie zeigte Richtung Strand. »Also ein Wasser und Muscheln. Gib mir fünf Minuten.«

Während sie sich entfernte, wandte Amélie den Kopf und beobachtete vier junge Frauen Anfang zwanzig, die mit Schwimmtaschen über den Schultern die Strandpromenade entlangschlenderten. Ein Tag am Meer, schoss es Amélie durch den Kopf. Wie lange hatte sie dieses Privileg nicht mehr genossen? Stundenlang nur faulenzen, ein gutes Buch lesen und die warmen Sonnenstrahlen auf der Haut genießen.

»*Voilà, Madame!*«, erklang keine drei Minuten später wieder Charlottes gut gelaunte Stimme neben ihr.

Sie stellte eine Karaffe Wasser und zwei Gläser auf den Tisch, bevor sie sich auf den Stuhl neben Amélie fallen ließ. »Die Muscheln kommen gleich. Yannick bringt sie, sobald sie fertig sind.« Sie lächelte. »Dann lernst du ihn auch gleich kennen.«

Amélie nickte betreten. »Ich war viel zu lange nicht hier unten.«

»Da hast du recht. Wir haben uns ja Ewigkeiten nicht gesehen.« Ungläubig verzog sie das Gesicht. »Kleine Lieblingscousine«, setzte sie liebevoll nach.

»Es ist viel geschehen in den letzten Jahren«, erwiderte Amélie ernst.

»Ich weiß. Es tut mir so unendlich leid, was mit deiner Familie passiert ist. Leider kannte ich die beiden nicht, aber dein Schmerz muss unerträglich gewesen sein.« Sie hielt inne. »Und immer noch bestehen.«

Amélie blickte ins Leere. »Ich weiß überhaupt nicht mehr, wie es bei mir weitergehen soll.«

Charlotte fasste nach ihrer Hand. »Magst du darüber reden?«

Amélie zuckte mit den Achseln und berichtete ein zweites Mal nach dem zufälligen Treffen mit Muriel von dem Unfall vor drei Jahren.

»Maman hat also auch nichts von deiner Reise geahnt«, folgerte Charlotte, nachdem Amélie geendet hatte.

»Nein. Wenn ich gewusst hätte, dass das Haus nicht leer steht …«

Charlotte sah sie irritiert an. »Ich dachte, Benjamin hat dir den ersten Stock angeboten?«

»Hat er ja auch«, bestätigte Amélie widerwillig. »Aber der Gedanke, mit einem Wildfremden unter einem Dach zu wohnen, erscheint mir noch immer unerträglich.«

»Also«, Charlotte grinste. »Wenn der Wildfremde so attraktiv und charmant ist wie Benjamin, müsste ich mir das nicht zweimal überlegen.«

»Ich weiß nicht«, zweifelte Amélie weiter und dachte an den hellblonden Mieter ihrer Tante.

»*Mesdames.*«

Amélie drehte sich um und blickte in das sommersprossige Gesicht eines hochgewachsenen kräftigen Mannes, der ungeschickt zwei Teller in den Händen balancierte.

»Ich eigne mich einfach nicht zum Kellner«, bekannte er mit einem entwaffnenden Lächeln.

Charlotte sprang auf und nahm ihm die Teller ab. »Das ist Yannick, der Mann meines Lebens.«

»Oh là là!« Er grinste, bevor er Amélie seine rechte Hand hinstreckte. »Du musst Amélie sein.«

Sie nickte. »Schön, dass wir uns endlich kennenlernen.«

»Ich habe schon viel von dir gehört«, erklärte Charlottes Freund schmunzelnd. »Die ganze Familie ist ja megastolz auf ihre Bestsellerautorin.«

Amélie winkte ab.

»Und was mit deiner ... Familie passiert ist, das tut mir sehr leid«, bekannte er in ernstem Ton.

»Danke.«

Er wechselte einen kurzen Blick mit Charlotte. »Dann will ich euch mal nicht länger stören. Lasst es euch schmecken. Ich muss wieder ...« Er zeigte mit dem Kinn ins Innere des Restaurants. »Ihre Muscheln kommen auch gleich«, rief er den Holländern am Nebentisch im Weggehen zu.

»Du bist glücklich«, stellte Amélie nach einem Blick auf die geröteten Wangen ihrer Cousine neidlos fest.

»Yannick ist toll. Wir kennen uns jetzt sechs Jahre, und er schafft es immer noch, mich zu überraschen und zum Lachen zu bringen.«

»Das klingt schön.« Amélie kostete die erste Muschel und verzog genüsslich den Mund. »Mmh, ein Traum. Kochen kann er also auch.«

Charlotte lachte, bevor sie sich ebenfalls ihrem Teller widmete. »Wie lange bleibst du?«

»Ich weiß es noch nicht«, bekannte Amélie ehrlich. »Vielleicht war es gar keine so gute Idee hierherzukommen. Ist es nicht nur ein Weglaufen?« Hilfe suchend blickte sie zu Charlotte, die nachdrücklich den Kopf schüttelte.

»Marco und Thorsten sind seit drei Jahren tot. Und wenn du es zu Hause nicht geschafft hast, ist es auf jeden Fall einen Versuch wert, es hier zu versuchen. Du bist noch so jung. Dein Leben geht weiter, ob du willst oder nicht. Ich glaube fest, dass du es schaffen kannst. Ein großer Teil deiner Familie wohnt hier. Wir helfen dir alle, wenn du das möchtest.« Sie berührte Amélie am Unterarm. »Versuch, ein wenig zur Ruhe zu kommen. Lass dich treiben. Mach, wonach dir der Sinn steht. Sieh das hier als eine Art Erholungsurlaub.«

»Ich versuche es«, murmelte Amélie undeutlich. »Was ist mit dir und Yannick? Wollt ihr irgendwann Kinder haben?«

Charlotte lachte. »Amélie, ich bin Mitte vierzig. Dieses Kapitel ist abgeschlossen. Ja, ich habe immer von einer eigenen Familie geträumt. Aber Yannick und ich haben uns einfach ein paar Jährchen zu spät kennengelernt.« Sie deutete auf das Restaurant. »Mittlerweile ist das unser Baby, unser Lebensinhalt. Die ersten Jahre waren nicht einfach, aber seit ein paar Monaten läuft es richtig gut, und wir überlegen sogar, in Collioure noch ein Restaurant zu eröffnen.«

»Wirklich? Das freut mich.« Amélie zwinkerte. »Und wegen des anderen Themas: Ich glaube nicht, dass deine Uhr schon ausgetickt hat.«

Charlotte grinste. »Letztlich wird die Natur entscheiden, ob mir das Glück noch vergönnt ist oder nicht.« Sie deutete einen Kreis neben ihrer Schläfe an. »Im Kopf ist das Thema erledigt.«

»Ich drücke euch die Daumen, dass Mutter Natur ein Einsehen hat. Mitte vierzig, *mon Dieu*«, verdrehte Amélie in gespielter Entrüstung die Augen.

• • •

Das Seniorenheim, in dem Amélies Großmutter seit einigen Jahren lebte, lag außerhalb von Argelès-sur-Mer Richtung Perpignan. Amélie lenkte ihren Wagen auf den weitläufigen Parkplatz vor dem vierstöckigen breiten Gebäude. Nachdem sie den Motor abgestellt hatte, packte sie die Seife und den Pastis in ihre Handtasche und stieg aus. Die gelb getünchten Wände des Gebäudes leuchteten grell in der Nachmittagssonne. Durch eine elegante Glastür betrat Amélie die Empfangshalle des Stifts, in der rechts und links vom Informationstresen zwei große Palmen in riesigen

Tontöpfen thronten. Nervosität machte sich in ihr breit. Immerhin war ihre Oma mittlerweile dreiundneunzig Jahre alt, und auch wenn Valérie ihr versichert hatte, ihre Mutter sei geistig kaum beeinträchtigt, befürchtete Amélie, sie erkenne sie nach all der Zeit vielleicht nicht wieder.

»Ihre Großmutter sitzt draußen auf der Westterrasse«, erwiderte die Pflegekraft hinter dem Tresen auf Amélies Nachfrage. »Sehen Sie die Flügeltüren dort drüben?« Sie deutete nach rechts. »Dahinter liegt der Speisesaal. Wenn Sie den durchquert haben, kommen Sie direkt in den Garten.«

Amélie bedankte sich, packte den Riemen ihrer Tasche fester und machte sich auf den Weg nach draußen.

Im Speisesaal waren drei Küchenhilfen mit dem Decken der langen Tische beschäftigt. Geschirr klapperte, es roch nach Gemüse. Wahrscheinlich schon die Vorbereitungen für das Abendessen, dachte Amélie beklommen. Wie musste es sein, wenn man seinen Tagesablauf nicht mehr selbst bestimmen konnte? Wenn Tischzeiten eingehalten werden mussten? Ihr wurde es eng um die Brust. Als sie wieder ins Freie trat, atmete sie tief durch. Auf der mindestens hundert Quadratmeter großen Terrasse standen sechs runde Tische, um die die Bewohner des Heimes in Rollstühlen oder auf Rattansesseln saßen. Die Szenerie wirkte ein wenig wie eine englische Teegesellschaft aus dem neunzehnten Jahrhundert, schoss es Amélie amüsiert durch den Kopf, während sie den Blick über die alten Leute schweifen ließ. Am rechten Rand der Terrasse entdeckte sie nach kurzem Suchen den grauen Schopf ihrer Großmutter. Ein Kloß bildete sich in ihrer Kehle, während sie auf die ältere Dame zusteuerte, die mit geschlossenen Augen in ihrem Rollstuhl saß und den Kopf zurückgelegt hatte.

Die vier anderen Frauen, die bei ihr saßen, blickten Amélie

neugierig entgegen. Sie lächelte unsicher und stellte sich neben sie. »Bonjour, Oma.«

Ihre Großmutter öffnete die Augen und sah überrascht zu Amélie auf. Die wässrigen Augen wurden groß, das faltige Gesicht verzog sich zu einem Strahlen. »Amélie.«

Ihr fiel ein Stein vom Herzen. Ihre Oma hatte sie auf Anhieb erkannt. »Ja, Oma, ich bin es.«

»Amélie«, hauchte ihre Großmutter verzückt und fasste nach ihren Händen. »Du bist wirklich da.«

Amélie nickte unbeholfen.

»Wie lange habe ich auf diesen Moment gewartet.« Ihre Oma verharrte einen Augenblick, bevor sie sich an ihre Tischnachbarinnen wandte. »Das ist meine Enkelin Amélie. Sie lebt in Deutschland.« Sie zwinkerte verschwörerisch. »Und sie schreibt Bücher. Sie ist sehr berühmt.«

»Ach, Oma«, wiegelte Amélie ab.

Diese nickte. »Doch, doch. Dein letztes Buch gibt es ja in der Zwischenzeit auch auf Französisch. Valérie hatte es mir zu Weihnachten geschenkt.« Sie wackelte mit dem Kopf. »Und ich fand es wunderschön.«

»Möchte sich die junge Dame zu uns setzen?«, meldete sich eine andere Frau zu Wort und rückte mit ihrem Stuhl ein wenig zur Seite. »Juliette, schieb doch deinen Rollator ein wenig nach links, dann kann sich Isabelles Enkelin neben ihre Großmutter setzen.«

Ein hektisches Stühlerücken begann, bis eine der Schwestern, die die Begrüßungsszene ebenfalls verfolgt hatten, einen Sessel neben Amélies Oma stellte. »Voilà.«

Amélie bedankte sich und nahm Platz.

Als sie saß, beugte sich ihre Großmutter zu ihr und zog sie mit schwachen Armen an sich. »Ich freue mich so sehr, dass du gekommen bist.« Da sie flüsterte, hatten die anderen am Tisch sie nicht verstanden. Wieder griff sie nach Amélies Händen und drückte sie sanft. »Du bist da.«

Amélie nickte. »Es tut mir leid, dass ich so lange nicht …« Ihre Stimme versagte. Wehmütig betrachtete sie das von unzähligen Runzeln durchzogene Gesicht der alten Frau. Warum war sie erst jetzt auf die Idee gekommen? Sie sah ihrer Oma auf den ersten Blick an, wie schwach und kraftlos sie geworden war. All die Jahre, und sie hatte sich nie hier blicken lassen. In diesem Augenblick schämte Amélie sich für ihre Achtlosigkeit. Ihre Familie lebte hier. Nachdem sie Thorsten kennengelernt hatte, hätte sie darauf bestehen müssen, ihm den französischen Teil ihrer Familie vorzustellen. Im Nachhinein erkannte sie sich selbst kaum wieder. Thorsten waren andere Aspekte wichtig gewesen. Die überstürzte Hochzeit während eines Liebesurlaubs zu zweit auf Hawaii. Ohne Eltern, ohne Freunde, ohne Familie. Die völlig überteuerte Wohnung mit Neckarblick. Ein Leben auf der Überholspur, dachte Amélie betrübt, bei dem sie die wesentlichen Dinge im Leben aus den Augen verloren hatte. Und das ihnen trotz ihrer finanziellen Sorglosigkeit nicht das große Glück beschert hatte. Ihr Sohn war tot. Und ihre Ehe war schon vor dem Unfall am Ende gewesen. Sie schluckte.

»Können Sie meiner Enkelin bitte einen Kaffee bringen?«, ertönte die Stimme ihrer Oma wieder und riss Amélie aus ihren Gedanken.

»Kommt sofort«, erwiderte eine der Schwestern lächelnd.

Amélie spürte den müden Blick ihrer Großmutter auf sich.

»Du hast schwere Zeiten hinter dir, mein Kind.«

Amélie sah sich um, doch die anderen Frauen waren wieder in eigene Gespräche vertieft. Niemand hörte ihnen zu. Sie nickte.

»Es war schrecklich.« Sie zögerte. »Es ist noch immer schrecklich.«

»Ein Kind zu verlieren ist schrecklich«, bestätigte ihre Oma mit schleppender Stimme. »Dein Marco wird immer bei dir sein. Er wird dich begleiten.« Sie legte ihre rechte Hand auf ihren Oberkörper. »Hier drinnen.«

Amélie kämpfte mit den Tränen. »Ich wünschte, du hättest ihn kennengelernt«, erwiderte sie leise.

»Ich habe Bilder gesehen. Valérie hat sie mir gezeigt. Und André.«

»Er war ein Sonnenschein. Das liebste Kind, das man sich vorstellen kann. Wenn er morgens wach wurde, krabbelte er immer zu mir ins Bett. Thorsten war meistens schon früh ins Büro gefahren. Marco hat sich dann an mich gekuschelt und ...« Sie wischte sich eine Träne weg.

»Diese Bilder kann dir niemand nehmen, Amélie.«

Sie schüttelte den Kopf. »Ich weiß. Ich verstehe nur nicht, wieso er nicht weiterleben durfte. Er war doch noch so klein. Manchmal habe ich das Gefühl, nicht aushalten zu können, dass ich mein Kind nie wiedersehe. Es nie wieder im Arm halte, nie wieder küssen darf.«

»Ich verstehe, was du meinst«, erwiderte ihre Oma zögernd. »Das Leben ist nicht gerecht. Es ist eine ständige Aneinanderreihung von Prüfungen. Manche fallen uns leichter, aber manche sind für uns kaum zu ertragen, und wir fragen uns, wie wir mit dieser Situation überhaupt noch weiterleben können.«

Amélie blickte die alte Frau überrascht an. »Wie meinst du das? Denkst du an Opas Tod?«

Ihr Großvater war bereits vor mehr als dreißig Jahren gestorben. Amélie konnte sich kaum an ihn erinnern. Er hatte sich eines Abends ins Bett gelegt und war morgens nicht mehr aufgewacht.

Er war nie krank gewesen, sein gesamtes Leben lang nicht. Der Arzt hatte Tod durch Herzversagen festgestellt. Amélie wusste, dass ihre Großeltern zum damaligen Zeitpunkt noch viele Pläne hatten. Sie wollten reisen, etwas von der Welt sehen. Wollten gemeinsam ihren Lebensabend genießen. Doch es war anders gekommen. Amélies Oma hatte die Baguetterie nicht wie geplant abgegeben, sondern das Geschäft weitergeführt. Die Arbeit war das Einzige gewesen, was sie über den überraschenden Tod ihres Mannes hinwegtrösten konnte, hatte Amélies Vater behauptet.

»Dein Opa hatte einen schönen Tod«, erwiderte Isabelle jetzt. »Vielleicht den schönsten, den man sich vorstellen kann. Für die Kinder und mich war es furchtbar. Aber für ihn …« Sie führte den Satz nicht zu Ende. »Natürlich hätte er noch einige Jahre leben können. Er war damals ja noch jung, keine siebzig. Aber das Schicksal wollte es anders.«

»Dieses verfluchte Schicksal«, presste Amélie wütend hervor.

Isabelle schüttelte den Kopf, während sie ihre Enkelin besorgt betrachtete. »Du bist zu jung, um verbittert zu sein, Amélie. Der Großteil deines Lebens liegt noch vor dir. Und es ist gut möglich, dass deine schwerste Prüfung bereits hinter dir liegt.«

»Ich kann mir nichts Schlimmeres vorstellen, als mein Kind zu beerdigen.«

»Ich auch nicht«, gab ihre Großmutter zu.

»Warst du nach Opas Tod auch an dem Punkt, dass du nicht mehr konntest?«, setzte Amélie unsicher an und blickte erneut auf die fremden Tischnachbarinnen, von denen zwei eingenickt waren, während die anderen, die noch etwas jünger zu sein schienen, sich angeregt unterhielten. »Ich meine, dass du nicht mehr leben wolltest.«

Der Blick ihrer Oma wurde wachsamer. »Du hast doch nicht etwa …?«

Amélie senkte den Kopf.

Einige Minuten herrschte angespanntes Schweigen zwischen ihnen.

»Trink deinen Kaffee aus«, erklärte ihre Großmutter schließlich fast im Befehlston.

Amélie gehorchte, ohne etwas zu erwidern.

»Und jetzt komm.« Isabelle zeigte auf die Griffe an ihrem Rollstuhl. »Ich schaffe das nicht mehr.« Sie drehte ihre Hände. »Meine Kraft verlässt mich jeden Tag ein Stück mehr.«

Sie verabschiedeten sich von den anderen Frauen, bevor Amélie den Rollstuhl über die Terrasse zurück zum Speisesaal schob. »Mein Zimmer liegt im ersten Stock. Wir müssen den Fahrstuhl nehmen.«

Die kurze Fahrt im Aufzug verlief schweigsam. Als Amélie den Rollstuhl hinausbugsiert hatte, zeigte ihre Oma den Flur entlang.

»Der fünfte Raum auf der linken Seite ist meiner.«

Amélie nahm ihr den Schlüssel aus der Hand und öffnete die Tür. Nachdem sie ihre Oma in ihr Zimmer geschoben hatte, blieb sie unschlüssig stehen. Das erhöhte Krankenbett und die Sitzvorrichtung in der Dusche, die sie durch die geöffnete Badezimmertür sehen konnte, lösten ein beklemmendes Gefühl in ihr aus. Während ihres Gesprächs hatte sie die Lebensumstände ihrer Oma völlig ausgeblendet. Doch hier in diesem Raum wurde ihr bewusst, dass dies die letzte Station im Leben der alten Frau darstellte. Ihre Oma war schwach, mit Sicherheit benötigte sie bei den einfachsten Handgriffen Hilfe. Der noch immer glasklare Verstand hatte Amélie das für einen Augenblick vergessen lassen. »Gemütlich hast du es«, unterbrach sie die Stille.

»Nicht mit meinem Haus vergleichbar, aber die Treppen waren für mich irgendwann einfach nicht mehr zu schaffen«, sagte ihre Oma müde. Dann hob sie die Hand. »Öffne bitte die Schublade meines Nachttisches.«

Amélie trat an das Bett und tat, wie ihr geheißen wurde. Unter einer fast leeren Tablettenpackung lag ein zerfleddertes Buch, dessen Einband irgendwann einmal blau gewesen sein musste. Mittlerweile war die Farbe völlig abgegriffen und verblichen.

»Was ist das?« Amélie blickte zu der alten Frau im Rollstuhl zurück.

»Ein Geheimnis«, flüsterte ihre Oma mit halb geschlossenen Augen. »Mein Geheimnis.«

»Welches Geheimnis?«

»Nimm es mit und lies es.«

Amélie zögerte.

»Lies es«, wiederholte Isabelle etwas bestimmter.

»Willst du mir nicht sagen, um was es geht?«

Ihre Oma winkte sie zu sich, während sie den Kopf schüttelte.

Amélie beugte sich zu ihr hinab. Ihre Oma hob die Hand, hielt sie an Amélies Ohr und beugte sich leicht vor. »Es ist ein Geheimnis, das niemand kennt.« Sie nickte nachdrücklich. »Niemand, hörst du.«

Die Worte verursachten Amélie eine Gänsehaut.

Ihre Oma wedelte ungeduldig mit der Hand. »Nimm es mit.«

11

Auf dem Nachhauseweg war Amélie tief in Gedanken versunken. Die Begegnung mit ihrer Großmutter nach all den Jahren hatte sie mehr aufgewühlt, als sie erwartet hatte.

Nachdem sie das Buch eingepackt hatte, hatte sie ihrer Großmutter geholfen, sich ins Bett zu legen. Der Nachmittag auf der Terrasse und das Gespräch mit ihrer Enkelin hatten Isabelle ermüdet, und sie wollte nicht mehr zu den anderen Frauen zurückkehren. Amélie hatte sie zugedeckt und sich noch einige Minuten neben ihr Bett gesetzt. Das Gesicht ihrer Oma hatte friedlich und entspannt gewirkt, als sie ihre Augen schloss. All die Erinnerungen an eine unbeschwerte Kindheit im Haus ihrer Großmutter kehrten mit einem Schlag zurück. Erinnerungen an eine Zeit, in der sich das Leben leicht und unbeschwert angefühlt hatte. In der die einzigen Probleme im Ausdiskutieren der Zubettgeh-Zeit oder dem Kampf um das größere Eis bestanden.

Amélie seufzte.

Welche Geschichte verbarg sich wohl in dem kleinen Heft? Eigentlich war sie bisher immer der Meinung gewesen, alles von ihrer Familie zu wissen. Ihr Vater hatte nie auch nur eine Andeutung gemacht, dass seine Mutter ein Geheimnis hütete. Doch was hatte ihre Oma gesagt? Niemand wüsste davon. Warum sollte ausgerechnet sie, Amélie, davon erfahren? Warum nicht eines ihrer Kinder?

Als sie sich von der alten Frau hatte verabschieden wollen, hatte diese sie zurückgehalten. Mit leiser Stimme hatte ihre Oma Amélie von einem Tag erzählt, als sie mit sechs oder sieben Jahren während ihres alljährlichen Urlaubs in Collioure in der Backstube mitgeholfen hatte und eines Nachmittags darauf beharrte, allein die Kunden bedienen zu dürfen. Ihre Oma hatte sich in die Backstube zurückziehen müssen, und die kleine Amélie hatte, wie sie es sich von der Großmutter abgeschaut hatte, die Kunden begrüßt, über das Wetter geredet und Baguettes verkauft. Ihre Großmutter erklärte ihr, sie habe damals an sich halten müssen, um nicht laut loszulachen, als sie ihre Enkelin als kleine Ausgabe von sich selbst aus dem Hinterraum hinter dem Tresen beobachtete und verfolgte, wie die Kunden auf das altkluge Mädchen reagierten. Ein wunderschöner Nachmittag sei es gewesen, beendete sie ihren Bericht. Amélie konnte sich überhaupt nicht daran erinnern, doch die Erzählung ihrer Oma hatte eine tiefe Sehnsucht in ihr geweckt. Nach Vergessen und Erleichterung, aber auch nach der Zufriedenheit, die sie immer verspürt hatte, wenn sie den Teig geknetet und die duftenden Baguettes aus dem Ofen geholt hatten. Die Erinnerungen an die beruhigenden Handgriffe in der Backstube, an das samtweiche Mehl zwischen ihren Fingern, das typische Knacken der knusprigen Kruste, wenn die kleine Amélie sich ein Stück frisches, noch warmes Baguette stibitzt hatte. Vielleicht sollte sie es wieder einmal wagen?

Das Klingeln des Handys unterbrach ihr Grübeln. Amélie blinkte rechts, fuhr an fast der gleichen Stelle wie gestern an den Straßenrand und parkte den Wagen an der Steilküste.

»Trauber.«

»Frau Trauber, hier spricht Kommissar Schmidt.«

Amélie schluckte. Was wollte der Mann schon wieder von ihr?

»Wie geht es Ihnen?«

»Gut«, erwiderte sie zögernd.

»Ich habe es schon bei Ihnen zu Hause versucht. Aber als Sie nicht ans Telefon gingen, habe ich mir, ehrlich gesagt, etwas Sorgen gemacht.«

»Das müssen Sie nicht«, erwiderte Amélie ungehalten, während sie ein kleines Segelboot fixierte, das auf den Wellen zu tanzen schien.

»Ich freue mich zu hören, dass Sie ... dass alles in Ordnung ist.«

»Ich bin in Südfrankreich bei meiner Familie«, erklärte sie in der Hoffnung, ihn damit zu besänftigen.

»Das ist gut«, kam es auch umgehend von ihm. »Ein Tapetenwechsel kann Ihnen sicher helfen, etwas zur Ruhe zu kommen. Vielleicht schaffen Sie es bald, wieder etwas zuversichtlicher nach vorne zu schauen.«

»Ja, vielleicht«, gab sie zurück.

»Weswegen ich mit Ihnen sprechen wollte: Der Journalist hat sich nochmals gemeldet. Die Pressestelle hat mich heute früh informiert.«

Amélie verdrehte genervt die Augen. »Und?«

»Er scheint sich an Ihrem Fall festgebissen zu haben. Es wundert mich, dass er noch nicht auf Sie zugekommen ist.«

»Wahrscheinlich kann er sich denken, dass ich nicht mit ihm sprechen werde«, gab sie verärgert zurück. »Was haben Sie ihm gesagt?«

»Nichts«, erwiderte der Kommissar. »Ich hatte Ihnen bereits mitgeteilt, dass wir keine Informationen außer den offiziellen Berichten an die Öffentlichkeit herausgeben. Und dabei bleibt es auch.«

Was wollte dieser Schmierfink? Amélies Gedanken überschlugen sich.

»Ich wünsche Ihnen einen schönen Aufenthalt in Frankreich, Frau Trauber«, verabschiedete sich der Beamte schließlich. »Und machen Sie sich keine Sorgen wegen dieses Pressemenschen. Der Unfall wurde von uns lückenlos aufgeklärt. Ihre Aussage hat den Hergang damals bestätigt. Mehr gibt es dazu nicht zu sagen.«

Amélie beendete das Gespräch und starrte abwesend auf das azurblaue Wasser, das sich schier endlos vor ihr erstreckte. Mehr gab es nicht zu sagen, dachte sie bitter. War es wirklich so einfach?

Als sie wieder losfahren wollte, fiel ihr Blick auf Isabelles Tagebuch. Amélie strich vorsichtig mit den Fingern über den verblichenen Karton. Entschlossen nahm sie das Büchlein und schlug es auf.

Als ich letzte Woche auf dem Markt war, habe ich an einem der wenigen Verkaufsstände dieses hübsche Notizbuch entdeckt, in das ich nun gerade schreibe. Es lag versteckt zwischen Bleistiften und kleinen Pappkartons. Das blaue Deckblatt mit den ineinanderfließenden Farben ist mir sofort ins Auge gestochen. Die Farben des Meeres, habe ich gedacht, und plötzlich war mir ganz wehmütig zumute. Dieses Buch scheint so völlig aus einer Zeit gefallen zu sein, die nur sehr wenig mit Freude, Sehnsucht und Heimat zu tun hat.

In jenem Moment wusste ich, dass ich die Lösung für mein ständiges Grübeln, meine nie enden wollenden Selbstzweifel und meine inneren Debatten gefunden hatte. Also habe ich das Notizbüchlein kurzerhand gekauft, behielt es allerdings ganz für mich. Zu Hause machte ich mich sofort daran, mit meinem Eintrag zu beginnen.

Schon bei den ersten Worten spüre ich, wie sich mein Inneres ganz vorsichtig öffnet. Wie meine Gedanken klarer werden. Ich schreibe nur für mich. Es ist nicht wichtig, ob irgendjemand jemals diese Zeilen liest. Es ist auch nicht wichtig, was der- oder diejenige von meinem Leben hält. Wichtig ist allein, dass ich es niederschreibe. Dass ich niemals vergesse, welche Gefühle diese schrecklichen Kriegszeiten in mir auslösen. Niemals. Denn sie gehören zu mir und machen einen wichtigen Teil meines Lebens aus.

Bei den kleinsten Anlässen breche ich momentan in Tränen aus. Auch beim Schreiben dieser Zeilen werden meine Augen wieder feucht. Der Krieg, die deutschen Besatzer, die uns in jeder Ecke Collioures auf der Gasse begegnen, die Furcht, von Nachbarn oder Bekannten bespitzelt zu werden, überlegen zu müssen, was man noch zu wem sagen darf, all das flößt mir eine Heidenangst ein. Und ich weiß nicht, wie lange ich all das noch aushalten kann. Aber ich glaube, ich habe gerade einen Weg gefunden, meine Gefühle einzuordnen. Wenn ich das alles aufschreibe, erscheint es mir konkreter, greifbarer. Ich verdränge meine Sorgen, stehe auf und trete an den kleinen Spiegel neben dem Küchentisch. Eigentlich finde ich mich ganz hübsch. Meine Nase ist wohlgeformt, meine Lippen haben einen schönen dunklen Rotton. Und meine Augen ... Ja, meine Augen gefallen mir am besten. Sie sind groß und braun, und ich habe schöne dichte Wimpern. Aber während ich mein Spiegelbild betrachte, spüre ich, wie mein Herz wieder schwer wird. Es gab Zeiten, da war mir die Unbeschwertheit ins Gesicht geschrieben. Die Lebensfreude und Leichtigkeit der Jugend. Über diese Formulierung muss ich lachen. Ich bin noch immer sehr jung, auch wenn ich mich nicht so fühle.

Während ich meine Zeilen erneut lese, erkenne ich, wie wirr meine Gedanken erscheinen. Und doch fühle ich eine gewisse Erleichterung, dieser Unsicherheit und den Sorgen endlich Raum geben zu können. Ja, ich werde ab sofort Tagebuch schreiben. Den Wirren in meinem Kopf ein Ventil geben. Alles, was in meinem Inneren verborgen liegt und endlich an die Oberfläche gelangen möchte. Die leeren Seiten in diesem wunderhübschen Büchlein mit Worten zu beschreiben, die mein Gefühlswirrwarr wiedergeben.

Ich heiße Isabelle Blanc, es ist Frühling. Wir schreiben das Jahr 1944, und unser einst schönes Collioure ist von den Deutschen besetzt.

Wir im Süden sind nicht ganz so schlimm dran wie unsere Nachbarn im Norden und Westen des Landes, sagt Papa. Aber die Bevölkerung ist ausgezehrt. Lange Jahre der Angst und der Entbehrungen liegen hinter uns. Wird es jemals wieder Frieden geben in unserem Land? Meine Eltern besitzen eine Baguetterie, die in Friedenszeiten genug abgeworfen hat, um über die Runden zu kommen. Der Kriegsbeginn hatte jedoch vieles im Land geändert. Unter der Vichy-Regierung von General Pétain können wir im Süden aber weitestgehend ungestört leben. Natürlich erreichen uns immer wieder Schreckensnachrichten aus anderen Landesteilen. Vor wenigen Wochen wurde sogar einer unserer Nachbarn verhaftet, weil die Deutschen ihn auf dem Markt beim Stehlen von Obst erwischt haben. Er wurde vernommen und kehrte erst drei Tage später nach Hause zurück. Sein Gesicht und sein Körper waren von blauen Flecken übersät. Sie hatten ihn in Verdacht, der Résistance anzugehören, aber Luc ist über siebzig. Papa hat sich beim Abendessen über die Dummheit der Besatzer lustig gemacht.

Ich bin nicht sehr politisch veranlagt. Die Folgen solcher Zwischenfälle sind für mich nicht ersichtlich. Papa dagegen, der regelmäßig General de Gaulle über Radio London lauscht, lässt immer wieder Bemerkungen über die sales boches, die dreckigen Deutschen, fallen und schimpft auf General Pétain, der uns Franzosen seiner Meinung nach durch die Kollaboration der Vichy-Regierung mit den Deutschen in eine furchtbare Situation gebracht hat. Er erbost sich über die Marionette der Deutschen, wie er den General zu Hause, wenn er mit Maman und mir allein ist, nennt.

Überall sieht man deutsche Soldaten. Man erkennt sie an ihren lauten Schritten: genagelte Sohlen auf dem Asphalt.

In der vorletzten Nacht ist ein deutsches jüdisches Ehepaar, das während der ersten Kriegsjahre nach Collioure geflohen war, verschwunden. Es hatte in unserer Gasse gelebt. Sie sprachen nicht besonders gut Französisch, aber wenn ich ihnen begegnet bin, haben sie mich immer freundlich gegrüßt. Wo sind sie jetzt? Niemand der Nachbarn weiß etwas über ihren Verbleib. Der Vermieter hat sich gestern über die Unzuverlässigkeit aufgeregt und beklagte, dass die halbe Monatsmiete noch fehle. Papa erklärte ihm daraufhin mit Grabesstimme, er solle endlich den Mund halten. Mit großer Wahrscheinlichkeit habe man die beiden verhaftet und nach Deutschland zurückgebracht. Der Hauseigentümer sah ihn nur mit großen Augen an, bevor er abfällig in den Rinnstein spuckte und etwas von Leuten murmelte, die besser dort bleiben sollten, wo sie herkamen. Es fiel auch der Begriff Konzentrationslager.

Bereits 1939 waren im Château Royal am Hafen von Collioure spanische Flüchtlinge, die vor dem Bürgerkrieg in unserem Nachbarland geflohen waren, in einem Camp Spécial zusammengepfercht gefangen gehalten worden. Gerüchte über tragische Todesfälle in dem Lager und die menschenunwürdige Behandlung der Geflohenen haben damals die Runde gemacht.

Die Schreckensnachrichten, die jedoch mit der Erwähnung besagter Konzentrationslager der Deutschen einhergehen, übertreffen die Meldungen aus jenen französischen Internierungslagern um ein Vielfaches. Es ist von medizinischen Experimenten an Kindern die Rede. Von Gefangenen, die bis auf die Knochen abgemagert sind. Von willkürlichen Hinrichtungen, Massentötungen und grausamen Foltermethoden. Wenn Papa in meinem Beisein wieder einmal Radio London hört, läuft es mir oft eiskalt den Rücken hinunter. Wie können Menschen zu solch schrecklichen Taten fähig sein?

Auch in Frankreich haben die Deutschen Lager errichtet, aus denen die Häftlinge nach Deutschland transportiert werden. Die meisten von ihnen sterben in den Vernichtungseinrichtungen. Beim Schreiben kommen mir schon wieder die Tränen.

Jeder von uns lebt in seiner eigenen kleinen Welt: unser unmittelbares Umfeld, unsere Familie, unsere Freunde, die Nachbarn und unsere Arbeit. Schon was im Nachbarort geschieht, berührt uns nicht so sehr wie die Ereignisse vor unserer Haustür. Wir blenden aus, was uns nicht zu sehr betrifft. Aber ja, wir hören von den Lagern. Und ja, wir sehen jüdische Mitbürger, die durch den gelben Stern unverkennbar gebrandmarkt sind.

Gestern war ein sehr merkwürdiger Tag. Noch weiß ich nicht, wie ich das alles einordnen soll. Aber wenn ich recht überlege ... Ist überhaupt etwas geschehen? Oder habe ich mir einfach nur etwas eingebildet?

Morgens war es nass und kühl. Nachts hatte es geregnet, und die Feuchtigkeit hing wie ein ausgewrungenes Bettlaken in der Luft. Ich bin schon sehr früh aufgewacht. Da ich nicht mehr schlafen konnte, stand ich auf und stieß die Holzläden vor meinem Zimmerfenster auf. Nebel waberte in der Gasse. Das Kopfsteinpflaster glänzte im Morgengrauen. Ganz still war es im Viertel, während ich Papa in der Backstube im Erdgeschoss herumhantieren hörte. Es war kurz vor fünf, die ersten Kunden kämen frühestens in einer halben Stunde. Trotz des ungemütlichen Wetters hielt es mich nicht in meinem Zimmer. Ich öffnete meinen Schrank und holte einen dunkelblauen Rock und eine weiße Bluse heraus. Während ich mich ankleidete, konnte ich schon den schwachen Kaffeegeruch wahrnehmen, der aus der Küche über mir die Treppe herunterzog. Ich stieg die Stufen hinauf und begrüßte Maman wie jeden Morgen mit einem Kuss auf die Wange, bevor ich das Badezimmer betrat, um mich zu waschen.

Als ich in den Spiegel sah, überkam mich das erste Mal das Gefühl, dass ich erwachsen geworden war.

Ich klopfte sachte über die dünne Haut unter meinen Augen, die leicht dunkel verfärbt wirkte. Ich schlafe schon seit einer Weile schlecht. Aber so geht es wohl vielen von uns.

Obwohl ich Papa fast jeden Tag im Laden unterstütze, läuft das Geschäft nicht gut. Lebensmittel sind schon lange rationiert worden. Wo die Herrenmenschen sich weiterhin ihre Bäuche vollschlagen, müssen wir einfachen Leute von unseren knapp bemessenen Lebensmittelmarken darben. Die Beschaffung von Mehl und Salz wird immer schwieriger. Ohne seine geheimen Kanäle, seine Verbindungen zu einigen Landwirten in der Umgebung von Béziers, hätte Papa den Backbetrieb längst schließen müssen.

Oft höre ich mit halbem Ohr, wie er sich im Laden bei Nachbarn über die kaum noch zu bewältigenden Kosten beklagt. Die Lebensmittelpreise explodieren, der Schwarzmarkt blüht. Und doch gibt es Familien, denen es noch viel schlechter geht als uns. Die nicht einmal mehr das Brot zahlen können. Immer wieder verteilt Papa übrig gebliebene Baguettes an Kinder, die halb zerlumpt am späten Nachmittag bei uns auftauchen, weil sie vor Hunger nicht mehr wissen, wohin. Es bricht mir jedes Mal fast das Herz, wenn ich bei meinen Auslieferungsfahrten Frauen aus dem Ort erblicke, die eine Traube hungriger Kinder vertrösten müssen, weil sie keine Lebensmittelmarken mehr besitzen. Da viele Männer zum Arbeitsdienst abkommandiert wurden, fehlen die Ernährer an jeder Ecke.

Ich verließ das Bad und trat wieder in die Küche. »Bonjour, Maman!« Ich schnupperte demonstrativ.

»Dein Kaffee steht schon auf dem Tisch.«

Ich setzte mich und legte meine Hände um den heißen Becher.

»Du siehst müde aus, Isabelle.« Maman stellte das aufgeschnittene Baguette vor mich hin und legte ein Stück Butter auf meinen Teller.

Ich erwiderte nichts.

»Papa hat wieder die halbe Nacht vor dem Radio gesessen«, fuhr Maman fort. »Er macht sich große Sorgen.« Sie schüttelte den Kopf, während sie sich einen Stuhl heranzog. »Was sind das bloß für Zeiten? Überall sieht man nur noch Soldaten in ihren schnieken Uniformen. Wo ist unser Leben geblieben? Carine wurde vor Kurzem von zwei Deutschen angehalten. Auf offener Straße. Sie kam gerade vom Markt, wo es sowieso kaum noch Waren gibt. Die Nazis bestanden darauf, dass Carine ihnen ihren Tascheninhalt zeigen musste. Natürlich hat sie nicht gewagt, ihnen zu widersprechen, und packte mitten auf der Gasse ihre wenigen Habseligkeiten aus.« Maman schüttelte den Kopf. »Einer der Soldaten hat ihr an …« Sie verstummte. »Er hat sie sehr unsittlich berührt, während sie die Tasche wieder einpacken durfte. Carine hat sich nicht getraut, es ihrem Mann zu erzählen, weil sie Angst hatte, er könne etwas Unbedachtes tun. Diese verfluchten Deutschen.«

Ich nickte bekümmert. Maman hat recht. Seit die Besatzer hier das Sagen haben, hat sich unser Alltag sehr verändert. Die Leichtigkeit, die Unbeschwertheit, die Freude sind komplett verschwunden. Man kann sich kaum mehr vorstellen, wie es einmal war, als die Angst noch nicht unser ständiger Begleiter gewesen ist. Mittlerweile weiß man nicht mehr, wem man noch trauen kann. Immer öfter ist von Verrätern in den eigenen Reihen die Rede, die Nachbarn oder Bekannte bei den Deutschen denunzieren.

Mein Herz schlägt schon schneller, wenn ich einen Deutschen nur von Weitem sehe. Wie lange soll diese Situation noch andauern? Muss dieser Krieg nicht irgendwann einmal entschieden werden? Immer wieder redet Papa von General de Gaulle, von den Alliierten, von den Amerikanern, die uns zur Hilfe kommen wollen. Aber wo bleiben sie? Außer dem Dröhnen der Kampfflugzeuge haben sie bisher nichts von sich hören lassen.

Nachdem ich widerwillig ein paar Bissen heruntergeschlungen hatte, mehr aus Gefälligkeit denn aus Hunger, erhob ich mich, umarmte Maman kurz und erklärte ihr, dass ich zu Papa gehen wolle.

Sie nickte. »Er hat heute einige Aufträge zum Ausliefern außerhalb.«

Während ich die knarzende Treppe hinabstieg, wurde der Duft des frischen Brots von Stufe zu Stufe intensiver. Ich liebe den Geruch, der mich immer an meine Kindheit erinnert.

Als ich in der Backstube ankam, begrüßte mich Papa, indem er mir seine bemehlten Hände entgegenstreckte. »Bonjour, Isabelle. Hast du schon ausgeschlafen?«

Ich lächelte. »Mein Schlaf ist im Moment nicht allzu gut.«

Er seufzte, während er sich wieder seinem Teig widmete. »Wem sagst du das.« Er kratzte sich an der Stirn.

Ich musste schmunzeln, als ich den weißen Mehlfleck in seinem Gesicht bemerkte. Das war Papa, wie ich ihn liebte.

»Vor zwei Tagen wurden einige Kilometer von Bordeaux entfernt mehrere Tonnen Sprengstoff entwendet.«

Ich stellte mich neben ihn und riss mir ein Stück Teig ab. »Die Résistance?«

Er nickte grimmig. »Anzunehmen. Die sales boches haben daraufhin gestern fünf unbescholtene Bürger erschossen.« Er sah zu mir auf. Seine Augen waren blutunterlaufen. »Kannst du dir das vorstellen, Isabelle? Sie haben sie in Bordeaux auf den Marktplatz geführt und in aller Öffentlichkeit an die Wand gestellt. Familienväter. Söhne. Ehemänner.« Seine Stimme klang zornig. »Niemand weiß bis jetzt, wer wirklich hinter dem Diebstahl steckt.«

Mir lief es eiskalt den Rücken hinunter. »Wie lange wird der Krieg noch dauern?«

Papa lachte leise. »Ach, Isabelle. Du bist noch so jung.« Er schüttelte bekümmert den Kopf. »Wenn ich es wüsste, würde ich es dir sagen. Aber die Lage ändert sich jeden Tag. Die Alliierten scheinen etwas Großes zu planen, aber das können auch nur hohle Worte sein.«

»Man hat das Gefühl, die Deutschen sind so unglaublich viele, dass niemand sie besiegen kann.« Ich steckte mir noch ein Stück Teig in den Mund und ließ es auf der Zunge zergehen.

»Die Welt ist größer als Deutschland«, erwiderte er mit fester Stimme. »Viel größer. Und in Russland haben sie ja bereits gemerkt, dass auch ihre Kräfte begrenzt sind.«

»Maman sagt, wir hätten heute einige Aufträge auszufahren«, wechselte ich das Thema, da ich genug von Tod und Verderben hatte.

Papa nickte. »Die erste Fuhre müsste in wenigen Minuten fertig sein. Die Gendarmerie hat dreißig Baguettes geordert.«

»Die Gendarmerie?«, wiederholte ich verwundert. »So viele Polizisten sitzen da doch gar nicht.«

Papa zog eine Grimasse. »Kollaborateure«, stieß er verächtlich hervor. »Pass auf, wenn du das Brot anlieferst. Ich gehe davon aus, dass sich dort einige Boches herumtreiben.«

Mein Puls beschleunigte sich bei der Aussicht, auf deutsche Soldaten zu treffen. Gewöhnlich vermied ich den Kontakt zur Besatzungsmacht. Und da sich in Collioure eine große Boulangerie befindet, von der bekannt ist, dass sie die Deutschen beliefert, habe ich bisher immer Glück gehabt. Vielleicht konnte ich die Lieferung kurz abhandeln. »Ist schon alles bezahlt?«, fragte ich Papa in der Hoffnung, das Schlimmste vermeiden zu können.

Er schüttelte den Kopf. »Abkassieren musst du. Melde dich bei Monsieur Rochard.«

Papa ließ von dem Teig ab und öffnete den Ofen.

Es klopfte an der Tür. Vor der Baguetterie erkannte ich Jean, einen Nachbarn, der am Ende unserer Gasse wohnte.

»Öffnest du bitte die Tür, Isabelle?«, bat mich Papa, während er die Baguettes herausholte.

»Bonjour, Jean«, begrüßte ich den Mann, der hinter mir den Verkaufsladen betrat, nachdem ich aufgeschlossen hatte.

»Schon so früh auf, Mademoiselle?« Er lächelte.

»Die Arbeit ruft«, erwiderte ich.

»Ich bringe dir deine Bestellung gleich, Jean«, rief Papa aus der Backstube. »Muss nur noch kurz die Bestellung für die Boches fertig machen.«

Jean runzelte die Stirn. »Macht ihr jetzt auch Geschäfte mit denen?«

Papa trat mit den gebündelten Broten in den vorderen Raum. »Offiziell sind sie für die Gendarmerie.«

Jean lachte. »Die gesamte Ladung?«

»Schaffst du das?«, wandte Papa sich an mich. »Ich kann hier momentan nicht weg. Sprich mit niemandem. Lass dir von Rochard das Geld geben, und dann komm sofort wieder zurück.«

Ich nickte, obwohl ich einen Kloß im Hals verspürte.

»Pass auf dich auf, Isabelle.« Jean sah mich eindringlich an, bevor er sich an Papa wandte: »Lass deine Tochter bloß nicht so lange aus den Augen. Auch die Herrenmenschen wissen schöne junge Frauen zu schätzen.« Er verzog verächtlich die Lippen. »Gibt ja genug, die sich denen an den Hals werfen.«

Ich spürte, wie mir das Blut in die Wangen schoss. Hastig nahm ich Papa das Brot aus den Armen und verließ den Laden.

Nachdem ich die Baguettes am Lenker und auf dem klapprigen Gepäckträger meines alten Fahrrads befestigt hatte, machte ich mich auf den Weg. Die Straßen waren noch leer, meine innere Unruhe wuchs. Abliefern, kassieren, nach Hause fahren, rief ich mir wieder ins Gedächtnis. So lautete mein Plan.

Eine Viertelstunde später stellte ich mein Rad ab und löste die Tüten. Während ich den Eingang des Polizeireviers ansteuerte, rutschte mir das Herz in die Hose. Zwei Soldaten saßen auf einem halbhohen Mauervorsprung und starrten mir unverhohlen entgegen. Nervös wandte ich den Blick ab und versuchte fieberhaft, die beiden zu ignorieren.

»Bonjour, Mademoiselle«, rief mir der Kleinere entgegen und grinste breit.

»Bonjour«, entgegnete ich leise.

»Nicht so schüchtern«, erklärte nun der andere in brüchigem Französisch. »Wie ich sehe, bringen Sie uns unser Frühstück.« Er stand auf und trat auf mich zu.

Schützend hielt ich die Brote vor meinen Körper. Ihre Blicke gefielen mir nicht. Mein Herz pochte wild.

»Wie heißt du?« Auch der erste Soldat erhob sich nun und stellte sich dicht vor mich.

Am liebsten hätte ich einen großen Bogen um die beiden gemacht, um das Revier zu betreten, doch das traute ich mich nicht. »Isabelle«, flüsterte ich ängstlich.

»Isabelle«, wiederholte der Kleinere und lachte dreckig. »Das klingt nach mehr.«

»Kann ich ...?« Unbeholfen zeigte ich Richtung Eingang.

»Ach, Isabelle, ihr kleinen Französinnen seid doch sonst nicht so scheu.« Die beiden lachten wieder und stießen sich verschwörerisch an.

Hilfe suchend drehte ich mich um, aber die Straße war menschenleer.

»Was hältst du davon, wenn wir dich hineinbegleiten und uns

dort in einer stillen Ecke ein wenig ... unterhalten?« Wieder lachten die Soldaten. »Auf Französisch.«

Meine Hände begannen zu zittern. Was sollte ich tun? Sie waren zu zweit, und ich ...

»Soldaten«, ertönte vom Eingang her eine Stimme, die die beiden augenblicklich zum Verstummen brachte.

Erleichtert sah ich an den Soldaten vorbei, die sich wie eine Wand vor mir aufgebaut hatten.

»Herr Oberfeldwebel!«, erwiderten die zwei im Chor und schlugen laut ihre Hacken aneinander.

»Abtreten«, bellte ihr Vorgesetzter und winkte mit der Hand unwirsch hinter sich.

»Haben die Herren Sie belästigt, Mademoiselle?« Der Deutsche musterte mich, während er auf mich zutrat.

Ich schüttelte hastig den Kopf. »Nein, nein«, wehrte ich ab. »Es ist alles in Ordnung.«

»So sehen Sie aber nicht aus.« Der scharfe Unterton von eben war aus seiner Stimme verschwunden. »Wenn die beiden Sie in Verlegenheit gebracht haben, möchte ich mich dafür in aller Förmlichkeit entschuldigen.«

Verwirrt erwiderte ich seinen Blick. Er hatte dunkelblondes gescheiteltes Haar. Die blauen Augen schimmerten in der frühen Morgensonne. »Das ... ist nicht ... nötig«, stammelte ich unbeholfen. Die Situation irritierte mich.

»Die Baguettes duften köstlich«, setzte er nun an und zeigte lächelnd auf die Brote in meinen Armen.

»Die sind für Monsieur Rochard«, erklärte ich hastig.

Er nickte. »Ich weiß. Kommen Sie. Legen Sie sie hier ab, dann bezahle ich die Rechnung. Sicher liegt noch viel Arbeit vor Ihnen, wenn Sie schon so früh unterwegs sind.« Er sah mich fragend an. »Mademoiselle ...«

»Isabelle«, murmelte ich, während ich die Baguettes ablegte und den Blick senkte.

»Ein sehr hübscher Name«, erwiderte er ernst und hielt mir mehrere Geldscheine hin.

»Das ist zu viel.«

»Nein, ist es nicht.« Er lächelte. »Behalten Sie den Rest für sich.«

»Danke.« Unsicher sah ich zu dem Brotstapel auf der Mauer.

»Wir haben zu danken«, entgegnete er leise und trat einen Schritt näher. »Werden Sie uns wieder mal Ihr köstliches Baguette vorbeibringen?«

Ich wusste vor lauter Verlegenheit nicht mehr, wo ich noch hinsehen sollte. »Ich weiß nicht. Bisher hat mein Vater die B ... die Deutschen nicht beliefert.« Ich biss mir auf die Unterlippe.

»Ich spreche mit Rochard«, erklärte der Soldat bestimmt. »Und ich würde mich sehr freuen, wenn Sie uns wieder beliefern würden. Fragen Sie beim nächsten Mal einfach nach Oberfeldwebel Friedrich Herzog.«

Zögernd ergriff ich seine ausgestreckte Hand. Was tat ich hier? Liefern, abkassieren, nach Hause gehen, rief ich mir in Erinnerung.

»Es war sehr schön, Sie kennengelernt zu haben, Isabelle.«

Als er meinen Namen nannte, zog sich mein Magen zusammen. Ich glaube, ich habe noch nie zuvor solche Augen gesehen. Aber dieser Mann war der Feind. Er gehörte zur Besatzungsmacht. Er war ein Deutscher, ein sale boche. Ich erwiderte nichts, sondern drehte mich um und ging zu meinem Rad zurück. Was war da nur gerade passiert? Vergessen war die unangenehme Situation mit den beiden Soldaten.

Meine Gedanken beherrscht seit gestern ein einziger Name. Friedrich Herzog.

Die Begegnung mit dem Oberfeldwebel vor der Gendarmerie verfolgt mich nun seit Tagen und geht mir einfach nicht aus dem Kopf. Diese blauen Augen. Schon wieder ertappe ich mich dabei, dass ich ins Schwärmen gerate. Isabelle, wach auf. Dieser Mann ist der Feind. Ein Deutscher, ein Nazi. Ich muss an die Plakate denken, auf denen die Herrenmenschen so ganz anders dargestellt sind. Kantiger, bedrohlicher, mächtig. Hätte ich seine Nationalität nicht an dem harten deutschen Akzent erkannt, wäre Oberfeldwebel Friedrich Herzog bei mir auch als Franzose durchgegangen …

Papa hatte ich nach der Auslieferung nur mitgeteilt, dass ich das Geld bekommen hätte, allerdings nicht wie vereinbart von Monsieur Rochard, sondern von einem deutschen Soldaten. Nur ein besorgter Blick war seine Reaktion. Da ich jedoch sonst nichts dazu sagte, schien die Angelegenheit auch für ihn erledigt zu sein.

Seit der Begegnung sind nun schon einige Tage vergangen. Immer wieder sehe ich in Papas Auftragsbuch, um zu kontrollieren, ob ein weiterer Auftrag der Gendarmerie eingegangen ist, aber meine Hoffnungen werden jedes Mal enttäuscht. Rochard und die Wehrmachtssoldaten scheinen sich nicht mehr gemeldet zu haben. Vielleicht haben unsere Baguettes sie nicht überzeugt? Der Alltag ging also weiter, und die Beschaffung der Lebensmittel wurde immer schwieriger. Oft müssen wir bereits nachmittags schließen, weil der Laden leer gekauft ist. Die Menschen haben Hunger. Aber Mehl und Salz sind knapp. Wir können nur so viel backen, wie unsere Einkäufe hergeben. Papa schimpft immer wüster auf die deutschen Besatzer und die furchtbare Situation, in die sie uns gebracht haben. Mittlerweile bin ich noch verunsicherter, wenn er mir von weiteren Gräueltaten der Nazis berichtet. Sind wirklich alle Deutschen so grausam? Ich möchte es nicht glauben. Und doch sprechen die Nachrichten, die uns täglich mehrfach erreichen, ihre eigene Sprache. Obwohl Papa fast jeden Abend vor dem Radio verbringt und Maman und mir im Anschluss von den Erfolgen der Alliierten erzählt, scheint sich in Collioure nichts zum Besseren zu verändern. Wo bleiben unsere Retter? Warum kommen sie nicht endlich und erlösen uns, wenn ihre Schlagkraft so viel stärker ist als die der Deutschen?

Seit meinem Schulabschluss arbeite ich im Laden meiner Eltern. Es ist schon immer mein Traum gewesen, irgendwann in Papas Fußstapfen zu treten. Eine Reise nach Argelès ist für mich ein richtiges Abenteuer. Ab und an treffe ich mich mit Freundinnen, und wir setzen uns an den Strand und reden. Aber durch die Soldaten, die man mittlerweile überall sieht, wurde uns auch diese Freude genommen. Unsere Eltern sorgen sich um uns. Keiner kann die Besatzer einschätzen. Die willkürlichen Erschießungen in anderen Städten, die Schreckensbotschaften aus Deutschland ... Papa bläut mir regelmäßig ein, einen großen Bogen um die Nazis zu machen. Niemand weiß, was ihnen einfällt, wenn man sie reizt oder provoziert.

Der heutige Tag, an dem ich dem Oberfeldwebel ein weiteres Mal begegnet bin, begann wie jeder andere auch. Papa stand in der Backstube und knetete Teig, während ich Baguettes in die Regale legte.

»Bonjour, Isabelle.«

Als ich mich umdrehte, erkannte ich Michel, den Sohn eines Nachbarn. »Bonjour, Michel.«

Michel und ich waren auf derselben Schule gewesen. Er war zwei Jahre älter als ich und machte aus seiner Schwäche für mich keinen Hehl. Um dem Arbeitsdienst zu entgehen, arbeitete er auf dem Hof seines Onkels nördlich von Perpignan.

»Lange nicht gesehen.« Er lächelte.

Während ich von dem Schemel hinabstieg, nickte ich. »Bist du gerade zu Hause?«

»Ein paar Tage«, bestätigte er, während er näher trat. »Mein Onkel hat im Moment etwas weniger für mich zu tun.« Angewidert verzog er das Gesicht. »Nachdem ihm die Boches seinen halben Tierbestand gestohlen haben.«

Ich nickte verstohlen. »Papa sagt, die Zeiten werden noch schwieriger.«

Michel lachte bitter auf. »Man sollte meinen, dass das kaum noch möglich ist, oder?«

Ich zuckte mit den Schultern.

Er ballte seine rechte Hand zur Faust. »Ich hoffe, dass die Résistance bald zurückschlägt«, erklärte er mit gesenkter Stimme.

Erschrocken zog ich den Kopf ein.

»Isabelle«, ertönte Papas Stimme aus der Backstube.

Verschwörerisch blickte ich zu Michel. »Ja?«

»Ich muss gleich los, eine Auslieferung wegbringen.«

»In Ordnung. Ich bleibe hier.«

Als Papa mit bemehlten Händen in den Verkaufsraum trat, nickte Michel ihm artig zu. »Bonjour, Monsieur Blanc.«

»Michel«, entgegnete Papa. »Auf Heimurlaub?«

»So ähnlich.« Michel grinste.

»Ich bin in einer Stunde zurück. Pass auf den Ofen auf«, bat Papa, während er sich die Hände mit einem feuchten Handtuch säuberte. »Bis später.«

Wir erwiderten seinen Gruß und warteten, bis er den Laden mit der Lieferung verlassen hatte.

»Was weißt du von der Résistance?«, flüsterte ich, nachdem Papa aus meinem Blickfeld verschwunden war.

»An der Schule wurden mehrere Räder gestohlen«, erklärte Michel in wichtigem Ton. »Es heißt, die Widerstandskämpfer stecken dahinter.«

Ich hatte von dem Vorfall gehört. Am helllichten Tag waren zehn Fahrräder verschwunden. Da niemand etwas gesehen oder gehört haben wollte, gehen Gerüchte um, dass Franzosen hinter der Tat stecken. Männer, die Aktionen gegen die Deutschen planen. Immer wieder hört man von Attentaten auf Soldaten oder Transportkonvois, mit denen die Besatzer vom Nachschub abgeschnitten werden sollen.

Als sich im nächsten Moment die Ladentür öffnete, fürchtete ich, mein Herz bliebe stehen. Oberfeldwebel Herzog stand im Verkaufsraum und sah mich lächelnd an. »Bonjour, Mademoiselle.«

Hilfe suchend blickte ich zu Michel, der verächtlich den Mund verzog. »Wolltest du noch etwas kaufen?«

Er nickte hastig. »Ja.« Wieder sah er zu dem deutschen Soldaten. »Ja, stimmt. Ich wollte drei Baguettes.«

Mit zittrigen Fingern nahm ich das Geld von ihm entgegen und bemühte mich, innerlich ruhig zu bleiben. Was hatte das Auftauchen des Oberfeldwebels zu bedeuten?

»Soll ich noch warten?«, raunte Michel mir zu, während er mit den Augen in Richtung des Deutschen deutete. Ich schüttelte den Kopf. »Nein, es ist alles in Ordnung. Ich komme zurecht.«

»Wenn du meinst. Salut, Isabelle«, verabschiedete sich Michel, während er mir verschwörerisch zuwinkerte. »Wollen wir uns die Tage mal treffen?«

Ich nickte hektisch. »Ja. Sicher sehen wir uns noch.«

Er hob die Hand, warf dem Deutschen einen letzten skeptischen Blick zu und verließ den Laden.

»Da bin ich«, erklärte der Soldat in dem Augenblick.

»Ja.« Ich nickte unsicher und bemühte mich um ein unverfängliches Lächeln. »Hat Ihnen unser Baguette geschmeckt?« Stumm dankte ich Gott, dass Papa nicht hier war.

»Vorzüglich.« Er machte eine kurze Pause und sah mir fest in die Augen. »Ich glaube, ich habe noch nie ein besseres gegessen.«

»Sie übertreiben«, erwiderte ich verlegen, während ich spürte, wie mir erneut das Blut in die Wangen schoss.

»Ganz und gar nicht«, gab Friedrich Herzog entrüstet zurück. »Sie zweifeln doch nicht etwa an meinem Wort?«

Ich begann zu zittern. »Nein«, stammelte ich ängstlich. »Nein, natürlich nicht.« In welche Situation hatte ich mich nur gebracht? Mein Gegenüber war kein gewöhnlicher junger Mann, mit dem ich ein wenig kokettieren konnte. Dieser Kerl war ein Nazi, der wahrscheinlich keinen Spaß verstand. Und der mir und meinen Eltern gefährlich werden konnte. Sehr gefährlich sogar. Ich biss mir vor Aufregung auf die Unterlippe.

Der Soldat trat dicht vor die Verkaufstheke.

Unwillkürlich machte ich einen Schritt zurück.

»Isabelle«, setzte er zögernd an.

Ich hielt vor lauter Furcht den Atem an.

»Sie müssen keine Angst vor mir haben.« Seine Stimme klang ruhig und warm.

Ich legte die rechte Hand auf meinen Brustkorb und spürte, wie er sich hob und senkte.

»Die Situation ist etwas ... seltsam«, fuhr er fort. »Und ich kann mir vorstellen, was Sie von mir denken.« Er machte eine Pause. »Was Sie von uns Deutschen denken.«

Ich wusste nichts zu erwidern, denn alles, was ich jetzt sagen könnte, brächte mich vielleicht in weitere Schwierigkeiten.

»Wissen Sie, warum ich hier bin?« Sein Blick wurde intensiver.

Hastig schüttelte ich den Kopf.

»Denken Sie nach, Isabelle.« Er lächelte. Sein Gesicht sah in diesem Augenblick wunderschön aus.

Mon Dieu, was war nur in mich gefahren?

»Ich sagte es Ihnen schon bei unserer letzten Begegnung.«

»Sie wollen Baguette bestellen«, hauchte ich atemlos, während mir das Herz bis zum Hals schlug.

Er legte den Kopf schief. »Halb richtig.« Wieder verzog er die Lippen zu einem freundlichen Lächeln. »Aber es stimmt, ich möchte eine größere Bestellung für morgen aufgeben. Monsieur Rochard teilte mir mit, wo ich Sie finden würde.«

»Wie viele?« Ich räusperte mich. »Wie viele Baguettes möchten Sie?«

»Hundert«, erklärte er bestimmt.

»Hundert?« Mir wurde schwindlig. Wo sollte Papa so schnell das Mehl herbekommen?

»Ist das ein Problem?« Er zog die Brauen hoch.

»Nein«, beeilte ich mich zu sagen. »Nein, kein Problem.« Papa würde toben. Aber das durfte ich Herzog nicht sagen. Auf keinen Fall.

»Damit wäre das Geschäftliche geregelt. Ich gehe davon aus, dass Sie uns wieder persönlich beliefern.«

Es war keine Frage, und ich wagte keinen Widerspruch.

»Eigentlich wollte ich Sie einfach nur wiedersehen.«

Seine Worte hingen bleischwer in der Luft. Was sollte ich darauf erwidern? Er war der Feind. Ein Nazi.

»Was halten Sie davon?«

Ich senkte meinen Blick und schüttelte stumm den Kopf.

»Isabelle?«

»Sie sollten so etwas nicht sagen.«

»Warum nicht?«

Ich blickte ihn wieder an. Diese Augen, das schön geschnittene Gesicht. Ich hätte ihn ewig ansehen können.

»Warum nicht?«, wiederholte er eindringlicher.

»Was möchten Sie jetzt hören?«, wisperte ich verunsichert.

Er beugte sich über die Theke. »Sie müssen keine Angst vor mir haben, Isabelle.«

Ich nickte.

»Sie gefallen mir.«

Mein Magen krampfte sich zusammen. Ich gefiel ihm. Das durfte nicht sein. Was würden meine Eltern sagen, wenn sie erfuhren, dass ich mit einem Deutschen sprach?

Er seufzte. »Ich werde jetzt wieder gehen, und Sie bringen uns morgen die Brotbestellung. Meinen Sie, Sie könnten über meine Worte nachdenken? Darüber würde ich mich sehr freuen«, setzte er leise nach.

Ich nickte beklommen.

»Sie werden es sich überlegen, ja?«

»Ja, das werde ich«, entgegnete ich.

Er schien zufrieden. »Bis morgen, Mademoiselle.« Als er bereits an der Tür stand, drehte er sich noch mal zu mir um. »Und denken Sie daran, was ich Ihnen gesagt habe.« Lächelnd legte er kurz seine Hand an die Schläfe, bevor er das Geschäft verließ.

Als ich endlich aus meiner Schockstarre erwachte, zitterte ich am ganzen Körper.

12

Aufgewühlt vom Lesen holte Amélie ihre Einkäufe aus dem Wagen. Sie konnte kaum glauben, was sie erfahren hatte.

Und was wollte dieser Journalist von ihr? Sie war seit dem Unfall komplett von der öffentlichen Bildfläche verschwunden, hatte keine Lesungen mehr gegeben und war auf keiner Messe gewesen. Wieso interessierte sich jemand nach drei Jahren Medienabstinenz für Amélie Trauber? Der Schweiß lief ihr über den Rücken, während sie das Auto abschloss und nach den Einkaufstaschen griff.

»Amélie?«

Überrascht drehte sie sich in die Richtung, aus der die Stimme gekommen war – und erstarrte, als sie Maurice Ravalles erblickte. »Maurice.«

»Du bist es wirklich!« Die Miene des Mannes erhellte sich.

»Maurice.« Wie lange war es her, dass sie sich zuletzt gesehen hatten? Sechzehn, siebzehn Jahre?

Maurice kam auf sie zu und breitete unsicher die Arme aus.

Amélie ließ ihre Einkäufe sinken und begrüßte ihn mit drei Wangenküssen.

»Was machst du hier?«

Sie musterte ihn neugierig. Das dunkle Haar wurde an den Schläfen von einigen silbrigen Fäden durchzogen, was seiner Attraktivität jedoch keinen Abbruch tat. Seine braunen Augen funkelten sie schelmisch an.

»Ich wohne im Haus meiner Oma.«

»Machst du hier Urlaub?« Ungläubig schüttelte Maurice den Kopf. »Wie lange ist es her?« Er zögerte. »Mit uns?«

»Siebzehn Jahre«, erwiderte Amélie bedächtig, während sie sich an die Sommermonate mit ihrer ersten großen Liebe erinnerte.

»Siebzehn Jahre, und du bist noch genauso hübsch wie damals.« Maurice zwinkerte.

»Wie geht es dir?«, versuchte Amélie, ihre Verlegenheit zu überspielen.

»Ganz gut«, erklärte er gut gelaunt. »Und dir?«

»Es geht«, erwiderte sie gedehnt.

»Bist du allein hier oder mit Familie?«

»Allein.« Sah sie da etwa ein leichtes Zucken an den Mundwinkeln? Mach dich nicht lächerlich, Amélie. Der Mann hat dich siebzehn Jahre lang nicht gesehen. Warum sollte es ihn nach so langer Zeit interessieren, ob du verheiratet bist oder nicht? Sie räusperte sich. »Was ist mit dir? Bist du verheiratet?«

Er grinste und hob seine rechte Hand, an deren Ringfinger sich ein goldener Ring befand. »Seit fünf Jahren.«

Amélie blickte zu Boden. »Das freut mich für dich«, murmelte sie unbeholfen.

»Du hast mir damals das Herz gebrochen«, entgegnete er ernst.

Sie nickte. »Ich hätte mit dir reden sollen.«

»Ja, das hättest du. Auch wir Männer haben Gefühle.« Doch es klang belustigt. »Wie wär's? Hast du Lust auf einen Kaffee?«

Sekundenlang erwiderte Amélie seinen Blick. Maurice war vier Jahre älter als sie. Das hieß, er musste mittlerweile knapp vierzig sein. Als sie ihn zum letzten Mal gesehen hatte, war er Anfang zwanzig gewesen. »Sehr gern. Aber ich bin später noch verabredet. Lass es uns auf ein anderes Mal verschieben.«

»Wie kann ich dich erreichen?«

»Wie gesagt, ich wohne im Haus meiner Oma.«

»Ich freue mich sehr, dass ich dich heute getroffen habe, Amélie. Und ich melde mich bei dir. Versprochen.«

»Ich freue mich auch.«

»*Salut*, Amélie. Bis bald. Und beim nächsten Mal möchte ich wissen, wie es dir all die Jahre ergangen ist.« Lachend deutete er auf sie. »Alles, hörst du.«

Sie nickte und hob zum Abschied die Hand. Als er aus ihrem Blickfeld verschwunden war, atmete sie tief durch, griff erneut nach ihren Taschen und machte sich auf den Weg in die Altstadt.

Amélie war sechzehn Jahre alt gewesen, als sie Maurice zum ersten Mal begegnet war. Es war Ende Juli, und wie jeden Sommer war sie mit ihren Eltern in den Sommerferien nach Collioure gekommen, um sie bei ihrer Oma zu verbringen. An jenem Tag hatte sie sich entschlossen, mit ihrer Mutter an einer Führung im Château Royal teilzunehmen. Ihr Vater war mit einem Freund aus Kindheitstagen verabredet gewesen. Maurice hatte die Führung geleitet. Er hatte wenige Wochen zuvor die Schule abgeschlossen und wartete auf einen Studienplatz. Während er mit der Touristentraube das weitläufige Gelände der Burg durchquerte und hier und da etwas über deren Historie erzählte, suchte er immer wieder Amélies Blick. Und auch ihr war der gut aussehende Guide sofort ins Auge gestochen.

Nachdem er die Gruppe anderthalb Stunden später zurück zum Eingang geführt hatte, um sich dort für weitere Fragen zur Verfügung zu stellen, drückte sich Amélie unauffällig im Kassenbereich herum und gab vor, die gerade gehörten Informationen nochmals auf den zahlreichen Schautafeln nachlesen zu wollen, während ihre Mutter sich in ein Café in der schattigeren Altstadt setzte und auf sie wartete.

Es hatte nicht lang gedauert, bis er sie schließlich ansprach und von ihr wissen wollte, ob er auch außerhalb der alten Mauern ihr Reiseführer sein dürfe. Zwei Tage später waren sie ein Paar. Maurice hatte damals einen Mini, mit dem er ihr jeden sehenswerten Fleck der ganzen Côte Vermeille zeigte. Sie fuhren nach Spanien und ließen sich von der frischen Lebensart der Katalanen mitreißen. Ebenso erkundete er mit ihr die Märkte der Region, wenn er nicht auf der Burg arbeiten musste. Sie badeten in kleinen versteckten Buchten und wanderten den Küstenweg entlang, bestaunten Steilklippen und Felswände.

Während Amélie die Gasse durchquerte, geisterten die Erinnerungen in ihrem Kopf herum. Maurice war der Mann gewesen, der ihr gezeigt hatte, was es bedeutete zu lieben. Außer ein paar kleinen unbedeutenden Flirts hatte sie in Deutschland wenig Erfahrung mit jungen Männern gemacht.

Als Amélie an den Abend dachte, an dem sie zum ersten Mal mit ihm geschlafen hatte, wurde ihr warm ums Herz. Maurice hatte sie zu sich nach Hause eingeladen. Seine Eltern waren weggefahren. Er hatte überall Kerzen aufgestellt, obwohl die Nachtluft noch von der Hitze des Tages flirrte.

Sie musste lächeln. Ja, es war zweifellos einer der romantischsten Abende ihres Lebens gewesen. Auch wenn seitdem fast zwei Jahrzehnte vergangen waren, konnte sie sich noch an jedes Detail erinnern: ihre Aufregung und Angst, etwas falsch zu machen. Nicht hübsch genug zu sein, als er sie langsam entkleidet hatte. Doch all ihre Sorgen waren umsonst gewesen. Sie hatten sich geliebt, und als Amélie gehen musste, fürchtete sie, jeder könne ihr das Glück, das in jener Nacht über sie gekommen war, sofort ansehen. Die folgenden Tage vergingen wie im Flug. Als Amélie nach Deutschland zurückkehren musste, befürchteten sowohl Maurice als auch sie, dass ihre Liebe die Entfernung nicht aushalten würde. Doch sie hatten sich getäuscht. Während der Wochen und Monate, in denen sie sich nicht sehen konnten, telefonierten sie fast täglich. Es war schwierig, aber beide waren überzeugt gewesen, dass ihre Beziehung halten konnte. Und das tat sie auch zwei Jahre lang. Maurice studierte, und Amélie absolvierte ihr Abitur.

Als Maurice sie jedoch am Ende ihres dritten gemeinsamen Sommers bat, für immer bei ihm zu bleiben, bekam Amélie kalte Füße. Überstürzt und ohne sich von ihm zu verabschieden, reiste sie ab und meldete sich nie wieder bei ihm. Seine Anrufe, die noch wochenlang bei ihr eingingen, ignorierte sie geflissentlich. Bis heute hatte sie ihm keine Erklärung geliefert, warum sie damals so feige gewesen war. Aber gab es überhaupt einen plausiblen Grund? War sie zu jung gewesen? Die Nähe zu intensiv? Wie wäre ihr Leben verlaufen, wenn sie sich damals anders entschieden hätte? Vielleicht wären sie dann noch glücklich miteinander, hätten eine Familie gegründet und sich in Collioure niedergelassen? Nun, es war müßig, all diese Fragen zu stellen, auf die es sowieso keine Antworten gab.

Als Amélie die Tür aufschloss, war sie schweißüberströmt. Die Temperaturen betrugen noch immer weit über dreißig Grad. Sie schleppte die Einkaufstaschen ins Haus und hievte sie die Treppen hinauf. Da sie nicht wusste, ob der Kühlschrank in der Backstube noch funktionstüchtig war, wollte sie ihre Vorräte in der Küche unterbringen, die sie notgedrungen mit dem Mieter teilen musste. Während sie die Stufen hochstieg, hörte sie fröhliches Pfeifen aus dem Bad. Auch das noch! Amélies Kleid klebte ihr am

Körper. Sie hatte das Gefühl, ihre Haut dampfe. Und das Bad war besetzt.

Also betrat sie zuerst die Küche. Da der eckige Esszimmertisch mit unterschiedlich hohen Papierstapeln überladen war, stellte sie ihre Einkäufe mit einem lauten Knall auf dem Boden ab. Nach einem Blick in den Kühlschrank atmete sie tief aus. In der Tür standen mehrere Bierflaschen, während die Fächer mit zwei Weinflaschen und mehreren Dosen belegt waren. Das Pfeifen im Badezimmer nebenan wurde lauter. Entschlossen räumte Amélie die Getränke aus dem Kühlschrank und packte stattdessen ihre Vorräte hinein.

Nachdem sie alles verstaut hatte, blickte sie kurz zur Badezimmertür. Ihre Tante wartete, doch so verschwitzt, wie sie war, wollte sie nicht zum Abendessen aufbrechen. Sie nahm den Knoblauchzopf und hastete wieder die Treppe hinunter. Als sie in der Baguetterie ankam, durchquerte sie die Backstube und öffnete die Tür zum Hinterhof. Die kleine Freifläche war in einem ähnlichen Zustand wie das Innere des Hauses. Unkraut wuchs zwischen den Pflastersteinen empor. In zwei großen Tongefäßen lagen die Reste einer seit Langem vertrockneten Pflanze. Amélie drehte sich um und sah nach oben. Auch auf dieser Seite wirkte die Außenmauer ungepflegt und verwahrlost. Die Fensterläden sahen genauso desolat aus wie auf der gegenüberliegenden Seite. Das Haus braucht dringend eine Schönheitskur, dachte Amélie bekümmert. Seine Substanz war zwar solide, doch es war viel zu lange vernachlässigt worden. Sie steuerte auf das kleine Gerätehaus zu, das sich in der linken Ecke des Hofs befand. Wie erhofft war es nicht verschlossen. Als Amélie die Tür öffnete, quietschte sie ohrenbetäubend. Früher hatte ihre Oma hier Gartenstühle und Fahrräder abgestellt. Doch jetzt war der Schuppen leer. Wahrscheinlich hatte Valérie die alten Sachen entsorgt, als ihre Mutter ins Heim ziehen musste. Amélie wurde das Herz schwer. Jeder Quadratmeter des Hauses weckte unaufhörlich Erinnerungen in ihr. Die Vergangenheit erschien ihr in diesem Moment unbeschwert und federleicht. War Amélie wirklich erst einen Tag hier? Die heutigen Begegnungen beschworen Zeiten herauf, die nichts mehr mit ihrem jetzigen Leben zu tun zu haben schienen.

Mit einem Mal stieg unbeschreibliche Sehnsucht in ihr auf. Sehnsucht nach ihrer Kindheit, ihrer Jugend. Als sie mit jedem Problem zu ihren Eltern gehen konnte, sei es eine unlösbare Hausaufgabe oder der schlimme Streit mit ihrer besten Freundin. Es gab immer eine Lösung. Sowohl ihre Eltern als auch ihre Oma hatten ihr dieses Credo stets vor Augen gehalten.

Amélies Augen begannen zu brennen. Diesmal gab es keine Lösung für sie. Weder ihre Eltern noch ihre Oma wussten, wie sie Amélie das Leben wieder erstrebenswert machen konnten. Die Trauer war ein Gefühl der Endgültigkeit, der Perspektivlosigkeit. Sie war eine Sackgasse, aus der es keinen Ausweg mehr gab, und sie konnte sich nicht einmal ansatzweise vorstellen, wie dieser überhaupt aussehen sollte.

Die letzten Stunden hatten sie ein wenig von ihrem Kummer abgelenkt. Sie war Menschen begegnet, die zu ihrem Leben gehörten oder irgendwann einmal gehört hatten. Doch ihren Schmerz konnten auch sie nicht lindern.

Ungehalten wischte sie sich über die Augen und hängte den Knoblauchzopf an der Decke des Schuppens auf, genauso, wie ihre Oma es immer getan hatte. So hielt er sich lang und konservierte sein köstliches Aroma.

Nachdem Amélie das Gerätehaus wieder verlassen hatte, wanderte ihr Blick erneut nach oben. Sie konnte so nicht zur Ruhe kommen. Dieser Benjamin Lemarre musste ausziehen, Mietvertrag hin oder her. Entschlossen kehrte sie in den Laden zurück und stieg die Stufen wieder hinauf.

Als sie am Treppenabsatz vor der Küche ankam, bemerkte sie, wie er sich gerade fluchend am Kühlschrank zu schaffen machte.

»Halt!«, rief sie hinter ihm. »Rühren Sie meine Lebensmittel nicht an.«

Langsam drehte er sich zu ihr um. Seine Wangenmuskulatur arbeitete, die Augen hatten sich zu schmalen Schlitzen verengt.

Amélie musste sich zwingen, ihn nicht anzustarren. Sein Oberkörper war nackt, vereinzelte Wassertropfen liefen über seine Haut. Um seine Hüften hatte er lediglich ein dunkelblaues Handtuch geschlungen.

»Der Kühlschrank gehört mir.«

»Wie bitte?« Er zog die Brauen hoch.

Sie nickte. »Das ist das Haus meiner Oma, und dieser Kühlschrank gehört ebenfalls meiner Oma.« Sie zögerte, bevor sie nachsetzte: »Also meiner Familie und somit auch mir.«

»Amélie, bei allem Respekt«, setzte er vorsichtig an. »Sie haben es meinem guten Willen zu verdanken, dass Sie überhaupt hier wohnen dürfen. Bei diesen Temperaturen ist es wohl legitim, einen gewissen Getränkevorrat kühl zu lagern.«

»Getränke?« Sie schnappte nach Luft. »Alkohol. Bier und Wein.«

»Das geht Sie nichts an, denke ich.«

»Solange Sie hier wohnen, doch.«

Benjamin presste die Lippen aufeinander, während er sie zornig anfunkelte. Sein feuchtes Haar stand wirr vom Kopf ab.

Während Amélie ihn anstarrte, verschwammen seine Konturen vor ihren Augen. Seine Gesichtszüge wurden undeutlicher. Amélie blinzelte und sah plötzlich Thorsten vor sich. Thorsten, der frisch geduscht aus dem Badezimmer kam. Der nach Minze und Moschus roch. Thorsten, der in einer kleinen schwarzen Urne bestattet worden war. Amélie wurde schwindlig. Fahrig griff sie nach dem Küchentisch und krallte sich an der Platte fest.

»Geht es Ihnen nicht gut?«

Schleppend klarten sich die Umrisse von Benjamin Lemarre vor ihr wieder auf. Noch immer stand er, nur mit dem Handtuch bekleidet, vor ihr. Als er einen Schritt auf sie zumachte, hob sie abwehrend die andere Hand. »Es geht schon.«

Er erwiderte nichts, blieb jedoch stehen.

»Warum müssen Sie unbedingt hier wohnen?«, blaffte sie ihn an, verärgert über ihre eigene Unzulänglichkeit. »Sehen Sie sich doch mal hier um! Alles marode und ungepflegt. Suchen Sie sich doch ein kleines nettes Appartement irgendwo am Stadtrand.«

»Was genau ist Ihr Problem?«, erwiderte er ruhig.

»Mein Problem?«, brauste sie weiter auf. »Sie sind mein Problem. Sie besetzen stundenlang das Bad, blockieren den Kühlschrank und gehen mir mit Ihrem blöden Gepfeife auf die Nerven.«

»Ich habe dieses Haus gemietet«, erwiderte er mit kalter Stimme. »Es war ein Entgegenkommen meinerseits, Sie hier wohnen zu lassen.« Sein rechtes Auge zuckte leicht. »Aber ich lasse mich nicht blöd von Ihnen anmachen. Bleiben Sie hier, oder suchen Sie sich eine andere Unterkunft. Ist mir gleich.« Er deutete zur Küchenplatte. »Aber der halbe Kühlschrank gehört mir. Schönen Abend noch«, rief er ihr spitz zu, während er sich umdrehte und aus Amélies Blickfeld verschwand.

Was für ein arroganter Idiot, dachte sie und blickte zu den Küchenschränken. Benjamin Lemarre hatte ihr Obst wieder aus dem Kühlschrank genommen und auf die Platte danebengelegt. Erneut holte sie die Bierflaschen heraus und tauschte sie gegen die Himbeeren, Trauben und Granatäpfel aus, die sie auf dem Markt gekauft hatte.

Dann räumte sie die leeren Taschen weg und stieg die Stufen zu ihrem Zimmer herab. Während sie frische Unterwäsche und ein neues Kleid aus dem Schrank holte, wanderten ihre Gedanken zu ihrer Oma zurück. Ob sie überhaupt wusste, was in diesem Haus vor sich ging? Natürlich konnte Valérie nicht wissen, dass Amélie überraschend beschlossen hatte, nach Collioure zu kommen, als sie das Haus vermietete. Das Heim war sicher teuer und die Miete eine kleine Hilfe, um den Lebensabend ihrer Oma zu finanzieren.

Als sie das Zimmer verlassen wollte, um duschen zu gehen, fiel ihr Blick wieder auf das Heft, das ihre Oma ihr heute Nachmittag anvertraut hatte. Während sie an den Inhalt der ersten Seiten denken musste, kehrte sie zum Bett zurück und schlug das Büchlein erneut auf. Die vertraute Handschrift ihrer Oma zauberte ihr ein Lächeln auf die Lippen, als sie sich an Isabelles Einkaufslisten erinnerte, die diese vor jedem Marktbesuch erstellt hatte.

Amélies Großmutter war schon immer eine gute Ratgeberin gewesen. Welches Geheimnis verbarg sich wohl zwischen den Seiten? Und was hatte es mit dem deutschen Soldaten auf sich?

Ein Blick auf die Uhr rief Amélie das Abendessen bei Valérie und François ins Gedächtnis. Schweren Herzens legte sie das Heft wieder zur Seite, nahm ihre Kleidung und stieg ins Badezimmer hinauf.

13

»Bonsoir, Amélie!« Ihr Onkel drückte sie liebevoll und hielt sie einige Sekunden in seinen Armen. »Schön, dass du da bist.«

»Bonsoir, François.«

»Valérie ist noch in der Küche. Sie kommt gleich.«

Amélies Tante und Onkel lebten am südlichen Ortsausgang von Collioure in einer Reihenhaussiedlung mit hübschem Garten.

»Ich dachte, wir grillen zur Feier des Tages.« Ihr Onkel zeigte ins Wohnzimmer, hinter dem die Terrasse lag. »Lass uns nach draußen gehen.«

Der kleine Garten war von Rosenbüschen und Oleander umgeben. Neben der Terrasse wuchs ein weißer Jasmin, der seinen lieblichen Duft verströmte. Auf der anderen Seite befand sich ein gemauerter Grill.

»Schön«, entfuhr es Amélie, während sie sich auf einen der Holzstühle setzte.

»Ich bin fünfundsiebzig«, erwiderte François, während er ebenfalls Platz nahm. »Früher träumten wir immer von einem Haus irgendwo außerhalb mit großem Garten und viel Platz. Mittlerweile bin ich froh, dass ich nur die paar Quadratmeter zum Pflegen habe.« Er zeigte auf die Wasserkaraffe, die auf dem Tisch stand. »Möchtest du?«

Amélie nickte. »Gern.«

»Amélie, da bist du ja.« Valérie tauchte in der Terrassentür auf. In der einen Hand hielt sie eine Schüssel mit Aioli, in der anderen einen Bastkorb für das Baguette. Nachdem sie die Vorspeise abgestellt hatte, umarmte sie Amélie und küsste sie auf die Wange. »Hast du dich ein wenig von deinem Schock erholt?«

Amélie runzelte die Stirn. »Was meinst du?«

Ihre Tante lachte. »Na, dass du einen Mitbewohner hast. Dachtest du, ich hätte deine Reaktion heute Morgen nicht mitbekommen?«

Amélie wusste nichts zu sagen. Sie musste an den Zusammenstoß vorhin in der Küche denken.

»Monsieur Lemarre ist ein sehr netter Mann. Und er zahlt seine Miete pünktlich.« Sie verzog bedauernd das Gesicht. »Wir haben letztes Jahr mehrmals versucht, das Haus zu verkaufen. Aber der aktuelle Immobilienmarkt in Frankreich ist eine Katastrophe. Die Leute wollen einfach nichts bezahlen.« Sie sah zu ihrem Mann. »François, erinnerst du dich an den Sohn der Ricolets? Der hat drei Jahre lang probiert, sein Elternhaus zu verkaufen.«

Amélies Onkel nickte langsam.

»Für die Hälfte des Werts, den ihm der Makler genannt hatte, hat er es losbekommen. Die Hälfte!«, wiederholte Valérie kopfschüttelnd. »Nach sechs Monaten habe ich der Agentur abgesagt.«

»Gab es denn Interessenten?« Amélie beugte sich vor.

»Ein paar«, erwiderte François. »Aber wie Valérie sagt, keiner will einen angemessenen Preis bezahlen.«

»An dem Gebäude ist einiges zu tun«, merkte Amélie vorsichtig an, während sie an die alten Heizkörper dachte, die wahrscheinlich nicht einmal mehr funktionstüchtig waren. »Das meiste sind zwar nur Kleinigkeiten, aber wenn sich jemand das Haus anschaut, ist der erste Eindruck eben entscheidend.«

Valérie nickte. »Ich weiß. Man müsste zwei oder drei Wochen

Arbeit investieren, die Fensterläden neu lackieren, die Wände und Decken streichen.« Sie machte eine Pause. »Eventuell sogar das Bad erneuern.«

»Die Lage ist toll. Gibt es denn niemanden im Ort, der Interesse an der Baguetterie hat?«

François schüttelte den Kopf. »Man könnte den Laden umbauen und etwas anderes dort unterbringen. Einen Imbiss oder so. Aber schau dir die Altstadt doch an. In jeder der Gassen gibt es unzählige Gastronomiebetriebe. Von der Pizzeria bis zum Asia-Imbiss. Von der Boulangerie bis zur Crêperie. Nein, die Leute scheuen das Risiko.«

Während seiner Worte blitzte in Amélie ein kurzer Hintergedanke auf.

Valérie winkte ungeduldig ab. »Jetzt ist das Haus ja erst mal vermietet. Monsieur Lemarre weiß zwar noch nicht, wie lange er bleiben wird. Aber wenn er auszieht, suchen wir uns eben einen neuen Mieter.«

»Was heißt, er weiß nicht, wie lange er in Collioure bleibt? Wo kommt er denn her?« Amélie verfolgte, wie ihr Onkel sich erhob und im Inneren des Hauses verschwand, um kurz darauf mit einem Teller voller Fleisch zurückzukehren.

»Dann wollen wir mal«, brummte er vergnügt, während er sich an dem Grill zu schaffen machte.

»Der junge Mann kommt aus Lyon«, beantwortete Valérie Amélies Frage. »Er scheint hier einige Recherchen durchführen zu wollen, weil er einen Artikel über Collioure schreibt.«

»Ein Journalist?«, hakte Amélie nach. Dieser Berufsstand schien sie momentan zu verfolgen.

Valérie nickte.

»Warum ist er nicht in ein Hotel gegangen?«, wollte Amélie

von ihrer Tante wissen. »Sicher kann er die Übernachtungskosten doch als Spesen abrechnen. Warum solch eine Bruchbude?«

»Amélie!«

»Tut mir leid, Valérie. So war es nicht gemeint. Aber die Möbel und die Ausstattung sind wirklich nicht auf dem neuesten Stand«, relativierte sie ihre Aussage.

»Die Lage hatte ihm gefallen. Und er wollte wie ein Einheimischer leben, meinte er bei Vertragsunterzeichnung.«

Amélie schüttelte den Kopf.

»Wenn ich gewusst hätte ...«, begann Valérie bekümmert.

»Ich weiß«, unterbrach Amélie sie. »Ich werde mich eben damit abfinden müssen, dass ich nicht allein in dem Haus bin. Zumindest hat er nicht vor auszuziehen.«

»Du hast ihn gebeten auszuziehen?« Ihre Tante sah sie scharf an.

Schuldbewusst verzog Amélie das Gesicht. »Wir sind vorhin ein wenig aneinandergeraten.«

Valérie schnaufte.

»Charlotte findet ihn sehr charmant«, mischte sich François ein, während er die Holzkohle aufschichtete.

»Charmant? Das kann ich nicht gerade behaupten«, gab Amélie gleichgültig zurück.

»Was sagst du zu ihrem Restaurant?«, wechselte ihre Tante das Thema. »Also Charlottes und Yannicks?«

»Es ist super«, bekannte Amélie ehrlich. »Erste Reihe mit Blick aufs Meer. Und es scheint gut zu laufen.«

Valérie nickte. »Am Anfang war es schwierig. Na ja, auch in Argelès reiht sich ein Restaurant ans nächste. Aber letztlich konnte Yannick mit seiner Kochkunst überzeugen. Heute Abend richten sie einen großen Geburtstag in Elne aus, deshalb können sie leider nicht hier sein. Aber das holen wir auf jeden Fall noch nach.«

»Ich freue mich für Charlotte«, entgegnete Amélie. »Und ihr Freund scheint sehr nett zu sein.«

»Ja, ich denke, Yannick ist der Richtige für sie.«

François lachte. »Ich glaube, das habe ich schon öfter gehört.«

»Ach, du wieder«, gab seine Frau zurück. »Mit Yannick ist es wirklich ganz anders. Charlotte ist glücklich, das sehe ich ihr an. Und mit dem Restaurant haben sie sich gemeinsam einen großen Traum erfüllt.«

Er winkte ab. »Ja, ich weiß. Charlotte ist nicht mehr die Jüngste. Wenn sie endlich gefunden hat, was sie erfüllt ... Mir soll es ja recht sein.«

Amélie schmunzelte. »Deine Tochter ist Mitte vierzig. Nicht mehr die Jüngste ... Das hört sich an, als stehe sie kurz vor der Rente.«

»Charlotte wollte immer Kinder«, wiederholte Valérie den Wunsch ihrer Tochter, den diese Amélie bereits heute Mittag offenbart hatte. »Dafür ist es aber wohl zu spät.«

»Wer weiß«, erwiderte Amélie.

»Ja, wer weiß schon, was uns noch erwartet«, sinnierte Valérie nachdenklich. Abrupt griff sie nach Amélies Hand. »Wir sind auf jeden Fall sehr froh, dass du hier bist. Nach dem, was du erlebt hast, tut es dir mit Sicherheit gut, mal von zu Hause wegzukommen. Und du bist nicht allein, Amélie. Vergiss das nicht.«

Sie schluckte. »Ich weiß, Valérie. Für mich ist es tatsächlich, als wäre ich nach Hause gekommen. Obwohl ich so viele Jahre nicht hier gewesen bin, war mir sofort alles wieder vertraut. Und ich merke erst jetzt, wie sehr ich euch alle vermisst habe.«

»Das hast du aber schön gesagt, nicht wahr, François?«, wollte Valérie von ihrem Mann wissen.

Der brummelte nur undeutlich etwas vor sich hin, während er das erste Stück Fleisch auf den Grillrost legte.

»Du weißt, dass du uns jederzeit willkommen bist.«

»Ich war vorhin bei Oma«, begann Amélie, um den Kloß in ihrem Hals zu überspielen.

»Heute schon?«

»Ja, da ich sowieso in Argelès auf dem Markt war, hat es sich angeboten. Ich habe ihr Pastis und ihre geliebte Lavendelseife mitgebracht.«

Valérie schüttelte amüsiert den Kopf.

»Aber ich habe mich erschreckt«, bekannte Amélie weiter. »Sie ist so alt geworden.«

»Sie ist dreiundneunzig«, erwiderte ihre Tante. »Sie ist sehr alt. Gerade in den letzten Wochen hat sie enorm abgebaut.« Sie zögerte. »Körperlich. Da oben«, Valérie tippte sich an den Kopf, »da funktioniert noch alles fast tadellos.«

Amélie schluckte. »Ich weiß. Geistig ist sie noch völlig unversehrt.«

»Sie hatte ein schönes Leben«, sinnierte Valérie, während sie in den kleinen Garten blickte. »Die Baguetterie war ihr Baby, nachdem André aus dem Gröbsten heraus war. Und als Papa starb, hat ihr die Arbeit über ihre Trauer hinweggeholfen. Und sie konnte noch sehr lange eigenständig zu Hause leben.«

»Du hast recht«, erwiderte Amélie ergriffen. »Aber ich kann mir einfach nicht vorstellen, dass sie ...«

Valérie drückte ihre Hand fester. »Es ist sehr gut, dass du jetzt hergekommen bist. Noch ist sie bei uns. Wir sollten die Zeit genießen, die uns mit ihr bleibt.«

Amélie musste wieder an das kleine Notizbuch ihrer Oma denken. Ein Geheimnis, hatte Isabelle ihr ins Ohr geraunt. Eines, das niemand kannte. Auch Valérie nicht?

Sie war acht Jahre älter als Amélies Vater André. Ihre Tante war knapp zwei Jahre nach dem Ende des Zweiten Weltkriegs geboren worden. Ihren Vater, ein Franzose, der noch vor der Geburt seiner Tochter aus dem Leben von Amélies Oma verschwunden war, kannte Valérie nicht. Er hatte nie eine Rolle für sie gespielt. Andrés Vater, den Isabelle Blanc erst Jahre nach Valéries Geburt kennenlernte, hatte das Mädchen adoptiert und wie seine leibliche Tochter angenommen.

Sollte Amélie Valérie von dem Tagebuch erzählen?

»Du siehst so ernst aus«, merkte ihre Tante in dem Augenblick an, während sie ihre Nichte eingehend musterte.

Amélie bemühte sich um ein Lächeln, bevor sie Valérie ihre Hand entzog, damit diese die Wunden am Unterarm nicht entdeckte. »Nein, es ist alles gut. Ich bin auch sehr froh, dass ich hier bin. Und ich werde so viel Zeit wie möglich mit Oma verbringen.« Und mit dem Tagebuch, setzte sie in Gedanken hinzu. Zuerst wollte sie allein herausfinden, welches Geheimnis ihre Großmutter mit sich herumtrug. Danach konnte sie ihre Tante immer noch einweihen.

Amélie schwirrte der Kopf. Das intensive Gespräch mit Valérie und François, das vorzügliche Essen und der laue Sommerabend hatten ihr gutgetan. Für ein paar Stunden war ihr Kummer von einem Hauch Zufriedenheit überlagert worden.

Während Amélie an der beleuchteten Strandpromenade entlang Richtung Altstadt schlenderte, verstärkte sich ihr Gefühl, zu Hause zu sein. Jeder Stein, jede Straßenbiegung, jedes Haus erschien ihr bekannt und vertraut. Sie blieb an der niedrigen Mauer stehen und blickte aufs Meer hinaus. Die Laternen, die den Weg säumten, zauberten dunkle Schatten auf den Sand. Es war windstill, die Wasseroberfläche kräuselte sich kaum. Rechter Hand saß ein Pärchen auf der Mauer und konnte die Finger nicht voneinander lassen. Am Strand vor ihr befanden sich zwei Gruppen Jugendlicher, die lachten und redeten. Amélie ließ sich ebenfalls auf der Mauer nieder und schwang die Beine über den Sims. Sie wollte noch nicht nach Hause. Allein, wenn sie nur an Benjamin Lemarre dachte, spürte sie erneut Ärger in sich aufsteigen. Der Abend war zu schön gewesen, um sich über den unerwünschten Mitbewohner aufzuregen. Das Wetter war wundervoll, sie würde einfach so wenig Zeit wie möglich im Haus ihrer Oma verbringen. Sicher würde der Journalist abreisen, sobald er die Recherchen für seinen Artikel beendet hatte. So groß war Collioure nicht, die Nachforschungen konnten also nicht ewig andauern. Da sie hingegen Zeit hatte, hoffte sie jetzt, das Haus schon ganz bald für sich allein zu haben. Die Worte ihrer Tante fielen ihr wieder ein. Vielleicht sollte Amélie einige Handwerker kommen lassen, um zu klären, wie groß der Modernisierungsbedarf tatsächlich war. Doch wozu? Wäre es nicht sinnvoller, das Haus günstig zu verkaufen, sodass der neue Eigentümer sich alles nach seinem Geschmack herrichten konnte? Amélie verglich ihre großzügig geschnittene Wohnung in Heidelberg mit dem alten Dorfhaus ihrer Oma. Thorsten hätte niemals seinen Urlaub mit Amélie und Marco in dem heruntergekommenen Gebäude verbracht. Er hätte darauf bestanden, in einem gehobenen Hotel unterzukommen, in dem er auf keinerlei Annehmlichkeiten hätte verzichten müssen.

Im nächsten Moment schämte sie sich für ihre Gedanken. Ihr Mann war tot. Thorsten war eben nicht der Abenteurertyp. Er hatte seinen Luxus geliebt und wollte für seine Familie und sich immer nur das Beste. Ja, immer nur das Beste, wiederholte sie stumm.

Amélie schloss die Augen und sog den salzigen Geruch des Meeres ein. Wie sehr hatte sie all das vermisst! Sie spürte, wie ihr Körper sich entspannte. Sie wollte nicht mehr grübeln, nicht mehr hadern. Hier auf der Mauer am Strand zu sitzen, den Geräuschen des Sommerabends zu lauschen, die friedliche Atmosphäre auf sich wirken zu lassen, konnte es so einfach sein, sich vorsichtig ins Leben zurückzutasten?

Als etwas Weiches Amélies Hand berührte, öffnete sie erschrocken die Augen. Sie erblickte eine schwarze Katze, die neben ihr auf der Mauer stand, und musste schmunzeln. »Na, genießt du auch den Sommer?«

Die Katze miaute und drückte sich dichter an Amélies Hand. Vorsichtig löste sie ihren Arm und streichelte das weiche Fell des Tiers.

Ein paar Jugendliche begannen, leise zu singen.

In diesem Augenblick war Amélie davon überzeugt, die richtige Entscheidung getroffen zu haben. Sie würde eine Weile in Collioure bleiben. Ohne Pläne, ohne Druck, ohne Terminstress. Sie würde tun, wonach ihr der Sinn stand. Würde sich treiben lassen, spazieren gehen, ihre Familie und Freunde treffen, ihre Oma im Heim besuchen. Vielleicht sollte sie ihrer Sehnsucht nach den alten Zeiten nachgeben, in denen sie mit Isabelle in der Backstube gestanden hatte. Funktionierte der Ofen womöglich noch? Wie würde es sich anfühlen, die vertraute Konsistenz des Teigs wieder unter den Fingern zu spüren? Sie erinnerte sich genau an den wohlbekannten Geruch des frisch gebackenen Baguettes.

Und sobald der Mieter abgereist war, würde sie sich das Haus vornehmen. Vielleicht konnte Amélie selbst ein wenig Hand anlegen und einige bestehende Makel beseitigen. Möglicherweise könnte man es auch zu einem Ferienhaus umfunktionieren, mit moderneren Möbeln und einem neuen Bad. Was aus dem Laden würde, konnte man später immer noch entscheiden. Auch wenn die Zeichen denkbar ungünstig standen, wäre es vielleicht trotzdem möglich, ein kleines Geschäft im Erdgeschoss des Hauses anzusiedeln. Sie merkte, wie ihr der neu erweckte Tatendrang

Kraft und Zuversicht verlieh. Vielleicht brauchte sie endlich eine Aufgabe. Auch wenn sie weiterhin nicht den geringsten Wunsch verspürte, zu ihrem Laptop zu greifen und in eine neue Geschichte zu versinken, sprach doch nichts dagegen, sich anderen Perspektiven zu widmen, etwas mit ihren Händen zu schaffen. Teig zu kneten und an dem alten Gebäude herumzuwerkeln.

Die Katze schnurrte unter Amélies Streicheleinheiten. »Das gefällt dir.« Sie lachte.

»Amélie?« Eine dunkle Gestalt beugte sich zu ihr hinunter.

Amélie blickte überrascht auf und erkannte Mathilde, die Malerin von gestern Abend.

»Hallo.«

»Ich war mir nicht sicher, ob Sie es wirklich sind.« Sie zeigte auf die Straßenbeleuchtung. »Hier im Dunkeln, und ich habe Sie nur von der Seite gesehen.«

»Haben Sie Feierabend?« Amélie hob die Katze auf die andere Seite, um der korpulenten Frau Platz zu machen.

»Nein, noch nicht.« Mathilde drehte sich um. »Sehen Sie sich mal diese Kulisse an.«

Amélie ließ den Blick über die bunten Fassaden der Häuser auf der anderen Straßenseite schweifen. Die Laternen tauchten die Wände in ein fast unwirkliches Licht. Die Schatten der Gebäude zeichneten lange Rechtecke auf den Asphalt. »Wunderschön«, raunte sie erstaunt.

Mathilde nickte neben ihr. »Meine Leinwand steht da hinten vor den Burgmauern. Ich habe nur eine kurze Pause gemacht, um etwas zu essen.«

Obwohl auch Amélie die Freiheit kannte, arbeiten zu können, wann immer sie wollte, bewunderte sie die Künstlerin für ihren unkonventionellen Lebensstil.

»Was ist mit Ihnen? Sind Sie schon angekommen?« Die Frau deutete auf ihren Kopf. »Ich meine da oben.«

Amélie nickte. »Ja, es war ein sehr schöner Tag. Ich komme gerade von meiner Familie.«

»Gehört sie auch zu Ihrer Familie?« Mathilde lächelte, während sie auf die Katze zeigte.

Amüsiert schüttelte Amélie den Kopf. »Sie scheint etwas Gesellschaft zu benötigen.«

Die Malerin musterte das Tier. »Wer nicht?«

Amélie erwiderte nichts.

»Ich kann stundenlang am Meer sitzen und auf das Wasser blicken«, fuhr Mathilde fort. »Meiner Meinung nach gibt es nichts Beruhigenderes, nichts, wobei man besser abschalten kann. Das Meer möchte ich nicht mehr missen.«

»Mir geht es genauso«, stimmte Amélie zu, während sie verfolgte, wie das Pärchen neben ihr aufstand und eng umschlungen den Weg Richtung Altstadt einschlug.

»Freuen wir uns doch darüber, dass es uns vergönnt ist, heute Abend an einem der schönsten Plätze sitzen und unsere Zeit genießen zu dürfen.«

»Sie haben recht«, erwiderte Amélie leise. »Ich könnte mir in diesem Moment keinen schöneren Ort vorstellen, an dem ich jetzt lieber wäre.«

Die Malerin legte einen Arm um Amélies Schulter. »Ich bin keine Psychologin, aber ich sehe Ihnen an, dass Sie sehr viel Ballast mit sich herumschleppen.«

Als Amélie etwas entgegnen wollte, hob Mathilde beschwichtigend eine Hand. »Es geht mich überhaupt nichts an. Sie müssen nicht darüber reden.« Sie drehte den Kopf und sah Amélie eindringlich an. Die Malerin hatte strahlend blaue Augen. »Lassen Sie los, Amélie. Was auch immer es ist, das Ihnen so großen

Kummer bereitet. Sie haben hier alles, was Sie brauchen, um die Schönheit des Lebens wiederzuentdecken.«

Die Worte trieben Amélie Tränen in die Augen.

»Ich wollte Sie nicht traurig stimmen.« Die Malerin erhob sich. »Kommen Sie die Tage mal bei mir am Uferkai vorbei. Und wenn Sie reden möchten, jederzeit gern. Ich bin eine sehr gute Zuhörerin.«

Amélie blickte zu ihr auf, während die Katze weiterhin an ihrer Seite verharrte.

»Sie sind ein guter Mensch, Amélie.« Die Frau deutete auf das Fellknäuel. »Tiere haben ein Gespür dafür.«

»Danke«, hauchte Amélie berührt. »Ich würde mich sehr darüber freuen, wenn wir uns wiedersehen könnten.«

Die Frau deutete mit dem Kinn zur Burg. »Irgendwo dort drüben finden Sie mich immer.«

Als Amélie wenig später die Backstube betrat, um ins Obergeschoss hinaufzusteigen, nahm sie aus dem Augenwinkel eine Bewegung im Innenhof wahr. Sie drehte sich um und öffnete die Hintertür.

»Bonsoir«, erklang die Stimme von Benjamin Lemarre, der neben dem Gerätehaus stand und rauchte.

»Bonsoir.«

»Wollen Sie auch eine?« Während er aus der dunklen Ecke hervortrat, kramte er in seiner Hosentasche.

»Ich rauche nicht.«

Er lachte kurz auf. »Ich eigentlich auch nicht.«

Amélie sah ihn fragend an.

»Nicht mehr«, verbesserte er sich. »Ich habe vor fünf Jahren aufgehört.«

»Um heute wieder anzufangen?« Stirnrunzelnd deutete sie auf seine Hand.

Er folgte ihrem Blick und schüttelte den Kopf. »Ja, merkwürdig.« Er nahm noch einen langen Zug, bevor er die Zigarette demonstrativ in einem der großen Blumenkübel ausdrückte. »Ist auf jeden Fall gesünder.«

Amélie verharrte unschlüssig. »Was genau machen Sie hier? Meine Tante hat mir erzählt, Sie würden für einen Artikel über Collioure recherchieren.«

»Ja, das stimmt.«

»Was wird das für ein Artikel?« Sie musterte den blonden Mann im fahlen Schein des Mondes.

Benjamin Lemarre zuckte mit den Achseln. »Das weiß ich noch nicht genau. Es kommt darauf an, was meine Recherchen ergeben.«

»Haben Sie keinen konkreten Auftrag?«

Er schüttelte den Kopf. »Ich bin freischaffender Journalist. Wenn ich ein Thema finde, das mich fasziniert, schaue ich, ob es etwas für die Leser hergibt.«

»Das Sie fasziniert?«, erwiderte Amélie erstaunt. »Auf diesen Artikel bin ich aber gespannt.«

»Es geht um die Résistance in Collioure und um den Alltag der Bevölkerung während der Besatzungszeit.«

»Ein schwieriges Thema«, stellte Amélie überrascht fest, während ihre Hoffnung schwand, dass er in nächster Zeit ausziehen würde.

»Einfach ist es nicht«, stimmte Benjamin Lemarre lächelnd zu. »Ihre Tante hat mir verraten, dass Sie Autorin sind. Da kennen Sie dieses Gefühl, sich mit unbequemen Themen zu beschäftigen, sicherlich.«

Ihre Cousine hatte recht. Benjamin Lemarre konnte durchaus

als attraktiv bezeichnet werden. Als Amélie bewusst wurde, dass sie ihn anstarrte, räusperte sie sich. Wie kam sie plötzlich zu diesen Überlegungen? Sie ärgerte sich über sich selbst.

»Es tut mir übrigens leid, dass es Ihnen momentan nicht so gut geht.«

»Wie bitte?« Sie sah ihn an.

»Ihre Tante deutete an, dass Sie …«

»Das geht Sie nichts an«, blaffte sie. »Und ich möchte nicht mit Ihnen darüber sprechen.« Sie lachte bitter auf. »Ich habe keinen Bedarf am Mitleid wildfremder männlicher Mitbewohner.«

»Sieht so aus, dass man mit Ihnen tatsächlich nicht vernünftig reden kann«, gab er kühl zurück. »Ich wollte lediglich mein Mitgefühl ausdrücken.«

»Ich brauche Ihr Mitleid nicht, Monsieur Lemarre«, sagte sie und betonte seinen Nachnamen herablassend. »Das Beste wird sein, wir gehen uns aus dem Weg und machen einen großen Bogen umeinander.« Sie drehte sich um und wollte in die Backstube zurückgehen, als er hinter sie trat und sie am Arm berührte.

»Lassen Sie mich sofort los«, fauchte sie ihn an, während sie ihren Arm wegriss.

»Was Ihnen passiert ist, ist furchtbar«, sagte er ernst. »Aber so langsam wundere ich m …« Er brach ab.

»Was?« Amélie starrte ihn zornig an. »Was wundert Sie?«

Er erwiderte ihren Blick, schüttelte jedoch nur stumm den Kopf.

Nachdem sie einige Sekunden vergebens auf eine Antwort gewartet hatte, presste sie die Lippen aufeinander und stürmte ins Haus. Was sollte sie jetzt tun? Der zurückliegende Tag hatte ihr gezeigt, dass es tatsächlich möglich war, für eine kurze Zeit nicht an ihre Trauer zu denken, nicht an den Kummer, den sie mit sich herumschleppte. Amélie war sich nicht sicher, ob sie es schaffen würde, die Fassung zu bewahren, wenn sie das nächste Mal mit Lemarre aneinandergeriet. Warum hatte er sie an ihre Trauer erinnern müssen? Und warum mussten seine Augen sie so eindringlich mustern, wenn er mit ihr sprach? Wieso brachte er sie dermaßen zur Weißglut?

Ihr Herz pochte bis zum Hals, während sie die Stufen hinaufhastete. Ab jetzt würde sie sich von ihm fernhalten.

14

Ich habe die halbe Nacht nicht geschlafen, weil ich immer wieder an die bevorstehende Begegnung mit dem Oberfeldwebel denken musste. Was will er von mir? Müde sah ich in den Spiegel, während ich mir die Haare kämmte. Maman bereitete in der Küche das Frühstück vor, während ich Papa unten in der Backstube herumwerkeln hörte. Als ich ihm gestern nach seiner Rückkehr von dem Auftrag erzählt habe, hatte er sich sofort wieder über das unverschämte und einnehmende Gebaren der Deutschen echauffiert. »Warum wollen diese Boches plötzlich unser Brot? Und wo soll ich jetzt so schnell so viel Mehl herbekommen?«

Ich schlug vor, bei den Bauern nachzufragen, ob sie uns etwas von ihren Vorräten verkaufen könnten, aber Papa winkte nur verärgert ab. Es gebe keine Vorräte, schimpfte er. Die Nazis würden sämtliche Nahrungsmittel beschlagnahmen. Wir überlegten hin und her, wie wir den Auftrag trotzdem erfüllen könnten. Den Besatzern mitzuteilen, dass er die Bestellung nicht würde ausführen können, traute er sich auch nicht. Letztlich ist Michel unsere Rettung gewesen, der gestern Nachmittag wieder bei uns vorbeikam und versprach, mit seinem Onkel zu sprechen. Am späten Abend war Papa zu dem Hof gefahren und hatte genügend Mehl zu einem halbwegs annehmbaren Preis kaufen können.

Jetzt stand er also in seiner Backstube und knetete den Teig für die sales boches, wie er sie immer wieder nennt. Und für Oberfeldwebel Friedrich Herzog. Ein Schauder durchfuhr mich. Vielleicht sollte ich Papa bitten, dass er die Auslieferung selbst übernahm. Ich könnte etwas von Magenschmerzen sagen, und das wäre noch nicht einmal gelogen. Allein der Gedanke an ein Wiedersehen ließ meinen Unterleib rebellieren. Andererseits war mir klar, dass der Soldat keine Ausflüchte gelten lassen würde. Wenn ich heute nicht bei der Gendarmerie auftauchte, würde er spätestens morgen in der Baguetterie erscheinen. Was würde Papa dazu sagen, wenn er davon Wind bekäme? Oder noch schlimmer, wenn er ihm selbst begegnete? Nein, ich musste den Auftrag erledigen. Ich würde die Bestellung überbringen und Friedrich Herzog bitten, nicht mehr in den Laden zu kommen. Fast hätte ich aufgelacht. Entsetzt über meine eigene Naivität, schüttelte ich den Kopf. Als ob sich unsere Besatzer nach unseren Wünschen richteten … Ich verließ das Badezimmer.

»Was ist los, Isabelle?«

Als ich aufsah, begegnete ich Mamans skeptischem Blick.

»Was meinst du?«, fragte ich irritiert.

Sie lächelte. »Du kommst morgens um sechs kopfschüttelnd aus dem Bad.«

Ich verzog das Gesicht. »Ich war in Gedanken. Wenn ich mir überlege, wie diese Situation weitergehen soll. Der Krieg, die Besatzung. Wir wissen nicht mehr, wo wir noch unser Mehl herbekommen sollen.«

»Du klingst schon wie dein Vater«, erwiderte Maman und schob mich sanft in die Küche. »Aber du hast recht. Vor drei Tagen haben sie uns schon wieder die Lebensmittelkarten gekürzt mit der Begründung, die Soldaten benötigten unsere Unterstützung. Wir sollen hungern, während die Nazis sich die Bäuche vollschlagen.« Sie setzte sich. »Mit Essen, das der französischen Bevölkerung zustehen müsste.« Maman fuhr sich über die Stirn. »Antoine muss in den nächsten Tagen zum Arbeitsdienst für die Deutschen. Lorraine hat es vorgestern erfahren. Sie hat furchtbare Angst um ihn.«

Antoine und seine Eltern sind entfernte Bekannte von uns. Der Sohn ist ein Jahr jünger als ich. Was würde ihn erwarten? Ich schob mir ebenfalls einen Stuhl zurecht und griff nach meiner Kaffeetasse.

»Du bist ein junges Mädchen«, erklärte Maman mit leiser Stimme. »Diese Sorgen und Ängste, die uns jeden Tag begleiten, solltest du nicht ertragen müssen.« Jetzt schüttelte auch sie den Kopf.

»Wie war es, als du Papa kennengelernt hast?«, wollte ich wissen, während ich wieder an den deutschen Soldaten mit dem wunderschönen Gesicht denken musste.

Sie lächelte milde. »Als ich deinen Vater zum ersten Mal sah, war es sofort um mich geschehen.«

»Wo seid ihr euch begegnet?«

»Auf dem Markt. Ich war mit meiner Mutter dort, um Gemüse und Obst zu verkaufen. Und dein Vater war einer unserer Kunden. Er machte mir ein Kompliment wegen unserer Tomaten, und ich dachte erst, was ist denn das für ein merkwürdiger Kerl?« Sie lachte. »Er hat dann aber recht schnell gemerkt, dass er sich nicht besonders charmant angestellt hatte, kaufte an einem anderen Stand einen kleinen Strauß weiße Lilien und brachte sie mir, bevor er sich auf den Heimweg gemacht hat.« Sie schloss kurz die Augen. »Bei unserem ersten Treffen hat er mir gebeichtet, dass ich ihm schon seit Wochen an unserem Marktstand aufgefallen sei, er sich aber nicht getraut habe, mich anzusprechen.« Sie sah mich an. »Kannst du dir das vorstellen, Isabelle? Dein Vater war tatsächlich mal ein sehr schüchterner junger Mann.«

»Das klingt romantisch«, erwiderte ich ehrlich.

Sie nickte. »Das war es.« Und nach einer kurzen Pause: »Die Liebe ist immer romantisch. Dein Vater und ich haben uns wenige Jahre nach dem Krieg kennengelernt. Glücklicherweise war er damals noch zu jung, um eingezogen zu werden. Aber auch Anfang der Zwanzigerjahre waren die Zeiten nicht gut.« Sofort verbesserte sie sich: »Es war kein Vergleich zu heute. Was dein Vater von diesen Lagern erzählt …« Sie brach ab und schlug sich eine Hand vor den Mund.

Ich wusste, was sie meinte. Die Leute berichten von Todeslagern, in denen die Gefangenen systematisch ermordet werden. Zu Hunderten und Tausenden. Von unvorstellbaren Gräueltaten ist die Rede.

»Warum sind die Deutschen so?« Während ich auf ihre Antwort wartete, hielt ich den Atem an.

Maman blickte mich bekümmert an. »Das weiß ich nicht, Isabelle. Dieses Volk hat zwei Kriege begonnen. Hunderttausende Menschen sind gestorben und sterben immer noch. Warum jemand so etwas tut? Die Antwort darauf übersteigt meine Vorstellungskraft.«

»Denkst du, alle Deutschen sind böse?«

Sie lachte. »Nein, das denke ich nicht.« Maman griff nach meiner Hand und drückte sie. »Auch die deutschen Frauen bangen um ihre Männer, die irgendwo an der Front stehen und ihr Leben aufs Spiel setzen. Und auch deutsche Kinder vermissen ihre Väter, die gefallen sind und nie wieder zurückkehren werden.« Sie sah mich mit festem Blick an. »Ich weigere mich zu glauben, dass das deutsche Volk so verroht und grausam ist, wie wir glauben sollen.«

»Aber sie sind in fremde Länder einmarschiert und verbreiten bis heute Angst und Schrecken. Sie verhaften unschuldige Menschen, quälen und misshandeln Alte und Schwache. Erinnerst du dich an Madeleine? Sie hat mir erzählt, wie ihr eine Gruppe Soldaten nachgestiegen ist, als sie auf dem Nachhauseweg war. Sie haben sie bedrängt und sind ihr an die Wäsche gegangen. Wenn sie nicht zufällig einem Nachbarn begegnet wäre, der ihr geholfen hat, hätte sie keine Chance gegen die Nazis gehabt«, widersprach ich mit zittriger

Stimme. »Sie machen vor nichts halt. Nehmen sich, was sie wollen. Ohne Rücksicht auf die Bevölkerung.«

»Das sind Soldaten, die Befehle befolgen«, entgegnete sie ernst. »Und die Männer, die die Befehle geben, sind zweifelsohne böse und gefährlich.«

»Die Soldaten könnten sich weigern«, widersprach ich weiter.

Maman schüttelte den Kopf. »Der Krieg hat nichts mit Vernunft zu tun, Isabelle. Es geht um Macht und Kontrolle, um Politik und Volksinteressen.«

Frustriert erhob ich mich.

»Dein Vater wartet schon auf dich.« Auch Maman stand auf. Sie umfasste meine Unterarme. »Es wird wieder bessere Zeiten geben. Wenn ich könnte, würde ich dich vor all dem Bösen abschirmen. Du solltest wieder leben, solltest dich ein wenig mit deinen Freundinnen vergnügen.« Ihre Lippen bebten. »Dieser schreckliche Krieg. Manchmal fürchte ich, er geht nie zu Ende. Aber dann denke ich wieder, wenn ich die Hoffnung aufgebe, ist es, als ob ich einen Kampf für verloren erkläre.«

Ich wusste nichts zu erwidern.

»Sei vorsichtig, wenn du später zu den Deutschen fährst«, ermahnte sie mich.

Zwei Stunden später machte ich mich mit meinem vollbepackten Fahrrad auf den Weg zur Gendarmerie. Auch Papa hatte mich zum Abschied ermahnt aufzupassen.

Als ich mich dem Gebäude der Polizei näherte, begann mein Herz, schneller zu pochen. Wie würde sich der Oberfeldwebel verhalten? Sicher konnte er im Beisein anderer Kameraden nichts Persönliches zu mir sagen. Aber wollte ich das überhaupt? Wäre es nicht besser, ich würde einfach das Geld für den Auftrag entgegennehmen, wieder nach Hause fahren und Friedrich Herzog vergessen?

Ich stellte mein Rad ab und nahm die Brote. Unsicher steuerte ich auf das Polizeirevier zu. Ich sah keine Menschenseele. Im Inneren des Gebäudes blickte ich mich suchend um. Der Flur war leer, auf der rechten Seite befand sich ein Holztisch, hinter dem ein älterer Gendarm saß.

»Mademoiselle, Sie bringen die Baguettes, wie ich sehe.«

Ich nickte erleichtert und steuerte auf ihn zu. »Monsieur Rochard und Oberfeldwebel Herzog warten auf die Bestellung.«

»Legen Sie alles hier ab.«

»Das ist noch nicht die komplette Lieferung. Aber ich fahre zurück und bringe Ihnen den Rest in zwanzig Minuten.«

»Ist in Ordnung.« Er schnupperte an einem der Brote.

»Wegen der Bezahlung …«, stammelte ich zögernd.

»Der Oberfeldwebel kümmert sich darum. Wenn Sie wiederkommen, bringe ich Sie zu seinem Büro.« Er lächelte.

Mein Herz krampfte sich zusammen. Ich würde ihn tatsächlich wiedersehen. Hastig verabschiedete ich mich und verließ das Revier.

Nur eine gute Viertelstunde später entlud ich mein Fahrrad ein weiteres Mal und betrat erneut den Empfangsraum des Gebäudes.

»Das ging aber schnell«, begrüßte mich derselbe Beamte wie eben.

Nachdem ich die Baguettes zu der ersten Lieferung gelegt hatte, erhob sich der Gendarm und bedeutete mir, ihm zu folgen. Schwindel stieg in mir auf. Meine Handinnenflächen wurden feucht. Reiß dich zusammen, ermahnte ich mich fieberhaft. Du musst nur das Geld nehmen und wieder verschwinden.

»Hier ist es.« Der Beamte klopfte an eine Tür und wartete.

»Ja?«, erklang es auf Deutsch.

»Er erwartet Sie.« Wieder nickte er mir zu.

Ich drückte die Klinke herunter und öffnete die Tür.

»Bonjour, Monsieur«, brachte ich kaum hörbar hervor, als ich ihn hinter seinem Schreibtisch erblickte.

Lautlos schloss der Beamte die Tür von außen.

Friedrich Herzog erhob sich. »Isabelle, wie schön, Sie wiederzusehen«, wechselte er scheinbar mühelos in die französische Sprache.

»Ich habe die Brote ausgeliefert.« Unsicher deutete ich hinter mich. »Der Beamte ... Sie liegen auf dem Tisch. Wenn Sie sie nachzählen ...«

Der Oberfeldwebel winkte ab, während er um seinen Schreibtisch trat. Als er vor mir stehen blieb, musste ich den Kopf in den Nacken legen, um ihn ansehen zu können.

»Ich vertraue Ihnen.« Als er lächelte, konnte ich seine weißen gepflegten Zähne sehen. »Sie würden mich nicht belügen, Isabelle.«

Hastig schüttelte ich den Kopf. »Nein. Nein, natürlich nicht.«

Er verengte die Augen. »Sie müssen keine Angst vor mir haben.«

»Ich ...«, begann ich nervös. »Sie sind Deutscher ... und ich bin ...«

»Sie haben recht«, fiel er mir lächelnd ins Wort. »Ich bin Deutscher, und Sie sind Französin. Vor zehn Jahren hätten unsere Nationalitäten keine Rolle gespielt. Sie wären eine Frau gewesen«, er zögerte kurz, »eine außergewöhnlich hübsche, wenn ich das sagen darf, und ich ein Mann.«

Was sollte ich dazu sagen? Er hatte recht. Aber wir waren uns nicht vor zehn Jahren begegnet, sondern jetzt. Er, der Deutsche, der mein Land besetzte, und ich, die Französin, die unter seinem Volk litt.

Er hielt weiter meinen Blick gefangen. »Was wäre, wenn wir uns vor zehn Jahren begegnet wären?«

»Damals war ich acht Jahre alt. Dann hätten wir vielleicht zusammen Ball gespielt«, erwiderte ich mutig.

Er lächelte. »Möglich. Aber was wäre ...«

Es klopfte. Hastig trat Friedrich Herzog drei Schritte zurück, während er sich eilig durch sein korrekt gescheiteltes Haar fuhr.

»Ja?« Er klang ungehalten.

Unsicher drehte ich mich um.

Die Tür öffnete sich, und einer der Soldaten, der mich bei meiner ersten Auslieferung belästigt hatte, erschien im Türrahmen. Nach einem kurzen Blick auf mich verzog er unmerklich das Gesicht, bevor er auf Deutsch etwas zu dem Oberfeldwebel sagte.

Der schien kurz zu überlegen, bevor er in aufgebrachtem Ton antwortete und den anderen ungeduldig wegwinkte.

Als wir wieder allein waren, hatte die Stimmung umgeschlagen. »Ich muss gehen«, ergriff ich beherzt das Wort. »Wegen der Bezahlung ...«

Friedrich Herzog musterte mich sekundenlang, bevor er sich schweigend umdrehte, um den Tisch herumging und ein Geldbündel aus einer der Schubladen holte.

»Danke«, presste ich leise hervor und wollte das Büro verlassen.

»Isabelle?«

Mein Name aus seinem Mund verursachte mir eine Gänsehaut. »Ja?«

»Ich hätte sehr gern mit Ihnen Ball gespielt.« Er verzog keine Miene.

Ich erwiderte nichts, sondern verließ ohne Verabschiedung den Raum.

15

Amélie hatte die halbe Nacht nicht geschlafen. Nachdem sie sich wieder einigermaßen beruhigt hatte, war sie ins Bett gegangen und hatte das Tagebuch ihrer Oma weitergelesen. Zuerst wusste sie nicht, was sie mit dem Geschriebenen anfangen sollte, doch schon nach wenigen Seiten war sie erneut wie gefesselt durch die Erzählung geschwebt. Mit jeder Seite wurde sie tiefer in die Geschichte hineingezogen.

Irgendwann, weit nach Mitternacht, waren ihr fast die Augen zugefallen, und sie hatte das Buch beiseitelegen müssen. So wie es den Anschein hatte, war ihre Oma schwer beeindruckt gewesen von diesem deutschen Oberfeldwebel. Eine Ungeheuerlichkeit in einer Zeit, in der sich Deutsche und Franzosen an der Kriegsfront als Feinde gegenüberstanden. Doch dass man Gefühle nicht erklären konnte, wusste Amélie nur zu gut. Während des Lesens hatte sie mehrfach überlegt, ob die Erlebnisse ihrer Oma nicht als Vorlage für ein neues Manuskript dienen könnten. Nach drei Jahren! Zum ersten Mal hatte Amélie ganz schwach diese Aufregung verspürt, die sie jedes Mal befiel, wenn sie das Gefühl überkam, gerade einer neuen Idee begegnet zu sein.

Seufzend rollte sie sich auf die Seite, da sie sowieso nicht mehr einschlafen konnte. Durch den Schlitz zwischen den Holzläden erkannte sie, dass es draußen noch finster war. Ob ihr Mitbewohner schon wach war? Sofort stieg erneut der Ärger vom Abend zuvor in ihr auf. Warum nur hatte Valérie ihm von Amélie erzählt? Sicher hatte sie es nicht böse gemeint, aber allein, dass er private Dinge von ihr wusste, verursachte ihr Unbehagen. Amélie schlug die Decke zurück und stand auf. Sie öffnete das Fenster und blickte einen Moment lang in den dunklen Morgen hinaus. Was hatte Mathilde gestern zu ihr gesagt? Sie solle sich treiben lassen und tun, wonach ihr der Sinn stehe. Eine gute Idee, beschloss Amélie und wusste auch sofort, was sie tun wollte. Sie wandte sich ihrem Kleiderschrank zu und holte Rock und Tunika heraus. Ohne das Licht anzuschalten, tapste sie anschließend leise die Stufen in die zweite Etage hinauf. Hatte Lemarre ihre Lebensmittel im Kühlschrank belassen? Ihre Neugier trieb sie in die Küche. Auf nackten Füßen durchquerte sie den kleinen Raum – und stieß plötzlich gegen etwas Hartes, das direkt vor ihr auf dem Boden stand und sie ins Straucheln brachte. Schmerzerfüllt ließ sie ihre Kleidung fallen und versuchte, ihr Gleichgewicht wiederzufinden. Doch Amélie griff ins Leere und stürzte ungebremst über das Hindernis auf den Boden. »Ah!«, brüllte sie unbeherrscht, als sie mit der linken Hüfte auf den harten Fliesen aufprallte. »*Merde!*« Der Schmerz durchfuhr Amélies ganzen Körper. Wütend fasste sie sich an die Seite und rieb über die pochende Stelle. »Welcher Idiot stellt bloß so rücksichtslos sein Zeug mitten in den Weg?«

Im selben Moment wurde im Stockwerk über ihr eine Tür geöffnet, bevor Amélie auf der Treppe Schritte vernahm.

»Was ist denn passiert?«, ertönte auch schon in der nächsten Sekunde Benjamin Lemarres Stimme.

»Sie sind passiert«, fluchte Amélie, während sie vorsichtig aufzustehen versuchte.

Das Küchenlicht wurde eingeschaltet.

»Sind Sie eigentlich von allen guten Geistern verlassen?«, fuhr sie ihn an. »Sie können doch Ihren blöden Bierkasten nicht einfach mitten auf den Boden stellen! Ich hätte mir das Genick brechen können.«

Benjamin sah sie schweigend an.

»Was?«, zischte sie. »Hat es Ihnen jetzt die Sprache verschlagen?«

»Woher soll ich wissen, dass meine werte Mitbewohnerin mitten in der Nacht im Dunkeln durchs Haus schleicht?«

»Mitten in der Nacht? Es ist kurz nach fünf am Morgen.«

»Sag ich doch«, konterte er kühl. »Mitten in der Nacht.«

Amélie kochte vor Wut. Der Schmerz in ihrer Hüfte pulsierte immer stärker. Sie rieb fester über die Stelle.

»Haben Sie sich verletzt?« Lemarre schien ihre Bewegung nicht entgangen zu sein.

»Lassen Sie mich einfach in Ruhe.« Ihr war zum Weinen zumute.

»Sie sollten die Stelle kühlen.« Er deutete auf ihre Seite.

»Und Sie sollten Ihren Kram aus dem Weg räumen.«

»Meinen Kram«, setzte er an, »wie Sie meine Lebensmittelvorräte freundlicherweise nennen, haben Sie gestern aus dem Kühlschrank geworfen.«

»Lebensmittelvorräte!« Sie lachte frustriert. »Wein und Bier.«

»Im Kühlschrank waren die Sachen gut aufgehoben.«

»Im Kühlschrank war kein Platz«, erboste sich Amélie. »Ich hatte Ihre Getränke auf den Tisch gestellt.«

»An dem ich gestern Abend noch arbeiten musste«, erwiderte er ruhig. »Im Gegensatz zu Ihnen bin ich nicht zum Vergnügen hier.«

Seine grünen Augen funkelten sie merkwürdig an. Einen kurzen Moment rang Amélie um Fassung. »Alles, was ich möchte, ist meine Ruhe.«

»Dann sind wir schon zwei«, entgegnete er, ohne eine Miene zu verziehen. »Aber wer hat mich denn gerade mitten in der Nacht mit seinem Gepolter geweckt?«

Sie wollte ihm widersprechen, doch er schnitt ihr das Wort ab: »Die Diskussion um die Uhrzeit brauche ich nicht noch mal.« Einige Sekunden lang musterte er sie kopfschüttelnd, bevor er sich umdrehte und der Tür zuwandte.

Amélies Zorn wuchs, während er auf den Lichtschalter zeigte. »Benutzen Sie das nächste Mal den hier. Glauben Sie mir, der kann Ihnen einiges an Schmerzen ersparen.«

Ohne sie weiter zu beachten, stieg Benjamin die Treppe zu seinem Schlafzimmer hinauf und knallte drei Sekunden später die Tür zu.

Wie vom Donner gerührt, blickte Amélie von ihrer schmerzenden Hüfte zu dem Bierkasten. Wütend kickte sie mit ihrem Fuß dagegen, dämpfte aber vorher den Schwung ab, da sie sich nicht auch noch ihre Zehen brechen wollte.

Nachdem sie geduscht hatte und angezogen war, verließ sie das Badezimmer und lauschte kurz in die Stille. Lemarre schien tatsächlich wieder ins Bett gegangen zu sein. Amélie kochte sich einen Kaffee, holte ihre Handtasche und verließ das Haus. Trotz der frühen Stunde war es schon warm. Schnellen Schrittes lief sie zur Bushaltestelle. Seit einigen Jahren verkehrte an der Côte Vermeille der sogenannte Ein-Euro-Bus, bei dem jede Fahrt den namensgebenden einen Euro kostete. Da ihr die Parkplatzprobleme in Perpignan hinlänglich bekannt waren und sie die Fahrt an der Küste entlang genießen wollte, nahm Amélie das Warten gern in Kauf. Der Bus war selten pünktlich, doch um diese frühe Uhrzeit war der Andrang noch nicht allzu groß. Nur wenige Minuten später bog der weiße Bus auch schon um die Ecke. Mit Amélie stiegen nur drei weitere Fahrgäste ein.

»Sie haben keinen Termin mit Monsieur Ravalles«, erklärte die blonde Sekretärin näselnd, während sie mit ihren manikürten Fingernägeln ungeduldig auf die Tischplatte trommelte. Das Namensschild vor ihr wies sie als Mademoiselle Leclerc aus.

»Ich weiß. Ich wollte nur kurz bei ihm hineinschauen und Guten Tag sagen. Wir kennen uns von früher.« Bedauernd verzog Amélie das Gesicht.

»Er hat wichtige Termine. Der nächste ist ...«

In dem Augenblick wurde die Tür neben dem Schreibtisch geöffnet, und Maurice trat heraus. »Amélie! Das ist ja eine Überraschung.« Lächelnd legte er einen Stapel Briefe vor Mademoiselle Leclerc. »Würden Sie die bitte frankieren und verschicken?«

»Natürlich, Monsieur. Ich sagte Ihrer ... Bekannten gerade, dass Sie ...«

»Ich wollte nicht stören. Ich war nur gerade in der Nähe und dachte ...« Den Rest ließ Amélie ungesagt.

»Wann ist mein nächster Termin, Yvonne?«

»Um halb zehn.«

Er nickte. »*D'accord*. Bitte bringen Sie uns einen Kaffee ins Büro, und sagen Sie den Melonges, wenn sie kommen, dass sich der Termin etwas verzögert.«

Die Sekretärin verzog das Gesicht. »In Ordnung.«

»Komm.« Maurice berührte Amélie an der Schulter und zeigte durch die geöffnete Tür.

»Ich möchte dich wirklich nicht aufhalten«, setzte Amélie an, nachdem er die Tür hinter ihnen geschlossen hatte.

»Das tust du nicht.« Maurice schob sie sanft zu einer Polstersitzecke und bedeutete ihr, Platz zu nehmen.

Als sie sich setzte, schoss ein stechender Schmerz durch ihre Hüfte. Sie biss die Zähne zusammen, um nicht laut aufzuschreien.

»Was ist?« Maurice sah sie besorgt an.

Amélie winkte ab, während sie die freie Hand auf die schmerzende Stelle presste. »Nichts Schlimmes. Nur ein kleiner Unfall heute Morgen.«

»Wenn ich dein Gesicht betrachte, sieht es aber nach mehr als nur einem kleinen Unfall aus.«

»Schon gut.«

Schweigend musterte er sie noch einige Sekunden, während er in dem Sessel neben ihr Platz nahm. »Ich freue mich, dich wiederzusehen.«

»Ich habe geschwindelt«, gab Amélie leise zu.

»Wegen des Unfalls?« Maurice lehnte sich vor.

Sie schüttelte den Kopf. »Nein, als ich gesagt habe, ich sei in der Nähe gewesen.«

»Ich verstehe nicht ganz.«

Sie seufzte. »Ich habe dich im Internet ausfindig gemacht.«

Er lächelte. »Das Architekturbüro hat keine Geheimadresse.«

»Nein, ich weiß. Mein Tag hat ziemlich bescheiden begonnen«, gab sie leise zu. »Als ich gesehen habe, dass du in Perpignan arbeitest, dachte ich, ich verbinde einen Besuch bei dir mit einem Bummel über den arabischen Markt.«

»Du wolltest mich sehen?« Seine dunklen Augen fixierten sie.

Amélie nickte. »Ich wollte ein bekanntes Gesicht sehen.«

Er begann zu grinsen. »Ein bekanntes Gesicht?«

»Ich habe vor drei Jahren meinen Sohn und meinen Mann verloren.«

Maurice sah sie prüfend an. »Das tut mir sehr leid. Ehrlich.«

Unsicher kaute sie auf ihrer Unterlippe. »Ich bin nach Collioure gekommen, um endlich …«, sie suchte nach dem richtigen

Wort, » ... um nach vorne zu sehen. Zu Hause in meiner Wohnung bin ich fast verrückt geworden. Ich arbeite nicht mehr und bin kaum noch aus dem Haus gegangen.«

Maurice rückte in seinem Sessel vor. »Wenn ich dir irgendwie helfen, irgendetwas für dich tun kann, dann lass es mich wissen. Wir kennen uns schon so lange.«

Amélie bemühte sich um ein Lächeln. »Danke, Maurice. Manchmal frage ich mich, was ich mir damals nur gedacht habe.«

Es klopfte an der Tür. »Ja bitte?«

Mademoiselle Leclerc kam herein und stellte zwei Tassen Kaffee zwischen sie auf den Tisch. »Haben Sie sonst noch einen Wunsch?« Sie blickte Maurice an.

»Nein danke. Halten Sie die Kunden hin, bis ich Ihnen Bescheid gebe.«

»Wie Sie wünschen.«

Amélie hörte ihr an, was sie von der unliebsamen Störung hielt. Als sie wieder allein waren, zog sie ihre Tasse zu sich heran und nippte daran.

»Wir waren gerade an einem interessanten Punkt«, nahm Maurice den Faden wieder auf. »Die Antwort auf deine Frage würde mich übrigens auch sehr interessieren.«

Amélie wandte den Kopf ab und sah sich in Maurices Büro um. An einer Wand hingen mehrere Schwarz-Weiß-Pläne neben zwei deckenhohen Regalen, die mit Ordnern vollgestellt waren. Ein Hochzeitsfoto von Maurice und einer blonden Frau stand vor einer Bücherreihe. Vor dem breiten Schreibtisch mit dem Laptop befanden sich zwei Besucherstühle. In einer offenen Kommode auf der anderen Seite des Raums erblickte Amélie eine Unmenge an Fachbüchern und Ausstellungskatalogen.

»Ich weiß es nicht«, murmelte sie resigniert. »Vielleicht war ich zu jung, zu unreif. Keine Ahnung.« Sie zuckte mit den Achseln.

»Dein Weggang damals war ein schwerer Schlag für mich.«

»Es tut mir leid.« Sie schüttelte den Kopf.

»Wir können die Vergangenheit nicht ändern.« Er zwinkerte. »Ich glaube, Lisa würde dich mögen.«

Amélie sah ihn an. Wie sehr hatte sie ihn vor knapp zwanzig Jahren geliebt! Seinen Humor, die Fähigkeit, sich selbst nicht allzu ernst zu nehmen, seinen Charme. »Ist sie das?« Sie zeigte auf das Bild.

Er nickte. »Ja, sie ist toll.«

»Das freut mich für dich. Für euch. Du hast es verdient«, erwiderte sie mit ernster Stimme.

»Vielleicht lernst du sie ja mal kennen«, entgegnete er.

Als Amélie nach Collioure zurückkehrte, war es bereits später Nachmittag. Maurice hatte sie erst gehen lassen, nachdem seine Sekretärin ihn dreimal daran erinnert hatte, dass seine Kunden im Vorraum warteten. Es war schön gewesen, Jugenderinnerungen mit ihm auszutauschen. Gemeinsam hatten sie Ereignisse aufleben lassen, die fast zwei Jahrzehnte zurücklagen, und er war noch immer charmant und witzig. Die Zeit war nicht stehen geblieben, sie hatten sich beide verändert. Amélie verstand immer weniger, warum sie ihn damals einfach hatte sitzen lassen. Doch es war müßig, weiter darüber nachzudenken. Sie hatte eine Familie gegründet, und auch Maurice war verheiratet.

Nachdem sie sein Büro verlassen hatte, war sie durch die Altstadt Perpignans geschlendert und hatte kurz entschlossen an einer Führung im Palast der Könige von Mallorca teilgenommen. Sie meinte, sich zu erinnern, dass sie ihn in ihrer Kindheit schon einmal mit ihren Eltern zusammen besucht hatte, doch das war Ewigkeiten her, und ihr stand der Sinn nach ein wenig Kultur und Geschichte. Während der Führer der kleinen Touristengruppe von der Geschichte des Palasts erzählte, von seinen Herrschern und Bewohnern, bewunderte Amélie die gut erhaltene Architektur des siebenhundert Jahre alten Bauwerks. Der junge Mann erklärte ihnen, dass der gesamte Komplex aus einer Mischung aus spanischer und arabischer Kultur bestünde. Amélie betrachtete eingehend die zahlreichen filigran ausgearbeiteten Säulen, die Kapelle St. Croix sowie die imposanten Mauerbögen, die dem Anwesen noch immer ein königliches Ambiente verliehen. Als die Führung endete, hatte Amélie eine Menge interessanter Informationen über den Palast und Perpignan erfahren. Fast fühlte sie sich wie eine gewöhnliche Touristin, wie man sie zuhauf in der Hauptstadt der Pyrénées-Orientales antraf. Gegen Mittag setzte sie sich in ein kleines Bistro in einer der heimeligen Seitengassen der Altstadt und aß eine Gemüsetarte mit Ziegenkäse.

Den Nachmittag verbrachte sie damit, die Kathedrale Sant Joan Baptista und den daneben liegenden Friedhof zu besuchen. Hier war wenig los, und Amélie genoss die friedvolle Stille, die das Gotteshaus ausstrahlte.

Als sie sich auf den Heimweg machte, standen mindestens dreißig Leute an der Bushaltestelle, und sie befürchtete schon, dass sie nicht mit dem nächsten Bus mitkäme. Doch er war bei seiner Ankunft fast leer, und Amélie hatte sich müde, aber zufrieden auf ihren Sitzplatz fallen lassen.

Als sie nun die Treppe hochstieg, hörte sie schon Lemarre in der Küche herumwerkeln. Sie wollte doch einfach nur ihre Ruhe. War das in diesem Haus nicht möglich? Amélie betrat ihr Zimmer und wechselte ihre Kleidung gegen T-Shirt und Shorts. Vorsichtig tastete sie über den blauen Fleck an ihrer Hüfte. Sobald sie ihn berührte, schmerzte er höllisch. Wieder stieg Ärger in ihr auf. Sie setzte sich aufs Bett und blickte sich nachdenklich um. Das blaue Notizbuch ihrer Oma befand sich noch immer auf dem Nachttisch, wo sie es gestern Nacht hingelegt hatte. Sie musste unbedingt wissen, wie es damals weiterging, ob ihre Oma den Soldaten wiedergesehen hatte. Doch momentan war sie nicht in der Stimmung dafür.

Als aus der Küche ein lauter Schlag ertönte, zuckte sie zusammen. Ihr Mitbewohner musste einen Topf fallen gelassen haben. Amélie schüttelte den Kopf und erhob sich. Die Situation war unerträglich. Sie hastete die Stufen hinunter und betrat den ehemaligen Verkaufsraum der Baguetterie. Prüfend betrachtete sie die verstaubten Metallregale, die rechts und links mit Eisenverstrebungen an den Wänden befestigt waren. Mit dem Zeigefinger fuhr sie über eine der Platten und rümpfte angewidert die Nase, als sie sich den Schmutz auf ihrer Fingerkuppe besah. Der Laden war seit zwanzig Jahren geschlossen. Die Möbel waren dreckig, aber intakt. Amélie trat zur Verkaufstheke und beugte sich vor. Wie oft hatte sie ihre Oma hier beobachtet, wie sie mit den Kunden geredet und sie abkassiert hatte? Warum erkannte man die schönen Momente des Lebens erst, wenn sie bereits vergangen waren? Wehmütig richtete sie sich wieder auf und starrte auf die Ablage des Tresens. Ja, auch sie selbst hatte hier vor vielen Jahren gestanden und kaum über die Theke schauen können. Wie einfach war das Leben damals gewesen. Wie unkompliziert und sorgenfrei.

Amélie seufzte. Ein langer und ausgefüllter Tag lag hinter ihr. Sie hatte viel gesehen, viel Neues und Interessantes erfahren. War es das, was sie in ihrer Situation benötigte? Musste sie sich nur lange genug ablenken, bis dieser Schmerz in ihr endlich nachließ? Amélie lehnte sich gegen die Wand und horchte tief in sich hinein. Marcos kleines Kindergesicht tauchte vor ihrem geistigen Auge auf. Dieses strahlende Lachen, seine überbordende Neugier. Was gäbe sie dafür, wenn sie ihren Sohn noch ein letztes Mal in die Arme nehmen könnte. Noch einmal die Wärme seines Körpers an ihrem spüren, seine kleinen Hände mit ihren umfassen dürfte. Ihre Augen füllten sich mit Tränen, und ihr Blickfeld verschwamm, während sie in die Backstube trat. Sie war nach Collioure gekommen, um endlich zur Ruhe zu finden. Die Trauer um ihren Sohn würde sie niemals loslassen. Aber sie hatte einen Tag hinter sich, an dem sie sich zum ersten Mal wieder erlaubt hatte, sich nicht völlig von ihren Erinnerungen vereinnahmen zu lassen. War es nicht vielleicht in Ordnung, dass sie zumindest ein klein wenig ins Leben zurückkehrte? Der Verlust ihres Kindes würde sie ewig begleiten. Bei allem, was sie tat. Doch möglicherweise konnte sie es schaffen, die Trauer als einen Teil von sich anzunehmen und mit diesem in die Zukunft zu blicken.

Sie wischte sich über die Augen und schniefte.

Der große Ofen befand sich in einem ähnlichen Zustand wie die Möbel im Verkaufsraum. Der Stahl wirkte stumpf, die einzelnen Ebenen waren von einer dicken Staubschicht bedeckt. Amélies Blick fiel auf das Stromkabel auf dem Boden. Ob der Ofen noch funktionierte? Sie bückte sich und schloss ihn an. Als sie auf den Anschaltknopf drückte, leuchtete augenblicklich die orangene Kontrolllampe neben der Tür auf. Amélie verzog ihr Gesicht. Hastig schaltete sie den Ofen wieder aus und zog den Stecker. Auch das Licht im Inneren des Kühlschranks leuchtete auf, als Amélie ihn anstellte. Die Baguetterie war schmutzig, aber funktionsfähig. Ihre Entdeckung überraschte Amélie. Sie war die ganze Zeit davon ausgegangen, dass das Inventar des Ladens ein Fall für den Sperrmüll wäre, aber jetzt stellte sich heraus, dass es hier nur einer großen Menge Reinigungsmittel bedurfte, um die Räume wieder auf Vordermann zu bringen.

»Habe ich doch richtig gehört«, erklang in dem Moment Benjamin Lemarres Stimme auf der Treppe.

»Schnüffeln Sie mir hinterher?«, fuhr Amélie ihn an.

Er hob die Hände und musterte sie. »Ich habe hier unten ein Geräusch gehört und wollte kurz nachsehen, ob ich vergessen habe, die Tür abzuschließen. Nicht dass jemand Unbefugtes ins Haus kann.« Er schüttelte den Kopf. »Als Ihre Tante mich gefragt hat, ob ich etwas dagegen hätte, das Haus mit Ihnen zu teilen, dachte ich ehrlich, es wäre ganz nett, abends mit jemandem ein Glas Wein trinken zu können. Ich kenne hier niemanden und hätte mich über ein wenig Gesellschaft gefreut. Aber jedes Mal, wenn ich Sie sehe, sind Sie dermaßen schlecht gelaunt ...« Er ließ den Rest ungesagt.

»Ich bin Ihretwegen schlecht gelaunt. Das Haus stand jahrelang leer. Ich war seit Ewigkeiten nicht mehr hier. Und ich wollte einfach nur ein wenig Ruhe haben.«

»Die haben Sie doch«, entgegnete Lemarre entgeistert. »Ich lasse Sie doch in Ruhe.«

»Was war das für ein Krach eben?«

Er sah sie fragend an.

»Irgendetwas ist Ihnen doch heruntergefallen! Und was war heute Morgen, als ich über den blöden Bierkasten gefallen bin?«, fuhr sie ihn an.

»Wissen Sie was, Amélie?« Er sah sie prüfend an. »Ich bin wirklich ein mitfühlender Mensch. Und als ich von Ihrem Schicksal erfahren habe, fand ich das sehr traurig.« Er machte eine Pause. »Und ich finde es immer noch herzzerreißend. Ein Kind zu verlieren muss so ziemlich das Schlimmste sein, was einer Mutter widerfahren kann.« Er schnaufte. »Sie haben mir wirklich sehr leidgetan. Aber Ihre selbstgefällige Art ... dieses ständige Selbstmitleid, diese Unbeherrschtheit, diese Wut ...« Er winkte ab. »Das alles hat nicht das Geringste mit Trauer zu tun. Kein Wunder, dass Ihr Mann ...« Lemarre verstummte.

»Was?« Amélie meinte, ihren Ohren nicht zu trauen.

»Ach, vergessen Sie es«, presste er hervor, während er sich auf dem Treppenabsatz umdrehte.

»Was wollten Sie sagen?«, rief sie ihm aufgebracht hinterher, aber er erwiderte nichts, sondern stieg ohne ein weiteres Wort die Stufen wieder hinauf, bis er aus ihrem Blickfeld verschwunden war.

16

Amélie warf sich schluchzend aufs Bett. Während der Inspizierung der Baguetterie war ihr kurz der Gedanke gekommen, den Laden durch eine gründliche Putzaktion auf Vordermann zu bringen. Doch nach der hässlichen Auseinandersetzung mit Benjamin Lemarre hatte sie sich nicht mehr imstande gefühlt, auch nur einen Gedanken auf etwas anderes als seine garstigen Worte zu verschwenden. Wer war dieser arrogante Schnösel, dass er ihr solche Vorhaltungen machte? Die Tränen bahnten sich unaufhörlich ihren Weg. Warum nur war sie überhaupt hergekommen? Den ganzen Tag war es ihr gut gegangen. Ganz bewusst hatte Amélie versucht, den Ausflug nach Perpignan zu genießen. Sich abzulenken in der besonderen Atmosphäre der Stadt, mit dem Trubel auf dem arabischen Markt, den exotischen Gerüchen, den vielfältigen Sprachen der Touristen. Amélie setzte sich auf und vergrub das Gesicht in den Händen.

Als es an ihrer Tür klopfte, schreckte sie hoch.

»Amélie?«

Sie schloss die Augen. »Hauen Sie ab!«

»Hören Sie, Amélie, ich möchte mich entschuldigen. Darf ich kurz reinkommen?«

Der hatte ja Nerven! »Nein«, brüllte sie ihn durch die Tür hindurch an. »Lassen Sie mich in Ruhe.«

Schnaufen. »Ich hätte das nicht sagen sollen. Es tut mir wirklich leid.«

Amélie presste die Hände auf die Ohren. »Hauen Sie endlich ab! Ich will nicht mit Ihnen reden.«

Undeutlich hörte sie, wie er etwas erwiderte. Während die Tränen weiter über ihre Wangen rannen, presste sie die Lippen aufeinander und wartete, dass er endlich vor ihrer Tür verschwand.

Da sie kurz darauf meinte, seine Stimme nicht mehr zu hören, nahm sie die Hände von den Ohren und trocknete sich die Augen. Angespannt lauschte sie in die Stille des alten Hauses. Als die Eingangstür des Ladens mit einem lauten Schlag zufiel, atmete sie tief durch. Er war weg. Endlich. Nachdenklich blickte sie auf ihre zitternden Hände. Sie musste sich beruhigen. Zögernd erhob sie sich vom Bett und trat ans Fenster. Der Innenhof war leer. Benjamin schien das Haus tatsächlich verlassen zu haben. Entschlossen griff Amélie nach dem Tagebuch ihrer Oma und verließ das Zimmer. Sie stieg die Stufen in den obersten Stock hinauf und verharrte kurz im Flur, bevor sie die Tür zu Benjamins Schlafzimmer öffnete. Sicher wäre er wenig begeistert, wenn er wüsste, dass sie in seinen Privaträumen herumgeisterte. Doch die Dachterrasse war nur über diesen Raum erreichbar, und Amélie sehnte sich nach frischer Luft und der heimeligen Stimmung, die über den Dächern der Altstadt schwebte. Sie öffnete die Tür und kam sich sogleich schäbig vor. Erstaunt bemerkte sie das ordentlich gemachte Bett, während sie auf die Terrassentür zusteuerte. Eine der Schranktüren stand offen, und Amélie sah, dass er seine Kleidung genauso pfleglich aufgehängt hatte.

Vor dem Unfall war es immer Amélie gewesen, die im Urlaub für Ordnung sorgte, die alles sorgfältig verstaute und die, wie sie sich ehrlich eingestehen musste, das Chaos ihres Mannes beseitigt hatte. Sie seufzte. Nicht jeder Mann war wie Thorsten. Und dass Lemarre offenbar ein ordnungsliebender Mensch war, konnte nicht über die Tatsache hinwegtäuschen, dass ihm jegliche Empathie fehlte. Gut, da hatte sie mit Thorsten auch nicht gerade einen Glücksgriff getan.

Sie trat auf die Terrasse hinaus und stellte sich an die Brüstung. Wenn sie sich ein wenig nach vorn beugte, konnte sie die gesamte Gasse überblicken, in der das Haus ihrer Oma stand. Amélie liebte den Blick auf die Dächer der südfranzösischen Kleinstadt. Die ockerfarbenen Tonziegel leuchteten im untergehenden Licht der Abendsonne. Wie oft hatte sie hier mit ihrer Oma und ihren Eltern gesessen, hatte mit ihnen über den zurückliegenden Tag gesprochen? Was war seit dieser Zeit alles geschehen! Ihre Großmutter lebte seit vielen Jahren in einem Pflegeheim. Fast schien es Amélie, als sei die Seele des Hauses mit dem Auszug seiner Besitzerin verloren gegangen. Wie sehr hatte sie sich jedes Jahr gefreut, wenn die Sommerferien wieder vor der Tür standen! Und trotz des andauernden Ärgers mit Benjamin Lemarre fühlte Amélie sich auch jetzt freier als noch vor ein paar Tagen. Der Tapetenwechsel schien ganz langsam seine Wirkung zu entfalten.

Amélie beobachtete ein Paar in ihrem Alter, das vor den Schaufenstern der Baguetterie stehen blieb und in den ehemaligen Laden hineinsah. Die Frau deutete zur Tür und sagte etwas zu ihrem Begleiter, was Amélie nicht verstehen konnte. Nachdem die beiden sich augenscheinlich eine Weile über Isabelle Monets Haus unterhalten hatten, legte der Mann einen Arm um die Schultern der Frau und zog sie weiter. Nachdenklich blickte Amélie ihnen hinterher, bis sie um die nächste Kurve bogen. Ihr Vorhaben von vorhin fiel ihr wieder ein. Sie würde sich Putzmittel besorgen und die Baguetterie auf Hochglanz bringen. Danach konnte sie immer noch entscheiden, was mit dem Laden weiter passieren sollte. Wenn das Erdgeschoss erst mal wieder in neuer Schönheit und Sauberkeit erstrahlte, täten sich vielleicht doch neue Möglichkeiten auf. Die Lage war sehr gut, nur wenige Schritte vom Meer entfernt. Alle Sehenswürdigkeiten konnten fußläufig erreicht werden. Und wenn Amélie mit der Baguetterie fertig wäre, würde sie sich der Wohnräume annehmen. Neuer Tatendrang keimte in ihr auf. Sicher würde es ihrer Oma gefallen, wenn Amélie sich um das vernachlässigte Haus kümmerte. Vielleicht wäre es sogar möglich, sie für ein paar Stunden aus dem Heim zu holen, um ihr das Gebäude nach den Renovierungsarbeiten zu zeigen. Doch schon im nächsten Moment bremste Amélie sich selbst aus. Es würde Wochen, wenn nicht Monate dauern, bis alles gesäubert und ausgebessert wäre. Sie dachte an das müde Gesicht der alten Frau, als die ihr das Tagebuch anvertraut hatte. Die traurige Wahrheit war, dass ihrer Oma nicht mehr viel Zeit blieb. Ein Grund mehr, gleich morgen mit den Arbeiten zu beginnen, beschloss Amélie stumm. Sie trat von der Brüstung zurück und rückte sich einen Stuhl zurecht. Die Beine gegen das Geländer gestellt, angelte sie sich das Tagebuch vom Tisch und schlug die Seite auf, wo sie gestern aufgehört hatte zu lesen.

Doch schon nach den ersten Sätzen ließ sie das Buch wieder sinken, da ihre Gedanken immer wieder abschweiften.

Das Klingeln ihres Handys riss sie aus ihrem Grübeln.

»Amélie, ich habe gute Neuigkeiten.«

»Was gibt es, Papa?«

»Morgen möchten sich zwei Interessenten deine Wohnung anschauen.«

»So schnell?«, erwiderte sie verblüfft, während sie die Füße von der Brüstung nahm. »Das wäre ja traumhaft, wenn einer sich für einen Kauf entscheiden sollte.«

»Na ja«, dämpfte ihr Vater ihre Aufregung. »Es sind erst mal nur Besichtigungstermine.«

»Ich weiß. Trotzdem hätte ich nicht gedacht, dass sich so schnell jemand finden würde.«

»Ich rufe dich wieder an, wenn ich mehr weiß«, antwortete er. »Was machst du?«

Amélie blickte auf das Tagebuch. »Ich sitze auf der Dachterrasse und versuche zu lesen.«

Er lachte. »Klingt verlockend. Vielleicht sollten wir uns überlegen, auch ein paar Tage nach Collioure zu fahren. Ich kann das Meer förmlich riechen.«

»Ich glaube, der Ortswechsel tut mir wirklich gut«, erklärte Amélie leise. Die Gedanken an die Auseinandersetzungen mit Lemarre verdrängte sie.

»Das freut mich sehr, Kind. Bleib kurz dran, Mama möchte auch noch mit dir sprechen.«

Nachdem Amélie auch ihrer Mutter nochmals versichert hatte, dass alles in Ordnung sei, beendete sie das Gespräch und packte ihr Smartphone wieder weg.

Nach der Auslieferung der Baguettebestellung an den Oberfeldwebel hörte ich tagelang nichts mehr von ihm. Innerlich bin ich noch immer hin- und hergerissen. Immer wieder muss ich an diese wunderschönen blauen Augen denken, an das attraktive Gesicht, an sein charmantes Lächeln. Ich verstehe mich selbst nicht mehr. Obwohl mir natürlich nicht verborgen bleibt, dass Männer mir interessierte oder auch bewundernde Blicke hinterherwerfen, habe ich wenig Erfahrung mit dem anderen Geschlecht. Ich stehe von morgens bis abends mit Papa im Geschäft und verkaufe Brot. Nach Einbruch der

Dunkelheit steht das Leben still. Niemand denkt daran, auszugehen oder sich zu vergnügen. Für mich ist diese Situation normal und alltäglich. Eine Jugend in Friedenszeiten kenne ich nicht.

Meinen Körper interessieren die Umstände, unter denen ich lebe, jedoch nicht. Zum ersten Mal sehne ich mich danach, begehrt zu werden. Berührt zu werden. Geliebt zu werden. Ich weiß, dass meine Gefühle ungeheuerlich sind. Friedrich Herzog ist ein deutscher Wehrmachtssoldat. Niemand darf jemals erfahren, was in meinem Inneren vor sich geht. Warum nur muss ich immer wieder an ihn denken? Jedes Mal, wenn sich die Tür zu unserem Laden öffnet, zucke ich zusammen, weil ich denke, Friedrich Herzog käme herein, um wieder eine Bestellung aufzugeben.

Aber meine Hoffnungen wurden enttäuscht. Die Tage vergingen, ohne dass ich noch einmal etwas von dem Deutschen hörte. Papa schimpft über die Unfähigkeit der Résistance, endlich schwerere Geschütze gegen die Besatzer aufzufahren. Und auch der angekündigte Gegenschlag der Alliierten lässt weiter auf sich warten. Die Lage ist angespannt, aber mein gesamtes Denken dreht sich nur um den Soldaten mit den stahlblauen Augen.

Eines Nachmittags stand ich wie jeden Tag hinter dem Tresen und unterhielt mich mit einer älteren Nachbarin, die sich gerade über die Schikanen der Nazis beklagte. »Denken Sie, Mademoiselle Isabelle, dieser ungehobelte Mensch erklärte mir lauthals, ich solle doch froh sein, dass sie hier für Recht und Ordnung sorgten und uns vor den Angriffen der Alliierten schützten!«

Ich nickte wie automatisch, während sie weiter zeterte und sich über die fehlenden Manieren der Deutschen ausließ. »Haben diese Soldaten keine Mütter, die sie erzogen haben?« Ihre Stimme schrillte in meinen Ohren, aber Madame Dugard war eine gute Stammkundin, und so heuchelte ich ihr weiter vor, mich für ihr Klagen zu interessieren. Ab und zu nickte ich oder gab ein zustimmendes Geräusch von mir, während ich Papa in der Backstube herumwerkeln hörte. Als sie sich weiter erboste, entdeckte ich plötzlich ein wohlbekanntes Gesicht vor der Fensterscheibe. Mein Herz machte einen Sprung, als Friedrich Herzog mir kurz zuzwinkerte und unauffällig zur Seite zeigte. Wie gebannt starrte ich ihn an und nickte ganz schwach. Aber er schien meine Bewegung gesehen zu haben und verschwand aus meinem Blickfeld. Er hatte mich nicht vergessen. Wäre es aber nicht besser für uns beide, wenn er nie wieder Kontakt zu mir aufgenommen hätte?

Ungeduldig tippelte ich auf der Stelle, während ich darauf wartete, dass Madame Dugard ihre Schimpftirade endlich beendete.

Als die Frau gegangen war, trat ich zu Papa in die Backstube und seufzte demonstrativ.

»Die Dame ist anstrengend.« Er lachte, während er die nächsten Baguettes in den Ofen schob.

»Anstrengend ist gar kein Ausdruck«, erwiderte ich grinsend. »Ich gehe mal kurz frische Luft schnappen.«

»Mach das, ich bin ja da.«

Aufgeregt öffnete ich die Ladentür und trat auf die Gasse hinaus. Der Oberfeldwebel stand drei Häuser weiter in einer Hofeinfahrt und winkte mir zu.

Ich blickte mich um, aber außer uns beiden war keine Menschenseele zu sehen. »Was machen Sie hier?«, zischte ich nervös. »Wenn uns jemand zusammen sieht ...«

»Ich weiß«, fiel er mir ins Wort. »Aber ich musste Sie einfach treffen. Wenn auch nur ganz kurz.«

Was hätte ich darauf erwidern sollen? Ging es ihm wirklich genauso wie mir? »Warum?« Etwas Besseres fiel mir nicht ein.

»Das würde ich Ihnen gern in Ruhe erklären.« Während er seinen Blick über mein Gesicht wandern ließ, durchfuhr mich ein Schauder.

»Wie stellen Sie sich das vor?«, flüsterte ich, bevor ich wieder hinter mich sah.

»Wir sind allein«, beruhigte er mich. »Sie brauchen keine Angst zu haben.«

»Sie sind gut«, entgegnete ich fassungslos. »Was denken Sie, was meine Eltern sagen würden, wenn sie mich hier mit Ihnen sehen könnten?«

»Und trotzdem sind Sie zu mir herausgekommen«, konterte er mit ruhiger Stimme.

Er hatte recht. Worüber regte ich mich auf? Ich spürte, wie mir das Blut in die Wangen schoss.

»Kennen Sie die alte Mühle auf dem Weg in Richtung Fort Saint-Elme?«

Ich lachte kurz auf. »Ich lebe hier.«

»In zwei Stunden habe ich Dienstschluss. Danach warte ich dort auf Sie.« Sein Blick wurde eindringlicher.

Ich blieb stumm.

»Werden Sie kommen, Isabelle?«

Ich senkte den Kopf und blickte sekundenlang zu Boden, bevor ich nickte.

Was tat ich? Meine Gedanken fuhren Achterbahn. Mein Puls flatterte, und in meiner Magengrube hatten sich mindestens ein Dutzend Schmetterlinge aufgemacht, um mein Gefühlswirrwarr noch zu steigern. Immer wieder blickte ich mich um, während ich die Straße Richtung Port-Vendres entlangging. Nicht auszudenken, wenn mir jemand folgen würde. Was wollte mir Friedrich Herzog sagen? Was würde mich an der alten Mühle erwarten? Was geschähe, wenn man uns zusammen entdecken würde? Was ich vorhatte, war Irrsinn.

In der Kurve bog ich nach rechts ab und folgte dem Trampelpfad, der den Hügel hinauf zu dem verfallenen Bauwerk führte. Als ich mich meinem Ziel näherte, wurde ich langsamer. Ich wusste, dass ich gerade dabei war, einen großen Fehler zu begehen. Was war los mit mir? Warum wollte ich mich unbedingt in Schwierigkeiten bringen, indem ich mich verbotenerweise mit einem Deutschen traf? Gab es nicht genügend junge französische Männer? Was war mit Michel? Er versuchte schon jahrelang, meine Aufmerksamkeit zu erlangen. Und er war nett. Hässlich war er auch nicht, und doch ... Die Gefühle, die Friedrich Herzog in mir auslöste, hatte ich in dieser Intensität noch nie erlebt. Aber ich musste vorsichtig sein. Ich kannte ihn nicht und wusste nicht, welches Ziel er verfolgte.

Als die Mühle in mein Blickfeld rückte, beschleunigte sich mein Herzschlag. Einen Moment lang fürchtete ich, ohnmächtig zu werden. Noch konnte ich umkehren. Noch war nichts geschehen. Ich schnappte nach Luft und atmete tief aus. Im nächsten Moment sah ich ihn. Er hatte sich umgezogen und trug jetzt statt seiner Uniform eine beige Cordhose und ein braunes Hemd. Nichts wies ihn als Deutschen aus. Ein Hauch von Erleichterung machte sich in mir breit.

»Isabelle.« Sein Gesicht begann zu strahlen, als ich näher kam.

»Salut«, grüßte ich unbeholfen.

»Ich befürchtete schon, Sie kämen nicht.« Wie selbstverständlich nahm er meine Hand und zog mich mit sich um die dicken, teilweise zerstörten Mauern herum. Meine Finger kribbelten. Mein Magen fühlte sich flau an.

Hinter der Mühle deutete er auf einen grasüberwucherten Felsvorsprung. »Hier sind wir für uns.«

Wir setzten uns, und für einen Moment herrschte verlegenes Schweigen. Ich nahm meinen ganzen Mut zusammen und beendete die Stille. »Warum wollten Sie mich sehen?«

Er wandte mir sein Gesicht zu, und auch ich sah ihn an. »Ich bin Deutscher, und Sie sind ...«

»Französin«, beendete ich seinen Satz. »So weit waren wir schon. Und ich sagte Ihnen bereits, dass wir uns nicht treffen sollten.«

Er nickte nachdenklich, während er wieder nach meiner Hand griff.

Wie gebannt starrte ich auf seine Finger, die sich mit meinen verschränkten.

»Das weiß ich, Isabelle. Denken Sie, darüber habe ich nicht tage- und nächtelang nachgedacht?«

»Mein Vater hasst die Deutschen. Radio London ...« Ich schloss erschrocken die Augen und entzog ihm hastig meine Hand, als ich meinen Fehler bemerkte. Was hatte ich getan? Durch meinen Leichtsinn brachte ich meine Familie in Lebensgefahr.

»Isabelle«, bat er mit leiser Stimme. »Isabelle, sieh mich an.«

Zögernd gehorchte ich.

Er hob seine Hände und umfasste mein Gesicht. Mein Herz pochte immer schneller. Was sollte ich tun? Mein Verstand befahl mir, sofort aufzustehen und von hier zu verschwinden, aber meine Gefühle waren stärker. Ich rührte mich nicht von der Stelle.

»Du kannst mir alles sagen, Isabelle. Hörst du? Alles! Ich werde dich nicht verraten. Du kannst mir vertrauen.«

»Vertrauen«, presste ich kaum hörbar hervor. »Du bist der Feind. Du bist ein Nazi. Wie könnte ich dir jemals vertrauen?«

Friedrich ließ mein Gesicht los und umfasste meine Hand. Langsam führte er diese an seine Lippen und küsste die Innenfläche. Was tat er mit mir? Mein Oberkörper schwankte leicht.

»Ich würde dich gern kennenlernen, Isabelle.«

Ungläubig schüttelte ich den Kopf. »Wie stellst du dir das vor? Niemand darf uns je zusammen sehen. Niemand!«

»Der Krieg wird nicht ewig dauern«, erklärte Friedrich leise. »Du bist ...« Er streichelte mir über die Wange. »Als ich dich zum ersten Mal sah, als meine Kameraden dich belästigt haben ...«

»Ich erinnere mich gut«, unterbrach ich ihn.

»Mir war sofort klar, dass du etwas ganz Besonderes bist.«

Ich meinte, mich verhört zu haben. »Etwas Besonderes? Ich bin ein einfaches französisches Mädchen, das Baguette verkauft. Glaub mir, du irrst dich. Ich bin nichts Besonderes.«

»Doch, das bist du, Isabelle«, widersprach er eindringlich. »Für mich bist du eine ganz wundervolle Frau.«

Stumm schüttelte ich den Kopf.

»Warum bist du gekommen, Isabelle?« Seine blauen Augen fixierten mich sekundenlang.

Ich schnaufte. »Weil ... ich ...« Meine Eingeweide zogen sich zusammen.

»Ich glaube, da ist etwas zwischen uns, das wir nicht ignorieren können.«

»Ich kenne dich doch überhaupt nicht«, wiegelte ich ab.

»Das kann man ändern. Was möchtest du wissen?« Er lächelte.

Ich überlegte. »Warum bist du Soldat geworden?«

Er zog die Brauen hoch. »Eine gute Frage. Ich denke, es sind die Zeiten, die aus mir gemacht haben, was ich bin. Vielleicht ...« Er brach ab.

»Vielleicht was?«, hakte ich nach.

»Vielleicht würde ich mich heute anders entscheiden.«

»Bist du nicht zufrieden?«

Er lachte. »Zufrieden! Ein seltsames Wort, wenn man die Umstände betrachtet.«

»Ich meinte ...«

»Ich weiß, was du meinst«, unterbrach er mich sanft. »Und nein, wahrscheinlich bin ich nicht zufrieden.«

»Was würdest du gern tun?«

Er überlegte. »Ich würde gern reisen.«

»Reisen? Aber du bist doch weit gereist.«

Er schüttelte den Kopf. »Nein, nicht so. Ich würde gern die Welt kennenlernen.«

»Ihr Deutschen seid doch gerade dabei, die Welt zu erobern«, stieß ich bitter hervor.

Friedrich nickte. »Ja, aber das hatte ich nie im Sinn.« Er sah mich an. »Ich wollte nie jemandem wehtun. Wahrscheinlich glaubst du mir das nicht.«

Ich musterte sein Gesicht. »Doch«, erklärte ich langsam. »Doch, ich glaube es dir.«

Wir schwiegen lange, bevor ich erneut das Wort ergriff. »Was ist mit deiner Familie? Vermisst du sie? Vermisst du deine Heimat?«

»Jeden Tag denke ich daran, wie es ihnen zu Hause geht. Ich habe Zwillingsbrüder, die zehn Jahre jünger sind als ich. Mein älterer Bruder Alfred ist in Russland gefallen. Mein Vater wurde als junger Mann am Ende des Ersten Weltkriegs schwer verletzt. Er ist Schreiner. Meine Mutter ist Krankenschwester.« Er blickte in die Ferne. »Und ja, ich vermisse meine Familie unendlich. Wenn wir von neuen Bombenangriffen in meiner Heimat erfahren, habe ich jedes Mal furchtbare Angst um sie.« Er streichelte über meine Finger.

»Es tut mir leid.«

Er blickte auf. »Es tut dir leid?« Er schüttelte den Kopf. »Nein, das muss dir nicht leidtun. Wir Deutschen sind es, denen sehr vieles leidtun sollte. Wir sind selbst schuld an der Situation.«

»Würdest du mich auf deine Entdeckungsreisen mitnehmen?«, wollte ich leise von ihm wissen.

»Jederzeit und überallhin.« Seine Stimme klang rau.

Langsam näherte sich Friedrichs Gesicht. Ich konnte ihn riechen. Erwartungsvoll schloss ich die Augen. Im nächsten Moment spürte ich seine warmen Lippen auf meinen. Was geschah hier? Seine Arme umschlossen mich, und er zog mich dichter zu sich heran. In diesem Moment wünschte ich mir, er möge mich nie wieder loslassen. Wir wussten beide, dass es nicht sein durfte, aber wir konnten uns nicht gegen unsere Empfindungen wehren. Obwohl Friedrich der Feind war, fühlte ich mich in seinen Armen geborgen und beschützt.

Friedrich und ich trafen uns regelmäßig. Jeden zweiten Tag verabredeten wir uns an der alten Mühle. Die Tage, an denen ich ihn nicht sah, zogen sich endlos. Meinen Eltern fiel natürlich auf, dass ich öfter unterwegs war. Maman sprach mich zweimal darauf an. Eines Morgens beim Frühstück sah sie mich mit ernstem Gesichtsausdruck an, bevor sie meine Hand ergriff. »Du weißt, dass du über alles mit mir reden kannst, Isabelle. Wenn es etwas gibt, das du wissen möchtest …«

»Es ist alles in Ordnung, Maman«, wiegelte ich mit puterroten Wangen ab. Eher hätte ich mir die Zunge abgebissen, als mit meiner Mutter über mein Liebesleben zu sprechen.

»Wenn es da jemanden gibt«, begann sie wieder, »einen jungen Mann … Ich würde mich sehr für dich freuen.«

»Ich möchte nicht darüber reden«, erwiderte ich leise, während ich ihr meine Hand entzog und nach meiner Kaffeetasse griff.

Sie nickte lächelnd. »Ich habe damals auch nicht mit meinen Eltern über deinen Vater gesprochen. Ich dachte nur, die Zeiten hätten sich vielleicht geändert.«

Stumm presste ich die Lippen aufeinander. Maman würde es nicht verstehen, Papa ebenso wenig. Wenn meine Eltern wüssten, dass ich mich mit einem deutschen Soldaten treffe, würden sie mich nicht mehr allein aus dem Haus gehen lassen.

»Aber wenn etwas ist, wenn du Sorgen hast, bin ich immer für dich da«, raunte sie leise. »Dein Vater muss nicht alles wissen.«

»Danke, Maman.« Ihre Worte rührten mich, aber mir ist klar, dass ich niemals mit ihr über Friedrich werde reden können. Ich möchte meinen Eltern auf keinen Fall Kummer bereiten. Papas Laune wird täglich schlechter. Die allgemeine Stimmung ist umgeschlagen. Die Alliierten bombardieren beinahe ununterbrochen deutsche Städte. In Frankfurt starben viele Zivilisten. Wir hören von hohen Opferzahlen. Papa wettert und flucht, wenn er von den neuesten Entwicklungen erfährt. Trotz der vielen Rückschläge der Nazis ist Frankreich nach wie vor in deutscher Hand. Aber die schlechten Nachrichten aus der Heimat verändern die Besatzer. Es sickern immer mehr Informationen aus den Internierungslagern durch. Eine Bekannte von Maman war gestern hier und hat von ihrer Schwägerin erzählt, die in dem Lager in Gurs als Krankenschwester arbeitet. Die Inhaftierten erleben dort die Hölle auf Erden. Sie schilderte uns, wie die Menschen Hunger leiden, wie die Kinder in zerrissene Lumpen gekleidet um jede noch so kleine Ration Reis betteln. Sie erzählte uns von Familien, die auseinandergerissen werden. Mehr als einmal kamen ihr bei ihrem Bericht die Tränen, als sie sich die Worte ihrer Schwägerin in Erinnerung rief. Oft wüsste diese überhaupt nicht mehr, wozu sie ihre Arbeit überhaupt ausführe. Fast täglich werden Inhaftierte Richtung Osten abtransportiert. Als sie von einem kleinen Mädchen erzählte, das bei seiner Deportation von seinen Eltern getrennt worden war und welches die Krankenschwester nach stundenlangen Diskussionen letztlich vor der Rückführung nach Polen bewahren konnte, konnte ich ebenfalls nicht mehr an mich halten und hatte zu weinen begonnen.

Die Wut unter der Bevölkerung wächst rasant. Wann kommen die Alliierten endlich? Täglich wartet man auf den großen Befreiungsschlag, der die Deutschen aus unserem Land vertreiben soll. Doch noch geschieht nichts in dieser Richtung. Die Lebensmittel werden wieder einmal knapper. Papa weiß nicht mehr, wo er sein Mehl herbekommen soll. Sein Hass auf die deutschen Besatzer wächst und wächst. Lange werden wir so nicht mehr weitermachen können.

An einem heißen Sommertag war ich wieder einmal mit Friedrich verabredet. Nachdem ich die letzten Baguettes ausgeliefert hatte, machte ich mich mit dem Rad auf den Weg zur Mühle. Immer wieder sah ich mich um, da ich fürchterliche Angst davor hatte, dass mir jemand folgen könnte. Die Treffen mit Friedrich sind gefährlich, niemand darf uns jemals auf die Schliche kommen. Nicht auszudenken, wenn Nachbarn mich zusammen mit einem deutschen Soldaten sehen würden. Oder wenn gar einer der Deutschen uns entdecken würde. Mir ist klar, dass sowohl Friedrich als auch ich selbst mich in große Gefahr begab. Es gibt keine geheimen Verstecke. Die Mühle muss weiterhin unser Treffpunkt bleiben, da sie nur selten besucht wird.

Die Sonne brannte unerbittlich vom wolkenlosen Himmel.

»Isabelle.« Als ich an unserem Treffpunkt ankam, wartete er schon. Wie immer, wenn wir uns trafen, trug er Zivil. Aber heute war irgendetwas anders. Friedrich wirkte aufgekratzt und unruhig. Ich stieg vom Rad und lehnte es gegen die Steinmauer.

Friedrich trat hinter mich und zog mich in seine Arme. Ich spürte seine Brust an meinem Rücken. Zärtlich küsste er mich in den Nacken. Mein Unterleib krampfte sich sehnsüchtig zusammen.

»Du hast mir so gefehlt«, flüsterte er an meinem Ohr, während er mich zu sich umdrehte. »Wenn ich dich nicht sehen kann, habe ich das Gefühl, verrückt zu werden.«

Ich löste mich aus seinen Armen und legte meine Hand an seine warme Wange. »Wie soll es nur weitergehen?«

Er sah mich ernst an. »Der Krieg kann nicht mehr lange dauern, Isabelle. Deutschland liegt in Schutt und Asche. Jede Nacht werden unsere Städte bombardiert. Chemnitz hat es jetzt auch getroffen.«

»Was ist mit deiner Familie?«, wollte ich besorgt wissen. Friedrichs Eltern und seine beiden jüngeren Brüder leben in der Nähe der ostdeutschen Stadt.

»Ich weiß es nicht«, erklärte er leise. »Ich habe noch nichts von ihnen gehört.«

Ich streichelte seine Wange. »Bestimmt geht es ihnen gut«, bemühte ich mich um Zuversicht.

»Papa hatte recht. Er wollte mich damals unbedingt davon abhalten, Soldat zu werden.« Friedrich kniff die Augen zusammen. »Er sagte immer wieder, ein Krieg kenne nur Verlierer. Bis heute hat er die Erlebnisse des Ersten Weltkriegs nicht überwunden. Er war an der Front, hat immer wieder von den Toten gesprochen, zwischen denen er im Graben gelegen hatte. Von dem Dreck, den die Schlachten verursacht haben. Von seinen verletzten Kameraden, die eilig in Sicherheit gebracht werden mussten.« Er hielt inne. »Und er hatte recht. Alles, was man uns erzählt hat, war falsch. Der Endsieg ist weiter entfernt denn je. Unsere Verluste sind verheerend. Auch dieser Krieg wird am Ende nur Verlierer kennen.«

»Warum gibt euer Hitler nicht endlich auf?«

Ich konnte erkennen, wie seine Kiefermuskulatur arbeitete.

»Der Führer wird niemals aufgeben. Manchmal glaube ich, dass er der Einzige ist, der immer noch an seine Unbesiegbarkeit glaubt.«

Ich verstand nicht, warum Friedrich so redete. Er hatte schon öfter Bemerkungen gemacht, die ich nicht einzuordnen wusste. Wollte er mir nur Mut zusprechen? Immerhin war er Wehrmachtssoldat und musste die Befehle seines Vorgesetzten ausführen, musste sich loyal zeigen.

»Lass uns da hochlaufen.« Friedrich zeigte zu der Festung Fort Saint-Elme. »Warst du schon mal dort?«

Ich musste schmunzeln. »Ich lebe hier, Friedrich. Was denkst du?«

»Dann zeig mir die Festung.« Er nahm meine Hand und zog mich mit sich.

Der Weg war steil und beschwerlich. Meine Sandalen waren

nicht das richtige Schuhwerk für den steinigen Weg, aber ich sagte nichts.

Irgendetwas schien Friedrich zu beschäftigen. Wir sprachen nicht viel, bis wir oben ankamen.

»Hier sind wir ganz allein. Nur du und ich.« Wieder zog er mich in seine Arme und drückte meinen Körper gegen seinen. Ich spürte seine Hände auf meinem Rücken, an meiner Taille, meiner Hüfte. Nervosität befiel mich. Ja, die Situation war anders als sonst.

»Hast du Angst?«

Ich kicherte unsicher. »Angst? Warum? Sollte ich vor dir Angst haben?«

Er nahm mein Gesicht in die Hände und schüttelte den Kopf, während er mich schweigend ansah.

»Was?«, wollte ich verlegen wissen.

»Ich könnte dich ewig anschauen.«

Ich senkte den Blick.

»Isabelle, du bist die schönste Frau, die ich je gesehen habe.« Obwohl ich wusste, dass er solche Dinge nicht sagen sollte, verursachten seine Worte bei mir eine Gänsehaut.

»Ich liebe dich, Isabelle. Weißt du das?«

Ich begann zu zittern.

»Und ich kann mir nichts Schöneres vorstellen, als für immer mit dir zusammen zu sein.«

»Es geht nicht ...«

Er nickte, während seine Hände langsam über meinen Körper wanderten. »Doch, es wird irgendwann gehen. Wir dürfen nur die Hoffnung nicht aufgeben.« Sanft schob er mich gegen die dicke Außenmauer der Festung.

»Liebst du mich auch?«

Ich schloss die Augen und gab mich völlig seinen Berührungen hin. »Ja«, hauchte ich. »Ja, ich liebe dich auch.« Und es war die Wahrheit. Friedrich war der erste Mann in meinem Leben, der mir das Gefühl gab, begehrenswert zu sein. Obwohl alles gegen uns sprach, bereute ich nicht, ihn wiedergetroffen zu haben. Was wir taten, war gefährlich. Für mich, aber auch für ihn. Wir wussten beide, dass uns unser Geheimnis hinter Gittern bringen, im schlimmsten Fall sogar unser Leben kosten konnte.

Aber wenn wir zusammen waren, war die Nähe zwischen uns wichtiger als alles andere. Dann gab es nur Friedrich und mich. Uns und unsere Liebe. Und die fühlte sich für mich richtig an.

Als Friedrich den Knopf meines Rocks öffnete, hielt ich ihn nicht davon ab. Friedrich war der erste Mann, der mir die körperliche Liebe zeigte. Er war zärtlich und liebevoll, und ich wusste, dass mir, solange ich mit ihm zusammen war, nichts passieren konnte. Wir blendeten die Welt um uns herum aus und genossen nur unsere Zweisamkeit.

Ich bin jung und habe mich unsterblich in den Feind verliebt. Und Liebe macht bekanntlich blind. Ich möchte nicht mehr ohne Friedrich sein. Ich vermisse ihn an den Tagen, an denen wir uns nicht sehen können, und liege nachts stundenlang wach, weil ich immerzu an ihn denken muss.

Während viele Menschen irgendwo auf dieser Welt im Bombenhagel sterben, zu Tode gefoltert oder hingerichtet werden, erlebe ich meine erste große und, wie ich mittlerweile befürchte, nie enden wollende Liebe.

17

Missmutig starrte Benjamin in sein halb volles Bierglas. Noch immer wusste er nicht, über was er sich mehr ärgern sollte: über seine eigene Großzügigkeit, die Frau mit den großen braunen Augen bei sich wohnen zu lassen, seinen völlig inakzeptablen Ausbruch ihr gegenüber oder die Sturheit von Amélie, ihm seinen Fauxpas nicht zu entschuldigen. Genervt schnippte er gegen das Glas. Wie hatte er sich nur zu diesen Worten hinreißen lassen können? Für gewöhnlich besaß er eine sehr gute Menschenkenntnis, gepaart mit genügend Feingefühl, um mit den Leuten in seinem Umfeld gut oder zumindest annehmbar auskommen zu können. Bei Amélie Trauber schienen seine Sensoren komplett zu versagen. Jedes Mal, wenn er ihr begegnete, endete ihr Aufeinandertreffen in schnippischen Kommentaren, ablehnenden Bemerkungen und Beschimpfungen.

Er griff nach dem Glas und leerte es in einem Zug. Die junge Blondine hinter der Theke sah fragend zu ihm herüber. Er nickte, bevor er sich erneut seinen Grübeleien hingab. Wenn er es irgendwie schaffte, Amélie zu besänftigen, konnte sie ihm vielleicht sogar für seine Recherchen nützlich sein. Er musste innerlich schmunzeln. Diese Frau ging schon an die Decke, wenn sie ihn nur sah. Die Hysterie in ihrer Stimme, wenn sie explodierte, war unverkennbar. Und Benjamin hatte keine Ahnung, wie er drei

Sätze am Stück mit ihr wechseln sollte, ohne dass sie ihn wieder wegen irgendeiner Lappalie anfuhr. Und wenn es seine reine Existenz war, die sie störte. Natürlich, bis zu einem gewissen Grad konnte er ihre Verärgerung verstehen. Soweit er sie und auch ihre Tante verstanden hatte, war es seit Jahren Amélies erster Besuch in Collioure. Und dass sie Schreckliches erlebt hatte, das sie ganz offensichtlich bis heute nicht verarbeiten konnte, stand ebenfalls außer Frage. Aber Benjamin hatte sich doch als kulant erwiesen. Genauso gut hätte er auf seinem Mietvertrag bestehen und Valérie Duran darauf verweisen können, dass ihm das Gebäude zur Alleinnutzung zur Verfügung stand. Nicht einmal eine Mietminderung hatte Benjamin zur Sprache gebracht. Im Gegenteil, er hatte sich sofort dazu bereit erklärt, sich das Haus mit der Enkelin der Eigentümerin zu teilen. Was ihn nicht wirklich einschränkte. Die Räume der ersten Etage hatte er sowieso nicht genutzt. Außerdem hatte er gehofft, dass Amélie Traubers Besuch für ihn von Nutzen sein könnte. Doch in der Hinsicht hatte er sich definitiv getäuscht.

»*Voilà!*« Die junge Kellnerin griff nach dem leeren Glas vor Benjamin und stellte ein neues hin.

»Danke!«

Erneut nahm er einen großen Schluck. Wie sollte er weiter vorgehen? Das Gespräch mit dem Vater des Archivars hatte ihm emotional stark zugesetzt. Je intensiver er sich mit der Thematik der Besatzungszeit in Collioure befasste, desto unruhiger wurde er. Hier wurde er mit den Biografien von einzelnen Personen konfrontiert. Es ging nicht um Zahlen oder Statistiken, um Listen oder Aufzählungen, es ging um Menschen. Um deren Träume, deren Hoffnungen, um Ängste und Sorgen. Benjamin musste aufpassen, dass ihm sein Vorhaben, die Vergangenheit seiner Familie aufzuklären, nicht zu sehr unter die Haut ging, obwohl ihm klar war, dass das Thema niemanden kaltlassen konnte. Selbst heute nicht, Jahrzehnte danach. Zu unfassbar und grausam waren die Ereignisse, die er recherchiert hatte. Je mehr Staub Benjamin aufwirbelte, desto wahrscheinlicher erschien es ihm, dass er sein Versprechen nicht würde halten können. War er vielleicht deshalb so unsensibel, wenn es um seine Mitbewohnerin ging? Weil er nicht wahrhaben wollte, dass er an seine Grenzen stieß? Dass ihm seine Nachforschungen zu Verrat und Kollaboration stärker aufwühlten, als er sich selbst einzugestehen bereit war? War vielleicht sogar er derjenige, der dünnhäutig reagierte? Während er sein Glas leerte, ließ er sich die Wortwechsel mit Amélie nochmals durch den Kopf gehen. Als er daran denken musste, wie er sie heute Morgen auf dem Boden liegend vorgefunden hatte, musste er ein Grinsen unterdrücken. Wie kam sie dazu, wie ein Poltergeist durch das alte stockdunkle Gemäuer zu schleichen? Die Vorstellung war zu amüsant. Benjamin schüttelte den Kopf. Nein, mit Sicherheit war er nicht allein an Amélies unterschwelliger Aggressivität schuld.

»Noch eins.« Wieder hob er sein leeres Glas in Richtung Bardame.

Als sie drei Minuten später ein weiteres Mal seine Bestellung brachte, legte sie wie zufällig eine Hand auf seine.

»Kummer?« Ihre Stimme klang heiser. »Wenn du reden möchtest …« Sie warf ihr Haar zurück und beugte sich über die Theke. »Ich bin eine sehr gute Zuhörerin.« Sie zwinkerte ihm zu.

»Wie heißt du?«

»Mireille.«

»Mireille. Ein schöner Name.« Er nickte bedächtig, bevor er ihre Hand ergriff und sie schüttelte. »Ich bin Benjamin.«

»Hallo, Benjamin. Du bist nicht von hier, oder?«

Er schüttelte den Kopf. »Nein, ich komme aus Lyon.«

»Ein Großstädter.« Sie lachte glockenhell. »Machst du Urlaub?«

»Nein, ich bin zum Arbeiten hier.« Er musste sich konzentrieren. Der Alkohol begann langsam, seine Wirkung zu zeigen. »Oder doch. Ich möchte mich auch ein wenig erholen. Aber ...« Er verlor den Faden.

Mireille lächelte nachsichtig. »Ich habe in einer Stunde Feierabend. Wollen wir noch einen Absacker bei mir nehmen?«

Benjamin kniff die Augen zusammen und musterte die junge Kellnerin. Die vollen Lippen strahlten in einem tiefen Dunkelrot. Ihre leicht schräg stehenden blauen Augen waren schwarz umrandet. Benjamin schätzte sie auf Anfang zwanzig. Nach kurzem Zögern schüttelte er den Kopf. »Ich werde nächstes Jahr achtunddreißig.«

Sie lachte erneut. »Ich werde zweiundzwanzig. Na und? Was kümmern uns irgendwelche Zahlen?«

Benjamin nahm einen großen Schluck aus seinem Glas und fragte sich, seit wann er eigentlich so ein Moralapostel war. Warum freute er sich nicht einfach über das offensichtliche Interesse dieser jungen Frau? Seit Maries Tod hatte er keine Verabredung mehr gehabt. Niemand kannte ihn hier. Zu Hause erwartete ihn mit Sicherheit nur die nächste Konfrontation mit einer labilen und völlig überreizten Mitbewohnerin. Warum nicht einmal über die Stränge schlagen?

Im nächsten Moment spürte er erneut Mireilles Hand auf seinem Unterarm. »Mit Männern in meinem Alter kann ich nicht viel anfangen«, erklärte sie mit schnurrender Stimme.

»Jetzt fühle ich mich gleich noch mal zwanzig Jahre älter«, erwiderte er grinsend, während er seine Hand wegzog und ihre Wange berührte. »Du bist eine sehr hübsche Frau, Mireille. Sicherlich reißen sich die Männer um eine Verabredung mit dir.

Aber ich ...« Er schüttelte resigniert den Kopf. »Ich bin ein Idiot. Du hättest keinen Spaß mit mir.«

Sie schob ihre Unterlippe vor und nickte langsam. »Vielleicht bist du doch zu alt für mich.« Sie richtete sich wieder auf. »Und ja. Leider muss ich dir recht geben. Du bist ein Idiot.« Sie drehte sich um und steuerte auf einen Gast am anderen Ende des Tresens zu.

Benjamin seufzte. Der perfekte Abschluss nach dem Ärger mit Amélie. Müde ließ er den Blick durch die Kneipe schweifen. Die kleinen Zweiertische waren bis auf einen alle besetzt. An der Bar saßen außer Benjamin noch drei weitere Gäste. Ein Blick auf die Uhr verriet ihm, dass es kurz nach Mitternacht war. Er kramte einen Geldschein aus der Hosentasche und legte ihn auf die glatte Fläche neben dem leeren Bierglas. »Stimmt so.«

Mireille beachtete ihn nicht, als er von seinem Hocker stieg. Ohne ein weiteres Wort verließ er den stickigen Innenraum.

Auf der Straße sah er sich kurz um, bevor er sich auf den Heimweg machte. Die Kneipe lag nur wenige Gehminuten von seinem Haus entfernt. Die Gassen waren menschenleer. Mit schweren Schritten durchquerte er die Altstadt. Vom Strand drang Gelächter zu ihm herauf. Es gab Menschen, die sich amüsierten. Heute Abend gehörte er nicht dazu. Nachdem er vergeblich versucht hatte, seinen Fehler bei Amélie wiedergutzumachen, war er frustriert aus dem Haus gestürmt. Doch sein kleiner Ausflug hatte seine Laune nicht heben können.

Er schloss die Tür zur Baguetterie auf und lauschte ins Dunkel. Stille. Benjamin stieg leise die Stufen hinauf und blieb vor Amélies Zimmertür stehen. Regelmäßige Atemgeräusche kamen aus dem Inneren. Nachdenklich verharrte er. Sollte er ihr reinen Wein einschenken? Wie würde sie reagieren? Ruckartig drehte er sich um und ging nach oben.

18

Als Amélie frisch geduscht aus dem Badezimmer kam, war in der Etage über ihr noch immer kein Laut zu hören. Erleichtert betrat sie die Küche und setzte sich einen Kaffee auf. Sie hatte nicht mitbekommen, wann Benjamin gestern Nacht nach Hause gekommen war, aber es war ihr eigentlich auch gleichgültig. Vielleicht hatte er ja woanders übernachtet, und Amélie hatte das Haus endlich einmal für sich allein, dachte sie hoffnungsfroh, während sie wartete, dass der Kaffee kochte. Abfällig ließ sie den Blick über den Bierkasten wandern, der mittlerweile in der Ecke vor dem Ofen stand. Vorsichtig tastete sie ihre Hüfte ab, mit der sie gestern auf die Fliesen geknallt war. Die Stelle schmerzte noch immer.

Als der Kaffee fertig war, setzte sie sich mit ihrer Tasse an den Küchentisch und überlegte. Hatte ihre Oma vor vielen Jahrzehnten mit ihrer Mutter auch genau hier gesessen und über Friedrich Herzog nachgedacht? Amélie konnte noch immer nicht glauben, was sie gestern gelesen hatte. Die junge Isabelle Blanc hatte sich tatsächlich auf eine Beziehung mit dem deutschen Oberfeldwebel eingelassen. Warum hatte ihre Großmutter Amélie das Tagebuch mitgegeben? Sie hatte keine Ahnung, wie sie mit den neuen Erkenntnissen umgehen sollte. Letztlich war sie der Ansicht, dass es eine reine Privatangelegenheit ihrer Oma war, mit wem sie sich wann und warum eingelassen hatte. Doch die Tatsache, dass sich eine junge Französin in den Feind verliebt hatte, war damals mit Sicherheit keine Alltäglichkeit gewesen. Auch wenn diese Zeit ewig zurücklag und Amélie sich nicht annähernd vorzustellen vermochte, wie gefährlich eine solche Verbindung gewesen war, führten ihr die damaligen Geschehnisse deutlich vor Augen, dass sie ihre Oma schwer unterschätzt hatte. Nie im Leben hätte sie ihr zugetraut, ein solches Risiko einzugehen, um ihren Gefühlen zu folgen. Und dass sie verliebt gewesen war, konnte Amélie unschwer aus jeder Zeile des Tagebuchs herauslesen.

Nachdem sie ihren Kaffee ausgetrunken hatte, machte sie sich auf die Suche nach dem alten Baguetterezept der Familie. Sie durchstöberte sämtliche Schubläden und sah die Oberschränke durch, aber ohne Erfolg.

Als sie hörte, wie über ihr eine Tür geöffnet wurde, verließ sie hastig die Küche und eilte die Stufen hinunter, um sich auf die Suche nach dem Putzzeug zu machen. Auf einen weiteren Zusammenstoß mit ihrem unerwünschten Mitbewohner konnte sie gut verzichten.

Im Raum neben ihrem Schlafzimmer wurde Amélie fündig. Sie holte einen Eimer hervor, legte Lappen und Reinigungsmittel hinein und schnappte sich den Wischmopp. Im Vorbeigehen kramte sie noch ihren iPod aus der Reisetasche und hängte ihn sich um. Voller Tatendrang stieg sie ins Erdgeschoss hinab und blickte sich suchend um. Wo sollte sie anfangen? Amélie ging in den Verkaufsraum hinüber und betrachtete die verschmutzten Regale. Es würde Stunden dauern, bis alles blank geschrubbt wäre. Sie hielt es für das Beste, wenn sie mit der Backstube begann, zuerst den Ofen und den Kühlschrank, dann die Arbeitsflächen. Wenn sie Baguettes backen wollte, war es am wichtigsten, dass die Geräte sauber und funktionstüchtig waren. Sie schob sich die

Kopfhörer in die Ohren, ließ Wasser in den Eimer ein und machte sich ans Werk.

Zwei Stunden später fuhr Amélie stolz mit der Hand über die blitzenden Arbeitsflächen. Den Ofen hatte sie bereits vor dreißig Minuten angestellt, und als sie jetzt die Temperatur überprüfte, stellte sie zufrieden fest, dass ihm die letzten zwanzig Jahre tatsächlich nichts hatten anhaben können.

Amélie richtete sich auf und schob den Kopfhörer aus ihrem rechten Ohr. Benjamin hatte sich den ganzen Vormittag noch nicht blicken lassen, doch jetzt hörte sie, wie das Wasser durch die Leitungen rauschte. Wahrscheinlich duschte er. Sie blickte auf die Uhr. Hatte er nicht behauptet, er sei zum Arbeiten hier? Anstatt bis in die Puppen im Bett liegen zu bleiben, sollte er lieber seine Recherchen beenden und endlich abhauen.

Amélie schaltete den Ofen wieder aus und widmete sich dem völlig verfetteten und verstaubten Tresen und der dazugehörigen Auslage im Verkaufsraum.

Als ihr Magen wenig später zu knurren begann, unterbrach sie den Großputz. Es war Zeit für eine Pause. Amélie wollte sowieso Mehl und Hefe kaufen, um ihre ersten Backversuche zu starten. Leise schlich sie sich in ihr Zimmer und tauschte T-Shirt und Shorts gegen Caprihose und Tunika. Während des Umziehens fiel ihr Blick erneut auf das Tagebuch. Sie zögerte kurz. Es wurde Zeit, ihrer Oma einen weiteren Besuch abzustatten. Sie hatte einige Fragen an sie, und da sie sowieso nach Argelès-sur-Mer fahren wollte, konnte sie nach dem Einkauf einen Abstecher ins Seniorenheim machen.

Nachdem sie sich im Intermarché ein Sandwich geholt und zehn Kilo Mehl gekauft hatte, machte Amélie sich auf den Weg zu Isabelle.

»Madame Monet liegt auf ihrem Zimmer«, erklärte ihr die Schwester am Empfang mit bekümmertem Gesicht. »Es geht ihr heute nicht besonders gut, und sie fühlte sich leider außerstande, zum Mittagessen in den Speisesaal zu kommen.«

Traurigkeit erfasste Amélie. »Denken Sie, ich kann zu ihr gehen?«

Die Frau nickte. »Natürlich. Sicher freut sie sich über Besuch. Wenn die älteren Herrschaften den ganzen Tag in ihren Zimmern verbringen, sind die Stunden endlos lang. Bestimmt tut ihr ein wenig Abwechslung gut.«

Mit mulmigem Gefühl machte sich Amélie auf den Weg zu ihrer Großmutter. Nachdem sie geklopft hatte, dauerte es einige Sekunden, bis ein schwaches »Ja« erklang.

Amélie öffnete die Tür und trat ein. »*Bonjour*, Oma. Ich war in der Nähe und wollte mal kurz nach dir sehen.«

»Amélie.« Die schmalen Lippen der alten Frau verzogen sich zu einem mühsamen Lächeln. »Schön, dass du da bist.«

Amélie trat an das Bett heran. Trotz der Hitze im Zimmer hatte ihre Großmutter die Decke bis unter das Kinn gezogen.

»Die Schwester meinte, du fühlst dich nicht so gut.«

Ihre Oma hob die linke Hand ein wenig an und winkte ab. »Mir fehlt manchmal einfach die Kraft.« Sie tippte an ihren Kopf. »Wenn das noch alles funktioniert, aber der Körper nicht mehr so will wie du ...« Sie atmete laut aus. » ... die Müdigkeit macht mir sehr zu schaffen.«

Amélie setzte sich auf den Bettrand und strich sanft über den Handrücken der alten Frau. »Das wird schon wieder, Oma. Morgen ist sicher ein besserer Tag.« Sie schluckte. Sollte sie sie in dem Zustand wirklich mit den Ereignissen von vor über siebzig Jahren konfrontieren?

Ihre Oma verzog keine Miene. »Besser wird es nicht mehr,

Amélie. Ich glaube, das muss ich langsam akzeptieren. Mein Herz schlägt schon so furchtbar lange.« Sie schüttelte schwach den Kopf.

In Amélies Hals bildete sich ein dicker Kloß. Warum nur war sie so lange nicht hier gewesen? All die Jahre, in denen ihre Oma noch eine rüstige ältere Dame gewesen war, hatte sie sich nur um ihre kleine Familie und die Bücher gekümmert. »Oma ...«, setzte sie vorsichtig an, » ... ich habe angefangen, dein Tagebuch zu lesen.«

Die braunen Augen der alten Frau blitzten auf. »Du hast es noch nicht zu Ende gelesen?«

Amélie schüttelte den Kopf. »Nein, die Geschichte ist sehr ... bewegend.«

Ihre Oma nickte. »Bewegend. Das ist das treffende Wort.«

»Ich finde es überaus mutig, was du getan hast«, bemerkte Amélie leise.

Die Runzeln auf der Stirn ihrer Großmutter vertieften sich. »Was meinst du?«

»Du hast diesen Friedrich wirklich geliebt. Obwohl er Deutscher war. Obwohl er euer Feind war, ein Besatzer. Ein Nazi.«

Ihre Oma starrte reglos auf die Bettdecke. »Friedrich war kein Nazi«, erklärte sie mit Grabesstimme. »Obwohl ... ich weiß es nicht so genau.«

Amélie sah sie fragend an. »Ich verstehe nicht ... Er war doch Oberfeldwebel bei der Wehrmacht.«

Die Miene ihrer Großmutter wirkte undurchdringlich. »Lies es zu Ende.«

»Was ist aus ihm geworden?«, platzte es aus Amélie heraus, da sie diese Frage beschäftigte, seit sie von der Existenz des Soldaten Kenntnis hatte.

»Lies es«, wiederholte ihre Oma geheimnisvoll.

»Warum ich?«, ließ Amélie nicht locker.

Isabelle lächelte mild. »Ich habe nicht mehr viel Zeit, Amélie. Und ich möchte nicht mit einem Geheimnis beerdigt werden.«

Die Worte ihrer Großmutter trieben ihr Tränen in die Augen. »So solltest du nicht reden.«

»Das ist der Lauf des Lebens, Kind. Die Alten gehen, dafür werden neue kleine Menschen geboren.«

Die auch viel zu früh gehen mussten, setzte Amélie in Gedanken hinzu, während Bitterkeit in ihr aufstieg. »Weiß Valérie davon?«

»Nein, niemand weiß es.« Sie zögerte. »Niemand, der noch unter uns weilt.«

»Deine Eltern wussten es?«, stocherte Amélie weiter.

»Du hast einen großen Verlust erlitten. Zu groß für einen einzelnen Menschen.« Isabelle klang wehmütig.

Amélie wollte jetzt nicht darüber reden, da sie befürchtete, erneut in Tränen auszubrechen. »Ich habe den Laden geputzt«, wechselte sie das Thema, da sie hoffte, ihrer Oma damit eine Freude zu bereiten. »Ich habe eingekauft und werde später ein paar Baguettes backen.«

»Hast du das Rezept?«

»Ich habe es nicht gefunden. Ich habe die ganze Küche abgesucht.«

»Ich habe es hinten in mein Tagebuch eingeklebt«, verriet Isabelle Monet mit glänzenden Augen. »Nachdem ich die Baguetterie schließen musste und kein Nachfolger in Sicht war, dachte ich, dort wäre es sicher.«

Amélie hatte es die ganze Zeit mit sich herumgetragen, ohne es zu wissen. »Ich werde mein Bestes geben.«

Ihre Oma nickte schwach. »Das bezweifle ich nicht. Und wer

weiß, vielleicht kann diese Reise sogar zu einem Neuanfang für dich werden.«

Nachdenklich blickte Amélie die alte Frau an, die ihre Augen jetzt halb geschlossen hatte. Sie sprach aus, was Amélie immer wieder durch den Kopf ging. Auch wenn die Trauer nicht verschwunden war, gab es immer öfter Momente, in denen sie nicht an ihr totes Kind denken musste. In denen sie in der Gegenwart lebte und nicht der Vergangenheit nachhing. Bei Maurice im Büro hatte es einen solchen Moment gegeben. Oder der Abend bei ihrer Tante. Das Leben zeigte sich ganz sachte wieder von seiner schönen Seite. Noch waren es die kleinen Augenblicke, die ihr vermittelten, dass sie wieder einen Hauch von Freude empfinden konnte, empfinden durfte. Es war ein vielversprechender Anfang. Mehr, als sie zu Hause in Deutschland in den letzten drei Jahren geschafft hatte.

Um die folgenden Wochen zu beschreiben, fehlen mir die passenden Worte. Unser Alltag wird immer schwieriger. Fast täglich erreichen uns Nachrichten von neuen Verhaftungen. Die Verluste der Deutschen machen sie aggressiver denn je. Drei Bekannte von Papa sind innerhalb weniger Tage aus fadenscheinigen Gründen inhaftiert worden und kamen erst eine Woche später wieder frei. Über die Geschehnisse während der Befragungen erzählten sie danach nicht viel. Sie wirkten eingeschüchtert und verängstigt. Papa berichtete uns von offensichtlichen Verletzungen an den Körpern der drei Männer, die unter dem Verdacht des Widerstands gegen die Nazis gestanden hatten.

Alle schwanken zwischen Bangen und Hoffen. Die Angst vor weiteren Schikanen wechselt sich ständig mit dem hoffnungsfrohen

Warten auf den lang ersehnten großen Gegenschlag der Alliierten ab. Meine Gefühlswelt steht komplett kopf. Wenn Friedrich und ich uns treffen, genieße ich unser Zusammensein und fühle mich ihm immer so nah. Wir sprechen über unsere Träume und Wünsche, über unsere Hoffnungen und Ängste. Seine Neugier auf fremde Länder hat mich mittlerweile angesteckt. Er weiß so unglaublich viel über andere Kulturen und Gepflogenheiten. Ich liebe es, ihm zuzuhören, wenn er mir von weit entfernten Orten erzählt. Manchmal scheint es uns fast, als erlebten wir tatsächlich gemeinsam Abenteuer in fernen Ländern.

Und uns wird immer klarer, dass wir füreinander geschaffen sind. Das Einzige, was uns trennt, ist unsere Nationalität. Wir stehen in dieser finsteren Zeit auf zwei Seiten, und nichts, was wir tun können, würde daran etwas ändern. Diese Hilflosigkeit macht mich wütend. Friedrich ist kein Nazi. Er ist liebevoll, charmant, witzig und sehr zuvorkommend. Attribute, die man nicht unbedingt mit den Herrenmenschen in Verbindung bringt. Über die politische Lage reden wir selten, meist beschäftigen wir uns mit uns selbst und unseren Gefühlen. Friedrich erzählt mir oft von seiner Familie, von seinen drei Brüdern. Zwei sind noch zu jung für den Krieg, der dritte, Alfred, war in Russland gefallen. Er beschreibt mir, wie sein Leben vor dem Krieg war. Von Ausflügen mit seinen Eltern und Alfred, als die Zwillinge noch nicht geboren waren. Von Weihnachten, wie man es in Deutschland feiert, mit Tannenbaum und Liedersingen, mit Weihnachtsplätzchen und Lebkuchen. Von den Familiengeburtstagen, die seine Mutter stets mit einem großen leckeren Schokoladenkuchen krönte. Ich mag seine Erinnerungen, die deutschen Traditionen. Es zeigt mir eine andere Seite des Volkes, das uns so viel Leid beschert. Auch ich berichte ihm ab und zu von meiner Kindheit hier in Collioure, von der Baguetterie, die den Lebensmittelpunkt unserer Familie darstellt. Ja, wir sind uns sehr nah. Oft liegen wir einfach schweigend nebeneinander im Gras und sehen in den blauen wolkenlosen Himmel.

Einmal sinnierte Friedrich über die Schönheit der Natur Südfrankreichs. »Sieh dich hier nur um, Isabelle. Die von der Sonne ausgedörrte Erde, die trockenen Weinreben, da drüben das azurblaue Meer, dessen Farben fast zu perfekt wirken, als dass sie natürlichen Ursprungs sein könnten. Und über uns der Horizont ...«

Als er mich in diesem Augenblick ansah, wusste ich, dass ich ihn wirklich liebte. Ich habe es schon länger geahnt, aber seine Worte setzten sich in jenem Moment so tief in meinem Herzen fest, dass ich fürchte, es nicht mehr aushalten zu können, ohne ihn zu sein. Wenn er spricht, könnte ich ihm endlos zuhören. Sein harter Akzent verschwindet mehr und mehr. Und ich lerne sogar ein paar deutsche Wörter. »Du bist mein Leben«, »Ich liebe dich« und »Für immer« sind die schönsten davon, die ich nicht mehr vergessen werde. Wäre nicht der Krieg, hätte Friedrich ohne zu zögern bei meinen Eltern um meine Hand angehalten. Aber wir wissen beide, dass dieser Wunschtraum noch sehr lange unerfüllt bleiben wird.

In der schwersten Zeit, die Frankreich erlebt, schwebe ich auf meiner kleinen rosa Wolke.

Aber von der bin ich eines Nachmittags unsanft heruntergerissen worden. Ich hatte gerade die letzten Brote des Tages ausgeliefert. Wegen des Mangels an Mehl müssen wir den Laden mittlerweile bereits um zwei Uhr mittags schließen. Ich bog mit dem Fahrrad in unsere Gasse ein und sah schon von Weitem zwei deutsche Soldaten neben unserem Haus stehen. Sie lachten und grölten. Ich hatte sie noch nie zuvor gesehen. Ob Friedrich sie geschickt hatte? Nein, er hat mir immer wieder versichert, dass niemand von uns wüsste. Es ist den Soldaten strengstens verboten, Beziehungen mit Französinnen einzugehen. Friedrich hat mir erzählt, die Wehrmacht habe sogar spezielle Bordelle eingerichtet, um ihre Angehörigen bei Laune zu halten. All dies ging mir durch den Kopf, während ich von meinem Rad stieg und es langsam Richtung Baguetterie schob. Obwohl ich versuchte, mich unauffällig zu verhalten, zog ich die Aufmerksamkeit der beiden auf mich.

»Mademoiselle«, höhnte der eine mit unüberhörbarem Akzent. »Wunderschöne Mademoiselle.«

Ich reagierte nicht, sah mich vorsichtig um. Aber wir waren allein. Meine Hoffnung auf Rettung schwand. Wenn ich in unser Haus gelangen wollte, musste ich irgendwie an den beiden vorbeikommen.

Einer der Soldaten trat einen Schritt vor und fasste nach meinem Fahrradlenker.

»Lassen Sie das«, sagte ich leise.

Er lachte und blickte zu seinem Kameraden. »Hast du etwas gehört?«

Der andere verzog das Gesicht und schüttelte den Kopf. »Nein, da war nichts.«

Verzweifelt sah ich zum Schaufenster, aber Papa war natürlich nicht mehr in der Backstube, da das Brot lange ausverkauft war.

»Bitte lassen Sie mich vorbei«, versuchte ich es ein weiteres Mal.

»Sie bettelt«, raunte der Soldat, während er den Fahrradgriff fester packte. »Bist du im Bett genauso unterwürfig?« Wieder lachten die beiden gehässig.

Was sollte ich tun? Wenn er mein Rad nicht losließe, käme ich nicht an ihnen vorbei.

»Mademoiselle, was hältst du von einem kleinen Handel? Du bekommst dein Fahrrad wieder, wenn du zu meinem Kameraden hier«, er deutete mit dem Kinn auf den anderen Soldaten, »und mir ein wenig nett bist. Du weißt schon ...« Er machte eine obszöne Geste, bei der mir schwindlig wurde. »Euch Französinnen wird doch nachgesagt, dass ihr auf dem Gebiet Expertinnen seid.«

Ich wusste nichts zu erwidern.

»Hat es dir die Sprache verschlagen?« Er grinste dreckig. »Na, stell dich nicht so an. Wir haben ein bisschen Spaß, und schon hast du dein Rad wieder. Wir sorgen dafür, dass du auch auf deine Kosten kommst. Was willst du denn mit den Baguettefressern hier? Wir sind die Herrenrasse.« Er zwinkerte.

Übelkeit stieg in mir auf. »Lassen Sie mich bitte vorbei. Ich möchte nach Hause.«

Wütend verengte der Soldat die Augen. »Du willst nach Hause?« Seine Stimme war leise, bevor er losbrüllte. »Du willst nach Hause, Franzackenhure?« Ohne Vorwarnung packte er meinen Unterarm und zerrte mich von meinem Rad weg.

»Lassen Sie mich los.«

»Was, wenn nicht?« Er zog die Brauen hoch und starrte mich lüstern an. »Du willst es wissen, stimmt's?« Er sah zu seinem Kameraden, dem das Gebaren des anderen mittlerweile zu missfallen schien. Aber er sagte nichts, sondern starrte nur stumm auf den Boden.

»Schlampe.«

Ich zitterte. Er würde doch nicht mitten auf der Straße … Ich wusste, dass die Nazis keinerlei Skrupel kannten. Menschen wurden ohne erkennbaren Grund erschossen, Frauen zu Tode gefoltert, weil sie ihre Männer nicht verraten wollten. Ich hatte keine Chance.

Der Soldat umfasste meine Brust und drückte sie grob. Erschrocken schrie ich auf.

Während der Deutsche das Fahrrad fallen ließ, wurde hinter uns plötzlich die Tür zum Laden aufgerissen, und Papa stürmte mit hochrotem Gesicht heraus. »Nimm sofort deine dreckigen Finger von meiner Tochter.«

Ich schloss die Augen. Obwohl ich unendlich dankbar und erleichtert über Papas Erscheinen war, überwog meine Angst, welche Konsequenzen sein Einschreiten für ihn haben konnte.

Der Soldat ließ mich los und wandte sich Papa zu. »Hast du ein Problem, Franzacke?«

Papa schüttelte den Kopf. »Ich nicht, aber du, wenn ich deinen Vorgesetzten darüber informiere, was du mit meiner Tochter vorhattest.«

Ich hielt den Atem an, als der Soldat die Hand auf seinen Revolver legte. »Was hatte ich denn mit der Schlampe vor? Hä?«

Papa sah ihn äußerlich völlig ungerührt an. »Ich denke, die Situation war eindeutig.«

Der Soldat verzog höhnisch das Gesicht. »Och, hat der Franzackenvater Angst um seine Hurentochter? Wem wird der Herr Oberfeldwebel wohl glauben? Einem linientreuen und integren Wehrmachtsangehörigen oder einem kleinen dreckigen Baguettebäcker?« Er lachte.

»Ich kenne Monsieur Rochard schon viele Jahre«, entgegnete Papa ungerührt, ohne mich anzusehen. »Lange, bevor ihr sales boches hierherkamt und alles zerstört habt.«

»Sales boches, ja?«

»Lass gut sein«, schaltete sich nun der noch immer abseits stehende Kamerad des Soldaten ein. »So hübsch ist sie doch auch wieder nicht.«

Papa bedeutete mir, hinter ihm im Laden zu verschwinden. Hastig hob ich mein Rad von der Gasse auf und schob es in die Baguetterie.

Keiner der Soldaten rührte sich.

Als die Tür hinter mir zufiel, legte ich meine rechte Hand aufs Herz, da ich am ganzen Körper zitterte. Nachdem ich das Rad in den Hof gebracht hatte, verfolgte ich aus der Backstube heraus wei-

ter die Szene vor dem Schaufenster. Ich konnte nicht hören, was er sagte, aber ich sah, dass Papa auf den aggressiven Soldaten einredete, der mit jedem Wort kleiner zu werden schien. Was tat er da?

Als die beiden Deutschen sich umdrehten und verschwanden, zog ich mich hastig zurück. Im nächsten Moment betrat Papa den Laden. Ich ging ihm entgegen und sah ihn fragend an, aber er schüttelte nur den Kopf. »Alles in Ordnung bei dir?«

Ich nickte. »Es tut mir leid. Sie …«

»Du kannst nichts dafür«, fiel er mir ungehalten ins Wort. »Es ist nicht deine Schuld. Es ist dieser verdammte Krieg. Versuch einfach, dich in Zukunft von diesen sales boches *fernzuhalten. Verfluchte Deutsche!«t*

Ich musste an Friedrich denken, denn er ist so ganz anders. In diesem Punkt musste ich Papa widersprechen. Es war nicht der Krieg, der die Menschen schlecht machte. Es waren lediglich die Umstände, die das Schlechte im Menschen zum Vorschein brachten. Jeder konnte entscheiden, wie er sich verhielt. Für einige war der Krieg ein willkommener Vorwand, um Macht und Kontrolle über augenscheinlich Schwächere ausüben zu können. Andere bemühten sich fieberhaft darum, ihre Menschlichkeit zu bewahren und dem Krieg nicht die Macht über Tod und Zerstörung zu überlassen.

Während Amélie den Teig knetete, ließ sie sich die letzten Seiten des Tagesbuchs, die sie gerade gelesen hatte, und das Gespräch mit ihrer Oma nochmals durch den Kopf gehen. Durch das Lesen der Erinnerungen erschien ihr ihre Oma in einem komplett neuen Licht. Amélie hatte sich noch nie darüber Gedanken gemacht, dass ihre Großmutter ebenfalls einmal jung gewesen war. Dass sie ihre Jugend während des Kriegs erlebt hatte, war Amélie in diesem Maße nie bewusst gewesen, obwohl sie natürlich ihr Geburtsjahr kannte.

Nachdenklich stellte sie den Teig zur Seite, um ihn aufgehen zu lassen. Wie oft hatte sie bei diesen Handgriffen zugesehen? Dutzende Male, mindestens.

Als die Ladentür geöffnet wurde, trat Amélie aus der Backstube heraus.

Valérie stand im Verkaufsraum und blickte sich verblüfft um. »Was ist denn hier passiert?«

Amélie lächelte. »Ich habe ein wenig geputzt.«

Ihre Tante verzog das Gesicht. »Ein wenig? Ich erkenne die Baguetterie kaum wieder.«

»Jetzt übertreibst du aber«, wiegelte Amélie ab. »Ich bin hier lediglich mit Wasser und Putzmittel durch die Räume gefegt und habe den Schmutz der letzten ... zwanzig Jahre entfernt.«

Valérie nickte. »Zwanzig Jahre kommt ungefähr hin. *Mon Dieu.*« Sie schüttelte den Kopf. »Wann öffnest du?« Jetzt lachte sie.

Amélie winkte sie in die Backstube. »Ich backe nur für uns.«

»Für uns?«

»Ja, ich dachte, François und du freut euch über ein wenig frisches Brot. Der Ofen läuft bereits.«

»Das alte Ding funktioniert noch?« Valérie legte ihre Hand an die Außenwand des Geräts. »Und natürlich freuen wir uns. Aber du sollst doch nicht für uns backen. Du bist im Urlaub. Da arbeitet man nicht.« Ihre Miene nahm einen ungläubigen Ausdruck an, als sie die Arbeitsflächen inspizierte. »Wie lange hast du hier geschrubbt?«

»Das ist keine Arbeit, Valérie«, widersprach Amélie, während sie stolz dem Blick ihrer Tante folgte. »Es entspannt mich.« Sie zögerte. »Ich war vorhin bei Oma.«

»Was hast du denn noch alles gemacht?«

Amélie lachte. »Es tut mir gut, wenn ich mich beschäftige. Ich glaube, ich habe viel zu lange in meinen vier Wänden gesessen und nichts mehr an mich herangelassen. So oft wurde mir gesagt, das Leben gehe nach einem solchen Schicksalsschlag weiter. Und langsam denke ich, dass ich diese Floskel verstehe. Man muss es nur zulassen.« Sie schluckte.

Valérie legte den Arm um Amélies Schultern. »Sie werden immer bei dir sein. Dein Mann und dein Sohn. Aber es stimmt. Du lebst. Du hast es verdient, endlich wieder glücklich zu werden.«

Amélies Augen begannen zu brennen. Hastig wandte sie sich ab. »Soll ich euch später ein paar Brote vorbeibringen?« Sie zeigte wieder auf den Teig. »Noch sind sie ja nicht fertig.«

»Sehr gern.« Valérie trat erneut auf sie zu und sah sie prüfend an. »Seiner Trauer braucht man sich nicht zu schämen, denn sie gehört zum Leben dazu. Leider.«

Amélie überlegte, wie sie das Thema am besten unauffällig wechseln sollte. »Ob Oma auch so um Opa getrauert hat?« Sie musste an die Beziehung zwischen Isabelle und dem jungen Wehrmachtssoldaten denken.

Valérie runzelte die Stirn. »Wie kommst du jetzt darauf?«

Amélie senkte den Blick. »Hast du gewusst, dass Oma Tagebuch geschrieben hat?«

»Du meinst das blaue Notizbuch?« Ihre Tante lächelte.

»Du weißt davon?«, fragte Amélie verwirrt. Hatte ihre Großmutter ihr nicht erzählt, es berge ein Geheimnis, das niemand kenne?

»Natürlich weiß ich von dem Buch«, erwiderte Valérie. »Ich kann mich noch genau an die Diskussionen erinnern, als wir den Umzug ins Heim besprochen hatten. Du kennst ihr Zimmer. Sie hat jetzt wesentlich weniger Platz als hier im Haus. Das Erste, was sie mir verkündete, war, dass sie nicht ohne ihr altes Tagebuch umziehen würde.«

»Du hast es nicht gelesen«, stellte Amélie fest.

Valérie schüttelte den Kopf. »Nein, natürlich nicht. Schließlich ist es ihre Privatsache und geht mich nichts an. Aber es begleitet sie schon ihr Leben lang. Zumindest, seit ich denken kann.«

Amélie zögerte.

»Was ist?«

»Sie hat es mir gegeben.«

»Wie bitte?« Ihre Tante sah sie überrascht an.

Amélie nickte nachdrücklich. »Bei meinem ersten Besuch hat sie es mir in die Hand gedrückt und mir zugeflüstert, darin befände sich ein Geheimnis, das niemand kenne.«

»Welches Geheimnis?« Valérie runzelte die Stirn. »Hast du es gelesen?«

»Ich habe angefangen«, bekannte Amélie ehrlich.

»Und?«

»Es ist …« sie suchte nach den passenden Worten, » … sehr bewegend und aufwühlend.«

»Um was geht es denn?«

»Sie hatte als junges Mädchen jemanden kennengelernt«, fasste Amélie so vage wie möglich zusammen. Obwohl Valérie die Tochter war, hatte ihre Oma ihr, Amélie, das Buch gegeben. Dafür musste es einen Grund geben. Es kam ihr nicht richtig vor, Valérie von der verbotenen Liebschaft zu erzählen.

»Wahrscheinlich ihren Mann, unseren Vater«, überlegte Valérie laut.

»Nein, es geht um einen anderen Mann«, merkte Amélie vorsichtig an. »Aber ich kann noch nicht ganz erkennen, worauf sie hinauswill.«

Valérie wirkte irritiert. »Warum gibt sie es dir zum Lesen?«

»Ich weiß es nicht«, gab Amélie zu. »Das habe ich mich auch schon gefragt. Ich finde auch, dass es eher dir zustehen würde.«

Valérie hob die Hände. »Ganz ehrlich: Sie ist meine Mutter. Ich glaube nicht, dass ich etwas über ihr geheimes Liebesleben wissen möchte. Eltern haben keinen Sex. Und Kinder auch nicht.«

Sie lachten.

»Störe ich?«

Erschrocken fuhren die beiden Frauen herum, als Benjamins Stimme hinter ihnen ertönte. Keine von ihnen hatte gehört, wie er die Treppe heruntergekommen war.

»*Mon Dieu*, ich hoffe, Sie stehen noch nicht allzu lange da.« Valérie zwinkerte Amélie verschwörerisch zu.

»Ich bin gerade erst heruntergekommen. Außer Ihrem erfrischenden Lachen habe ich nichts gehört«, entgegnete er grinsend. »Eigentlich wollte ich kurz mit Amélie sprechen.«

Bei seinen Worten verfinsterte sich ihr Gesicht.

Valérie, die die Spannung zwischen ihnen zu bemerken schien, nickte bedächtig. »*D'accord*. Ich muss sowieso weiter.« Sie musterte ihre Nichte. »Wir sehen uns später noch.«

»Ich bringe euch die Baguettes, sobald sie fertig sind«, bestätigte Amélie nickend.

»Wir freuen uns schon.« Ihre Tante wandte sich zum Gehen. »Und du hast hier wirklich ganze Arbeit geleistet. Respekt!«

Nachdem die Tür hinter ihr ins Schloss gefallen war, holte Amélie den Teig aus der Schüssel und begann, ihn erneut zu kneten.

»Was machen Sie da?« Benjamin stellte sich neben sie.

»Wonach sieht es denn aus?«, entgegnete sie, während sie wieder an gestern Abend denken musste.

»Es tut mir leid, okay?«

Amélie hielt inne und strich sich eine Strähne aus dem Gesicht. »Was tut Ihnen leid?«

»Was ich zu Ihnen gesagt habe«, bekannte er zähneknirschend. »Es war nicht richtig. Ich kenne Sie nicht, und jeder trauert auf seine Art.«

Sie lachte auf. »Sie müssen es ja wissen.«

»Was soll das heißen?«

»Hören Sie, warum vereinbaren wir nicht einfach, dass wir uns zukünftig aus dem Weg gehen? Sie kümmern sich um Ihre Recherchen, und ich tue, wonach mir der Kopf steht.«

»Klingt gut.«

Sie richtete sich zu ihrer vollen Größe auf, doch er überragte sie noch immer um einen ganzen Kopf. »Dann lassen Sie mich ab sofort in Ruhe?«

Benjamin hob kapitulierend seine Hände. »Habe ich Sie je belästigt?«

»Ihr Bierkasten hat das für Sie übernommen«, erwiderte sie schnippisch.

»Weil Sie im Dunkeln herumgeschlichen sind.«

Wütend schüttelte Amélie den Kopf.

Benjamin erwiderte ihren Blick. »Eigentlich bin ich heruntergekommen, um Sie zu fragen, ob wir heute Abend ein Glas Wein zusammen trinken wollen. Aber nachdem wir uns nun darauf geeinigt haben, uns aus dem Weg zu gehen, wäre diese Einladung wohl eher unpassend. Oder was meinen Sie?«

Die Ladentür wurde geöffnet, und Maurice betrat den Vorraum.

Er schien die angespannte Situation sofort zu bemerken, denn er sah unsicher von Amélie zu Benjamin. »Soll ich lieber später wiederkommen?«

»Maurice«, beeilte Amélie sich zu sagen und schüttelte den

Kopf. »Aber nein. Schön, dass du da bist.« Aus dem Augenwinkel bemerkte sie den irritierten Blick von Benjamin. »Das ist Maurice Ravalles«, stellte sie ihren Ex-Freund mit Genugtuung in der Stimme vor. »Ein alter Bekannter. Benjamin Lemarre, er hat dieses Haus gemietet.«

Die beiden Männer nickten sich zu, sagten jedoch nichts.

»Wollten Sie noch etwas?«, wandte sich Amélie mit zuckersüßer Stimme an Benjamin.

»Ich warte noch auf eine Antwort«, konterte der trocken.

»Ich will nicht weiter stören, Amélie«, mischte sich Maurice ein. »Da ich in der Nähe war, wollte ich mir nur mal kurz den Laden ansehen, nachdem du mir erzählt hattest, dass du ihn ein wenig auf Vordermann bringen möchtest.«

»Sehr gern, Maurice«, erwiderte Amélie lächelnd.

Benjamin kniff neben ihr die Augen zusammen, nickte grimmig und drehte sich ohne ein weiteres Wort um.

»Habe ich etwas Falsches gesagt? Monsieur Lemarre wirkte leicht verstimmt«, merkte Maurice verwirrt an, nachdem Amélies Mitbewohner verschwunden war.

Amélie verzog den Mund. »Nein, Maurice. Es ist alles in Ordnung. Schön, dass du vorbeischaust.«

19

Zufrieden verließ Benjamin den kleinen Buchladen. Die Bestellung war einen Tag früher eingetroffen als gedacht. Nachdem er das Buch in seinem Rucksack verstaut hatte, machte er sich auf den Weg zu der Adresse, die ihm Docteur Nadol per Mail mitgeteilt hatte.

»*Bonjour, Monsieur Lemarre.*« Die Historikerin streckte Benjamin lächelnd die Hand entgegen.

»*Bonjour, Docteur.*«

Die schwarzhaarige Frau winkte ab. »Nennen Sie mich Frida.«

»Benjamin.«

»Aber kommen Sie doch erst mal rein.«

Benjamin betrat das kleine Reihenhaus am nördlichen Ortseingang von Collioure.

»Folgen Sie mir bitte.« Die gertenschlanke Frau war fast so groß wie Benjamin. Sie trug ein fliederfarbenes Etuikleid ohne Ärmel. Das lockige Haar wellte sich über ihren Schultern.

»Bitte, nehmen Sie Platz.« Sie zeigte auf zwei Korbsessel, zwischen denen ein niedriger Glastisch stand. »Möchten Sie etwas trinken?«

»Ein Wasser wäre nett.«

Nachdem sie sich gesetzt hatten, füllte Frida Nadol zwei Gläser und schob Benjamin eines davon hin.

Er bedankte sich.

Die junge Frau strich ihr Kleid glatt und sah ihn fragend an. »Ihre Anfrage hat mich überrascht, wenn ich ehrlich sein darf.«

Benjamin lachte. »Sie dürfen. Mich überrascht jetzt eher ...« Unbeholfen deutete er auf sie. »Ich hatte mit jemand anderem gerechnet.«

»Alt, grau meliert, männlich? Mit Brille und strenger Miene?«, zählte sie schmunzelnd auf.

»Ertappt.« Er verzog das Gesicht.

»Mein Großvater flüchtete während des Spanischen Bürgerkriegs nach Collioure. Er heiratete eine Französin und bekam mit ihr zwei Söhne. Einer davon ist mein Vater, der vor mehr als dreißig Jahren während seines Studiums eine Andalusierin kennengelernt hat. Meine Mutter.« Sie lachte. »Seitdem lebt meine Familie an der Côte Vermeille. Ich stamme also aus einer Flüchtlingsfamilie.«

»Wie kommt man als junge spanische Frau dazu, sich mit der französischen Geschichte auseinanderzusetzen?« Benjamin rutschte auf seinem Sessel nach vorn.

Frida Nadol zuckte mit den Achseln, bevor sie die Beine übereinanderschlug. »Schon in der Schule habe ich mich für dieses Thema interessiert. Wie es dazu kam? Keine Ahnung. Vielleicht hängt es mit meinen Wurzeln zusammen. Ich finde es sehr spannend, aus vergangenen Ereignissen Rückschlüsse auf die Gegenwart zu ziehen. Alles hängt mit allem zusammen.« Sie deutete mit ihren Händen einen kleinen Erdball an. »Die Dreißiger- und Vierzigerjahre des vergangenen Jahrhunderts waren in vielerlei Hinsicht schwierige Zeiten. Für uns Historiker hingegen bieten diese Jahrzehnte sehr interessante Forschungsfelder.«

»Der Zweite Weltkrieg ist mehr als siebzig Jahre vorüber. Gibt es tatsächlich noch unbekannte Fakten zu dieser Zeit?« Benjamin sah sie gespannt an.

Die Wissenschaftlerin nickte. »O ja! Es ist noch lange nicht alles erforscht. Das Problem besteht mittlerweile darin, dass es kaum noch Zeitzeugen gibt. Die Menschen, die noch leben, waren damals Kinder. Die Jahrgänge der 1920er-Jahre und davor sind entweder bereits verstorben oder hochbetagt.«

»Das heißt, Ihnen läuft die Zeit davon?«

Sie zog die Brauen hoch. »In gewisser Hinsicht ja.«

Einen Augenblick lang herrschte Schweigen, bevor die Historikerin sich räusperte. »Aber kommen wir doch zu dem Grund Ihres Besuchs, Benjamin. Sie sagten am Telefon, Sie interessieren sich für den *Train fantôme*, den Geisterzug.«

»Monsieur Vincent nannte mir Ihren Namen, als ich ihn auf das Thema ansprach. Er meinte, Sie seien eine wahre Expertin.«

Lächelnd schüttelte sie den Kopf. »Der gute Monsieur Vincent. Haben Sie ihn getroffen?«

»Ja, ein sehr angenehmer Mensch. Und äußerst kompetent.«

Sie nickte. »Das ist er. Eine Seele von Mensch. Wenn ich früher Unterlagen für die Universität gebraucht habe, hat er mir immer geholfen.« Sie blickte versonnen zum Fenster, in dem sich die Strahlen der späten Nachmittagssonne spiegelten. »Einmal ist er sogar sonntags mit mir ins Archiv gegangen, weil ich unbedingt eine spezielle Liste für montags benötigte.«

»Ja, so hilfsbereit hätte ich ihn auch eingeschätzt«, stimmte Benjamin zu.

»Sie sind Journalist. Mit Sicherheit haben Sie eine gute Menschenkenntnis.«

»Manchmal«, erwiderte er gedehnt, während er an Amélie Trauber denken musste.

»Ich habe mich sehr lange mit dem *Train fantôme* beschäftigt«, begann Frida Nadol zu erzählen.

Benjamin verdrängte seine Mitbewohnerin aus seinen Gedanken und konzentrierte sich wieder auf das eigentliche Thema.

»Der Zug startete Anfang Juli 1944 am Güterbahnhof in Toulouse. Am sechsten Juni jenen Jahres landeten die Alliierten in der Normandie, das wissen Sie ja sicherlich. Ab diesem Zeitpunkt wurde Frankreich nach und nach befreit und die Nazis verjagt. Der *Train fantôme* sollte, bevor die Alliierten kamen, die letzten Gefangenen aus dem Internierungslager Le Vernet-d'Ariège nach Deutschland bringen, ungefähr vierhundert Menschen. Am Bahnhof kamen weitere einhundertfünfzig Personen hinzu, allesamt Widerstandskämpfer. Zu jener Zeit waren bereits viele Bahnstrecken defekt. Die Résistance kämpfte organisiert und mit aller Macht gegen die Besatzer. Brücken wurden gesprengt, Eisenbahnschienen zerstört. Der Zug brach Richtung Nordwesten auf, kam aber nicht weiter und musste wieder umkehren. Der nächste Versuch wurde über Bordeaux Richtung Norden gestartet. Auch hier ging es nicht weiter. Der Zug wurde von den Alliierten beschossen, da für diese nicht erkennbar war, dass es sich um einen Gefangenentransport handelte. Wahrscheinlich hielt man ihn für einen Nachschubtransport für die Wehrmacht. Er kehrte erneut um nach Bordeaux, wo die Gefangenen drei Tage lang eingesperrt in den Waggons verharren mussten. Erst Mitte August ging es zurück nach Toulouse, wo weitere einhundertfünfzig Gefangene hinzukamen. Nach einem kurzen Zwischenhalt in Nîmes, wo die Türen endlich geöffnet werden durften, fuhr er Richtung Remoulins. Auch dort wurde der Zug von alliierten Bombern beschossen. In Avignon konnte der Transport aufgrund der zerstörten Brücke die Rhône nicht überqueren. Der Zug fuhr nach Roquemaure, aber auch dort kam er nicht über den Fluss.« Frida machte eine

Pause und nahm einen großen Schluck aus ihrem Glas. »Es ist keine schöne Geschichte.«

Benjamin nickte »Das hatte ich mir gedacht.«

»Am achtzehnten August wurden die siebenhundert Gefangenen bei hochsommerlichen Temperaturen siebzehn Kilometer weit durch die Weinfelder von Sorgues getrieben. Die Brücke bei Roquemaure war baufällig, den Zug hätte sie nicht mehr ausgehalten, die Gefangenen selbst schon. Die Häftlinge waren ausgemergelt und erschöpft und mussten nicht nur ihr eigenes Gepäck, sondern auch den Proviant der Nazis schleppen. Am nächsten Tag ging die Fahrt weiter, wieder gab es Bombardierungen durch die Alliierten. Ende August kam der Zug im Konzentrationslager Dachau an. Von den siebenhundert Gefangenen hatten vierhundertsiebzig Männer und sechzig Frauen überlebt. Die anderen waren erschossen worden, an Erschöpfung gestorben oder geflüchtet.«

»Wer waren die Gefangenen?«, wollte Benjamin wissen.

»Unterschiedlich. Spanische Antifaschisten, Juden, französische Widerstandskämpfer, Kommunisten. Ein Querschnitt aus den Gegnern der Nazis.«

»Zu dieser Zeit waren Teile Frankreichs schon befreit.«

Frida nickte. »Die Alliierten waren gerade an der Mittelmeerküste der Provence gelandet. Die Deutschen verjagten in ihren Lagern sämtliche französische Wärter und übernahmen selbst das Kommando. Schlimmstenfalls sperrten sie die Kollaborateure noch ein.«

»Sie haben erwähnt, dass einige Gefangene flüchten konnten. Wie habe ich mir das vorzustellen?«

Frida atmete tief aus. »Ich erklärte Ihnen gerade, dass viele Eisenbahnstrecken zerstört waren. Auf dem Weg Richtung Norden kam der Zug teilweise nur in Schrittgeschwindigkeit voran. In den

Waggons herrschte eine unerträgliche Luft. Die Leute mussten ihre Notdurft darin verrichten, waren wochenlang eingepfercht, schlimmer als Tiere, die zur Schlachtung gebracht werden. Viele hielten nicht durch. Die Häftlinge lösten einzelne Bohlen aus dem Boden. Sobald der Zug langsamer fuhr, wurde die gelöste Planke schräg in die Öffnung gehalten, und einer der Gefangenen legte sich darauf. Er wurde von seinen Kameraden festgehalten, bis der Zug langsam genug war. Dann ließen sie ihn los, und er fiel auf den Schotter zwischen den Gleisen. Die Flüchtenden bekamen Stoff in den Mund gestopft, damit die Deutschen ihre Schmerzensschreie nicht hören konnten. Einige schafften die Flucht unverletzt, andere verloren Gliedmaßen, wurden von dem Zug überrollt. Manchen wurde der Kopf zertrümmert.«

Als die Historikerin mit ihren Ausführungen endete, schien die Temperatur im Raum um einige Grad gesunken zu sein.

Benjamin räusperte sich. »Je mehr man sich mit dem Thema beschäftigt, desto unfassbarer erscheinen einem die damaligen Ereignisse.«

»Frieden ist ein kostbares Gut. Unsere Generation hat nie etwas anderes kennengelernt. Umso wichtiger erscheint es mir, die Vergangenheit nicht in Vergessenheit geraten zu lassen. So etwas darf sich niemals wiederholen. Niemals.«

»Kaum vorstellbar, wozu Menschen in der Lage sind.«

Frida sah ihn ernst an. »Der Geisterzug war nicht das schlimmste Kriegsverbrechen der Deutschen.«

Benjamin nickte. »Ich weiß.« Er erwiderte ihren Blick. »Ein schwieriges Thema, mit dem Sie sich in Ihrem Job beschäftigen.«

Sie lächelte schwach. »Sie doch auch, oder nicht?«

20

Ich erzählte Friedrich nichts von dem Zwischenfall vor der Baguetterie, denn ich hatte Angst, dass er sich zu etwas Unüberlegtem hinreißen lassen könnte, was uns beide in Gefahr brächte. Ich bin mir sicher, dass er die beiden Soldaten kannte.

In den nächsten Tagen sahen wir uns nicht allzu häufig. Friedrich musste viel arbeiten, während bei uns im Laden immer weniger zu tun war.

Umso mehr genieße ich unsere Treffen. Wenn er bei mir ist und mich in seinen Armen hält, vergesse ich für kurze Zeit, was um uns herum geschieht. Er ist so unglaublich liebevoll. Die Tage, an denen wir uns nicht sehen können, scheinen endlos zu sein. Jede freie Minute kreisen meine Gedanken um ihn. Mein Körper sehnt sich in den Nächten, wenn ich wach liege, mit jeder Faser nach Friedrich, so sehr, dass es schon fast wehtut. Für die Deutschen sind wir Französinnen leichte Mädchen, die nur das Eine im Kopf haben. Und dass ein deutscher Soldat in einer französischen Familie willkommen geheißen würde, erscheint vollkommen absurd.

Friedrich hat bei unseren letzten Treffen abwesend und nervös gewirkt. Vielleicht wird ihm ebenfalls langsam bewusst, in welch einer ausweglosen Situation wir uns befinden. Obwohl er mir immer wieder versichert, dass er mich liebt und für immer mit mir zusammenbleiben wolle, ja, sogar von Kindern spricht er, merke ich, dass seine Gedanken woanders sind.

Seit vier Tagen habe ich mittlerweile nichts von ihm gehört. Es ist immer Friedrich, der unsere Treffen initiiert. Schließlich kann ich nicht einfach zur Gendarmerie gehen und nach Oberfeldwebel Herzog fragen. Das wäre viel zu gefährlich.

Ich lag im Bett und analysierte in Gedanken jedes Wort, das Friedrich bei unserem letzten Treffen gesagt hatte. Aber wenn ich ehrlich war, musste ich mir eingestehen, dass er an jenem Nachmittag überhaupt nicht viel geredet hat. Was war geschehen? Ich kann mich nicht erinnern, dass Papa irgendwelche Katastrophenmeldungen verkündet hätte. Je weniger Baguettes wir backen können, desto mehr Zeit verbringt er vor dem Radio. Als ob er die erlösende Nachricht erzwingen wolle. Stundenlang starrt er schweigend auf das Gerät und verzieht keine Miene. Nein, ich bin mir sicher, dass es keine militärische Kehrtwende gibt, die hinter Friedrichs distanziertem Verhalten steckt. Aber warum redet er nicht mit mir? Natürlich stehe ich auf der anderen Seite, hoffe, dass die Deutschen den Krieg endlich verlieren. Aber ich liebe ihn doch. Meine größte Sorge gilt der Frage, was bei einem solchen Ausgang mit ihm, dem deutschen Wehrmachtssoldaten, geschehen würde.

Während ich grübelnd im Bett lag, schlug plötzlich etwas laut gegen das Holz des Fensterladens. Ich schrak aus dem Bett hoch. Was war das? Mein Herz raste. Als wieder etwas gegen den Laden knallte, stand ich leise auf und verharrte einen Moment. Waren etwa die beiden Soldaten zurückgekommen? Was sollte ich tun? Papa wecken?

Ich trat an die Scheibe und versuchte, geräuschlos einen der Flügel zu öffnen. Angestrengt spähte ich durch den Schlitz zwischen den beiden Klappläden. Erschrocken wich ich zurück, als ein weiteres Mal etwas gegen das Holz prallte. Was war das? Wieder linste ich durch den Spalt. Als ich Friedrich erblickte, der gerade einen Schritt zurücktrat, meinte ich fast, mein Herz bliebe stehen. Eilig öffnete ich den rechten Laden.

»Endlich«, raunte er hörbar erleichtert.

»Was machst du hier?«, zischte ich zurück, während ich mich ein wenig vorlehnte, um die Gasse besser überblicken zu können.

»Ich musste dich sehen.«

»Es ist mitten in der Nacht«, erwiderte ich.

»Ich muss mir dir reden, Isabelle. Jetzt«, beharrte er.

Sein Haar stand ihm wirr vom Kopf ab, er wirkte aufgekratzt und verunsichert.

Ich überlegte nur einen Moment. »Ich komme gleich.«

»Ich warte.«

Hastig schloss ich das Fenster wieder und zog Rock und Strickjacke über. Leise öffnete ich die Zimmertür und lauschte in die Stille. Dann schlich ich mich die Treppe hinunter und trat auf die Gasse hinaus.

Friedrich kam auf mich zu und zog mich stürmisch in seine Arme. »Du hast mir so gefehlt, Isabelle, chérie.«

Seine Worte versöhnten mich wieder mit seiner Nacht-und-Nebel-Aktion. Er hatte mir auch gefehlt. Als ich seinen Geruch einatmete, wurde mir bewusst, wie sehr. »Wo warst du?«

»Wir haben viel Arbeit«, entgegnete er vage.

Für eine kleine Weile hielten wir uns nur in den Armen und genossen die Nähe des anderen. Wenn Friedrich bei mir war, ging es mir gut. Ich liebte es, wenn er seine starken Arme um mich schlang. Wenn ich seinen Herzschlag an meiner Wange spürte.

Als er mich ein Stück von sich wegschob, blickte ich irritiert zu ihm auf.

»Komm«, forderte er mich auf und zog mich hinter sich her in eine dunkle Nische, die sich zwischen unserem Haus und dem Nebengebäude befand. Durch den Mauervorsprung konnte man uns hier von der Gasse aus nicht sehen.

»Ich muss dir etwas sagen, Isabelle.«

Seine Stimme machte mir Angst. »Was ist passiert?«

Er schloss die Augen und schüttelte leicht den Kopf. »Ich hätte es dir schon längst sagen müssen. Aber ich wusste einfach nicht …« Er brach ab. »Ich liebe dich, Isabelle. Das weißt du. Und ich würde alles dafür tun, dass wir beide endlich für immer zusammenbleiben können.«

»Ich weiß«, versuchte ich, ihn zu beschwichtigen, da ich spürte, wie aufgewühlt er war. »Irgendwann ist dieser verfluchte Krieg zu Ende.«

»Wahrscheinlich schneller als gedacht«, murmelte er mehr zu sich selbst.

»Was ist passiert?«, wiederholte ich nervös.

»Ich arbeite mit der Résistance zusammen.« Bei seinen Worten sackten seine Schultern ab.

»Was?« Ich musste mich verhört haben.

Er nickte. »Seit zehn Monaten.«

Ich konnte es nicht glauben. »Was soll das heißen?«

»Ich gebe Informationen weiter«, erklärte er leise. »Über Transportfahrten, Routenverläufe. Logistische Informationen.«

Mir schwirrte der Kopf. »Ich verstehe nicht … Du bist Deutscher. Warum …?« Das konnte doch nicht sein.

»Ja, ich bin Deutscher«, bestätigte er eindringlich. »Aber wir können diesen Krieg nicht gewinnen. Dieses Gerede von Herrenrasse, von Wunderwaffen …« Er schüttelte den Kopf. »Wir wurden getäuscht. Von Anfang an.«

»Wie …?« Ich wusste nicht, was ich sagen sollte.

»Ich weiß, dass es für dich seltsam klingen muss. Aber ich bin nicht nur Deutscher. In erster Linie bin ich ein Mensch. Und wenn dieser Krieg zu Ende ist ...«, er unterbrach sich, » ... und das wird nicht mehr allzu lange dauern, dann wird mein Volk auf der ganzen Welt geächtet werden.« Er schüttelte den Kopf. »Isabelle, es geschehen unaussprechliche Dinge. Schlimme Dinge. Schlimmer, als jeder von uns sie sich vorzustellen vermag. Und Deutschland wird dafür bezahlen. Deutschland muss dafür bezahlen.«

»Warum erzählst du mir das?« Ich begann zu weinen.

»Weil ich dich liebe.« Sanft umfasste er meine Oberarme. »Ich liebe dich mehr als mein eigenes Leben. Und ich möchte, dass du alles von mir weißt.«

»Was passiert jetzt?«

»Einer unserer Leute ist aufgeflogen. Sie haben ihn vernommen und gefoltert.«

Ich schlug meine Hand vor den Mund. »Hat er dich verraten?«

Friedrich schüttelte den Kopf. »Nein, er kennt meinen Namen nicht. So wird dafür gesorgt, dass wir im Verhaftungsfall niemanden verraten können. Selbst unter Gewaltanwendung nicht.«

»Das klingt furchtbar.« Ich wusste nicht, wie ich damit umgehen sollte.

»Es ist furchtbar, Isabelle. Leider«, bekannte er bekümmert. »Aber mein Gewissen ließ keine andere Entscheidung zu.«

»Weiß jemand ... von deinen ...?«, stammelte ich.

»Nein, Gott bewahre. Wenn meine Kameraden davon Kenntnis hätten, würde ich standrechtlich erschossen werden. Was ich tue, ist Hochverrat.«

»O nein«, entfuhr es mir. »Wieso ...?«

»Ich kann nicht anders, Isabelle. Diese ganze Nationalsozialismus-Ideologie ist eine einzige große Lüge, ein Irrweg. Ich kann da nicht mitmachen. Nicht mehr.«

»Wenn der Krieg zu Ende ist, wird man dich anklagen.«

Friedrich zuckte mit den Achseln. »Ich weiß es nicht. Das kommt darauf an, welche Vereinbarungen getroffen werden.«

Ich klammerte mich wie ein kleines Mädchen an ihn. »Aber ich will dich nicht verlieren.«

»Das wirst du nicht.« Zärtlich strich er mir übers Haar. »Wir finden eine Lösung.«

Wieder begann ich zu schluchzen.

Im Nachhinein muss ich zugeben, dass ich in jenem Moment das Ausmaß von Friedrichs Worten nicht begriffen habe. Ich sorgte mich nur um seine Sicherheit. Zu oft hat Papa schon von Soldaten berichtet, die Fahnenflucht begangen haben und ohne Prozess erschossen worden waren.

Ich liebe Friedrich und habe furchtbare Angst, ihn zu verlieren.

Friedrichs Offenbarung hat mein bisheriges Weltbild erschüttert. War unsere Beziehung oder das, was uns beide verbindet, unter den gegebenen Umständen nicht ohnehin kompliziert genug, so erschwert die Tatsache, dass sich die Fronten auf einmal geändert zu haben scheinen, alles um ein Vielfaches. Friedrich arbeitet mit der Résistance zusammen. Er versorgt französische Widerstandskämpfer mit brisanten Informationen, die seine eigenen Kameraden in Gefahr bringen. Obwohl seine Kooperation mit den Gegnern der Deutschen endgültig beweist, dass er kein Nazi ist, verspüre ich trotzdem keine Erleichterung. All die Wochen habe ich gehofft, dass es nach dem Krieg für uns eine Zukunft geben könnte. Die Fragen nach dem Wie und dem Wo habe ich bisher erfolgreich verdrängt. Aber die neuesten Entwicklungen scheinen uns sämtlicher Möglichkeiten zu berauben. Nun haftet an Friedrich der Makel des Hochverrats. Wenn herauskäme, was er getan hat, würde man ihn in Deutschland zum Tode verurteilen. Und die Franzosen? Meine Eltern, mein gesamtes Umfeld, würden niemals einen Angehörigen der Besatzungsmacht an meiner Seite akzeptieren, selbst wenn sie wüssten, dass er mittlerweile einer von uns ist.

In den Tagen nach meinem spätabendlichen Treffen mit Friedrich ging es mir sehr schlecht. Ich schwankte zwischen nervenaufreibender Sorge um den Mann, der sich so tief in meinem Herzen eingenistet hatte, und größter Verunsicherung. Das Schlimmste ist, dass ich mit niemandem über meinen Kummer sprechen kann. Maman hat bereits vor einiger Zeit aufgehört zu fragen, mit wem ich mich treffe. Wahrscheinlich hat sie sich mittlerweile damit abgefunden, dass sie momentan nicht in die Gefühls- und Gedankenwelt ihrer Tochter vordringen kann. Dass sie mich nicht weiter bedrängt, rechne ich ihr hoch an. Meist ist sie damit beschäftigt, Lebensmittelkarten zu tauschen oder mit den Frauen aus der Nachbarschaft Fleisch oder echten Kaffee irgendwo in den Wirren des blühenden Schwarzmarktes zu besorgen.

Und Papa? Der lässt sich immer seltener in der Backstube sehen, sitzt nur noch am Radio oder diskutiert mit Nachbarn über die schlimme Lage der Nation. Ich befürchte, dass wir die Baguetterie nicht mehr lange in Betrieb halten können. Meist sind nur noch wenige Kilo Mehl zu bekommen, viel zu wenig, um ein Geschäft damit zu betreiben.

Eines Vormittags – Papa hatte bereits Feierabend gemacht – stand ich allein im Verkaufsraum und wartete darauf, die verbliebenen zehn Baguettes zu verkaufen, als Madame Tamontieux den Laden betrat. Ich kenne sie, seit ich denken kann. Sie wohnt in einer der Querstraßen, die unsere Gasse kreuzen.

»Bonjour, Isabelle.«

»Bonjour, Madame.« Ungeduldig trat ich von einem auf den anderen Fuß.

»Ist das der Rest heute?« Sie deutete auf die fast leeren Regale.

»Leider ja, Madame.« Ich hob entschuldigend die Schultern. »Möchten Sie welche?«

Sie nickte bekümmert. »Ich nehme drei.«

Während sie bezahlte, beugte sie sich über den Tresen. »Es ist eine Schande, wie unsere Frauen sich verhalten.«

Stirnrunzelnd nahm ich das Geld entgegen. »Was meinen Sie?«

»Bekommen Sie nicht mit, was sich vor Ihrer Nase abspielt?« Ihre Stimme wurde schrill.

»Ich verstehe nicht ...«

»Sie kennen doch Louise Cointreau. Sie ist die Frau von Charles, der den kleinen Laden am Hafen betreibt.«

Ich nickte. Vor dem Krieg hat Papa immer seinen Weinvorrat bei den Cointreaus gekauft. Mittlerweile waren die Preise allerdings explodiert und das Geld knapp. Wein ist zu einem unerschwinglichen Luxusgut geworden.

Madame Tamontieux senkte ihre Stimme. »Die Bevölkerung weiß nicht, wo sie ihr Essen hernehmen soll, aber der Laden von Charles ist bis zum letzten Regal gefüllt.«

»Was wollen Sie damit sagen?« Ich wusste, dass Papa schon länger nicht mehr bei Charles gewesen war.

»Louise bekommt regelmäßig Besuch von den Deutschen.«

Während ich sie fassungslos anstarrte, nickte sie nachdrücklich. »Sehen Sie mich nicht so entsetzt an, Kindchen. Es gibt Frauen, die werfen ihre Moral über Bord, wenn es um ihren eigenen Vorteil geht.«

Ich konnte mir kaum vorstellen, dass Charles Cointreau zulassen würde, dass seine Frau sich für die Besatzer prostituierte. »Das glaube ich nicht ...«, erwiderte ich noch immer entsetzt.

»Doch, doch, das können Sie.« Sie presste grimmig die Lippen aufeinander. »Eine Schande ist das. Durch ihr schamloses Benehmen verrät sie nicht nur ihren Mann, sondern alle französischen Frauen. Kein Wunder, dass die Nazis denken, wir seien leicht zu haben.«

»Ich weiß nicht …«, zweifelte ich wieder.

»Glauben Sie mir, Isabelle. Ich weiß es aus sicherer Quelle.« Sie blinzelte nervös. »Aber Louise ist nicht die Einzige. Kennen Sie die Tochter des ehemaligen Polizeichefs, Aveline Dutruix?«

Ich nickte. Aveline ist etwa zehn Jahre älter als ich. Ich habe sie schon auf Dorffesten gesehen. Papa kennt ihren Vater. Die Dutruix sind an der gesamten Côte Vermeille bekannt.

»Ich frage mich ja schon seit Jahren, was mit Aveline nicht stimmt«, fuhr Madame Tamontieux ungerührt fort. »Die Frau ist fast dreißig und noch immer unverheiratet.«

»Vielleicht hat sie einfach noch nicht den Richtigen gefunden«, setzte ich an, während ich gleichzeitig hörte, wie schwach meine Worte klangen.

»Ach, Isabelle«, tadelte mich die ältere Nachbarin. »Man merkt, dass Sie noch sehr jung sind.«

Ich wusste nichts zu erwidern.

»Aber Sie lernen es schon auch noch«, setzte sie gönnerhaft nach. »Eine gute Bekannte von mir, deren Namen ich hier nicht erwähnen möchte«, sie blinzelte verschwörerisch, »will erfahren haben, dass sich die gute Aveline mit einem deutschen Soldaten trifft.«

Ich spürte, wie mir das Blut in die Wangen schoss.

»Können Sie sich das vorstellen?« Ihre Stimme wurde lauter. »Jahrelang verschmäht sie die jungen französischen Burschen, um sich jetzt als alte Jungfer einem Nazi an den Hals zu werfen.« Entrüstet schüttelte sie ihren Kopf. »Oje, ich wollte Sie nicht in Verlegenheit bringen, Isabelle. Es tut mir leid.«

»Schon gut«, murmelte ich betreten.

Madame Tamontieux wiegte den Kopf hin und her. »Ich kann es selbst kaum fassen. Diese …« Sie suchte nach Worten. » … Monster.

Unsere Männer fallen elend im Kampf gegen diese sales boches.« Sie schnappte nach Luft. »Und diese Flittchen werfen sich ihnen ungeniert an den Hals.«

»Vielleicht ist es nicht so, wie es aussieht«, warf ich vorsichtig ein.

»Was meinen Sie?« Die Nachbarin wirkte irritiert.

»Vielleicht hat Aveline sich verliebt?«

Madame Tamontieux lachte auf. »Verliebt? Mon Dieu, Sie haben ja romantische Vorstellungen. Aber wir sprechen hier von den Nazis. Alles, was diese Tiere im Kopf haben, ist ...« Sie winkte pikiert ab. »Nein, wir sollten die Contenance wahren.« Sie griff nach ihren Baguettes. »Hier geht es nicht um Romantik oder Liebe, Isabelle. Hier geht es um Loyalität zu seinem Volk. Avelines Vater ist in der Region eine hochangesehene Persönlichkeit. Wahrscheinlich sitzen er und seine Frau zu Hause und schämen sich für ihre Tochter.« Sie rümpfte die Nase. »Deutschenflittchen.«

Wut stieg in mir hoch, aber ich biss mir auf die Zunge. Was wusste diese Tratschtante schon von Romantik und Liebe? Ich wollte nur noch, dass sie ging.

Offenbar spürte sie meine inneren Widerstände, zumindest verabschiedete sie sich plötzlich hastig und verließ den Laden ohne ein weiteres Wort.

Als ich endlich allein war, atmete ich tief aus. Obwohl es irgendwie tröstlich ist zu wissen, dass ich nicht die Einzige bin, die nicht gegen ihre Gefühle ankommt, hat mir das Gespräch mit Madame Tamontieux erneut vor Augen geführt, wie groß die Vorbehalte der Bevölkerung gegenüber Verbindungen zur deutschen Besatzungsmacht sind. Was soll ich tun? Ich liebe Friedrich, und ich weiß, dass ich nicht stark genug sein würde, um unsere Beziehung zu beenden. Er ist der Mann, mit dem ich mein Leben verbringen möchte. Seine Nationalität interessiert mich nicht. Verzweiflung stieg in mir auf.

Ich hatte keine Ahnung, wie meine Zukunft aussehen sollte. Wie wir unsere Liebe gegen jegliche Vernunft aufrechterhalten sollten.

Nachdem Amélie erneut in Isabelles Tagebuch gelesen hatte, hatte sie den ganzen Nachmittag in der Baguetterie zugebracht, Brote gebacken und sich überlegt, was man Lukratives aus dem Ladengeschäft machen könnte. Mit der Aussage ihres Onkels wollte sie sich nicht abfinden. Während sie wartete, dass die Baguettes knusprig bräunten, war ihr die Idee gekommen, selbst gemachte Dips in Kombination mit den Baguettes zu entwickeln und anzubieten.

Da Benjamin Lemarre kurz nach seinem Auftauchen in der Backstube das Haus verlassen hatte, gönnte sich Amélie eine besonders ausgiebige Dusche und genoss es, einmal ganz für sich allein zu sein. Sie schminkte sich sorgfältig und glättete ihr kinnlanges Haar. Als sie in ihrem Kleiderschrank die ihr zur Verfügung stehende Garderobe inspizierte, bereute sie, das rote Kleid nicht mitgenommen zu haben. Schließlich entschied sie sich für ein knöchellanges hellgrünes Sommerkleid. Ihr Spiegelbild gefiel Amélie. Sie atmete durch und genoss es, sich seit Langem wieder einmal als Frau zu fühlen. Dann packte sie die Baguettes zusammen und machte sich auf den Weg zu ihrer Tante. Ein wenig Bewegung und frische Luft würden ihr guttun, nachdem sie den ganzen Tag mit Putzen und Backen verbracht hatte.

Während ihres Spaziergangs grübelte sie über das Zusammentreffen mit Benjamin und Maurice. Warum hatte ihr Mitbewohner sie auf ein Glas Wein eingeladen? Was bezweckte er damit? Wollte er gut Wetter machen? Doch schon im nächsten Moment verwarf sie den Gedanken. Er hielt sich rechtmäßig in dem Haus auf. Sie war es, die auf sein Entgegenkommen angewiesen war. Was für eine unglückliche Situation!

Am Meer blieb sie stehen und blickte nachdenklich auf die sich kräuselnde Oberfläche, die der schwache Wind auf das Wasser zauberte. War sie nicht ungerecht? Benjamin bemühte sich redlich darum, ihr Zusammenwohnen so unkompliziert wie möglich zu halten, und sie ...

Charlottes Worte fielen ihr ein, und notgedrungen musste Amélie ihrer Cousine recht geben. Als er heute in der Backstube so dicht neben ihr gestanden hatte und sie ihn zum ersten Mal aus nächster Nähe hatte betrachten können, waren ihr die Sprenkel in seinen grünen Augen aufgefallen, sie hatte seinen Duft wahrnehmen können. Die hellblonden Haare standen in attraktivem Kontrast zu seiner gebräunten Gesichtshaut. Ob sie es wollte oder nicht, aber Benjamin Lemarre war ein gut aussehender Mann. Ihr Herz schlug schneller.

Als sie die Baguettes bei Valérie und François abgab, war es kurz nach sieben. Die beiden luden Amélie spontan ein, das Brot gemeinsam mit ihnen zu kosten.

Während sie an der Strandpromenade entlangschlenderte, dachte sie über den vergangenen Abend nach. Valérie hatte Amélie mehrmals erklärt, wie hübsch sie heute Abend aussehe. Ihr Onkel hatte sich gegen acht verabschiedet, da er mit einem Freund zum Boulespielen verabredet war. Die Stunden mit Valérie waren wie im Flug vergangen. Es war ein schönes Gefühl gewesen, dass Amélie jemand zugehört hatte, dass sie nicht allein gewesen war. Mit ihrer Tante verstand sie sich seit jeher sehr gut, und Valérie hatte ihr noch einen wertvollen Tipp bezüglich der Vergangenheit ihrer Oma gegeben. Isabelles ehemalige Freundin Melisende lebte ganz in der Nähe von Collioure. Amélie beschloss, der alten Dame einen Besuch abzustatten. Vielleicht wusste sie etwas über Isabelles Liebesbeziehung zu dem deutschen Soldaten.

Als Amélie jetzt in die Gasse zu ihrem Haus einbog, drang von irgendwoher leise Musik zu ihr.

Während sie sich dabei ertappte, wie sie mitzusummen begann, musste sie schmunzeln. Wann hatte sie das letzte Mal etwas getan, ohne vorher darüber nachzudenken? Amélie konnte sich nicht erinnern. Sie summte lauter, schloss die Tür zur Baguetterie auf und betrat das Innere des Hauses.

»Bonsoir, Amélie.«

Erschrocken zuckte sie zurück. »Haben Sie mir aufgelauert?«

Benjamin Lemarre lachte. »Sehe ich so aus? Nein, ich war im Hof und habe …«

»Geraucht«, beendete sie seinen Satz. »Also doch nichts mit Gesundheitsbewusstsein.«

»Scheint die falsche Zeit zu sein«, gab er zähneknirschend zu. »Tut mir leid, dass ich Sie erschreckt habe.«

Amélie schüttelte den Kopf und wollte auf die Treppe zusteuern.

»Wie war Ihr Abend?«

Sie zog ihre Brauen hoch.

»Na ja, immerhin hatte ich Sie gefragt, ob Sie ein Glas Wein mit mir trinken möchten. Da finde ich schon, dass es mich etwas angeht, wem oder was Sie den Vorzug vor einem lauen Sommerabend auf einer wunderschönen Dachterrasse über den Dächern der Altstadt von Collioure geben.«

Sie musste ob seiner poetischen Wortwahl schmunzeln. »Ich verweigere die Antwort«, gab sie lächelnd zurück.

»Ich hätte Sie um diese Uhrzeit auf jeden Fall noch nicht gehen lassen.«

Amélie kniff die Augen zusammen und funkelte ihn an. »Wissen Sie was, Benjamin?«

»Hm?«

»Sie können mich mal.« Mit diesen Worten drehte sie sich um und stieg die Stufen hinauf.

21

Während ihr das gestrige Gespräch mit Benjamin durch den Kopf ging, holte Amélie den Knoblauch, die Zwiebeln und die Tomaten vom Markt aus der Küche. Da sie ihre gestrigen Einkäufe in den Kühlschrank der Baguetterie geräumt hatte, musste sie sich nicht länger als nötig in der Etage ihres Mitbewohners aufhalten. Eilig packte sie die Lebensmittel zusammen und hastete die Stufen hinunter. In der Backstube schaltete sie den Ofen an und machte sich an die Teigzubereitung. Sie wollte heute einige Dips ausprobieren. Die Arbeit würde ihren Kopf frei machen und sie entspannen. Sie freute sich regelrecht auf das Herumwerkeln und Kreieren. Amélies Gedanken fuhren Karussell, seit sie aufgewacht war. Gestern Abend hatte sie noch weiter im Tagebuch ihrer Oma gelesen. Was war wohl aus jenem Friedrich Herzog geworden? Ihre Großmutter musste ihn sehr geliebt haben. Wusste wirklich niemand in ihrer Familie von der Existenz des Wehrmachtssoldaten, der in den letzten Kriegsjahren die Seiten gewechselt hatte?

Gedankenverloren knetete sie den Baguetteteig und starrte auf die Arbeitsfläche. Was war in jenen Monaten geschehen? Isabelle Blanc hatte gekämpft. Für sich, für Friedrich und für ihre Liebe. Und doch musste irgendetwas passiert sein, das verhinderte, dass die beiden ihre Beziehung später offen leben konnten.

Amélie waren noch vor Mitternacht die Augen zugefallen, sie hatte es nicht geschafft weiterzulesen.

Während sie den Teig zur Seite stellte, um ihn aufgehen zu lassen, wurde ihr bewusst, dass sie schon sehr lange nicht mehr so intensiv empfunden hatte. Obwohl ihr Aufenthalt hier ganz und gar nicht so verlief, wie sie es sich eigentlich vorgestellt hatte, erwachte ihre Seele wieder zum Leben. Sie empfand Mitgefühl und Zuneigung, konnte sich sogar in das Gedankenchaos ihrer Oma hineinversetzen und litt mit der jungen Isabelle mit. Kehrte vielleicht langsam ihre brachliegende Gefühlswelt zurück? Es war ein erster kleiner Schritt. Statt am Strand zu liegen und weiterzugrübeln, hatte sie eine Aufgabe gefunden, die ihr guttat. Sie hatte den Laden auf Vordermann gebracht und versuchte sich als Bäckerin. Amélie musste schmunzeln. Von der Bestsellerautorin zur Gastronomin. Aber warum nicht? Ruhm hatte ihr noch nie etwas bedeutet. Natürlich war sie unendlich dankbar dafür, dass ihre Bücher bei den Lesern so beliebt waren. Sie genoss die Kontakte, die sich daraus ergaben, die Begegnungen, die so bereichernd sein konnten. Doch momentan vermisste sie nichts. Das Gefühl, dass in ihrem Kopf einmal nicht Unmengen von neuen Ideen darauf warteten, umgesetzt zu werden, verlieh ihr sogar eine gewisse Freiheit und Selbstbestimmung. Jetzt lebte sie *ihr* Leben, nicht das ihrer Protagonisten.

Amélie zerkleinerte den Knoblauch, gab Curry, Paprikapulver und Kurkuma hinzu und vermischte alles mit dem Frischkäse und Joghurt. Bevor sie davon kostete, schob sie die ersten Baguettes in den vorgeheizten Ofen. Nein, es fehlt noch etwas, schoss es ihr durch den Kopf, nachdem sie von der Creme probiert hatte. Suchend sah sie sich um, bis ihr Blick an den Kräutern hängen blieb, die auf dem Kühlschrank lagen. Nachdem sie eine Handvoll davon in den Dip gemischt hatte, probierte sie erneut und nickte zufrieden. Perfekt. Dann nahm sie die Tomaten, halbierte sie und ordnete sie sorgfältig in einer kleinen geölten Auflaufform an, die sie im Anschluss in den Ofen schob. Wieder zerkleinerte sie einige Knoblauchzehen, da diese Geschmacksnote für Amélie unerlässlich war. Sie zerhackte mehrere Walnusskerne und schnitt eine kleine Zwiebel dazu. Amélie bemerkte überhaupt nicht, wie die Zeit verstrich. Als sie zum ersten Mal auf die Uhr sah, war es bereits nach Mittag. Fünf Baguettes waren fertig gebacken, weitere zehn befanden sich im Ofen.

Als die Eingangstür geöffnet wurde, blickte Amélie überrascht auf. »Charlotte.«

Ihre Cousine stand im Verkaufsraum und sah sich erstaunt um. »Maman hat nicht übertrieben.«

Amélie wusch sich hastig die Hände, wischte sie an ihrer Schürze ab und trat zu Charlotte. »*Salut*.«

Die beiden Frauen umarmten sich.

»Gefällt es dir?« Amélie ließ den Blick ebenfalls voller Stolz umherschweifen.

»Ich erkenne den Raum kaum wieder«, bekannte Charlotte verblüfft. »Wenn ich daran denke, wie er aussah, als wir Oma ins Heim gebracht haben ... Seitdem bin ich nicht mehr hier gewesen.«

»Ich glaube, ich habe den Schmutz der letzten zwanzig Jahre weggeschrubbt«, erklärte Amélie lächelnd.

»Aber es hat sich gelohnt«, erwiderte Charlotte anerkennend. »Und jetzt hast du auch noch den Ofen angeworfen!«

»Komm«, forderte Amélie sie auf und winkte sie in die Backstube.

»Was ist das?« Ihre Cousine deutete auf den Kräuterdip.

»Probier mal.« Amélie hielt ihr einen kleinen Löffel hin und holte eines der Baguettes.

Nachdem Charlotte sich ein Stück Brot abgerissen hatte, bestrich sie es mit der Creme und steckte es in den Mund. Genießerisch schloss sie die Augen. »Fantastisch!«

»Wirklich?« Amélie sah sie skeptisch an.

»Sehr gut.«

»Ich möchte noch einen Dip mit Tomaten entwickeln.«

»Du kannst also nicht nur hervorragend schreiben.« Charlotte grinste.

»Das ist vorbei«, erwiderte Amélie leise. »Ich kann das nicht mehr …«

Charlotte berührte sie am Arm. »Setz dich nicht unter Druck. Wer weiß, was die Zeit mit sich bringt.« Sie nickte aufmunternd. »Du siehst heute übrigens viel besser aus als an deinem ersten Tag, als du uns im Restaurant besucht hast.«

»Ich glaube, es geht mir auch besser.«

»Was macht dein Mitbewohner?« Charlotte zog die Brauen hoch.

Amélie winkte ab. »Ich hoffe, dass er bald abreist.«

»Warum?«

»Er ist ein arroganter Schnösel, der sich in alles einmischt«, murrte Amélie, während sie gegen ihren Willen an die Sprenkel in seinen grünen Augen denken musste, an seinen Geruch, der ihr in die Nase gestiegen war. Sofort verdrängte sie den Gedanken.

»Arrogant?« Charlotte schüttelte den Kopf. »Ich finde ihn äußerst charmant.« Als Amélie widersprechen wollte, hob sie beschwichtigend die Hände. »Gut, ich lebe mit ihm auch nicht unter einem Dach.«

»Er ist ein Idiot«, murmelte Amélie gereizt.

»*Oh là là!*«

»Ich war gestern Abend bei Valérie«, wechselte Amélie abrupt das Thema, da sie nicht mehr über Benjamin sprechen wollte.

»Und? Hattest du einen schönen Abend?«

»Es war sehr nett«, bekannte Amélie leise. »Wir haben uns gut unterhalten.« Sie öffnete die Ofentür und holte die Tomaten heraus. »Ich denke, der Ortswechsel ist das Beste, was mir passieren konnte.«

»Das freut mich sehr«, bekannte ihre Cousine ehrlich. »Wenn wir etwas tun können, um dich zu unterstützen, dann sag es einfach. Denkst du nicht, dass auch Marco sich wünschen würde, dass seine Maman wieder glücklich wird? Du bist noch jung, hast im besten Fall noch mindestens fünfzig Jahre vor dir. Du kannst dich nicht für den Rest der Tage in deiner Trauer vergraben.« Charlotte legte die rechte Hand auf ihr Herz. »Dein Sohn ist immer bei dir. In jeder Sekunde. Aber du lebst. Und ich sehe doch, dass dir das Werkeln hier Spaß macht.« Sie lächelte.

Amélie nickte erneut. »Du hast recht. Es macht mir wirklich Spaß. Die letzten drei Jahre ... Ich kann mich überhaupt nicht erinnern, was ich während dieser Zeit getan habe.« Sie hielt kurz inne. »Nichts. Ich fürchte, ich habe nichts gemacht. Mein Leben stand still.«

»Umso besser, dass du hier wieder ein wenig aufblühst.« Charlotte legte ihren Arm um Amélies Schultern. »Übrigens könnte ich mir deine Kreationen gut als neues Angebot in unserem Restaurant vorstellen.« Sie sah Amélie von der Seite an. »Denk mal darüber nach.«

»Ich bin noch ganz am Anfang«, wehrte Amélie zweifelnd ab. »Aber jetzt mache ich mich erst mal an den Tomatendip.«

»Tomatendip?«, erklang Benjamin Lemarres Stimme von der Treppe her. »Klingt gut.«

Amélie sah zu Charlotte und verdrehte die Augen.

Ihre Cousine grinste breit. »*Salut*, Benjamin.«

»Charlotte, *bonjour.*« Er trat in die Backstube und blickte Amélie eindringlich an. »*Bonjour*, Amélie.«

Sie nickte nur stumm in seine Richtung.

»Amélie, ich muss weiter. Maman wartet auf mich. Aber lass dir meinen Vorschlag mal durch den Kopf gehen.«

»Ja, mache ich.« Amélie umarmte ihre Cousine und verfolgte, wie diese die Baguetterie verließ.

»Sie backen wieder«, stellte Benjamin fest, während er neben sie trat und den Dip begutachtete.

»Haben Sie etwas dagegen?«, fragte Amélie unwirsch, während er einen Stapel Papiere auf den Kühlschrank legte.

»Nein, wieso sollte ich?«, erwiderte er gelassen. »Vielleicht möchten Sie Ihren Mitbewohner ja an Ihren kulinarischen Kreationen teilhaben lassen?« Er sah sie amüsiert an.

Amélie holte eine Schüssel aus dem Schrank und löffelte eine kleine Portion des Dips hinein. Wieder nahm sie Benjamins Geruch wahr, als er so dicht neben ihr stand. Ihr Puls beschleunigte sich.

Während er sie eindringlich ansah, nahm er ihr den Löffel aus der Hand und probierte von der Creme. Erstaunen spiegelte sich in seiner Miene wider. »Das ist gut, Amélie.«

»Gut?« Sie kniff die Augen zusammen.

»Fantastisch. Delikat. Suchen Sie sich was aus.«

Sie deutete auf die fertigen Baguettes. »Wenn Sie wollen, können Sie sich eins davon mitnehmen.«

»Das ist sehr nett von Ihnen. Wollen Sie mir nicht vielleicht heute beim Essen Gesellschaft leisten, nachdem Sie gestern den wundervollen Abend auf meiner Dachterrasse ausgeschlagen haben?« Sein Blick wurde intensiver.

Diese grünen Augen, dachte Amélie erneut und verlor sich fast darin, während sie sein Gesicht musterte. In ihrem Hals bildete sich ein Kloß, ihre Kehle wurde trocken. Hastig schüttelte sie den Kopf. »Nein«, erklärte sie bestimmt. »Nein, ich habe keine Zeit, ich muss hier weitermachen.« Sie deutete auf die Tomaten.

»Sie sind im Urlaub«, erwiderte er lächelnd.

»Ich kann nicht«, stieß sie hervor und ignorierte das Flattern in ihrem Magen, während sie sich zum Kühlschrank umdrehte, um den Quark herauszuholen. Als ihr Blick auf Benjamins Unterlagen fiel, überflog sie neugierig das obere Blatt. Es war eine vergilbte Seite aus einem alten Archiv. Amélie konnte die Jahreszahlen 1943 und 1944 erkennen.

»Ich dachte, Sie schreiben einen Artikel über Collioure.«

Sein Blick flackerte. »Über die Geschichte des Ortes, ja.«

»Auch über die Zeit des Zweiten Weltkriegs?« Amélie musste an ihre Oma denken, an den deutschen Soldaten.

»Das sagte ich Ihnen doch bereits«, erwiderte Benjamin knapp.

»Woher haben Sie Ihre Informationen?«

»Unterschiedlich.«

»Sie wollen nicht darüber reden«, stellte Amélie fest.

»Ich spreche ungern über ungelegte Eier«, antwortete Benjamin ausweichend, trat an den Kühlschrank und nahm den Papierstapel wieder auf. »Ich muss dann auch mal ...« Er bedankte sich für das Baguette und verließ den Laden. Während er auf die Gasse trat, blickte Amélie ihm irritiert nach.

Seit der Landung der Alliierten in der Normandie Anfang Juni wurde Friedrich immer verschlossener und nervöser. Wir sahen uns nur noch alle drei oder vier Tage. Wenn wir uns trafen, redete er nicht viel. Manchmal habe ich das Gefühl, er bereut es, mir reinen Wein eingeschenkt zu haben. Für mich ist es eine schreckliche Zeit. Auch Papa zieht sich mehr und mehr zurück, spricht wenig mit uns und reagiert oft gereizt. Maman versucht immer wieder, ihn zu besänftigen, wenn er sich allzu sehr über die Nachrichten aus dem Radio aufregt – meist ohne Erfolg. Viele Männer wurden in diesem Sommer zum Arbeitsdienst abberufen. Schützten bisher Angaben wie »Landwirt« das Familienoberhaupt vor einer Rekrutierung, so wurde nun jeder Franzose eingezogen, den die Deutschen zu fassen bekamen, ohne Rücksicht auf familiäre Belange.

»Sie verhalten sich wie ein wildes Tier, das schwer verletzt wurde und nun mit letzter Kraft versucht, sich gegen den unaufhaltsamen Todesstoß zu wehren«, sagt Papa immer wieder. »Bald ist es vorbei.«

Ich hoffe so sehr, dass er recht behält. Auch wenn ich nicht weiß, welche Konsequenzen Friedrichs Verhalten für ihn, für uns nach sich ziehen wird, sehne ich den Frieden mehr als alles andere herbei. In jeder Ecke Collioures meint man zu spüren, wie der Ort den Atem anhält. Alle warten auf die erlösende Nachricht. Die Verluste der Deutschen sind verheerend. Wenn man den Berichten Glauben schenken möchte, liegt das ganze Land in Schutt und Asche. Wenn man jedoch die Soldaten in den Gassen patrouillieren sieht, ist von Demut oder Niederlage nichts zu erkennen. Sie verhalten sich großspurig und arrogant wie immer, kein Hauch von Unsicherheit ist erkennbar.

Ich schlafe schlecht, finde stundenlang keine Ruhe. Und wenn es mir doch einmal gelingt, meinen Gedanken zu entfliehen, quälen mich furchtbare Albträume.

Friedrich und ich haben uns mittlerweile wieder einmal drei Tage lang nicht gesehen. Die Baguetterie öffnen wir nur noch zwei Stunden am Tag, danach haben wir kein Brot mehr. Die Situation ist unerträglich. Papa macht sich sehr große Sorgen. Bisher hat er immer gut für seine Familie sorgen können. Wir sind nicht reich, aber es gibt viele Menschen, denen es wesentlich schlechter geht als uns. Jetzt jedoch ist alles anders. Fleisch gibt es nur noch alle vier Wochen, unser Hauptnahrungsmittel besteht aus Kartoffeln, Reis – und Baguette.

Gestern Abend lag ich im Bett und spürte, dass mein Gedankenkarussell wieder einmal nicht zur Ruhe kommen würde. Warum war das Leben nur so verdammt kompliziert geworden? Die Geheimniskrämerei wegen Friedrich belastet mich zusehends. Mir ist klar, dass meine Eltern einen Mann in meinem Leben vermuten. Wenn ich spätnachmittags das Haus verlasse, fragt Maman mich schon lange nicht mehr nach meinen Plänen oder wohin ich gehe. Aber genau das ist es, was mich mehr und mehr schmerzt. Ich liebe Friedrich und möchte mein Glück endlich mit jemandem teilen. Ich will meinen Eltern von seinem sanften Charakter erzählen, von seiner Feinfühligkeit, seinem unglaublichen Charme. Manchmal meine ich, an meinen Gefühlen zu ersticken, weil sie kein Ventil nach draußen finden.

Als gestern Abend etwas an meinen Fensterladen krachte, wusste ich sofort, dass es Friedrich war, der vor dem Haus stand. Hellwach sprang ich aus dem Bett und öffnete leise einen der Klappläden.

Wie erwartet, erblickte ich meinen Geliebten in der Mitte der Gasse. Er wirkte noch fahriger als sonst.

»Isabelle, ich brauche deine Hilfe«, zischte er aufgebracht.

Beim Klang seiner Stimme ergriff mich nackte Angst. Ich erwiderte nichts, sondern nickte nur. Nachdem ich mir etwas übergezogen hatte, schlich ich die Stufen hinunter und öffnete lautlos die Vordertür des Ladens.

»Kann ich reinkommen?«, raunte mir Friedrich entgegen, während er auf mich zutrat und mich flüchtig küsste.

Alarmiert sah ich mich um. »Wie meinst du das? Meine Eltern …«

Hilflos deutete ich über meine Schulter und schüttelte den Kopf. »Sie wissen nichts von dir.«

»Ja, aber bitte, Isabelle. Lass mich kurz rein. Dann erkläre ich dir alles.«

Ich begann zu zittern. Wenn Papa aufwachen würde und Friedrich in unserem Haus entdeckte … Hastig verdrängte ich den Gedanken. »Komm.«

Leise schloss ich hinter ihm die Tür. Während ich ängstlich die Treppe im Auge behielt, wollte ich wissen: »Was ist los?«

»Wir sind aufgeflogen.« Mit zitternden Händen fuhr sich Friedrich durch sein zerzaustes Haar. Erst jetzt erkannte ich seine verdreckte Kleidung und sein schmutziges Gesicht.

»Was soll das heißen? Wo warst du? Was hast du getan?«, bombardierte ich ihn mit Fragen.

»Ich habe dir nicht die ganze Wahrheit gesagt«, bekannte Friedrich kleinmütig.

Fassungslos sah ich ihn an.

»Isabelle, es tut mir so leid.« Er wollte mich wieder an sich ziehen, aber ich wehrte ihn ab.

»Was hast du getan?« Meine Stimme klang eisig. Die Kälte in meinem Inneren war kaum zu ertragen.

»Ich habe die Résistance mit Informationen versorgt«, begann er leise.

»Das weiß ich«, erklärte ich wütend.

»Aber das ist nicht alles.« Er sah mich flehend an. »Ich habe sie auch mit Sprengstoff beliefert und ihnen bei ihren … Aktionen geholfen.«

»Du hast was?« Ich konnte es nicht glauben.

Friedrich nickte. »Das deutsche Regime muss beseitigt werden. Die Nazis haben Verbrechen begangen, die …« Er verstummte.

»Die Nazis?«, herrschte ich ihn an. »Die Nazis, sagst du?« Ich bohrte meinen rechten Zeigefinger in seine Brust. »Du gehörst auch dazu. Das sind deine Landsleute, dein Volk.«

»Ja, ich weiß ja.« Er nickte unablässig. »Wir müssen es beenden. So schnell wie möglich. Jetzt.«

Ich schnappte nach Luft. Friedrich hatte nicht nur Hochverrat begangen. Wenn ich ihn richtig verstanden hatte, hatte er auch mitgeholfen, seine eigenen Kameraden zu eliminieren. Bei den Anschlägen der Résistance kamen regelmäßig deutsche Soldaten ums Leben. Dank Papa verfüge ich über genügend Wissen darüber.

»Wissen sie, was du getan hast?« In meinem Kopf herrschte ein heilloses Durcheinander.

Friedrich zuckte mit den Achseln. »Im Moment vielleicht noch nicht, aber es ist nur eine Frage der Zeit, bis sie es herausfinden.«

»Was willst du jetzt tun?« Angst ergriff mich. »Sie werden dich umbringen.«

»Sie werden mich nicht finden«, erwiderte Friedrich, während sein Blick flackerte. »Ich muss untertauchen.«

»Wenn du morgen nicht zum Dienst erscheinst, wissen sie, was los ist.«

»Nicht sofort, aber ja, sie werden etwas vermuten, und wenn sie mich nicht erreichen können ...«

»Mon Dieu!« Ich schlug die Hände vor den Mund. Was sollten wir tun? »Was machen wir jetzt?«

»Kann ich heute Nacht hierbleiben?«

»Friedrich, wie stellst du dir das vor?« Ich musterte ihn eindringlich. Er sah müde und erschöpft aus. Wann hatte er das letzte Mal geschlafen? »Wenn mein Vater dich findet, weiß ich nicht, was er tun wird.«

Er trat in die Backstube und blickte in den dunklen Hinterhof hinaus. »Was befindet sich in dem Verschlag da hinten?«

Ich stellte mich neben ihn und berührte ihn sanft am Rücken. »Darin sind mein Fahrrad und altes Gerümpel verstaut.«

»Klingt nach einem perfekten Versteck.« Er lächelte schwach, während er mich von der Seite anblickte. »Wenn du mich versteckst, bringe ich dich damit in Lebensgefahr«, flüsterte er traurig.

Ich begann zu weinen, aber um mich machte ich mir keine Sorgen. »Sie dürfen dich nicht finden«, schluchzte ich verzweifelt. »Ich liebe dich.«

Friedrich zog mich in seine Arme und küsste mich auf mein Haar. »Sie werden mich nicht finden«, erwiderte er leise. »Das verspreche ich dir.«

Und obwohl ich wusste, dass eben das nicht in seiner Hand lag, beruhigten mich seine Worte ein wenig. Zuversichtlich schmiegte ich mich enger an ihn, sog seinen Geruch ein und genoss die kurze Nähe zwischen uns. In diesem Augenblick glaubte ich fest daran, dass alles gut werden würde. Dass uns nichts würde jemals trennen können. Dass Friedrich heil aus dieser Sache herauskommen konnte. Dass wir es gemeinsam schaffen würden.

22

Amélie bog mit klopfendem Herzen auf den Parkplatz des Seniorenheims ein. Warum wollte ihre Oma sie sehen? Hatte es mit dem Tagebuch zu tun? Mit Friedrichs Schicksal? Amélie war sich nicht sicher, ob sie wirklich wissen wollte, was damals geschehen war. Ihre Vorahnung sagte ihr, dass über der Geschichte etwas Unheilvolles schwebte.

Während sie auf den Eingang zusteuerte, klingelte ihr Handy. Amélie erkannte die Nummer ihres Verlegers. Sie blieb stehen und atmete tief durch. »Hallo, Bernd.«

»Amélie, ich dachte schon, ich würde dich nicht erreichen im tiefen Süden.«

In Amélies Ohren klang er weder verärgert noch aufgebracht.

»Ich befinde mich nicht auf dem Mond«, erwiderte sie lächelnd.

»Gott bewahre! Wie geht es dir?«

»Besser«, kam es ohne Zögern.

»Das freut mich, Amélie. Ehrlich. Wir sind zwar in erster Linie Geschäftspartner, aber was dir passiert ist …«

»Hast du mit Tina gesprochen?«

»Ja, mehrmals. Sie konnte mir aber nichts wirklich Neues sagen.«

Amélie senkte beschämt den Kopf. Sie hatte Tina sehr viel zu verdanken. Ohne ihre Agentin hätte Bernd Amélie niemals unter Vertrag genommen. »Ich glaube, ich war in letzter Zeit nicht besonders freundlich zu ihr. Es tut mir leid.«

»Sag das Tina, nicht mir.«

»Ich rufe sie an.«

»Gut. Deshalb wollte ich allerdings nicht mit dir reden.«

»Du wartest auf den zweiten Teil«, stellte Amélie nüchtern fest.

»Versteh mich bitte nicht falsch, aber auch ich habe Verpflichtungen. Wir haben der Öffentlichkeit eine Trilogie angekündigt, die seit mittlerweile drei Jahren auf ihren Mittelteil wartet.«

Amélie kaute auf ihrer Unterlippe herum, während sie eine junge Frau beobachtete, die einen älteren Mann begleitete, der sich auf einen Rollator stützte. »Ich bin momentan nicht in der Lage weiterzuschreiben«, murmelte sie, während ihre Gedanken sich plötzlich zu überschlagen begannen.

»Was denkst du denn, wann du so weit bist?«

»Ich weiß es nicht, Bernd«, erwiderte sie ehrlich. Ihr Verleger hatte es verdient, dass sie fair mit ihm umging. »Bis vor wenigen Tagen war ich noch außerstande, meine Wohnung zu verlassen. Ich habe monatelang nur in meinen vier Wänden gesessen und an die Wand gestarrt.« Wieder wurde ihr bewusst, wie sehr der Tapetenwechsel ihren Alltag verändert hatte.

»Amélie, was passiert ist, ist schrecklich«, erwiderte Bernd mitfühlend. »Ich kann verstehen, dass der Unfall dich völlig aus der Bahn geworfen hat. Aber du musst auch mich verstehen. Ich habe ein Unternehmen zu leiten. Meine Mitarbeiter wollen jeden Monat ihr Gehalt. Dein Buch war fest eingeplant.«

»Könnten wir den zweiten Teil etwas nach hinten verschieben?«

Der Mann setzte sich auf den Rollator, während die junge Frau behutsam auf ihn einredete.

»Amélie, bei allem Verständnis, aber ich warte bereits seit Jahren …«

»Du verstehst mich nicht, Bernd. Vielleicht habe ich mich auch falsch ausgedrückt. Wäre es theoretisch möglich, dass wir erst ein anderes Manuskript veröffentlichen?«

»Ich begreife nicht …«

»Eine neue Geschichte«, begeisterte sich Amélie plötzlich. »Die nichts mit der Trilogie zu tun hat.«

»Ich weiß nicht. Was genau stellst du dir vor?«

»Es geht um die Beziehung einer jungen Französin zu einem Wehrmachtssoldaten während der Besatzungszeit des Zweiten Weltkriegs in Südfrankreich.«

Bernd erwiderte nichts.

»Hast du mich verstanden?« Warum hatte es nur so lange gedauert, bis Amélie das Potenzial dieser Idee erkannt hatte? Ihre Oma präsentierte ihr die Basis für eine neue Geschichte ja quasi auf einem Silbertablett. Und auch wenn sie noch nicht wusste, wie sich die Beziehung der beiden weiterentwickelt hatte, war der Ansatz mehr als vielversprechend.

»Bernd?«

Er seufzte. »Ja, ich bin noch da. Denkst du nicht, dass diese Idee etwas unrealistisch ist?«

»Unrealistisch?« Amélie schüttelte den Kopf. »Für diese Idee gibt es sogar ein lebendes Vorbild.«

»Okay«, erwiderte er gedehnt. »Ich merke, dass deine Sensoren wieder geschärft sind.« Er lachte.

»Scheint so«, entgegnete sie nickend.

»Am besten schickst du mir die nächsten Tage ein Exposé mit

einer kurzen Handlungsskizze. Ich bespreche es mit Susanne und melde mich dann wieder bei dir.«

Susanne Kleist war Amélies Lektorin. Wenn sie sie für die Idee begeistern konnte, würde auch Bernd sich darauf einlassen. Er vertraute seiner Mitarbeiterin, die Amélies Talent auf Anhieb erkannt hatte.

»Sobald ich die Idee bis zum Schluss durchdacht habe, bekommst du das Exposé«, versprach Amélie ihm und nahm sich fest vor, das Tagebuch in den nächsten Tagen zu Ende zu lesen. Sie verabschiedete sich und betrat das Seniorenheim.

Die Angestellte am Empfang teilte ihr mit, dass sich ihre Großmutter auch heute auf ihrem Zimmer befand. Amélie steuerte den Aufzug an und fuhr in das erste Stockwerk.

Als sie die Tür zum Wohn- und Schlafraum ihrer Oma öffnete, erschrak sie. Die alte Frau saß zusammengefallen in einem wuchtigen Sessel in der hinteren Ecke des Raums und blickte zur Balkontür hinaus. »*Bonjour*, Oma.«

Ihre Großmutter streckte eine knochige Hand nach Amélie aus und winkte sie zu sich. »Wie schön, dass du gekommen bist.« Ihre Stimme klang schwach und zittrig.

»Wie geht es dir?« Amélie hauchte ihr einen Kuss auf die Wange.

»Meine Zeit ist gekommen«, flüsterte ihre Oma und nickte. »Das spüre ich.«

Amélies Augen wurden feucht. »Du hast sicher nur einen schlechten Tag. Morgen ist es bestimmt wieder anders.«

Isabelle Monet schüttelte den Kopf. »Nein, mir bleibt nicht mehr viel Zeit.«

Amélie zog sich einen Stuhl heran und setzte sich neben sie. »Ich habe in der Baguetterie Großputz gemacht. Und ich habe gebacken.«

Erstaunen machte sich in der Miene ihrer Oma breit. »Du hast Baguettes gebacken?«

Amélie erhob sich wieder und holte die Tragetasche, die sie beim Eintreten an den Tisch gehängt hatte. »*Voilà*. Für dich.« Sie legte das Baguette in den Schoß der alten Frau.

Gerührt bemerkte sie, wie ihrer Großmutter eine Träne über die Wange lief. »Du hast es in meinem Ofen gebacken.«

Amélie nickte. »Er funktioniert tadellos.«

Fast andächtig strich Isabelle Monet über das Stangenbrot. »Es ist so lange her.«

»Valérie war da«, erzählte Amélie in aufmunterndem Ton. »Und Charlotte. Sie haben beide gestaunt, als sie den Laden sahen.«

Die alte Frau sah sie durchdringend an. »Du kannst das Haus wieder mit Leben füllen, Amélie. Dein Vater lebt schon so lange in Deutschland. Und Valérie hatte das alte Gebäude noch nie besonders gemocht. Charlotte besitzt ihr Restaurant. Aber du ...«

»Ich lebe auch in Deutschland«, merkte Amélie vorsichtig an, da sie ihre Oma nicht vor den Kopf stoßen wollte.

Die nickte schwach. »Du denkst französisch.«

Amélie blickte aus der Balkontür. Sie konnte nicht leugnen, dass ihr der Gedanke, das Haus ihrer Oma zu übernehmen, gefiel. Es wäre ein großer Schritt, obwohl sich das Risiko in Grenzen hielt. Schreiben konnte sie schließlich überall. »Warum wolltest du mich sehen?«

»Hast du es zu Ende gelesen?«

Es, dachte Amélie beklommen. »Noch nicht ganz«, erklärte sie leise. »Aber diese Geschichte ...« Sie zögerte. »Deine Geschichte beschäftigt mich sehr.«

Isabelle Monets Lippen bebten.

»Du hast ihm geholfen unterzutauchen.«

Sie nickte. »Ich habe Friedrich sehr geliebt.«

Amélie schluckte. »Was ist aus ihm geworden?«

Ihre Oma wandte den Kopf und sah sie mit müden Augen an. »Ich weiß es nicht.«

»Aber …« Amélies Gedanken rasten. Obwohl sie wusste, dass Isabelle zwei Kinder mit anderen Männern bekommen hatte und Anfang der Fünfzigerjahre des letzten Jahrhunderts Pierre Monet geheiratet hatte, den sie sehr geliebt hatte, hatte ein kleiner Teil von ihr auf ein Happy End dieser anrührenden Liebesgeschichte gehofft. »Was ist passiert?«

Ihre Großmutter schüttelte den Kopf. »Lies es.«

»Soll ich ihn suchen?« Die Frage war draußen, bevor Amélie überhaupt darüber nachdenken konnte.

Ihre Oma sah sie nicht an. »Ich hatte gehofft, dass du das fragen würdest.«

»Wie alt wäre er jetzt?«

»Sechsundneunzig«, antwortete sie, ohne zu zögern.

»Vielleicht hat er Kinder oder Enkel«, überlegte Amélie laut. »Weißt du, ob er in Deutschland lebt?«

Ihre Oma schüttelte den Kopf. »Es ist mein einziger Wunsch, bevor ich gehe. Ich möchte wissen, wie es ihm ergangen ist. Warum er …?« Sie verstummte.

»Warum was?«, wollte Amélie wissen.

»Warum er mich verlassen hat.«

Erschrocken bemerkte Amélie die Tränen, die ihrer Großmutter über die Wangen rannen.

»Aber …« Sie wusste nichts zu erwidern, konnte die Traurigkeit und den Schmerz in der Stimme der alten Frau kaum ertragen. Hatte ihre Oma tatsächlich ein Leben lang Friedrich Herzog hinterhergetrauert? War das möglich? Amélie war immer davon ausgegangen, dass Isabelle Monet mit ihrer Familie glücklich gewesen war, eine erfüllte Ehe geführt hatte. Die Worte der alten Frau ließen sie jetzt daran zweifeln. Instinktiv griff sie nach der Hand ihrer Oma und drückte sie sanft. »Ich suche ihn. Versprochen.«

• • •

Als Amélie wieder nach Collioure aufbrach, war es früher Abend. Das Gespräch mit ihrer Großmutter beschäftigte sie nachhaltig, und obwohl ihr Verstand natürlich wusste, dass auch Isabelle Monet nicht unsterblich war, hatten sie die Worte der alten Frau aufgewühlt. Als ihre Oma irgendwann eingeschlafen war, war Amélie an ihrem Bett sitzen geblieben und hatte sie beobachtet. Ihre Miene wirkte friedlich, nur die transparent scheinenden Augenlider zuckten von Zeit zu Zeit. Vielleicht träumte sie. Vielleicht war sie gerade bei ihrer ersten großen Liebe.

Nachdenklich trommelte Amélie auf das Steuer. Sie konnte jetzt nicht nach Hause fahren. Sie hatte ihrer Oma ein Versprechen gegeben. Wie sollte sie herausfinden, was mit einem Mann geschehen war, der möglicherweise bereits vor über siebzig Jahren verstorben war? Sie hätte ihrer Großmutter keine Hoffnungen machen dürfen. Nicht, bevor sie nicht das Ende der Geschichte zwischen der jungen Isabelle und Friedrich Herzog kannte.

Es war windig geworden. Auf den Wellen tanzten blubbernde Schaumkronen, die wie kleine Wattebäusche auf und ab wippten. Das Meer wirkte genauso aufgewühlt und unruhig, wie Amélie sich fühlte. Kurz vor Collioure parkte sie den Wagen am Straßenrand und stieg aus. Die warme Brise auf der Haut fühlte sich schmeichelnd und beruhigend an. Amélie stellte sich an die Steilklippe und blickte in die Tiefe. Die Brandung krachte donnernd gegen die Felsen. Millionen Wassertropfen glitzerten im Sonnenlicht. Amélie schloss die Augen und lauschte auf die Geräusche des Meeres. War sie wirklich erst wenige Tage hier? Wie viel hatte sie in der kurzen Zeit erlebt!

Sie musste an Marco denken. Mit Sicherheit hätte es ihm in der Heimat seines Opas und seiner Uroma gefallen. Warum nur war sie nie mit ihm hierhergefahren? Niemand des französischen Teils ihrer Familie kannte ihren kleinen Sonnenschein. Doch es war zu spät. Nachdem Amélie all ihre Hoffnungen und Träume in eine Beziehung eingebracht hatte, die sich im Nachhinein als oberflächlich und rissig herausgestellt hatte, stand sie nun mit fünfunddreißig Jahren allein hier. Am Abgrund, setzte sie sarkastisch hinzu. Wie treffend.

Während sie mit dem Fuß über den Boden scharrte, fasste sie einen Entschluss. Hastig kehrte sie zu ihrem Wagen zurück und fuhr nach Collioure. Nachdem sie ihr Auto wieder auf dem großen Parkplatz am Château Royal abgestellt hatte, schlug sie die Richtung zum Haus ihrer Oma ein.

Während sie durch die Gassen eilte, entwickelte sich ihr Gedankenchaos zu einem sich immer schneller drehenden Strudel. Ihrer Oma hatte sie das Unmögliche versprochen, bei ihrem Mitbewohner zeigte sie sich ohne vernünftigen Grund immer wieder von einer unausstehlichen Seite, und Isabelles traurige Vergangenheit wühlte sie stärker auf, als gut für sie war. Immer deutlicher wurde Amélie der schlechte Zustand der alten Frau vor Augen geführt.

Mit zitternden Händen schloss sie die Tür der Baguetterie auf. »Hallo?«, rief sie. Doch sie bekam keine Antwort. Benjamin war noch unterwegs. Es war niemand da, an dem sie ihren Frust abarbeiten konnte. Fast war sie ein wenig enttäuscht. Sie lief die Treppen hinauf in ihr Zimmer und warf sich auf ihr Bett. Der Tag hatte so vielversprechend begonnen, bevor sie das Gespräch mit Isabelle erneut aus der Bahn geworfen hatte.

Als Amélies Blick auf das Tagebuch fiel, begann sie zu weinen. Obwohl sie unbedingt wissen wollte, was damals mit Friedrich geschehen war, fühlte sie sich kaum in der Lage, sich auf den Rest der Geschichte einzulassen. Doch es musste sein.

Die folgenden Tage wurden von den Nachrichten bestimmt, welche Regionen in Nordfrankreich von den Alliierten befreit worden waren. Während Papa langsam zuversichtlicher wurde, tobte in meinem Inneren ein verzweifeltes Gefühlswirrwarr. Meine Eltern hatten Friedrich in jener Nacht nicht entdeckt, und auch am folgenden Tag war ihnen seine Anwesenheit verborgen geblieben. Als ich im Laden stand und die Kunden bediente, wurde mir bei jedem noch so winzigen Geräusch hinter mir abwechselnd heiß und kalt. Aber Friedrich verhielt sich ruhig, und keiner bemerkte etwas.

Als meine Eltern zu Bett gegangen waren, überlegten wir stundenlang, wo er sich verstecken konnte. Auf keinen Fall durfte er bei uns bleiben. Wenn er in dem Bretterverschlag entdeckt worden wäre, hätte das für meine Eltern und mich mit hoher Wahrscheinlichkeit das Todesurteil bedeutet, unabhängig von Friedrichs Schicksal. Wir konnten keinen Verräter vor den Nazis verstecken. Immer wieder führten die Deutschen unangekündigte Hausdurchsuchungen durch, auf der ständigen Suche nach Widerstandskämpfern und untergetauchten Juden. Und hätte ihn ein Nachbar aus den umliegenden Häusern dort entdeckt, wäre das Ergebnis in der Konsequenz ähnlich gewesen. Aber wem konnte man noch trauen? Friedrichs Verbündete in der Résistance waren entweder verhaftet worden oder untergetaucht. Auch ich kannte niemanden, dem ich Friedrichs

Leben hätte anvertrauen wollen. Letztlich war er es, der den Vorschlag machte, sich vorübergehend auf der Festung Saint-Elme zu verstecken. Ich musste an unsere Treffen auf dem Hügel denken, an den Tag, an dem wir uns zum ersten Mal nähergekommen waren. War das wirklich erst ein paar Wochen her? Mir kam es vor, als sei ein ganzes Leben vergangen, seit wir dort im Gras gelegen und in den Himmel geschaut hatten.

Obwohl ich ein mulmiges Gefühl hatte, half ich ihm, unentdeckt zu der Festung zu gelangen. Ich musste mir schleunigst etwas überlegen. Friedrich brauchte einen sicheren Ort, an dem er abwarten konnte, bis der Krieg vorüber war. Danach würde sich irgendwie eine Lösung finden. Daran glaubte ich fest.

Mit Decken und Proviant ausgestattet, schlichen wir nachts durch die menschenleeren Gassen, während wir uns alle paar Sekunden ängstlich umsahen, und erklommen schließlich den schmalen Trampelpfad zwischen den Weinreben. Es war Neumond, undurchdringliche Dunkelheit umhüllte uns.

»Ich werde mir niemals verzeihen, dass ich dich in solche Gefahr bringe«, setzte Friedrich an, als wir an dem zerfallenen Bauwerk ankamen.

»Du hast dir nichts zu verzeihen«, erwiderte ich, während ich eine der Decken zwischen zwei dicken Mauern ausbreitete. »Das Einzige, was zählt, ist, dass dir nichts geschieht.«

Friedrich trat auf mich zu und lächelte mühsam. »Du bist so stark.«

Ich schüttelte den Kopf und musste wieder weinen. »Sie dürfen dich nicht finden. Niemals.«

Er zog mich an sich und strich mir beruhigend über den Rücken. »Deutschland wird den Krieg verlieren. Das Volk ist ausgezehrt, unsere Städte sind zerbombt. Hitlers Armee hat den Alliierten kaum noch etwas entgegenzusetzen.«

»Kann man dich nachträglich verurteilen?« Ich sah zu ihm auf, wollte unbedingt etwas Tröstliches hören.

Friedrich sah mich traurig an. »Niemand weiß, wie es danach weitergehen wird.«

»Aber du hast nichts Böses getan«, beschwor ich ihn eindringlich. »Du hilfst doch dem französischen Volk.«

Er lachte leise. »Isabelle, ich bin Wehrmachtssoldat. Jeder von uns trägt eine Mitschuld an den Geschehnissen. Außerdem habe ich mich gegen meine Kameraden gewandt und sie dadurch verraten. Sie und mein Land. Weder die Deutschen noch die Franzosen werden gut auf mich zu sprechen sein.«

Ich schloss die Augen.

»Wenn ich das hier überlebe, lande ich im Gefängnis, Isabelle.«

»Nein«, rief ich schmerzerfüllt aus. »Das ist ungerecht.«

Er zog mich enger an sich. »Ja, es ist ungerecht. Aber Krieg war noch nie gerecht. Und Hitler hat einen so grauenhaften Schaden angerichtet, dass keiner von uns ungeschoren davonkommen wird.«

Mein Schluchzen wurde lauter. Ich liebte diesen Mann, wie ich noch nie in meinem Leben etwas geliebt hatte. Es durfte einfach nicht sein, dass unser kurzes Glück zu Ende war, bevor es überhaupt richtig begonnen hatte. In meinem Kopf schwirrten die Gedanken durcheinander. Ich fand keinen Ausweg. Und da ich so sehr gehofft hatte, dass zumindest er eine Lösung für unsere Probleme hätte, einen kleinen Trost für mich, stürzte seine Resignation mich in noch tiefere Verzweiflung. Hatten wir nicht genau hier an diesem Ort von unserer Zukunft geträumt? Von Heirat und Kindern gesprochen?

Ich krallte mich an seinen Armen fest. »Du darfst mich nicht alleinlassen.«

»Isabelle, chérie.« Er nahm meine Hände in seine. »Was mit mir geschieht, liegt jetzt allein in Gottes Gnaden.« Er legte seine rechte Hand, die noch immer meine umfasste, auf sein Herz. »Du wirst mich immer begleiten. Egal, wohin mein Weg mich führen wird. Du bist bei mir. Du bist die Frau, die ich liebe. Mit der ich mein Leben verbringen möchte.«

Er liebte mich. Genauso, wie ich ihn liebte. Und doch fanden wir keinen Weg, zusammenzubleiben.

»Du solltest jetzt nach Hause gehen.« Friedrich sah mich aufmunternd an, während er meine Wange streichelte.

»Ich kann nicht …«

»Doch, du kannst«, widersprach er ernst. »Und du wirst. Das hier ist kein Ort für eine junge Frau wie dich.«

Ich kann mich kaum erinnern, wann und wie ich in dieser Nacht nach Hause kam.

Tag für Tag schlich ich mich aus dem Haus und versorgte Friedrich mit Lebensmitteln und Wasser. Jedes Mal nahm ich einen anderen Weg, schlug Haken, beobachtete die Menschen, die mir entgegenkamen oder hinter mir hergingen, und hoffte, dass mir niemand folgte.

Die meiste Zeit blieb Friedrich auf der Festung ungestört. Er verbarg sich zwischen den Mauern, in den eingefallenen Kerkern oder im Turm. Wenn doch einmal jemand zufällig vorbeikam, versteckte er hastig sein Nachtlager und flüchtete sich zwischen die Weinreben oder in den angrenzenden Wald.

Gestern Abend, als ich wieder einmal vollbepackt mit Proviant auf die Gasse trat, begegnete mir Michel. Als er mich sah, begann er zu grinsen. »Ein Picknick?« Er deutete auf meinen Korb.

»So ähnlich«, wich ich aus und senkte den Kopf.

»Eine schöne Idee«, merkte er an, während sein Blick prüfender wurde. »Wer ist denn der Glückliche?«

»Michel, du weißt doch, dass …« Meine Wangen begannen zu glühen.

»Ich wollte dich nicht in Verlegenheit bringen, Isabelle.« Er zwinkerte. »Wann gehst du denn mit mir picknicken?«

»Wann du möchtest«, flüsterte ich, da mir keine Ausrede einfiel.

»Ich komme darauf zurück«, entgegnete er, bevor er die Stimme senkte: »Ich würde mich wirklich sehr freuen, wenn wir beide bald gemeinsam etwas unternehmen könnten.«

Ich nickte. »Die Baguetterie ... und meine Eltern ...«

»Ich rede mit deinem Vater«, gab er gut gelaunt zurück. »Sicher wäre er froh, wenn er seine Tochter in guter Gesellschaft wüsste.« Michel zog eine Grimasse. »Und wenn diese sales boches endlich von hier verschwunden sind ... Es ist nur noch eine Frage der Zeit, wann sie die Nazis allesamt an die Wand stellen.«

»Das ist schrecklich«, erwiderte ich entsetzt.

»Schrecklich? Isabelle, was dieses Volk getan hat und noch immer tut, ist viel mehr als nur schrecklich!«

»Wie wird es nach dem Krieg sein?«

»Es wird großartig sein«, entgegnete Michel grinsend. »Ich hole dich ab, und wir tanzen gemeinsam durch die Straße. Klingt das nicht verlockend?«

»Ja, vielleicht.« Ich konnte meine Verzweiflung kaum noch unterdrücken. Der Krieg würde enden, das war ziemlich sicher. Aber was würde dann aus Friedrich werden?

23

Benjamin stellte seinen Wagen ab und stieg aus. Es dämmerte bereits. Der Tag war lang und anstrengend gewesen.

Müde machte er sich auf den Weg in die Altstadt. Sein Kopf schwirrte. Nachdem Amélie ihm ein frisch gebackenes Baguette und den zum Niederknien köstlichen Dip in die Hand gedrückt hatte, war er zu der Erinnerungsstätte des Internierungslagers von Rivesaltes in der Nähe von Perpignan gefahren. Die Eindrücke und Fakten hatten sich tief in sein Bewusstsein eingegraben, auch wenn sie ihm keine unmittelbar brauchbaren Informationen hatten liefern können. Der Rundgang durch die Gedenkstätte war ein Einblick in die wohl düsterste Zeit, die Frankreich je erlebt hatte. Er hatte Briefe von ehemaligen Inhaftierten gelesen, Fotos unterernährter Kleinkinder gesehen. Die Bilder ehemaliger Gefangener, die diese während ihrer Zeit in Rivesaltes gemalt hatten, hatten Benjamin tief bewegt. Auch die Aufzeichnungen ehemaliger Krankenschwestern des Schweizer Roten Kreuzes, die sich offenbar unermüdlich um das Wohlergehen der Todgeweihten gekümmert hatten, waren sehr bewegend und anrührend gewesen. Das Lager existierte seit 1939 als Militärlager und wurde zwei Jahre später zum Internierungslager für Juden, Zigeuner und geflüchtete Spanier umfunktioniert. Im zweiten Halbjahr 1942 waren mehr als zweitausend Juden aus Deutschland und Frankreich in der »freien Zone« unter dem Vichy-Regime in dem Lager inhaftiert und über das Sammellager Drancy bei Paris in das Vernichtungslager Auschwitz transportiert worden.

Als Briten und Amerikaner im November 1942 in Nordafrika landeten, marschierte die Wehrmacht in die noch unbesetzte Südzone Frankreichs, um dort eine neue Abwehrlinie aufzubauen, die Mittelmeerküstenfront. Zu jener Zeit wurde das Lager aufgelöst und ein Teil der Inhaftierten in die Konzentrationslager nach Deutschland und Polen deportiert, während andere auf weitere französische Internierungslager verteilt wurden.

Benjamin spürte, wie sich in seinem Hinterkopf ein leichter Schmerz anbahnte. All diese Ereignisse lagen viele Jahrzehnte zurück, doch die hervorgehobene Anschaulichkeit in der Gedenkstätte, die Bilder der Opfer, die Namen und persönlichen Umstände der Menschen, verwandelte die nackten Zahlen in tragische Schicksale.

Nach einem längeren Zwischenstopp in Perpignan, bei dem Benjamin sich Unterlagen aus dem Stadtarchiv hatte zeigen lassen, war er nach Argelès-sur-Mer gefahren und hatte sich an der dortigen Erinnerungsstätte umgesehen. An das erste Internierungslager, das für die spanischen Flüchtlinge gebaut worden war, erinnerte lediglich ein kleines Gedenkschild am Nordstrand. Doch allein die Tatsache, auf dem Boden zu stehen, auf dem so viel Leid geschehen war, hatte Benjamin tief bewegt. Nach einem weiteren Halt am Friedhof der Spanier, der der vielen Opfer in dem Lager gedachte, war er zurück nach Collioure gefahren.

In Perpignan war er endlich fündig geworden. Nach all den Sackgassen der letzten Tage hatte Benjamin zum ersten Mal das Gefühl, die richtige Richtung eingeschlagen zu haben. Der Wahrheit auf der Spur zu sein. Es bedurfte zwar weiterer Nachforschungen, aber jetzt wusste er zumindest, wo er suchen musste. Es gab tatsächlich ellenlange Listen, die nach dem Krieg erstellt wurden, mit Namen von Franzosen, die mit den Deutschen kooperiert hatten. Die Landsleute an die Nazis verraten hatten, weil sie die Résistance unterstützt oder Flüchtlinge versteckt hatten.

Die Abendluft war angenehm warm. Die Hitze des Tages hatte sich verabschiedet und mit ihr die Tagestouristen, die die Gassen tagsüber fluteten wie Meerwasser, das sich jeden noch so kleinen Winkel unterirdischer Höhlen eroberte.

Während Benjamin die Stille der Altstadt in sich aufsog und darauf wartete, dass sie seine Unruhe linderte, erschien Amélies Gesicht vor seinem geistigen Auge. Wieder überlegte er, wie er den Panzer, den sie sich in den letzten Jahren ganz offensichtlich angelegt hatte, durchbrechen konnte. Er dachte an ihre warmen braunen Augen, die er bisher fast nur in zornigem Zustand hatte aufblitzen und ihn anfunkeln sehen. Und doch hatte die einsame Frau etwas an sich, das ihn magisch anzog. Vielleicht war es ihre Unnahbarkeit, die ihn herausforderte. Vielleicht war es aber auch diese scheinbare Zerbrechlichkeit, die eine enorme innere Stärke zu verbergen versuchte.

Er musste an Marie denken. Seine verstorbene Frau war die Liebe seines Lebens gewesen, und ihr Tod hatte ihn vor sieben Jahren ebenfalls in ein tiefes Loch fallen lassen. Benjamin war sicher, dass seine Frau sich gewünscht hätte, er würde sich eine Zukunft ohne sie aufbauen. Doch all die Jahre hatte ihm die Kraft dafür gefehlt. Er hatte nur für seine Arbeit gelebt. Seit zwei Jahren erst spürte er, dass der Schmerz langsam nachließ. Noch immer vermisste er Marie schrecklich und fragte sich fast täglich, warum der Krebs ausgerechnet sie getroffen hatte. Doch er merkte, dass das Leben ihn wiederfand, dass er Gedanken hegte, die direkt nach Maries Tod undenkbar gewesen wären.

Als er an dem alten Haus von Isabelle Monet ankam, schloss er die Tür zur Baguetterie auf und staunte ein weiteres Mal über die Arbeit, die Amélie hier geleistet hatte. Das Ladengeschäft war bei seinem Einzug völlig verdreckt und staubig gewesen, das Mobiliar verfettet und speckig. Doch nun wirkte der kleine Laden geradezu heimelig und gemütlich.

Als er die Stufen ins erste Obergeschoss hinaufstieg, hörte er Amélie in ihrem Zimmer laut schluchzen. Verwirrt hielt er vor ihrer Tür inne. Heute Morgen hatte sie entspannter denn je gewirkt. Das Herumwerkeln in der Backstube schien ihr gutzutun. Auch wenn er ihr Verhalten nicht als freundlich bezeichnet hätte, so hatte sie ihn zumindest nicht so angeblafft wie die letzten Tage. Was war geschehen? Benjamin hob die Hand, um zu klopfen, entschied sich jedoch im letzten Augenblick dagegen. Er war ein Fremder für sie. Wenn sie von ihrer Trauer übermannt worden war, würde er ihr nicht helfen können. Und wenn sie wegen familiärer Probleme weinte, ging es ihn ebenfalls nichts an. Abrupt drehte er sich um und hastete die Stufen hinauf. Ihr Schluchzen klang verzweifelt und durchdringend. Es fühlte sich falsch an, ihr in diesem privaten Moment zuzuhören.

Benjamin legte die Unterlagen, die er im Laufe des Tages für relevant befunden hatte, auf den Küchentisch, sprang kurz unter die Dusche und betrat sein Schlafzimmer. Neugierig nahm er das Buch, das er hier in Collioure gekauft hatte, vom Nachttisch und setzte sich damit auf die Dachterrasse.

Während er versuchte, die erste Seite zu lesen, schweiften seine Gedanken immer wieder ab. Zehn Minuten später legte er seine Lektüre frustriert zur Seite, da er sich nicht auf den Text konzentrieren konnte. Er erhob sich und stellte sich an die Brüstung. Fast meinte er, den salzigen Geruch des Meeres wahrzunehmen. Wie friedlich das Leben hier wirkte im Gegensatz zu dem Großstadttrubel Lyons! Benjamin hielt sich zum ersten Mal an der

Côte Vermeille, der sogenannten Purpurküste, auf. Er kannte das raue Klima der Bretagne und das feuchte Wetter der Normandie. Einige Male war er auch schon in der Camargue gewesen, doch Collioure hatte er vor seinem jetzigen Aufenthalt noch nicht besucht. Obwohl er noch nicht allzu lange hier war und bisher nur wenige Kontakte geknüpft hatte, gefiel es ihm in dem kleinen Örtchen. Der Touristenandrang am Tag war zweifelsohne gewöhnungsbedürftig, aber abends, wenn die Gassen leer und friedlich erschienen, liebte Benjamin die Atmosphäre zwischen den alten Gebäuden. Einheimische saßen auf Holzbänken vor ihren Wohnhäusern. Die Geräusche des Alltags drangen aus den offenen Fenstern. Das Städtchen begann ganz langsam, sein Herz zu erobern.

Wieder musste er an die weinende Amélie denken. Warum redete er nicht endlich mit ihr? Ganz offensichtlich tat es ihr gut, sich zu beschäftigen. Vielleicht würde das, was er ihr zu sagen hatte, sie ebenfalls ein wenig ablenken. Manchmal brauchte es nicht viel, um ins Leben zurückzufinden. Vielleicht jedoch würde sie die Wahrheit aber auch weiter hinunterziehen. Benjamin wusste nicht, was das Richtige war. Ihm selbst erschien seine Recherche mittlerweile auch in einem ganz anderen Licht. Ja, es gab nicht nur Schwarz und Weiß. Dazwischen existierten unzählige Grauabstufungen. Zwischen Tag und Nacht gab es die Dämmerung.

24

Während sich im Laufe der nächsten Tage die guten Nachrichten immer mehr häuften und Papa sogar begann, wieder mit uns zu scherzen, tobten Angst und Verzweiflung in mir. Was würde mit Friedrich geschehen, wenn der Krieg aus wäre? Und wie lange dauerte es noch, bis die Deutschen endlich kapitulierten? Schließlich konnte sich Friedrich nicht monatelang auf Saint-Elme verstecken. Ich machte mir große Sorgen, war angespannt und gereizt.

»Isabelle«, begann Maman morgens bei einer Tasse Kaffee, nachdem ich wieder die halbe Nacht wach gelegen hatte. Papa werkelte bereits in der Backstube herum. Er hatte gestern einen Dreißig-Kilo-Sack Mehl zusätzlich ergattern können und wollte endlich wieder einmal sämtliche Regale im Verkaufsraum füllen. Wir hörten ihn unten fröhlich vor sich hin summen.

»Du weißt doch, dass du mit mir reden kannst«, setzte Maman an. »Mit uns.«

Ich blickte auf und erkannte die Sorgenfalten auf ihrer Stirn. »Was meinst du?«, heuchelte ich Unwissenheit.

Maman griff nach meiner Hand und umfasste sie. »Wer ist er?«

Ich schloss die Augen.

»Warum machst du ein solches Geheimnis daraus?« Ihre Stimme klang traurig. »Du bist eine junge Frau. Denkst du, wir wissen nicht, welche Träume man in diesem Alter hat?« Sie lachte leise. »Auch wenn du es dir vielleicht nicht vorstellen kannst, aber Papa und ich waren auch einmal jung.«

Ich schluckte.

»Du hast jemanden kennengelernt.«

Ich sah sie lange an, bevor ich nickte.

»Erzähl mir von ihm«, forderte sie mich sanft auf.

Ich senkte den Kopf und starrte auf die Tischplatte. Wie gern würde ich ihr endlich mein Herz ausschütten! Ihr von den wundervollen Begegnungen mit Friedrich berichten. Ihr sein warmherziges Wesen beschreiben. Aber ich durfte nicht. Niemals würde sie verstehen, dass ich einen Deutschen liebte. Einen sale boche. Und Friedrich würde ich durch meine Offenbarung in noch größere Lebensgefahr bringen, als er eh schon war.

»Er ist … wundervoll«, presste ich wehmütig hervor.

Maman lächelte milde. »Das klingt, als ob du sehr verliebt bist.«

»Ich liebe ihn.«

»Verrätst du mir seinen Namen?«

Ich kniff meine Lippen zusammen und schüttelte den Kopf.

»Möchtest du ihn uns nicht vorstellen?«

»Es geht nicht«, erwiderte ich heiser.

Mamans Gesicht nahm einen verwirrten Ausdruck an. »Warum nicht?«

»Das kann ich dir nicht sagen.«

Sie drückte meine Hand fester.

Unter ihrem prüfenden Blick wand ich mich nervös auf meinem Stuhl. »Es tut mir leid«, setzte ich nach.

»Das muss es nicht, Isabelle«, entgegnete Maman sofort. »Wenn du im Moment nicht möchtest, dass wir ihn kennenlernen, wirst du gute Gründe dafür haben. Aber du sollst wissen, dass ich mich sehr für dich freue. Und egal, was es auch ist, wenn du Kummer hast, kannst du jederzeit mit mir reden. Über alles.«

Meine Augen begannen zu brennen.

»Du bist doch nicht etwa …?« Sie deutete auf meinen Unterleib.

Beschämt schüttelte ich den Kopf.

Maman atmete erleichtert aus.

»Ich erzähle dir von ihm«, versprach ich ihr mit belegter Stimme. »Wenn der richtige Zeitpunkt gekommen ist, möchte ich, dass du alles erfährst.«

Ihre Augen wurden groß. »Du machst mich neugierig. Dieser junge Mann muss wohl etwas ganz Besonderes sein.«

Wieder nickte ich. »Das ist er, Maman. Das ist er.«

Als ich eine Stunde später die Baguetterie betrat, stand Papa mit Michel im Verkaufsraum. Die beiden unterhielten sich über den Krieg. Seit Langem sah ich Papa wieder einmal lächeln.

Wenn ich im Nachhinein an diese Zeit zurückdenke, wird mir klar, dass es damals eigentlich immer um den Krieg ging. Um die schrecklichen Verbrechen der Nazis, um die Sabotageaktionen der Résistance. Um den beschwerlichen Alltag, der von Mangel und Verzicht überschattet wurde. Der Krieg und seine Auswirkungen begleiteten uns in jeder Minute unseres Lebens.

»Bonjour, Isabelle«, begrüßte Papa mich. »Hast du verschlafen?« Er lachte.

»Ich habe noch mit Maman gesprochen.« Ich deutete über die Schulter.

»Frauenthemen«, beschwor er Michel.

»Wann gehen wir picknicken?«, wandte der sich mir grinsend zu.

»Picknicken?« Ich verstand nicht.

»Na, als wir uns vor Kurzem getroffen haben, warst du doch auf dem Weg zu einem Picknick«, erinnerte er mich an unsere letzte Begegnung.

Während ich Papas erstaunten Blick zu ignorieren versuchte, erwiderte ich: »Ach ja. Wann immer du möchtest.«

»Wie wäre es mit morgen? Ich weiß nicht, wann ich zurück auf den Hof muss, daher sollten wir die verbleibende Zeit nutzen.«

Gleichgültig zuckte ich mit den Schultern. »Meinetwegen.«

»Isabelle«, ermahnte mich Papa gutmütig. »Ein junger Mann möchte mit dir ausgehen. Ein wenig mehr Begeisterung wäre da doch angebracht. Meinst du nicht?«

Ich riss mich zusammen und erklärte artig: »Ich freue mich sehr, Michel.«

»Gut.« Er nickte zufrieden. »Dann sehe ich mal, was ich für unsere Verabredung auftreiben kann.«

Nachdem Michel den Laden verlassen hatte, wollte ich mich daranmachen, die fertigen Brote in der Theke anzuordnen.

»Isabelle?«

Ich drehte mich zu Papa um. »Was ist?«

»Was hältst du von Michel?«

Ich zögerte. »Er ist nett.«

Papa zog die Brauen hoch. »Er scheint dich ebenfalls nett zu finden.«

Ich musste an das Gespräch mit Maman denken. »Was willst du damit sagen?«

»Michel wird irgendwann den Hof seines Onkels erben. Nach dem Krieg kann er damit sicher problemlos eine Familie ernähren.«

Ich kniff die Augen zusammen. »Willst du mich loswerden?«

Er seufzte. »Isabelle, du bist eine junge Frau. Ist es denn so abwegig, dass dein Vater sich um deine Zukunft sorgt?«

»Du musst dir keine Sorgen machen«, log ich ungerührt. »Es ist alles in Ordnung.«

»Das weiß ich«, erwiderte er beschwichtigend. »Aber ich glaube,

Michel liegt etwas an dir.« Er druckste herum. »Wenn du verstehst, was ich meine.«

Ich schüttelte den Kopf. »Ich verstehe, dass du Michel und mich gern als Paar sehen würdest. Aber denkst du nicht, deine Tochter findet ihren Weg auch ohne deine Hilfe und Andeutungen?«

Papa rollte mit den Augen, bevor er kapitulierend die Hände hob. »Ich meinte ja nur.«

Ich nickte. »Ja, ich weiß, dass du es nur gut meinst. Aber ich möchte selbst entscheiden, wie meine Zukunft aussehen wird.« Ich machte eine Pause. »Und vor allem, mit wem ich sie verbringen möchte.«

An jenem Tag hatten wir bis zum späten Nachmittag geöffnet. Es war seit vielen Wochen das erste Mal, dass wir keinen Kunden ohne Baguette nach Hause schicken mussten. Ein kleiner Hoffnungsschimmer, dass das Schlimmste vielleicht doch bald überstanden war, auch wenn wir noch nicht wussten, ob Papa auch in den nächsten Tagen wieder mehr Mehl auftreiben konnte als die letzten Monate.

Nachdem Papa zu einem Bekannten aufgebrochen war, holte ich die beiden Baguettes, die ich morgens zur Seite gelegt hatte, aus dem Schuppen, legte noch ein Stück Käse dazu und machte mich auf den Weg zur Festung. Die Gespräche mit meinen Eltern gingen mir nicht aus dem Kopf, während ich die Straße entlanglief. Als ich in den kleinen Feldweg einbog, der nach Saint-Elme führte, überkam mich plötzlich ein mulmiges Gefühl. Obwohl es ein warmer Sommertag war, begann ich zu frieren. Meine Finger fühlten sich eiskalt an. Irgendetwas war anders als sonst, aber ich konnte nicht erkennen, was es war. Ich ging schneller und kam schweißüberströmt auf der Anhöhe an. Nachdem ich mich umgeschaut, jedoch niemanden entdeckt hatte, steuerte ich schnurstracks die alten Mauern an. »Friedrich«, raunte ich vorsichtig. Keine Antwort. Verwirrt kletterte *ich über einen Felsabsatz, da er sich die letzten Tage meist hinter dem Turm versteckt hatte. Ich konnte erkennen, wo er genächtigt hatte. Das Gras war platt gedrückt, aber die Decken, die ich ihm gebracht hatte, waren verschwunden. Wo war er?*

Ich stellte meinen Korb ab und machte mich auf die Suche nach ihm, sah in jeden Winkel des alten Gebäudes, aber von Friedrich fand ich keine Spur. Das konnte nicht sein!

Ich setzte mich auf einen Mauervorsprung und dachte nach. Er konnte die Festung nicht verlassen haben. Wo sollte er denn hin? Er hatte mir mehrmals erklärt, dass er zu seinen Verbindungsleuten in der Résistance jeglichen Kontakt abgebrochen hatte, um sie nicht in Gefahr zu bringen. Und außer mir kannte er in Collioure niemanden, dem er vertraute. Auch das wusste ich von ihm.

Nervös setzte ich zu einem neuen Rundgang über die gesamte Fläche an, aber Friedrich blieb verschwunden. Hatte er vielleicht fliehen müssen? Aber wohin? Verzweifelt sah ich mich um und blickte über die Bucht. Ich musste an seine Worte bei einem unserer Treffen denken. »Und über uns der Horizont.« Ich blickte in den Himmel. Wo bist du, Liebster?

Mittlerweile rannen mir Tränen über die Wangen. Ich hatte keine Ahnung, was ich tun sollte. Mit wem ich reden sollte. Wer mir helfen konnte. Friedrich war spurlos verschwunden.

Amélie wurde vom Klingeln ihres Smartphones geweckt. Desorientiert tastete sie über den Boden, bis sie ihr Telefon endlich fand. »Ja?«

»Ich bin es«, erklang die Stimme ihrer Agentin.

»Tina.«

Überrascht blinzelte sie, schlug die Decke zurück und setzte sich aufrecht hin.

»Ich habe gestern Abend mehrfach versucht, dich zu erreichen.«

»Ich weiß«, räumte Amélie schuldbewusst ein, während sie sich erhob, um die Fensterläden aufzuklappen. Sie hatte die Anrufe ihrer Agentin ignoriert, da es ihr nicht gut gegangen war. »Es tut mir leid.«

»Du wolltest nicht mit mir reden«, stellte Tina mit ernster Stimme fest.

»Ich konnte nicht«, erwiderte Amélie leise, während ihr Blick auf das Tagebuch ihrer Oma fiel, das sie gestern Abend nach dem Lesen neben ihr Bett gelegt hatte.

»Und jetzt?«

»Ich möchte mich bei dir entschuldigen. Es war nicht in Ordnung von mir, wie ich dich bei unseren letzten Gesprächen behandelt habe. Und bitte glaub mir, mir ist sehr bewusst, was ich dir zu verdanken habe.« Amélie hob das Buch auf und setzte sich auf ihr Bett zurück.

»Du hast mit Bernd telefoniert.«

Sie zögerte. »Ich war bei meiner Oma und hatte ein sehr emotionales Gespräch mit ihr. Es geht um ihre Vergangenheit. Und da kam mir die Idee, ihre Geschichte als Ansatz für ein neues Manuskript zu benutzen.«

»Das klingt gut«, erwiderte Tina. »Ich freue mich sehr, dass du dich wieder mit dem Schreiben beschäftigst.«

»So weit ist es noch nicht«, wiegelte Amélie ab. »Ich bin mir noch nicht sicher, wo genau es mit der Idee hingehen soll. Aber ich habe Bernd versprochen, ein Exposé zu erstellen, und sobald es fertig ist, schicke ich es dir selbstverständlich auch.«

»Das ist schön, Amélie. Ehrlich«, entgegnete Tina. »Du klingst auch wesentlich besser als bei unseren letzten Telefonaten.«

»Vielleicht schaffe ich es irgendwann, mit meiner Trauer umzugehen«, erklärte Amélie leise. »Marco fehlt mir unendlich, aber in den letzten Tagen gab es einige wenige Momente, in denen die Gegenwart mir gezeigt hat, dass das Leben trotz allem seine schönen Seiten hat.«

Nachdem sie Tina kurz das Thema ihrer Idee umrissen hatte, beendete Amélie das Gespräch. Sie nahm das Tagebuch auf und starrte auf den verblichenen Deckel. Die halbe Nacht hatte sie die Eintragungen ihrer Oma gelesen. Ihre Hoffnung war nicht erfüllt worden. Nachdem klar war, dass Friedrichs Schicksal ungewiss bleiben würde, hatte sie das Buch zugeklappt und zur Seite gelegt. Die Notizen waren noch nicht zu Ende, doch das Wesentliche war erzählt. Amélie vermutete, dass ihre Oma, wie sie es auch geschrieben hatte, die Beziehung zu Friedrich Herzog bis zum heutigen Tag als ihr alleiniges Geheimnis gehütet hatte. Amélies Opa war schon lange verstorben. Sicher hatte er bis zu seinem Tod nichts von der ersten großen Liebe seiner Frau erfahren, und Valérie hatte Amélie bereits erklärt, dass sie den Inhalt des Tagesbuchs ihrer Mutter nicht kenne. Warum hatte die alte Dame es Amélie gegeben? Weil sie Friedrichs Schicksal aufklären sollte? Um Amélie Mut zu machen? Um ihr zu zeigen, dass das Leben weiterging, auch wenn das Schicksal einem noch so übel mitspielte? Ihre Oma wusste nichts von dem Unfallhergang. Niemand kannte die ganze Wahrheit. Die Situation der jungen Isabelle war nicht mit Amélies vergleichbar. Die Zeilen spiegelten eindeutig die tiefe Liebe zwischen Isabelle und Friedrich wider. Amélie dagegen ... Sie seufzte.

Wie sollte sie bloß herausfinden, was mit dem jungen Wehrmachtssoldaten passiert war?

Wieder klingelte ihr Smartphone. Ein Blick auf das Display verriet ihr, dass es Valérie war.

»*Bonjour*, Tantchen!«

Valérie lachte. »Tantchen! Ich hoffte, dass du schon wach bist.«

»Seit gerade eben.« Amélie zog ihre Knie an den Körper und umschlang ihre Unterschenkel.

»Ja, es war spät gestern Abend.«

»Aber schön«, erwiderte Amélie dankbar.

»Das war es. Weswegen ich anrufe: Dein Onkel hat doch gestern Abend eines deiner köstlichen Baguettes zu seiner Verabredung mitgenommen. Und jetzt haben sein Freund und dessen Frau eine Bestellung bei uns aufgegeben.«

Amélie zog überrascht die Brauen hoch. »Eine Bestellung?«

Valérie lachte. »Collioure ist ein Dorf, mein Schatz. Wenn du heute drei Familien belieferst, stehen morgen sechs bei dir vor der Tür und wollen mehr. Übermorgen sind es dann schon zwölf und so weiter ...«

»Das Backen macht mir Spaß. Das Kreieren der Dips entspannt mich.«

»Das klingt gut, sehr gut sogar. Hattest du denn heute vor zu backen?«

Amélie überlegte. Bisher war sie noch nicht einmal am Strand gewesen. Sie hatte auch noch keinen Ausflug gemacht, wenn sie von ihrem Besuch in Perpignan absah. Sekundenlang hörte sie in sich hinein, bevor sie erwiderte: »Ja, Valérie. Ja, ich hatte vor, heute wieder zu backen. Und sehr gern backe ich für eure Bekannten mit.«

»Charlotte und wir würden auch gern noch ein paar Brote nehmen«, setzte Valérie vorsichtig nach. »Wenn das nicht zu viel für dich wird.«

Amélie lachte. »Nein, das wird nicht zu viel. Ich freue mich, dass ich euch eine Freude machen kann. Und Dips gibt es selbstverständlich auch dazu.«

»Überleg dir bitte, was du dafür haben möchtest. Auf keinen Fall sollst du deine Freizeit und deinen wohlverdienten Urlaub kostenlos für uns opfern.«

»Das ist kein Opfer, Valérie«, erwiderte Amélie leichthin und nickte entschlossen. »Das ist das Leben. Ich möchte kein Geld von euch. Auch nicht von euren Bekannten.«

»Du bist ein Goldstück, Amélie«, erwiderte ihre Tante gerührt. »Aber ich überlege mir etwas, denn so kann ich das unmöglich annehmen.«

»Eine Idee hätte ich, wie du dich revanchieren könntest«, erklärte Amélie, als sie im Stockwerk über ihr eine Tür klappern hörte. »Sag Lemarre, dass er sich etwas anderes suchen soll.« Sie lachte, um ihre Worte abzumildern. Hatte sie sich mittlerweile nicht schon an die Tatsache gewöhnt, nicht allein in dem Haus zu sein? Wieder drängten Benjamins grüne Augen mit den unzähligen Sprenkeln in ihre Gedanken.

Valérie schnaufte. »Amélie, ich habe dir doch schon gesagt, dass das nicht geht. Der Mann hat einen rechtsgültigen Mietvertrag unterschrieben. Ich kann ihn nicht einfach vor die Tür setzen.«

»Es war nur ein Scherz, entschuldige bitte. Was will er eigentlich hier?«, wollte Amélie wissen. »Hast du dir das mal überlegt? Warum hat er ausgerechnet Omas Haus gemietet?«

»Das habe ich dir doch schon gesagt. Er wollte …«

»Ja, ich weiß, was er wollte«, unterbrach Amélie sie. »Aber ich habe gesehen, dass er Unterlagen zu Collioure während des Zweiten Weltkriegs besitzt.«

»Er schreibt einen Artikel über den Ort sowie seine Geschichte«, entgegnete Valérie.

»Ich weiß nicht ...«, erwiderte Amélie zweifelnd. »Irgendwas stimmt nicht mit ihm. Sieh dir das Haus doch an. Mich stört es nicht, dass das Mobiliar alt und abgewohnt ist. Ich kenne es hier nicht anders. Aber er ist Journalist. Er könnte sich doch in einer kleinen sauberen Pension einmieten.«

»Ich habe das Haus auf Hochglanz gebracht, bevor er ...«, empörte sich Valérie schwach.

»Das meinte ich nicht«, beschwichtigte Amélie sie. »Es ist einfach ...«

»Du willst deine Ruhe haben«, resümierte ihre Tante trocken.

»Ja, vielleicht ist es das«, gab Amélie zu. »Ich weiß es nicht.«

Zwei Stunden später parkte sie ihren Wagen in Port-Vendres und machte sich auf den Weg an den Hafenkai. Melisende Ducrux lebte seit mehreren Jahren bei ihrer Tochter in dem kleinen Nachbarort Collioures. Valérie hatte Amélie die Adresse und Telefonnummer der ehemals besten Freundin ihrer Mutter besorgt.

»*Bonjour*, ich bin Jeannette«, begrüßte die blonde Frau Amélie, als sie ihr die Tür öffnete. »Maman hat sich sehr gefreut, als ich ihr mitgeteilt habe, dass Isabelles Enkelin sie besuchen möchte.«

»Sie kann sich an mich erinnern?«

Jeannette Ducrux nickte. »Meine Mutter ist für ihr Alter geistig sehr fit.«

»Das ist schön«, erwiderte Amélie, während sie der Frau durchs Haus folgte.

»Wir haben ihr hier unten das Schlafzimmer eingerichtet und unser Wohnzimmer nach oben verlegt. Glücklicherweise gab es schon immer ein Bad auf dieser Etage«, erklärte Jeannette, während sie die Tür zum Hinterhof öffnete.

An einem kleinen runden Holztisch saß eine weißhaarige Frau und wandte ihnen den Rücken zu.

»Maman, Isabelles Enkelin ist da.«

Die Dame drehte leicht den Kopf und hob eine Hand. Amélie beeilte sich, ins Blickfeld der Freundin ihrer Oma zu treten.

»*Bonjour, Madame.*«

»Nennen Sie mich Melisende«, erwiderte die Frau lächelnd, während sich ihr Gesicht zu unzähligen Runzeln verzog.

»Möchten Sie etwas trinken?«, wollte Jeannette wissen, während sie Amélie abwartend ansah.

»Einen Kaffee?«

»Bringe ich Ihnen sofort.« Jeannette deutete auf den anderen Stuhl. »Setzen Sie sich zu ihr. Dieser Ort ist ihr Lieblingsplatz, nicht wahr, Maman?«

Amélie erkannte gerührt die Liebe in der Stimme der Tochter.

»Sie haben sich verändert«, ergriff Melisende Ducrux das Wort, nachdem Amélie Platz genommen hatte. Rings um den Hof standen große Kübel mit bunt blühendem Oleander und Rosenstöcken. Ein kleines Pflanzenparadies nur einen Steinwurf vom Meer entfernt.

»Ich bin ein paar Jahre älter«, entgegnete Amélie lächelnd.

»Ja, wer ist das nicht?«

»Sie sehen gut aus.«

»Das soll wohl heißen, seien Sie froh, dass Sie noch leben.«

»Nein«, widersprach Amélie erschrocken. »Nein, das wollte ich auf keinen Fall …«

Melisende hob die rechte Hand und schüttelte schwach den Kopf. »Lassen Sie es gut sein, Amélie. Es war ein kleiner Scherz. Ich bin nicht dumm. In meinem Alter plant man nicht mehr. Ich sitze hier.« Sie deutete auf einen rosa Oleander. »Ich sehe diese wundervollen Blüten, das saftige Grün und erfreue mich an den Wundern der Natur.«

»Meine Oma lebt in einem Seniorenheim in Argelès«, erzählte Amélie. »Sie hat dort ein schönes Zimmer. Die Bewohner können auf der Terrasse sitzen. Ein kleiner Park umgibt das Gebäude.«

Melisende nickte. »Das klingt schön. Sicher gefällt es Isabelle dort.«

»Ich hoffe es«, bekannte Amélie offen. »Wer weiß das schon? Aber ihr Haus mit den vielen Treppen …« Sie zeigte auf das Gebäude hinter ihnen. »Im Erdgeschoss befindet sich die Baguetterie. Sie konnte die steilen Treppen nicht mehr gehen.«

Die alte Frau verknotete ihre Hände. »Ja, die Baguetterie. Das war Isabelles Leben. Schon immer.«

»Sie ist noch betriebstüchtig. Ich habe den Ofen bereits getestet.«

Melisende hob den Kopf und sah Amélie mit wässrigen Augen an. »Isabelle hat immer gesagt: ›Melisende, glaub an meine Worte. Irgendwann wird Amélie kommen und den Laden weiterführen.‹«

Amélie erwiderte den Blick überrascht. »Das hat Oma gesagt?«

Melisende nickte bekräftigend. »Mehr als einmal.«

Amélies Gedanken rasten. Die Worte der alten Frau hallten in ihrem Kopf wider. »Ich habe noch nie in Frankreich gelebt.«

»Ich glaube, es war Isabelles Wunsch.« Sie verzog die Lippen. »Das hätte sie Ihnen nie gesagt. Sie ist sehr stolz auf Sie. Auf Ihre Bücher.«

»Wann haben Sie sie das letzte Mal gesehen?«

Die alte Frau hielt inne und runzelte die Stirn. »Kurz bevor sie ins Seniorenheim umgezogen ist«, erwiderte sie gedehnt. »Ja, wir sprachen über die Veränderungen.« Sie deutete an sich hinab.

»Leider bin ich selbst nicht mehr so beweglich, dass ich sie dort besuchen könnte. Aber wir haben zwei- oder dreimal telefoniert.«

»Als ich das letzte Mal bei ihr war, meinte sie, ihre Zeit sei bald gekommen«, berichtete Amélie mit belegter Stimme.

Melisende lächelte nachsichtig. »Nicht verwunderlich in unserem Alter, oder?«

»Haben Sie keine Angst?« Amélie musterte die Frau abwartend.

»Vor was?« Sie schüttelte den Kopf. »Ich bin dreiundneunzig Jahre alt geworden. Ich habe eine wundervolle Tochter, zwei wohlgeratene Enkel. Ich war fünfzig Jahre lang verheiratet. Mehr passt in ein Leben nicht hinein.« Sie klang weder verbittert noch bedauernd.

»Meine Großmutter hat mir ihr Tagebuch zum Lesen gegeben«, begann Amélie vorsichtig.

»Isabelle und ihr Tagebuch.« Melisende lachte. »Dieses Buch schleppt sie seit jeher überall mit sich herum. Es wundert mich, ehrlich gesagt, ein wenig, dass sie es aus der Hand gegeben hat. Sie hat es stets wie ihren Augapfel gehütet, auch wenn sie, soweit ich weiß, seit Jahrzehnten nichts mehr hineingeschrieben hat. Es ist entstanden, als sie noch sehr jung war.«

»Ich habe es gelesen.«

»Ein großer Vertrauensbeweis von Isabelle.«

Amélie nickte. So hatte sie es noch gar nicht gesehen. »Sie beschreibt darin die Zeit während des Zweiten Weltkriegs, genauer gesagt das Jahr 1944.«

Die alte Frau starrte schweigend auf den Tisch.

»*Voilà*«, erklang Jeannettes Stimme in Amélies Rücken. »Der Kaffee. Ich lasse euch auch sofort wieder allein.«

»Ich habe keine Geheimnisse«, beeilte sich Amélie zu sagen.

»Sie wollten meine Mutter besuchen.« Jeannette nickte aufmunternd. »Also sollen Sie auch Mutters Besuch bleiben. Es tut ihr gut, wenn sie mal mit jemand anderem sprechen kann als mit uns.«

»Sprich nicht, als sei ich nicht anwesend«, tadelte Melisende ihre Tochter mit strenger Stimme. »Noch bin ich nicht tot.«

Jeannette lächelte und warf Amélie einen verschwörerischen Blick zu. »Wie ich sagte, geistig völlig auf der Höhe.« Sie zwinkerte belustigt und verließ den Hinterhof wieder.

»Sie haben Glück, dass Sie bei Ihrer Tochter leben können.«

Die alte Frau nickte. »Ja, Jeannette ist ein Schatz. Ich weiß wohl, dass es nicht immer einfach mit mir ist. Allzu lang werde ich ihr nicht mehr zur Last fallen, aber bis dahin ...« Sie grinste verschmitzt. »Ich bin immer noch ihre Mutter.«

»Haben Sie sich damals oft gesehen?«, kehrte Amélie zum eigentlichen Anlass ihres Besuchs zurück.

»Ich habe zu jener Zeit bei meinen Eltern in Collioure gelebt. Wir waren fünf Kinder. Ich hatte zwei Brüder und zwei Schwestern.« Sie fuhr sich mit der rechten Hand über ihr Gesicht. »Ich bin die Einzige von uns, die noch lebt.«

Amélie nickte stumm.

»Isabelle arbeitete in der Baguetterie gemeinsam mit ihrem Vater.«

»Haben Sie auch gearbeitet?«

Sie nickte. »Ich war in der Gemeindeverwaltung tätig. Habe Briefe getippt, Büroarbeiten erledigt.«

»Unter der deutschen Besatzung?«

»Ja, ab Ende 42 wimmelte es bei uns plötzlich von Nazis. Sie waren überall.«

»Haben Sie und Isabelle sich oft getroffen zu jener Zeit?«

Melisende legte den Kopf schief. »Nein. Es waren ... düstere Jahre. Das kann man heute überhaupt nicht mehr beschreiben.

Der Alltag war geprägt von Dingen, die heute völlig abwegig erscheinen. Es gab kein Fleisch mehr, wegen des Ausgangsverbots musste man im Winter schon um fünf Uhr nachmittags zu Hause sein. Mehr als einmal gab es falschen Bombenalarm. Jeden Tag hörte man von Schreckensnachrichten aus ganz Frankreich. Wir hatten Angst. Ein Gefühl, das Ihre Generation nicht mehr kennt. Zumindest nicht in dieser Intensität.«

Amélie nickte nachdenklich. »Was war mit Männern?«

Melisende begann, schallend zu lachen. »Männer? Wir waren jung.«

»Wissen Sie von einem Mann im Leben meiner Großmutter?«

Melisende sah sie irritiert an. »Sie stellen ja Fragen! Was meinen Sie? Selbstverständlich kannte ich Pierre, ihren Mann.«

»Ich meine davor.«

Die Augen der älteren Dame wanderten unruhig hin und her. »Ich weiß nicht genau ...«

»Wissen Sie von einer Beziehung während der Kriegsjahre?«

Ganz langsam schüttelte sie den Kopf, erwiderte jedoch nichts.

»Doch«, widersprach Amélie. »Sie wissen etwas. Sie waren ... sind ihre beste Freundin.«

Melisende schnaufte. »Sie hat mir nie etwas erzählt, wenn Sie das meinen. Ich habe immer vermutet, dass im Sommer 1944 etwas passiert sein musste. Wir haben uns damals sehr selten gesehen, aber doch oft genug, dass ich mitbekommen habe, wie glücklich sie die Monate zuvor war.«

»Sie haben sie nicht gefragt?«

Melisende lachte. »O doch. Ich habe sie immer wieder gefragt, aber sie wollte nicht mit der Sprache rausrücken. Ich wusste, dass es da jemanden gab. Aber ich konnte nicht verstehen, warum sie solch ein Geheimnis daraus machte. Ich dachte damals, es sei vielleicht eine unziemliche Verbindung. Dass er verheiratet sei.«

»Und auch später hat sie nie etwas gesagt?«

»Nein.«

»Aber Sie waren befreundet.«

»Isabelle war viele Jahre weg, wir hatten uns länger aus den Augen verloren.«

»Weg?« Amélie blinzelte verwirrt. »Wie meinen Sie das?«

»Wissen Sie das nicht?« Melisende überlegte. »Kurz vor Kriegsende – die Deutschen waren schon aus fast allen Landesteilen abgezogen – verschwand sie plötzlich in einer Nacht-und-Nebel-Aktion. Sie hat jahrelang im Norden Frankreichs gelebt. Dort hatte sie auch Valéries Vater kennengelernt, der sie dann ja bedauerlicherweise hat sitzen lassen.«

Amélies Gedanken überschlugen sich. »Meine Großmutter hat mehrere Jahre nicht in Collioure gelebt?«

»Ja, bestimmt fünf oder sechs Jahre lang. Ich bin mir nicht mehr ganz sicher.«

Diese Tatsache war Amélie nicht bekannt gewesen. Auch ihr Vater hatte nie davon erzählt. Vielleicht wusste er ebenfalls nichts. Sie musste dringend mit Valérie sprechen.

25

Friedrich blieb verschollen. Auch als ich an den nächsten Tagen Saint-Elme aufsuchte, fand ich nicht die geringste Spur von ihm. Ich hatte die ganze Nacht kein Auge zugemacht. Obwohl mir die Müdigkeit in den Knochen steckte, war ich aufgewühlt und unruhig.

Als Michel kam, um mich zu unserer Verabredung abzuholen, täuschte ich Unwohlsein vor, da ich nicht in der Lage war, gute Laune oder gar Freude vorzuspielen. Ich weiß nicht mehr, wie oft ich zu der Festung lief. Ich kann mich auch nicht erinnern, wie viele Nächte ich wach lag. In meinem Kopf herrschte ein heilloses Durcheinander. Ich hatte niemanden, mit dem ich hätte sprechen können. Niemanden, dem ich mein Leid und meinen Kummer hätte anvertrauen können, nur dieses Tagebuch kennt meine Sorgen und meinen unaussprechlichen Schmerz. In die Nähe der Gendarmerie traute ich mich nicht. Wenn ich deutschen Soldaten begegnete, beschleunigte sich vor lauter Aufregung mein Herzschlag, und ich fürchtete, sie könnten das wilde Pochen hören. Ich stand völlig neben mir. Wo war Friedrich? Wenn Papa abends Radio London hörte, schlich ich um ihn herum, um zu hören, ob es Nachrichten aus unserer Region gab. Doch Collioure wurde nicht einmal erwähnt. Aber was war geschehen? Wenn seine Kameraden ihn entdeckt hätten, müsste Friedrichs Festnahme doch bekannt sein. Die Gerüchteküche war seit Kriegsbeginn noch nicht einmal erloschen. Ein Angehöriger der Wehrmacht, der mit der Résistance zusammenarbeitete. Eine solche Information wäre nicht verborgen geblieben. Während die Menschen um mich herum die hoffnungsfrohen Neuigkeiten bejubelten, ging es mir von Tag zu Tag schlechter. War Friedrich abgehauen? War die Gefahr für ihn, entdeckt zu werden, so unüberschaubar geworden, dass er keinen anderen Ausweg mehr gesehen hatte als Flucht? Stundenlang lag ich auf meinem Bett und weinte. Das Leben hatte für mich seinen Sinn verloren. Immer wieder rief ich mir unsere Begegnungen auf der Festung ins Gedächtnis. Friedrichs liebevolle Art, seinen Charme. Es durfte nicht vorbei sein! Der Gedanke, ihn verloren zu haben, war schier unerträglich. Wie sollte ich ohne ihn weiterleben?

Maman blieb mein Zustand natürlich nicht verborgen. Immer wieder löcherte sie mich mit Fragen, doch ich konnte es ihr nicht sagen. Ich wusste ja selbst nicht, was passiert war. In den Nächten lag ich wach und lauschte in die Stille, hoffte auf das Klacken eines Steins an meinem Fensterladen. Doch mein Bangen und Hoffen war vergebens. Friedrich kehrte nicht zurück. Es war, als habe er nie existiert. Er hinterließ keinerlei Spuren. Nichts, was darauf hindeutete, dass er je hier gewesen war. Dass er mir mein Herz gestohlen hatte. Nicht einmal ein Foto hatte ich von ihm. Meine Verzweiflung war unermesslich.

Ich kapselte mich ab. Morgens stand ich auf und half Papa in der Baguetterie. Am Nachmittag ging ich nach Saint-Elme, um zu sehen, ob Friedrich zurückgekehrt war. Und am Abend legte ich mich ins Bett und wartete endlose Stunden auf den nächsten Tag. Befand ich mich in einer Art Wachkoma? Ich lebte, aber in meinem Inneren war alles leer. Wenn Papa von den Erfolgen der Alliierten berichtete, hörte ich gleichgültig zu, konnte die Informationen jedoch nicht verarbeiten. Es war mir auch egal. Der Ausgang des Kriegs würde nichts an meiner Situation ändern. Friedrich war weg. Er hatte mich alleingelassen, und ich wusste nicht, warum.

Irgendwann schlug mein Kummer in tiefe Enttäuschung um. Warum war er sang- und klanglos verschwunden? Hätte er vor seinem Weggang nicht alles daransetzen müssen, mir mitzuteilen, dass er untertauchen musste? Nach allem, was zwischen uns gewesen war?

Manchmal, wenn ich allein im Bett lag, hatte ich das Gefühl, wieder seine Hände auf meinem Körper zu spüren. Ich sah seine wunderschönen blauen Augen vor mir, sein wirres Haar, nachdem wir uns geliebt hatten. Bis zu jenem Zeitpunkt hatte ich nicht gewusst, dass Liebe so wehtun konnte.

Aufgewühlt legte Amélie das Tagebuch zur Seite und beobachtete, wie ein weißes Segelschiff sanft auf den Wellen schaukelte.

Wo war Isabelle gewesen? Was hatte sie in Nordfrankreich gemacht? Was wussten Amélies Vater und Valérie darüber? Nachdenklich fuhr sie mit dem Daumennagel über das Holz der Bank. Touristen strömten an ihr vorbei. Das Wetter lockte sowohl Tagesausflügler als auch Hotelgäste ins Freie. Amélies Aufenthalt hatte nur wenig mit dem gewöhnlichen Touristenalltag zu tun. Ihre Pläne, sich treiben zu lassen, das Meer und den Strand zu genießen und endlich ein wenig zur Ruhe zu kommen, waren Beschäftigungen gewichen, die sie sich in Deutschland nicht hätte erträumen lassen. Anstatt sich allein in das Haus ihrer Oma zurückziehen zu können, hatte Amélie Benjamin Lemarre als unerwünschten Mitbewohner am Hals. Das Putzen der Baguetterie und das Herumwerkeln in der Backstube sowie die Auseinandersetzung mit der Vergangenheit ihrer Oma brachten zwar keine tatsächliche Entspannung in Amélies Leben, doch die Ablenkung tat ihr gut. Ganz langsam schaffte sie es, die Trauer als das anzunehmen, was sie war: ein Teil ihres Lebens. Sie gehörte zu ihr, machte sie nun mit aus.

Amélie erhob sich und kehrte zu ihrem Wagen zurück. Auf dem kurzen Weg nach Collioure grübelte sie weiter über die Frage, wie sie Friedrich Herzogs Schicksal klären könnte.

Zwanzig Minuten später betrat sie den Laden. Durch die offene Tür der Backstube sah sie Benjamin im Hinterhof stehen. Er wandte ihr den Rücken zu, drehte sich aber um, als die Tür ins Schloss fiel. »*Bonjour*, Amélie.«

»*Bonjour*«, erwiderte sie unwillig, während sie auf die Zigarette in seiner rechten Hand blickte.

»Heute bleibt die Baguetterie kalt?« Als er lächelte, bildeten sich zwei kleine Grübchen an seinem Kinn.

»Ich bin im Urlaub«, erklärte sie.

Benjamin nickte. »Ich weiß. Es war nur ein Scherz.« Er nahm einen Zug.

»Aber ich backe.« Trotzig reckte sie das Kinn vor. »Ich habe bereits erste Bestellungen.«

Sein Blick wurde eindringlicher. »Bestellungen?« Er runzelte die Stirn.

»Inoffiziell«, wiegelte sie ab.

»Da würde ich mich gern anschließen.« Wieder lächelte er. »Inoffiziell.«

Amélie nickte zögernd. »*D'accord*.«

»Sagen Sie mir, was Sie dafür bekommen.«

»Ich möchte nichts. Das Backen macht mir Spaß, das reicht schon.«

Sein Blick intensivierte sich. »Spaß? Ich glaube, es ist das erste

Mal, dass ich dieses Wort aus Ihrem Mund höre. Sie machen Fortschritte.«

»Ja, vielleicht«, erwiderte sie leise.

»Fangen Sie an, wieder zu leben. Es scheint Ihnen gutzutun, wenn Sie an sich selbst denken.«

»Ich versuche es.« Sie musterte sein Gesicht.

Da er nichts mehr erwiderte, kehrte sie in die Backstube zurück und holte das Mehl hervor. Während sie die Hefe in lauwarmem Wasser auflöste und mit einer Gabel darin herumstocherte, schlugen ihre Gedanken Purzelbäume. Hatte Benjamin recht? Sollte sie mehr an sich selbst denken? Amélie sah auf und starrte in den Verkaufsraum. Das hier war nicht ihr Leben. Sie war keine Bäckerin. Das war nicht ihr Haus. Sie lebte in Deutschland. Während ihr Blick wieder auf ihre bemehlten Hände fiel, fragte sie sich, was für einen Sinn all das hier ergab. Auch die Geschichte ihrer Oma lag siebzig Jahre zurück. Was bezweckte sie mit ihrem Versprechen? Isabelle Monet war über neunzig. Sie hatte trotz allem ein ausgefülltes Leben geführt mit einem Ehemann, der sie geliebt hatte, und zwei wohlgeratenen Kindern. Amélie dagegen hatte – nichts. Ihre Familie war tot. Ihr Mann hatte sie nicht geliebt. Und ihr Talent war versiegt.

Sie drehte ihre Hand und blickte auf die feinen dünnen Linien, die noch immer deutlich zu erkennen waren. Seit sie hier war, hatte sie rigoros darauf geachtet, niemandem die Verletzungen zu zeigen. Machte sie sich nur etwas vor? Wie lange wollte sie sich jetzt in die Backstube stellen? Was bezweckte sie damit?

Warum versuchte sie sich nicht an ihrer neuen Manuskriptidee? Ihr Verleger wartete händeringend auf einen neuen Text von ihr. Schließlich musste Amélie zukünftig von irgendetwas leben. Selbst wenn sie die Wohnung zu einem guten Preis verkaufen konnte, würde der Großteil des Erlöses direkt an die Bank wandern. Obwohl sie von der Lebensgeschichte ihrer Oma mehr als angetan gewesen war, bremste die Tatsache, dass diese Liebe kein Happy End gefunden hatte, ihren Elan erheblich. Natürlich konnte sie den Schluss ändern. Schließlich wollte sie keine Biografie schreiben. Aber vielleicht würde ein anderer Ausgang die unbestreitbare Intensität der Beziehung schmälern. Sollte sie bei der Wahrheit bleiben? Sollte sie den Leser tatsächlich mit einem schlechten Gefühl in den Alltag entlassen?

Amélie wusste es nicht. Sie begann, den Teig zu kneten, und genoss das weiche Gefühl an ihrer Haut. Zufrieden spürte sie, wie der Teig geschmeidiger und luftiger wurde, wie die Hefe-Mehl-Mischung duftete. Das wohlvertraute zarte Kleben des Teigs an ihren Fingern entspannte sie und verdrängte das Grübeln.

»Sie scheinen wirklich in Ihrem Element zu sein.«

Amélie drehte sich zu Benjamin um, der unbemerkt hinter sie getreten war.

»Ihr Gesichtsausdruck spricht Bände.« Er lächelte. »Und an Ihrem Baguette schmeckt man das Herzblut, mit dem Sie das Backen angehen.«

»Danke.«

Er zog die Brauen hoch. »Das haben Sie jetzt nicht wirklich gesagt, oder?«

Sie musste ein Grinsen unterdrücken. »Ich fürchte doch.«

»Wow«, entfuhr es Amélie eine Viertelstunde später leise, als sie von dem Gorgonzola-Dip probierte. Obwohl der Schimmelkäse den Geschmack zweifellos dominierte, überraschten sie die Milde und Cremigkeit. »Nicht schlecht«, lobte sie sich selbst lächelnd.

»Was ist nicht schlecht?« Benjamin Lemarres blondes Haar erschien am Treppenabsatz.

Amélie hatte ihn nicht kommen hören.

»Ich wollte Sie nicht erschrecken«, setzte er an, während er die Backstube betrat.

»Sie haben mich nicht erschreckt«, erwiderte sie, während sie den Dip noch einmal umrührte. »Wenn Sie schon da sind, können Sie gleich Ihr Baguette mitnehmen.« Sie zeigte auf die Ablagefläche hinter sich. »Es ist fertig.«

»Das riecht man.« Er schnupperte demonstrativ. »Aber deshalb bin ich eigentlich nicht heruntergekommen.«

Amélie hob den Kopf und sah ihn abwartend an.

»Ich wollte fragen …« Er verdrehte die Augen. »Ich wollte mich entschuldigen.«

Sie runzelte die Stirn, blieb jedoch stumm.

»Wegen des Bierkastens. Wegen …« Er starrte durch die Hintertür in den Hof hinaus. »*Alors*, was ich fragen wollte …«

Seine Unsicherheit ließ Amélie schmunzeln. »Sie machen es aber spannend.«

»Sie haben mich bereits einmal abblitzen lassen, aber so schnell gebe ich nicht auf. Wollen Sie heute Abend mit mir essen?« Seine Augen ruhten jetzt fest auf ihrem Gesicht.

»Mit Ihnen essen?«

»Klingt das so absurd?« Benjamin grinste.

»Nein.« Sie blinzelte nervös. »Natürlich nicht. Aber …«

»Ja, die letzten Tage liefen nicht gut. Aber ich weiß nicht, wie lange ich noch bleibe …« Er hob die Hände. »Und Sie sind auch noch eine Weile hier. Da dachte ich einfach …«

Amélie ließ ihren Blick über sein attraktives Gesicht schweifen. Warum eigentlich nicht? Vielleicht fänden sie tatsächlich einen Weg, besser miteinander auszukommen. Sie rief sich ihren Entschluss ins Gedächtnis, gemeinsam mit ihrer Trauer wieder ins Leben finden zu wollen. Was sprach gegen ein Abendessen mit einem gut aussehenden Mann, auch wenn die letzten Tage ein wenig unglücklich verlaufen waren? »Ja«, nickte sie schließlich. »Wir können gern gemeinsam essen.«

Seine Miene hellte sich auf. »Wirklich? Ich hatte schon befürchtet …«

» … dass die Zicke Sie erneut anblafft?« Auch sie lachte nun.

» … dass mein Vorschlag bei Ihnen nicht so ankommt, wie er gemeint ist«, verbesserte er sie mild.

»So bin ich eigentlich nicht«, erklärte sie leise, während sie den Kopf schüttelte. »Ich bin …«

»Warum erzählen Sie mir nicht später, wie Sie sind?«, unterbrach er sie behutsam. »Ich gehe wieder hoch und bereite alles vor.« Er griff nach dem Baguette. »Das passt prima zum Essen.«

»Ich muss noch ein paar Brote ausliefern«, erwiderte Amélie.

»Ihre Bestellungen?«

Sie nickte. »Genau. Meine Tante und ihre Bekannten warten auf das Baguette. Sobald ich zurück bin, springe ich kurz unter die Dusche und komme dann zu Ihnen.«

»Machen Sie das.« Er verließ die Backstube, drehte sich aber an der Treppe noch einmal um. »Ich freue mich, Amélie.«

Mit klopfendem Herzen zog Amélie anderthalb Stunden später sorgfältig ihre Lippen nach. Sie legte ihr Lieblingsparfüm auf und betrachtete sich, soweit es möglich war, im Spiegel. Da das kleine Bad kein Fenster besaß, war alles beschlagen. Vorsichtig griff sie an ihre Hüfte. Die Schmerzen waren mittlerweile deutlich abgeklungen, auch wenn der Bluterguss noch immer dem schönsten Regenbogen hätte alle Ehre machen können. Amélie strich ihre Bluse glatt und verließ das Bad. Es roch verführerisch nach Gemüse. Neugierig betrat sie die Küche.

Als sie ihren Mitbewohner erblickte, musste sie lachen. Benjamin hatte sich die alte Schürze ihrer Oma umgebunden, auf der ein blühendes Lavendelfeld mit einer verfallenen Ruine im Hintergrund zu sehen war. »Violett steht Ihnen.«

Er verzog das Gesicht zu einer Grimasse. »Sie lag im Schrank obenauf.« Er verdrehte die Augen. »Und ich dachte, bevor ich mich meinem Gast mit verspritztem T-Shirt präsentiere …«

»Wie gesagt, die Farbe steht Ihnen«, erklärte Amélie ein weiteres Mal und stellte sich neben ihn. »Was gibt es denn?«

»Ratatouille«, erklärte er stolz. »Nach Art Lemarre.«

»Na, da bin ich aber gespannt.«

»Und Ihr Baguette ist die beste Ergänzung, die man sich vorstellen kann.«

»Soll ich etwas helfen?«

Benjamin sah sie einige Sekunden lang schweigend an. Amélie senkte den Blick.

»Nein. Gehen Sie ruhig schon nach oben auf die Terrasse. Es ist alles vorbereitet. Ich komme sofort nach.«

Gespannt verließ sie die Küche und stieg die Stufen hinauf. Benjamin hatte nicht zu viel versprochen. Auf dem Balkontisch lag heute Abend eine blau geblümte Tischdecke. Neben den zwei Tellern befanden sich weiße Servietten. In der Mitte stand ein dreiarmiger Kerzenhalter. Amélie stellte sich an die Brüstung und schaute über die Dächer. Ein lauer Sommerabend an einem der schönsten Orte, den es für sie gab. Sie schloss die Augen und genoss die abendliche Stille.

»Voilà!« Benjamin erschien, rückte geschickt den Brotkorb mit dem geschnittenen Baguette zur Seite und stellte den Topf daneben. »Kommen Sie.«

Amélie setzte sich und beobachtete, wie er ihnen Wein einschenkte und die beiden Teller füllte.

»Bon appétit.«

»Danke, ebenso«, erwiderte Amélie und nahm das Besteck auf.

»Mmh, das ist superlecker«, entfuhr es ihr nach den ersten Löffeln.

»Sag ich doch«, erwiderte Benjamin zufrieden. »Nach Art Lemarre.«

»Es tut mir leid«, erklärte Amélie wenig später, nachdem sie ihren Teller geleert hatte.

»Ich mag Frauen mit gesundem Appetit«, entgegnete Benjamin grinsend.

»Das meinte ich nicht. Ich habe mich schrecklich verhalten. Sie waren so nett, mich hier aufzunehmen, obwohl Sie das komplette Haus gemietet hatten, und ich ...«

»Was halten Sie davon, wenn wir einfach vergessen, was war?«

Sie erwiderte seinen Blick. Wieder fielen ihr die kleinen Grübchen ins Auge, die Sprenkel in seiner Iris.

»Sehr gern«, erwiderte sie leise.

»Ich kann Sie übrigens verstehen«, setzte Benjamin nach kurzem Zögern an und lehnte sich in seinem Stuhl zurück. »Als Marie starb, war ich jahrelang wie gelähmt. Ich dachte damals, ich könne dem Leben nie wieder etwas Positives abgewinnen. Warum wir? Immer und immer wieder habe ich mich das gefragt, bis ich bemerkte, dass es eben nicht nur ich war, dem das Leben übel mitgespielt hatte.«

»Wer war Marie?«, wollte Amélie wissen. »Ihre Freundin?«

»Meine Frau. Sie starb mit siebenundzwanzig.«

»Wann war das?« Plötzlich schämte sie sich für ihr Verhalten. Auch er hatte mit einem Verlust zu kämpfen, doch im Gegensatz zu ihr verhielt er sich nicht wie der letzte Idiot.

»Vor sieben Jahren. Im August bekam sie die Diagnose. Wir waren damals total geschockt. Die Ärzte erklärten uns, welche

Therapien jetzt auf sie zukämen und welche Maßnahmen ergriffen werden müssten.«

»Sie hat es nicht geschafft«, folgerte Amélie mitfühlend.

Er schüttelte den Kopf. »Zwei Tage nach dem Gespräch teilte uns die Klinik mit, dass die Blutwerte schlimmer seien als angenommen. Es gab keine Hoffnung auf Heilung. Man sagte uns, dass Marie noch ein halbes Jahr habe.« Er hielt inne und blickte zum Horizont. »Drei Tage vor Weihnachten ist sie gestorben«, setzte er nach minutenlangem Schweigen nach. »Zwei Monate vor ihrem achtundzwanzigsten Geburtstag.«

»Das ist furchtbar.«

Benjamin nickte. »Ja, das ist es.«

»Es tut mir sehr leid.«

»Danke.«

»Ich schäme mich«, begann Amélie unsicher. »Ich ... wenn ich gewusst hätte ...« Ihr fehlten die Worte. Ihr Verhalten war unentschuldbar.

»Das müssen Sie nicht«, wiegelte er ab. »Jeder Mensch geht anders mit dem Verlust eines geliebten Menschen um. Ich war jahrelang kaum ansprechbar, lebte nur noch für meine Arbeit. Andere Frauen, das normale Alltagsleben, all das hat mich nicht mehr interessiert.«

Amélie betrachtete ihn nachdenklich. Warum hatte sie diese Tiefsinnigkeit bisher bei ihm nicht wahrgenommen? Weil sie ihm überhaupt keine Chance gegeben hatte, beantwortete sie sich sogleich ihre Frage selbst. Für sie hatte er vom ersten Moment an den Störenfried dargestellt, der sie daran hinderte, sich ihrem Elend hingeben zu können. Wie erbärmlich sie doch war! Amélie war nicht die Einzige, der es schlecht ging. Als sie sich ins Gedächtnis rief, wie sie Benjamin begegnet war, wäre sie am liebsten aufgesprungen und weggerannt. Was musste er nur von ihr halten?

»Woran denken Sie, Amélie?«

Sie schüttelte den Kopf und stand auf. Doch statt die Terrasse zu verlassen, stellte sie sich ans Geländer.

»Reden Sie mit mir«, forderte er sie leise auf.

Einige Augenblicke lang starrte sie schweigend auf das Hausdach gegenüber. Eine grau getigerte Katze schlich an der Dachrinne entlang. »Ich weiß nicht«, entgegnete sie schließlich unbeholfen.

»Möchten Sie über den Unfall reden?« Benjamin erhob sich und trat neben sie. Als sie zu ihm aufsah, begegnete sie seinem sanftmütigen Blick, der alle Dämme in ihr brechen ließ.

»Wir haben gestritten«, begann sie wie automatisch zu erzählen. »An jenem Abend hat Thorsten mir eröffnet, dass er mich verlassen werde. Dass er mich nicht mehr liebe. Dass wir uns zu weit voneinander entfernt hätten. Ich sei nur noch mit meinen Büchern und dem Schreiben beschäftigt.« Sie schluckte. Noch nie hatte sie über dieses letzte Gespräch geredet. Niemand kannte die Wahrheit. »Ich war wie vor den Kopf gestoßen, dachte, wir müssten nur miteinander sprechen, damit alles wieder gut würde. Immerhin hatten wir ein gemeinsames Kind. Marco war erst zwei Jahre alt. Als Thorsten mir dann erklärte, dass es eine andere Frau gebe, brach für mich eine Welt zusammen.«

»Wieso hat er Ihnen das im Auto gesagt? So etwas bespricht man doch zu Hause.« Benjamins Stimme klang ruhig.

»So war der Plan«, stimmte Amélie ihm zu. »Aber ein Wort ergab das nächste, und am Ende steckten wir in einem furchtbaren Streit.«

»Ist der Unfall deswegen passiert? Hat Ihr Mann die Kontrolle über den Wagen verloren, während Sie sich gestritten haben? Machen Sie sich deshalb solche Vorwürfe?«

»Woher wollen Sie wissen, dass ich mir …?« Amélie schüttelte den Kopf. »Nein, das war es nicht. Thorsten hatte sein Handy fallen lassen. Er schnallte sich ab, um es wieder aufzuheben. Und plötzlich war da dieser Transporter, der uns auf unserer Seite entgegenkam. Er wich nicht aus, obwohl er uns gesehen haben musste.«

»Vielleicht war er abgelenkt?«

Amélie lachte bitter auf. »Er hat nicht einmal angehalten, als wir von der Straße abkamen. Er muss bemerkt haben, was geschehen war.«

»Ihr Mann hat versucht auszuweichen.«

Amélie erwiderte nichts.

»Es war ein bedauerlicher Unfall.«

»Mein Mann hat nicht versucht auszuweichen«, erklärte sie mit tonloser Stimme.

»Wie meinen Sie das?« Er klang irritiert.

»Mein Mann hat nicht versucht auszuweichen«, wiederholte sie emotionslos.

»Was soll das heißen? Dass er den Unfall absichtlich verursacht hat?«

Amélie schüttelte den Kopf. »Es war nicht mein Mann, der am Steuer saß.« Sie wandte den Kopf und sah Benjamin fest in die Augen. »Ich bin an jenem Abend gefahren.«

»Sie?« Seine Miene wurde ungläubig. »Aber … Sie …«

Amélie nickte nachdrücklich. »Ich bin es, die den Unfall verursacht hat, der mein Kind und meinen Mann das Leben gekostet hat.« Sie konnte spüren, wie es in Benjamin arbeitete. Warum erzählte sie ihm das alles? Sie kannte diesen Mann überhaupt nicht. Noch dazu war er Journalist.

Benjamin berührte sie am Oberarm. »Du kannst nichts dafür.«

Überrascht sah sie ihn an.

»Es war ein Unfall, unabhängig davon, wer am Steuer saß.«

»Es fühlt sich aber anders an«, widersprach Amélie düster.

»Ja, ich weiß.« Er nickte. »Ich habe mir auch jahrelang Vorwürfe gemacht, ob ich etwas hätte anders machen müssen. Ob ich Marie doch hätte überreden sollen, eine Chemotherapie zu machen. Egal, was die Ärzte uns rieten. Aber diese Überlegungen führen zu nichts. Wir machen uns nur selbst das Leben damit schwer. Auf bestimmte Dinge haben wir keinen Einfluss, auch wenn das schwer zu akzeptieren ist. Wir Menschen neigen dazu, zu viel zu grübeln, zu viel zu hinterfragen, wo es einfach nichts zu hinterfragen gibt. Wir können nicht jede Krankheit besiegen. Und manchmal sind wir den Fehlern unserer Mitmenschen leider schutzlos ausgeliefert.«

Amélie dachte darüber nach. »Es tut so verdammt weh, wenn ich daran denke, wie ...«

»Dann denk nicht daran«, forderte er sie sanft auf und drehte sie zu sich. »Wir können die Vergangenheit nicht ungeschehen machen. Was passiert ist, ist passiert. Der Tod ist leider endgültig.« Benjamin nahm ihre Hand. »Aber sie begleiten uns. Wenn wir an sie denken und über sie sprechen, dann leben sie weiter. In unseren Herzen und unseren Gedanken.«

Amélie fühlte einen Kloß im Hals. »Denkst du, es gibt so etwas wie Schicksal?«

Er lachte heiser. »Nein, an Schicksal glaube ich nicht. Das Leben geht seinen Weg, und wir haben nur bedingt Einfluss auf die Richtung. Aber ich weigere mich, mich als Marionette in einem großen Spiel namens Schicksal zu akzeptieren, die hinnehmen muss, was der große Unbekannte mit ihr vorhat.« Er schüttelte den Kopf. »Wenn alles vorbestimmt wäre, wäre unser Leben doch sinnlos. Macht es nicht erst den Reiz des Lebens aus, selbst Entscheidungen zu treffen und abzuwägen, was wir möchten? Wir sind doch keine willenlosen Geschöpfe.«

»Nein«, stimmte Amélie ihm nach kurzem Zögern zu. »Nein, das sind wir mit Sicherheit nicht.« Wieder sah sie ihn an. Diesmal blieb ihr Blick an seinen schön geschwungenen Lippen hängen. »Das sind wir nicht«, murmelte sie leise.

Als Benjamin eine Hand hob und vorsichtig über ihr Haar strich, stockte ihr der Atem. Der Abend schien eine unvorhergesehene Wendung zu nehmen. Doch Benjamins Nähe verunsicherte sie nicht. Ganz im Gegenteil. Sie fühlte sich auf einmal zu ihm hingezogen, spürte den starken Wunsch, ihn ebenfalls zu berühren.

Als er den Kopf senkte, wich sie nicht zurück. Sie schloss die Augen und wartete darauf, dass ihre Lippen sich endlich begegneten. Sein Mund fühlte sich warm und weich an, fordernd und zärtlich zugleich. Während sie seine Hände auf ihrem Rücken spürte, schlang sie die Arme um seinen Nacken und drängte sich dichter gegen seinen Körper. Wie lange war es her, dass ein Mann sie begehrt hatte? Sie genoss seinen Geschmack in ihrem Mund, seinen Duft in ihrer Nase. Während seine Finger über ihre Hüften strichen, krampfte sich ihr Unterleib wehmütig zusammen.

»Du bist so schön, Amélie.«

Seine Stimme durchbrach das Gefühl von Geborgenheit und Sehnsucht in ihr. Was tat sie da? Ruckartig löste sie sich aus seinen Armen und schnappte nach Luft.

»Was ist?« Verunsichert wollte Benjamin sie wieder an sich ziehen.

»Nein, das geht nicht«, erklärte sie mit belegter Stimme. »Das wäre falsch.«

»Für mich hat es sich nicht falsch angefühlt.«

Für sie auch nicht. Amélie schloss kurz die Augen, um sich zu besinnen. »Es geht nicht«, wiederholte sie bestimmter, blickte kurz zu dem gedeckten Tisch und wandte sich um. »Es tut mir leid.«

26

Sanft strich die noch angenehme frühe Morgenluft über Amélies Haut. Wenn sie sich den gestrigen Abend ins Gedächtnis rief, begannen ihre Wangen augenblicklich, wieder zu glühen. Sie hatte sich unmöglich benommen. Ein weiteres Mal. Erst küsste sie Benjamin Lemarre, als gäbe es kein Morgen, nur um ihn dann mehr als armselig vor den Kopf zu stoßen und wie ein Teenager abzuhauen. Was war mit ihr los? Warum verhielt sie sich so irrational? Hatte sie nicht vor wenigen Tagen noch beklagt, dass sie nichts mehr empfinden konnte? Dass ihr Innerstes völlig taub sei? Amélies Magen krampfte sich zusammen. Benjamins Kuss hatte sich alles andere als taub angefühlt. Nachdenklich blickte Amélie in den Innenhof. Was hatte der Abend zu bedeuten? Hatte er überhaupt etwas zu bedeuten? Es war nur ein Kuss gewesen. Sie schüttelte den Kopf. Ja, nur ein Kuss. Doch der war das mit Abstand Erotischste und Aufregendste, was sie in den letzten drei Jahren erlebt hatte.

Das Klingeln ihres Smartphones unterbrach ihr Grübeln. Als sie die Nummer auf dem Display erkannte, nahm sie das Gespräch erleichtert an. »Papa.«

»Guten Morgen. Hast du schon ausgeschlafen?«

Sie lächelte. »Ja, ich werde gleich in den Laden gehen und backen.«

»Was?«

Amélie erzählte ihm von der Putzaktion und ihren Ideen.

»Das klingt gut«, entgegnete ihr Vater freudig. »Deine Mutter nickt neben mir. Sie würde gern deine Dips probieren.«

»Kommt doch her«, schlug Amélie aus einer spontanen Eingebung heraus vor.

»Warum nicht?«

Für einige Sekunden hörte Amélie, wie ihr Vater mit ihrer Mutter sprach.

»Wir überlegen es uns, Amélie. Ein wenig Urlaub würde uns auch nicht schaden.«

»Oma würde sich sicher freuen«, erwiderte sie hoffnungsfroh. »Und ich auch.«

»Wann, sagtest du, wird der Mieter abreisen?«

Wieder stieg Scham in Amélie hoch. »Er wusste es noch nicht. Offensichtlich hat er seine Recherchen noch nicht beendet.«

»Dann sag uns Bescheid, wenn sich etwas Neues ergibt«, bat ihr Vater. »Allerdings ist das nicht der Anlass meines Anrufs.«

»Sondern?«, wollte Amélie alarmiert wissen.

»Gestern hat der Makler in meinem Beisein drei weiteren Ehepaaren die Wohnung gezeigt.«

»Und?«

»Und eines davon hat sich heute früh schon bei ihm gemeldet und Interesse bekundet«, verkündete ihr Vater stolz. »Sehr starkes Interesse, wie er meinte.«

Amélie war baff. »Das wäre ja ... fantastisch.«

»Zum Preis haben sie sich noch nicht geäußert, aber das wäre dann ja auch erst der zweite Schritt.«

Amélie schloss die Augen. Wenn sie die Wohnung tatsächlich so schnell verkaufen könnte, würde sie nichts mehr in Heidelberg halten. Momentan fiel ihr kein Grund ein, in ihre Heimatstadt zurückzukehren. Alles in ihrem Umfeld erinnerte sie dort an den Verlust ihrer Familie. Wie war es möglich, dass sie sich nach so kurzer Zeit hier derart hatte einleben können?

»Wir melden uns wieder, Amélie«, verabschiedete sich ihr Vater kurz darauf.

Gedankenverloren trat sie an den Kleiderschrank und ließ den Blick über die Kleider schweifen, als es plötzlich klopfte.

»Amélie?«

Benjamin! Ihr Puls beschleunigte sich.

»Amélie, ich weiß, dass du da bist. Ich habe Frühstück gemacht. Bitte lass uns reden.«

Verärgert über ihre eigene Feigheit, schüttelte sie den Kopf und öffnete die Tür.

»Guten Morgen.« Benjamin grinste sie unbedarft an. »Gut geschlafen?«

»Es geht«, erwiderte sie leise.

»Sicher hast du Hunger.« Sein blondes Haar war leicht zerzaust.

Amélie nickte.

»Dann komm. Die Temperaturen sind noch erträglich. Lass uns auf der Terrasse frühstücken.« Er wollte nach ihrer Hand greifen, doch Amélie trat einen Schritt zurück. »Warum tust du das?«

»Was?« Er runzelte die Stirn.

»Warum bist du so nett?«

Irritiert sah er sie an. »Ich verstehe nicht …«

»Na, gestern Abend …« Unbeholfen fuchtelte sie mit ihrer Hand herum.

»Wie wär´s, wenn du dich anziehst und dann nach oben kommst?« Sein Tonfall klang belustigt. »Dort können wir weitersprechen.«

Eine Viertelstunde später trat Amélie frisch geduscht ins Freie. Die Kerzen waren vom Tisch verschwunden. Stattdessen stand ein blauer Brotkorb mit Croissants und Pains au chocolat in der Mitte. »Baguette habe ich keines geholt. Das kann mit deinem sowieso nicht mithalten«, erklärte Benjamin lächelnd, als er auf einen der Stühle zeigte. »Setz dich.«

Amélie wusste nicht, wie sie sich verhalten sollte.

»Greif zu«, forderte er sie auf, nachdem auch er Platz genommen hatte.

»Ich habe keine Ahnung, was du vorhast«, ergriff sie das Wort. »Aber ich habe mich gestern wieder einmal mehr als dämlich benommen. Und ich weiß nicht ...« Sie verstummte.

»Du hast ein schlechtes Gewissen«, entgegnete Benjamin nüchtern, während er ihnen Kaffee einschenkte. »Du bestrafst dich selbst, weil du an jenem Abend gefahren bist. Weil du dir die Schuld an dem gibst, was geschehen ist, gestehst du dir nicht mehr zu, wieder zu leben und glücklich zu sein.«

Amélie hatte bei seinen Worten die Augen aufgerissen. »Sagtest du nicht, du seiest Journalist? Was du da von dir gibst, klingt eher nach einem Psychologen.«

Gutmütig verzog Benjamin die Lippen. »Das eine geht manchmal nicht ohne das andere. Aber da ich selbst in einer ähnlichen Situation war, kann ich sehr gut nachempfinden, wie du dich fühlst. Mir ging es vor Jahren genauso. Allein, wenn ich mich nur mit einer Frau unterhalten hatte, plagten mich sofort Gewissensbisse. Es war, als ob ich Marie hinterging.« Er machte eine Pause. »Bis ich endlich begriffen habe, dass Marie mich nicht mehr glücklich machen konnte. Sie ist tot. Ich werde sie nie vergessen, und sie wird immer bei mir sein. Aber sie kann nichts mehr aktiv dazu beitragen, um mein Leben glücklicher zu gestalten.«

»Harte Worte«, befand Amélie nachdenklich.

Benjamin schüttelte den Kopf. »Nein, überhaupt nicht.« Er beugte sich vor. »Die Situation ist doch so: Wenn Marie noch leben würde, hätten wir uns gestern Abend niemals geküsst.« Er lächelte schwach. »Was ohne Zweifel sehr bedauerlich wäre, aber das wüssten wir dann ja nicht. Wenn dein Mann noch leben würde und ihr euch an jenem Tag oder auch danach nicht getrennt hättet, hätten wir beide sicher niemals im Leben zusammen zu Abend gegessen.«

Amélie musste ihm notgedrungen recht geben. »Thorsten wurde aus dem Wagen geschleudert. Wir hatten ein Cabrio. Als der Wagen auf die Seite kippte, habe ich fieberhaft versucht, den Anschnallgurt zu lockern, da ich sofort gewusst habe, dass etwas Furchtbares geschehen war. Mein Bein war taub. Die Ärzte teilten mir danach mit, dass ich großes Glück gehabt hatte, dass sie es retten konnten und keine Folgeschäden zurückgeblieben sind.« Sie hielt inne. »Außer den Narben am Innenschenkel.« Sie blickte in ihren Schoß. »Als ich mich endlich befreien konnte, bin ich auf die Beifahrertür geknallt und muss das Bewusstsein verloren haben. Ich kann mich nur daran erinnern, wie sie diesen kleinen Zinksarg weggetragen haben, und ich dachte noch, wie leid mir die Familie täte, die ihr Kind verloren hatte.«

»Du hast niemandem gesagt, dass du gefahren bist.«

»Ich habe mich geschämt. Der Streit, meine Reaktion ...« Ihre Stimme brach. »Ich bin schuld am Tod meines Kindes.«

»Nein, das bist du nicht«, widersprach Benjamin behutsam. »Du hast ...« Er verstummte und ergriff ihre Hand. »Es war ein Unfall.«

»Warum fühlt es sich dann so an?« Ihre Stimme hatte einen flehenden Ton angenommen. »Warum überkommt mich sofort das schlechte Gewissen, wenn ich nur einen Moment lang Freude empfinde?«

»Weil du denkst, dass du dich bestrafen musst. Dein Sohn ist tot. Und dein Mann ebenfalls. Und jetzt darfst du auch nicht mehr leben, nicht mehr glücklich sein. Aber das ist falsch.«

Amélies Augen wurden feucht.

»Stell dir vor, du wärst es gewesen, die nicht überlebt hätte. Hättest du gewollt, dass sich dein Sohn für den Rest seines Lebens absondert und sich Vorwürfe macht? Oder würdest du dir wünschen, dass er trotz des Todes seiner Mutter wieder glücklich wird?«

Hatte er recht? War sie zu hart zu sich selbst?

»Wie lange hat es bei dir gedauert?«

Er lachte kurz auf. »Lange. Vielleicht zu lange. Aber ich hatte damals niemanden, der meine Situation nachvollziehen konnte. Viele Bekannte haben sich abgewendet, da sie nicht wussten, wie sie mit mir umgehen sollten. Obwohl der Tod zu unserem Leben dazugehört, stellt er noch immer für die meisten ein Tabuthema dar.«

»Warum bist du so nett zu mir?« Sie kam sich unendlich blöd vor.

»Warum nicht?« Er zuckte mit den Schultern. »Wir haben Ähnliches durchlebt, und ich bin ein hilfsbereiter Mensch. Außerdem mag ich dich.«

Amélie fuhr sich über das Gesicht. »Er hat mich nicht mehr geliebt.«

»Hat er dir das gesagt?«

Sie nickte. »Ich trauere seit drei Jahren um einen Mann, der mich nicht geliebt hat.«

»Ich glaube, das ist keine Trauer, die du für deinen Mann empfindest. Er wollte dich verlassen, hatte dich betrogen.«

»Er war an jenem Abend ein solcher Mistkerl«, platzte es aus Amélie heraus.

»Du solltest deine Wut endlich zulassen. Du hast allen Grund dazu«, stimmte Benjamin ihr zu.

»Er ist tot.«

»Das ändert nichts an seinem Verhalten dir gegenüber, als er noch gelebt hat.«

»Du hast recht. Wenn ich an ihn denke, würde ich am liebsten laut losbrüllen. Meinen Zorn herausschreien.«

Benjamin musterte sie sekundenlang. »Ich habe eine Idee.«

Amélie erwiderte überrascht seinen Blick. »Was für eine Idee?«

»Erzähle ich dir heute Nachmittag. Erst muss ich noch ein wenig arbeiten.«

Es wird nicht besser. Die Tage vergehen, die Menschen um mich herum hören nicht auf, weiterhin Hoffnung zu schöpfen. Französische Städte werden befreit, deutsche Großstädte durch die Alliierten unaufhörlich bombardiert. Ich weiß nicht, wie ich mich verhalten soll. Immer wieder schwanke ich zwischen Wut und Hoffnungslosigkeit. Hat Friedrich mich verlassen? Oder ist er von seinen Kameraden entdeckt worden? Aber wie hätten sie ihn in der Festung ausfindig machen können? Wenn wir dort verabredet gewesen waren, ist uns nie auch nur eine Menschenseele begegnet.

Maman macht sich Sorgen um mich. Ich esse kaum noch etwas, meine Kehle fühlt sich wie zugeschnürt an. Papa ist zu sehr mit den politischen Ereignissen beschäftigt, als dass er mein zurückgezogenes Verhalten wahrnehmen würde. Immer wieder versucht Maman, zu mir durchzudringen. Aber ich bin wie betäubt, lasse sie nicht an mich heran.

Wenn ich an der Gendarmerie vorbeifahre, schiele ich jedes Mal in Richtung Eingang in der Hoffnung, Friedrich käme heraus. Obwohl ich weiß, dass mein Gedanke völlig abwegig ist, zieht mich das Gebäude immer wieder magisch an. Es ist die einzige Verbindung, die ich zu ihm habe. Einmal hatte er mir erzählt, dass er mit anderen Soldaten auf einem konfiszierten Weingut übernachtete, aber den genauen Ort kenne ich nicht, da er ihn zu meiner eigenen Sicherheit nie erwähnt hatte. Die Fragen in meinem Kopf wollen einfach nicht verstummen.

Auch Melisende, die ich vor einigen Tagen zufällig getroffen habe und die nichts von meiner Beziehung mit Friedrich weiß, merkte mir an, dass etwas nicht stimmt. »Hast du Kummer?«

Ich brachte kein Wort hervor, sondern nickte nur stumm.

»Möchtest du darüber sprechen?«

»Ich kann nicht«, presste ich hilflos hervor.

»Ein Mann?«

Wieder nickte ich.

»Natürlich, was sonst?« Verächtlich schüttelte sie den Kopf. »Wieso verstehen diese Mistkerle einfach nicht, dass wir nicht ihr Eigentum sind?«

»So war er nicht«, brachte ich leise an.

»Was hat er dann getan?« Ihr Blick wurde eindringlich.

»Er hat mich verlassen.« Jetzt waren die Worte heraus.

»O nein!«, schimpfte sie. »So ein …«

»Es ist schwierig«, wandt ich ein. »War schwierig.«

»Du hast ihn geliebt«, stellte sie nüchtern fest.

»Ich liebe ihn noch immer.«

»Er hat dich nicht verdient«, erklärte sie verärgert. »Habt ihr euch gestritten?«

Ich schüttelte den Kopf.

»Wohnt er hier irgendwo in der Gegend?«

Wieder verneinte ich.

»Wo kommt er her?« Natürlich wusste Melisende, dass ich mein komplettes bisheriges Leben in Collioure verbracht habe, immerhin ist sie meine beste Freundin, aber wenn sie meine Antwort merkwürdig fand, sagte sie zumindest nichts dazu. »Also war es etwas Ernstes«, folgerte sie richtig.

Ernst war gar kein Ausdruck, aber ich ging nicht weiter darauf ein.

Als Michel am nächsten Nachmittag mit einem vollen Korb in die Baguetterie trat und mir freudestrahlend verkündete, dass er sich heute nicht wieder von mir abwimmeln ließe, gab ich nach. Was hätte ich auch sagen sollen? Ich wollte schließlich nicht seinen Argwohn auf mich ziehen.

Trotz meiner labilen Verfassung wurde es ein sehr schöner Ausflug. Michel und ich verließen auf unseren Fahrrädern Collioure in nördlicher Richtung, bis wir an die Steilküste gelangten, die außerhalb des Ortes lag. Wir setzten uns auf die Felsen, und für einen Moment genoss ich das Gefühl, wieder durchatmen zu können. Erst jetzt bemerkte ich, wie verkrampft und unausgeglichen mein Körper war. Ich lockerte die Schultern, reckte mein Gesicht in die Sonne und schloss die Augen.

»Was darf es sein, schöne Frau?«, unterbrach Michels Stimme die Ruhe.

Als ich den Kopf wandte, musste ich staunen. »Wo hast du den Wein her? Und den Schinken?« Ich wusste, wie angestrengt Maman in letzter Zeit versucht, ab und an ein wenig Abwechslung auf den Essenstisch zu bringen.

Michel grinste. »Man muss nur die richtigen Leute kennen.«

»Was meinst du?«

Er winkte ab. »Jemand schuldete mir noch einen Gefallen. Und mein Onkel unterhält durch seinen Hof einige Beziehungen zu wichtigen Behörden.«

»Du meinst zu Kollaborateuren?«

»Ich würde niemals mit den Nazis zusammenarbeiten«, brauste er auf, während er die Flasche öffnete. »Und ich habe dir gesagt, wenn diese Dreckskerle weg sind, tanzen wir gemeinsam durch die Stadt.«

Erleichtert hielt ich ihm mein Glas hin.

»Auf was trinken wir, Isabelle?«

»Auf bessere Zeiten?«, schlug ich zaghaft vor.

»Wie wär's mit ›auf uns‹?«, gab er lächelnd zurück.

Ich nickte, und wir stießen miteinander an. Da ich normalerweise keinen Alkohol trinke, merkte ich die Wirkung recht schnell. Ich fühlte mich leichter und unbeschwerter. Eine Empfindung, die ich seit Friedrichs Verschwinden nicht mehr erlebt hatte. Michel war ein amüsanter und witziger Unterhalter und brachte mich an jenem Nachmittag mehrmals herzhaft zum Lachen. Es tat so unglaublich gut, nicht mehr an die Sorgen der letzten Wochen denken zu müssen. Ich genoss den salzigen Wind auf meiner heißen Haut, die unglaubliche Schönheit der Natur, die sich um uns herum auftat, die Hügel im Hintergrund, das Meer zu unseren Füßen. Ja, an diesem Nachmittag fand ich ein kleines Stück zurück in mein Leben.

Als wir uns auf den Heimweg machten, hatte ich zwar mit leichten Gleichgewichtsproblemen zu kämpfen, aber mein Schwips war mir gleichgültig. Michel lachte, als ich vor lauter Übermut begann, mein Rad in Schlangenlinien zurück ins Dorf zu lenken. Ich fühlte mich frei und jung. Der Kummer wegen Friedrich schien weit weg zu sein.

Auch Maman freute sich, als sie mich so ausgelassen erblickte, während ich die Stufen hinaufwankte.

»Du hast getrunken?«

Ich kiekste. »Nur ein bisschen.«

Amüsiert schüttelte sie den Kopf. »Na, dann leg dich mal in dein Bett, bevor dein Vater dich so sieht.« Sie schob mich sanft durch die Tür in mein Zimmer. »Ich bin so froh, dass es dir ein wenig besser geht«, erklärte sie leise, während sie mir half, meinen Rock auszuziehen.

Aber bereits am nächsten Tag war alles beim Alten. Zu den Kopfschmerzen kam die Enttäuschung mit noch größerer Wucht zurück.

27

Fluchend ließ Benjamin den Blick über die Aktenstapel schweifen, die sich vor ihm auftürmten. Doch es half alles nichts: Wenn er endlich weiterkommen wollte, musste er all diese Dokumente sichten.

Die Luft roch modrig. Schweißgebadet wischte er sich über die Stirn. Er schob den Holzstuhl zurück und setzte sich.

Seufzend zog er die erste Akte hervor und schlug den vergilbten Deckel auf. Die Schrift unter dem Foto war verblasst und schwer zu entziffern. Während Benjamin Seite für Seite umblätterte und die Aufzeichnungen durchging, wanderten seine Gedanken immer wieder zurück in das Haus von Isabelle Monet, oder vielmehr zu Amélie. Als sie ihn gestern Abend so abrupt hatte stehen lassen, war ihm klar geworden, dass sie noch lange nicht über den Verlust ihrer Familie hinweg war. Ihre Offenbarung hatte ihn zwar überrascht, aber dass sie ihm die Wahrheit über jenen verhängnisvollen Abend erzählt hatte, zeugte doch von einem gewissen Vertrauen. Sofort meldete sich sein schlechtes Gewissen. Er musste dringend mit ihr sprechen. Es gab so vieles, das er ihr sagen wollte. Vielleicht könnten sie sogar gemeinsam die Wahrheit herausfinden. Nach ihrer gestrigen Flucht, denn anders konnte man ihr Verhalten kaum nennen, hatte er die Terrasse aufgeräumt, das Buch genommen, das er vor wenigen Tagen erworben hatte, und sich darin vertieft. Und mit jedem Wort, das er las, hatte er sich mehr in der Autorin verloren. Die Sätze spiegelten ihr überwältigendes Feingefühl und ihre Sensibilität wider.

Benjamin schüttelte den Kopf. Er musste aufpassen, dass er sich emotional nicht zu sehr verstrickte. Er war nach Collioure gekommen, um zu recherchieren, und die Nachforschungen über Amélie Trauber hatten lediglich sein Gesamtbild abgerundet. Der Kuss gestern war nicht eingeplant gewesen. Doch der vorherige Abend, die Stimmung zwischen ihnen ... Alles hatte zusammengepasst. Gut, nicht alles, ermahnte er sich sofort. Immerhin hatte sich Amélie aus seinen Armen befreit und war weggerannt. Aber die prickelnde Spannung davor konnte er nicht leugnen. Auch wenn ihm die Tatsache, dass ihm ihre Flucht alles andere als gleichgültig war, überhaupt nicht passte. Benjamin musste dringend aufpassen, dass er sein Ziel nicht aus den Augen verlor. Sobald er gefunden hatte, was er suchte, würde er nach Lyon zurückkehren, mit hoffentlich zufriedenstellenden Antworten. Amélie hingegen war gerade dabei, in ihr Leben zurückzufinden, ihre Trauer zu bewältigen, sich eine neue Perspektive zu erschließen. Eine Phase, die er selbst seit geraumer Zeit überwunden hatte. Was auch immer gestern Abend zwischen ihnen geschehen war, durfte keine Wiederholung finden. Er brauchte keine neuerliche Unruhe in seinem Leben. Jahre des Haderns und Zweifelns lagen hinter ihm, und Benjamin hatte es irgendwie aus eigener Kraft geschafft, aus diesem Loch wieder herauszukommen. Nein, eine Frau, die sich mitten in einer Selbstfindungsphase befand, war das Allerletzte, was er jetzt benötigte.

Hastig verdrängte er die Erinnerung an das Gefühl ihrer weichen Lippen auf seinen. Der zarte Duft nach Rosen. Wenn er sie heute Nachmittag abholte, würde er sorgfältig darauf achten müssen, die Distanz zwischen ihnen zu wahren. Vielleicht war es doch keine so gute Idee gewesen, ihr seine Hilfe anzubieten. Sein Vorschlag war aus einem Impuls heraus entstanden, er hatte nicht lange darüber nachgedacht.

Resigniert konzentrierte er sich wieder auf die Unterlagen vor ihm. Als Staub aus einem alten Dokument aufstob, musste Benjamin niesen. Er fluchte innerlich. Vor der Tür wartete das gleißende Licht der Sonne, die Wärme des südfranzösischen Frühsommers, während er im Halbdunkel des Ortsarchivs nach Spuren suchte, die möglicherweise überhaupt nicht existierten. Er überflog die Unterlagen, die von der Arbeit der Gemeindeverwaltung in den Jahren der Besatzung zeugten. Nachfolgend waren Listen von französischen Bürgern angehängt, die aus oftmals fadenscheinigen Gründen verhaftet und deportiert worden waren. Benjamin arbeitete Seite für Seite ab, überflog Aufzählungen und notierte sich wichtig erscheinende Ereignisse.

Als er zum ersten Mal auf die Uhr sah, waren bereits mehr als vier Stunden vergangen. Er atmete durch. Die stickige Luft war mittlerweile unerträglich. Er blickte auf die Dokumente vor sich und beschloss, für heute Feierabend zu machen, wenn er in dem nächsten Ordner ebenfalls nichts Entscheidendes fand. Morgen war auch noch ein Tag, und er sehnte sich nach der frischen Meeresbrise, die in Collioure allgegenwärtig war.

Müde schlug er die Akte auf und überflog das Inhaltsverzeichnis. Als er den Zeitraum erblickte, aus dem die Papiere stammten, erstarrte er. Mit zitternden Fingern blätterte er durch die Seiten und verschaffte sich einen ersten Überblick über die Informationen. Als er die handgeschriebene letzte Seite entdeckte, beschleunigte sich sein Puls. Er schloss die Augen und dankte stumm für das Glück, das ihm gerade zuteilgeworden war. Es war die sprichwörtliche Nadel im Heuhaufen gewesen, der er seit Wochen auf der Spur war.

28

Amélie beobachtete nachdenklich den Zitronenfalter, der sich auf der Lehne des Stuhls gegenüber niedergelassen hatte. Gleichmäßig spreizte er die Flügel, um sie kurze Zeit später wieder gegeneinanderzuklappen.

»Die Natur bringt die wundervollsten Kunstwerke zustande«, erklärte ihre Oma leise neben ihr.

Amélie hatte das Gefühl, dass es Isabelle heute etwas besser ging als die letzten Tage. Zumindest hatte sie ihr Mittagessen mit großem Appetit zu sich genommen. Jetzt saßen sie im Schatten auf der Terrasse und genossen die Ruhe. Die meisten anderen Bewohner hatten sich auf ihre Zimmer zurückgezogen. Außer Amélie und Isabelle befand sich nur noch eine junge Frau mit einem älteren Mann am anderen Ende der Terrasse.

»Man nimmt sich viel zu selten die Zeit, seine Umgebung bewusst wahrzunehmen«, ergänzte Amélie. »Seit ich hier bin, war ich noch nicht einmal am Strand.«

»Stattdessen sitzt du bei deiner alten Großmutter und hörst dir Geschichten an, die längst vergessen sind«, erwiderte die alte Frau lächelnd.

»Ich sitze sehr gern bei dir. Seit ich von deiner Beziehung zu dem Soldaten weiß, sehe ich manches mit anderen Augen.« Amélie musterte das eingefallene Gesicht ihrer Oma. »Du hast ihn dein Leben lang geliebt, stimmt's? Aber was war mit Opa?«

Reglos starrte Isabelle Monet in den Park, bevor sie zu sprechen begann. »Das Tagebuch habe ich geschrieben, als die Ereignisse allgegenwärtig waren. Aber noch heute scheint es mir, als sei es erst gestern gewesen, dass ich Friedrich zum letzten Mal gesehen habe. Wenn ich daran zurückdenke, kommt es mir nicht vor, als seien mehr als siebzig Jahre vergangen.« Sie lächelte erneut. »Siebzig Jahre müssen sich für dich unendlich lang anhören. Aber glaub mir, Amélie, die Zeit vergeht wie im Fluge. Kaum siehst du dich um, bist du alt, und dein Leben liegt hinter dir.« Sie drehte den Kopf und sah ihre Enkelin mit festem Blick an. »Um deine Frage zu beantworten: Ja, ich habe Friedrich mein Leben lang geliebt.« Sie presste die Lippen zusammen. »Bis heute«, ergänzte sie leiser. »Und ich werde ihn wohl bis zu meinem letzten Atemzug lieben.«

Amélie schnürte es die Kehle zu. So tragisch die Beziehung zwischen ihrer Oma und dem deutschen Soldaten geendet hatte, so stark musste die emotionale Bindung zwischen den beiden gewesen sein. Gab es eine solche sprichwörtlich unsterbliche Liebe tatsächlich? Die beiden hatten sich erst wenige Wochen gekannt, als Friedrich verschwand. Und die Umstände mussten schwierig bis nahezu unerträglich gewesen sein. Vielleicht aber war es gerade die Ausweglosigkeit der Situation gewesen, die die Gefühle von Isabelle Monet in dieser Intensität erzeugt hatte. »Aber trotzdem hast du Opa geheiratet?«

Der Blick ihrer Oma verschleierte sich. »Ich habe Pierre auch geliebt. Aber ich habe nie aufgehört zu hoffen, dass ich Friedrich eines Tages wiedersähe. Dass ich endlich die Antworten auf meine Fragen bekäme.«

Amélie räusperte sich. »Denkst du, ihm ging es genauso?«

»Das ist es, was ich bis heute nicht weiß«, erwiderte ihre Großmutter zitternd. »Warum ist er damals ohne ein Wort verschwunden? Hatte ich mich wirklich so in ihm getäuscht? Oder wurde er tatsächlich verraten und …« Ihre Stimme versagte. Ihr starres Gesicht glich einer Maske.

»Was hättest du getan, wenn er eines Tages zurückgekehrt wäre?«

Isabelle Monet schüttelte den Kopf. »Darauf kann ich dir keine Antwort geben.«

»Die Liebe zwischen euch muss etwas ganz Besonderes gewesen sein.«

»Das war sie, Amélie. Ich bin fest davon überzeugt, dass es viele Menschen auf dieser Erde gibt, die so etwas niemals erleben dürfen.«

»Das klingt traurig.« Erneut betrachtete sie den Zitronenfalter, der sich nicht vom Fleck bewegt hatte.

»Ich warte auf Vorwürfe«, unterbrach ihre Oma kurz darauf das Schweigen zwischen ihnen.

»Vorwürfe? Wieso?« Amélie verstand nicht.

»Hast du meine Eintragungen nicht zu Ende gelesen?« Ihre Großmutter kniff die Augen zusammen.

Amélie schüttelte den Kopf. »Fast. Aus deinen Zeilen ging bereits hervor, dass du ihn nie wiedergesehen hast. Daher verstehe ich nicht …«

»Lies es zu Ende«, unterbrach ihre Oma sie sanft. »Es sind nicht mehr viele Seiten, aber …« Sie schloss die Augen.

Amélie wusste nichts zu sagen, da sie sich nicht vorstellen konnte, was die alte Frau andeuten wollte. »Ich denke, heute Abend komme ich dazu.« Sie musste an Benjamin denken. »Vorher habe ich noch eine Verabredung.«

Ihre Oma hob den Kopf. »Eine Verabredung?«

Amélie nickte schweigend.

»Magst du mir von ihm erzählen?« Isabelle Monet griff nach der Hand ihrer Enkelin und umfasste sie liebevoll. »Es ist einzig die Liebe, die unser Leben lebenswert macht.«

Amélie schüttelte lächelnd den Kopf. »Mit Liebe hat das Treffen wenig zu tun«, wiegelte sie ab. Nach kurzem Zögern atmete sie durch und berichtete ihrer Oma vom gestrigen Abend, dem Gespräch und ihrer Offenbarung Benjamin gegenüber als auch von dem Kuss und ihrer darauf folgenden Flucht.

»Ach, Kind, welche Last trägst du denn seit Jahren mit dir herum? Diese Bürde ist zu schwer für dich.« Die Miene ihrer Großmutter spiegelte echtes Entsetzen wider. »Es war ein Unfall, Amélie. Ein furchtbarer, tragischer Unfall. Es macht keinen Unterschied, ob du oder dein Mann am Steuer gesessen hat.«

»Das meinte Benjamin auch«, sinnierte sie nachdenklich.

»Dann scheint dein Benjamin ein sehr kluger Mann zu sein.«

Als Amélie ihre Oma ansah, erkannte sie den Schalk in ihren Augen. »Er ist nicht mein Benjamin«, widersprach sie zaghaft. »Wir kennen uns kaum. Eigentlich weiß ich überhaupt nichts von ihm.«

»Und trotzdem hast du ihm die Wahrheit über jene Nacht erzählt«, merkte Isabelle Monet skeptisch an.

»Ja«, stimmte Amélie widerwillig zu. »Und ich weiß überhaupt nicht, warum.«

Ihre Oma lächelte verschmitzt. »Dein Kopf weiß es vielleicht nicht, aber dein Herz …«

»So ist es nicht«, wehrte sie ab. »Wie gesagt, wir kennen uns ja kaum.«

»Das kann man ändern.« Die alte Frau drückte Amélies Hand fester. »Das Leben erscheint uns um so viel wundervoller, wenn wir jemanden haben, mit dem wir es teilen können. Du solltest nicht allein bleiben. Und wenn dieser junge Mann eine ähnliche Erfahrung hinter sich hat wie du, solltest du dem Ganzen vielleicht eine Chance geben.«

»Ich weiß doch gar nicht, ob er …« Verlegen brach sie ab.

»Du bist eine attraktive junge Frau. Intelligent, liebenswürdig, charmant. Und er hat dich geküsst.« Sie lächelte. »Glaub einer alten weisen Frau: Der Mann hat definitiv Interesse.«

»Ich fühle mich dir so nah«, bekannte Amélie gerührt. »Obwohl uns Jahrzehnte, ja Generationen trennen, habe ich das Gefühl, wir sind uns ähnlicher, als mir je bewusst war.«

»Ich bin müde, Amélie. Würdest du mich in mein Zimmer zurückbringen?«

Hastig erhob sich Amélie und schob den Rollstuhl zurück. »Geht es dir schlecht?«

»Nein, ich bin nur erschöpft. Mein Körper will einfach nicht mehr so wie mein Geist.« Sie seufzte.

Während Amélie mit ihr den Speisesaal durchquerte, ergriff Isabelle erneut das Wort: »Wenn ich nicht mehr bin, Kind, dann …«

»Ach, Oma. Bitte sprich nicht so.« Amélie kämpfte mit ihrer Fassung.

»Unterbrich mich nicht«, tadelte Isabelle Monet ihre Enkelin. »Wenn ich nicht mehr bin, möchte ich, dass du mit Valérie sprichst.«

»Mit Valérie?« Amélie verstand nicht. »Weswegen?«

»Wegen der Baguetterie. Aber erst, wenn ich nicht mehr bin«, wiederholte sie ernst.

»Dieser Laden ist dein Lebenswerk«, stellte Amélie anerkennend fest.

»Nein, nicht meines. Mein Vater hat den Laden zu dem gemacht, was er war. Er hat schwer dafür gearbeitet, um gegen die Konkurrenz bestehen zu können.«

»Und du hast genauso geschuftet.«

»Ich würde mir von Herzen wünschen, dass es noch weitergeht«, erklärte Isabelle nachdrücklich. »Vielleicht mit neuen Ideen und einer neuen Besitzerin.«

Amélie hackte die provenzalischen Kräuter klein, während ihre Gedanken immer wieder zu dem Gespräch mit ihrer Oma wanderten.

»Bonjour, Madame.«

Überrascht sah Amélie auf. »Muriel!« Sie säuberte ihre Hände und verließ die Backstube. »Was machst du denn hier?«

»Mir ist zu Ohren gekommen, dass hier demnächst eine Neueröffnung ansteht.« Ihre Freundin grinste.

Amélie verzog das Gesicht. »Da weißt du aber mehr als ich.«

Muriel winkte ab. »Ich habe deine Tante getroffen, und sie hat mir von deinen köstlichen Baguettes und Dips vorgeschwärmt.«

»Sie übertreibt.« Amélie bedeutete Muriel, ihr in die Backstube zu folgen.

Während ihre Freundin an den frisch gebackenen Baguettes schnupperte und die Zutaten auf der Arbeitsfläche eingehend begutachtete, widersprach sie: »Das glaube ich nicht. Es duftet himmlisch.«

»Das Werkeln macht mir Spaß.«

Muriel musterte Amélie, bevor sie nachdenklich nickte. »Du siehst gut aus – besser als beim letzten Mal, als wir uns gesehen haben.«

»Ich glaube, es geht mir auch besser«, erwiderte Amélie lächelnd. »Zumindest ein wenig.«

»Das freut mich ehrlich, Süße.« Sie strich über Amélies Arm.

»Deshalb wollte ich einfach mal vorbeisehen und …«, ihre Miene nahm einen verschmitzten Ausdruck an, » … ein Baguette kaufen?«

Amélie drehte sich um und griff nach zwei Broten. »*Voilà!* Ein Geschenk des Hauses.« Sie deutete auf die Kräuter. »Und wenn du kurz wartest, gebe ich dir auch noch eine Schüssel Dip mit.«

Muriel schüttelte den Kopf. »Das kann ich nicht annehmen. Ich möchte nicht …«

Amélie winkte ab. »Wie wär´s, wenn wir zum Ausgleich demnächst zusammen essen gehen, um in alten Erinnerungen zu schwelgen?«

Muriel nickte. »Ich habe eine bessere Idee. Was hältst du davon, wenn du zu uns zum Essen kommst, um meine Familie kennenzulernen?« Sie lachte. »Zumindest meine Kinder. Adrien kennst du ja bereits.«

»Ich kann es immer noch kaum glauben«, erwiderte Amélie grinsend. »Aber diese Einladung nehme ich sehr gern an.«

»*Bonjour*, die Damen«, ertönte in diesem Moment Benjamins Stimme aus dem Verkaufsraum.

Amélie warf ihrer Freundin einen verschwörerischen Blick zu. »Wir sind hier.«

»Sieht so aus, als käme ich gerade passend«, merkte Benjamin amüsiert an, während er die Baguettes betrachtete.

»Möchtest du eins?«

»Später.« Er winkte ab, bevor er Muriel eine Hand hinstreckte. »Benjamin Lemarre.«

»Muriel Varlain.«

»Benjamin ist mein Mitbewohner«, erklärte Amélie in ihre Richtung. »Und Muriel meine Freundin.«

»Sehr erfreut.« Der Journalist nickte schmunzelnd.

»Mitbewohner?« Muriel sah erstaunt von Amélie zu Benjamin.

»Die Umstände sind ein wenig bizarr«, entgegnete Amélie, während sie zu dem blonden Mann sah. Ihr Blick blieb an seinen Lippen hängen. Hastig verdrängte sie den aufkeimenden Gedanken.

»Ich wollte eigentlich nur fragen, wann wir losgehen können.«

»Ihr habt noch etwas vor? Dann möchte ich gar nicht länger stören«, brachte Muriel hastig an.

»Nein, nein, so war es nicht gemeint«, widersprach Benjamin.

Amélie blickte auf ihre Uhr. »Wie wär's in einer Stunde?«

Er nickte. »Alles klar, dann hole ich dich ab. Ich muss sowieso noch etwas erledigen.«

Er drehte sich zur Treppe und verschwand aus ihrem Blickfeld.

»Über einen solchen Mitbewohner würde ich mich auch nicht beschweren.« Muriel lachte verschwörerisch.

»Anfangs war ich, ehrlich gesagt, wenig begeistert«, bekannte Amélie, während sie den Knoblauch klein hackte.

»Anfangs?« Muriel zog die Brauen hoch.

»Na ja …«, druckste Amélie herum. »Eigentlich ist er ganz nett.«

Muriel schüttelte den Kopf. »Eigentlich? Ganz nett?« Sie stellte sich wieder neben Amélie. »Bist du blind, meine Liebe?«

»Es ist …« Amélie seufzte. »Ich bin … Ich weiß nicht …«

»*D'accord*. Du bist nicht blind, sondern verliebt.«

»Was?« Amélie hielt inne und starrte ihre Freundin verärgert an. »Ich kenne den Mann so gut wie gar nicht.«

Muriel zuckte mit den Achseln. »Das ist doch immer so. Man trifft jemanden, findet ihn attraktiv, sympathisch. Dann lernt man sich kennen und so weiter und so fort. Ich sagte lediglich, dass du verliebt bist.«

»Aber … ich fand ihn eigentlich eher unsympathisch.«

Ihre Freundin lachte. »Schon wieder ›eigentlich‹. Ach, Amélie, wem willst du denn etwas vormachen? Du stehst auf den Kerl. Und er ganz offensichtlich auch auf dich. Ihr geht zusammen aus, ihr …«

»Wir gehen nicht zusammen aus«, unterbrach Amélie sie ungehalten. »Wir … Er hat nur eine Überraschung für mich.«

»Eine Überraschung? Alles klar. Und ihr geht nicht zusammen aus.« Muriels Grinsen wurde breiter. »Ihr wohnt also zusammen. Du findest ihn ganz nett. Er hat eine Überraschung für dich. Ihr seid verabredet, geht aber nicht zusammen aus.« Sie malte Anführungszeichen in die Luft. »Ja, klingt ganz danach, als ob ihr euch absolut nicht ausstehen könnt.«

»Muriel«, stöhnte Amélie, während sie die gehackten Kräuter in den Dip rührte.

»Schon gut, ist ja schließlich deine Sache.« Sie deutete auf die zwei Baguettes. »Ich muss jetzt sowieso weiter.« Nachdem sie Amélie umarmt hatte, verließ sie die Backstube, drehte sich aber im Verkaufsraum noch mal um. »Ach so. Und Amélie?«

»Ja?« Noch immer genervt, blickte sie auf.

»Meine Einladung gilt selbstverständlich für dich und eine mögliche Begleitung.« Lachend steuerte sie auf die Tür zu.

»Muriel!«, empörte sich Amélie weiter.

»*Au revoir*, meine Süße.« Muriel hob eine Hand und winkte ihr provokativ zu.

»Bist du so weit?«

Als Amélie aufblickte, sah sie Benjamins Strubbelhaar im Türrahmen der Backstube.

»Ja«, erwiderte sie lächelnd. »Genug gebacken und kreiert.«

»Wenn von dem leckeren Brot noch etwas übrig ist, können wir es uns später gern wieder auf der Terrasse gemütlich machen«, schlug er vor, während er neben sie trat und verfolgte, wie Amélie die Dips im Kühlschrank verstaute und sich die Hände wusch.

»Zwei Baguettes sind noch da, alle anderen wurden abgeholt. Valérie hat ganze Arbeit geleistet.« Kopfschüttelnd packte sie die Brote in Tüten und legte sie auf die Arbeitsfläche. »Sie muss halb Collioure erzählt haben, dass ihre Nichte die Baguetterie reaktiviert hat.«

»Freust du dich nicht darüber?« Benjamin sah sie abwartend an.

»Doch«, entgegnete Amélie zögernd. »Natürlich. Aber für morgen sind bereits acht Bestellungen da. Und Charlotte, meine Cousine, wartet noch immer auf eine Antwort, ob ich mir vorstellen kann, ihr Restaurant mit Baguettes und diversen Dips zu beliefern.«

»Luxusprobleme«, merkte Benjamin trocken an. »Nicht wenige Selbstständige würden dich um diese Dynamik der Mundpropaganda beneiden.«

Sie nickte. »Ich weiß. Aber so war das eigentlich nicht geplant.«

»Wie dann?«

Irritiert sah sie zu ihm auf. »Was meinst du?«

»Ich meine, was geplant war?«

Amélie überlegte. »Nichts«, erklärte sie schließlich. »Es war überhaupt nichts geplant.«

»Na, siehst du«, erwiderte er grinsend. »Manchmal zeigt uns das Leben zufällig Wege auf, die wir allein nie eingeschlagen hätten.«

Amélie musste an den Wunsch ihrer Oma denken. Konnte sie sich wirklich vorstellen, eine Baguetterie zu führen? Sie dachte an die damit verbundenen Änderungen in ihrem Leben. »Ich weiß nicht …«

»Warum denkst du nicht in Ruhe darüber nach?«, schlug Benjamin vor, während er sie sanft zur Tür bugsierte. »Eine solche Entscheidung will gut überlegt sein. Und du hast mir doch erzählt, dass du momentan nicht weißt, wo die weitere Reise für dich hingeht.«

»Wenn du das sagst, klingt das so einfach.«

»Hier lang«, erklärte Benjamin und zeigte die Strandpromenade entlang.

»Was hast du vor?« Belustigt blickte sie ihn von der Seite an.

»Ich möchte deinen Blickwinkel schärfen«, merkte er lächelnd an.

»Meinen Blickwinkel schärfen?« Seine Wortwahl ließ sie schmunzeln.

»Ja, manchmal muss man ein wenig die Perspektive wechseln.«

»Du machst es aber spannend.«

»Hier lang.« Er zeigte einen Weg hinauf, der am Museum für moderne Kunst rechts von der Straße abging.

Schweigend stiegen sie den steilen Aufgang hinauf, der immer wieder von Stufen unterbrochen wurde.

»Wo gehen wir hin?«, wollte Amélie schließlich wissen, als die alte Windmühle aus dem vierzehnten Jahrhundert vor ihnen auftauchte.

»Zum Fort Saint-Elme«, erklärte Benjamin knapp, bevor er die Treppe zur Mühle erklomm.

Abrupt blieb Amélie stehen.

»Was ist?« Er drehte sich um und sah sie stirnrunzelnd an.

»Warum?«

»Was warum?«

»Warum willst du mit mir zum Fort?«

Benjamin verzog das Gesicht. »Wir sind in fünfzehn Minuten oben. Bist du immer so ungeduldig?«

Sie zuckte mit den Achseln, blieb jedoch weiter stehen.

»Kommst du jetzt?« Er zeigte mit dem Kinn Richtung Anhöhe.

Amélie musste an ihre Oma und Friedrich denken: ihre geheimen Treffen an der Mühle, die erst 2001 restauriert worden war und sich vor fünfundsiebzig Jahren in einem wesentlich schlechteren Zustand befunden haben musste. Und sie erinnerte sich an die Aufzeichnungen über die Verabredungen auf der Festung, wo sich Isabelle und der deutsche Soldat nähergekommen waren. Es war merkwürdig, mit Benjamin denselben Weg zu begehen, den Amélies Großmutter vor vielen Jahrzehnten eingeschlagen hatte. Nachdenklich betrachtete Amélie die Weinreben, die rechts am Hang wuchsen. Wie mochte es damals hier ausgesehen haben? Sicher war der Weg beschwerlicher und weniger touristisch angelegt gewesen.

»Was denkst du?« Benjamin drehte sich zu ihr um. »Bin ich zu schnell?«

»Nein«, beeilte Amélie sich zu sagen. »Ich komme.«

»Wir sind gleich oben«, erklärte er, während sie auf dem schmalen Pfad über Steine und kleinere Felsen kletterten.

»Warst du schon mal hier?«

»Vor ein paar Tagen.« Er nickte, während er nach oben zeigte. »Da kann man schon die Außenmauern erkennen. Siehst du sie?«

Amélie stellte sich neben ihn und blickte den Berg hinauf. »Ich war seit Jahren nicht mehr hier oben«, sinnierte sie leise.

»Na, dann wird es Zeit.« Wieder grinste er sie an.

Fasziniert starrte sie auf seine Grübchen. »Vielleicht.«

»Komm. Endspurt.« Wie selbstverständlich nahm er ihre Hand und zog sie mit sich den Berg hinauf.

An der Festung angekommen, strich Amélie über ihren Rock und atmete tief durch. »Es ist wundervoll.«

Benjamin betrachtete sie versonnen. »Um diese Uhrzeit ist hier oben nicht mehr viel los. Die Kasse schließt gleich.«

Sie überquerten den Vorplatz und stellten sich an eine der dicken Außenmauern, von wo aus man die gesamte Bucht von Collioure überblicken konnte.

»Wow«, entfuhr es Amélie fasziniert. »An diese Aussicht kann ich mich überhaupt nicht mehr erinnern.«

»Wenn du als Kind zum letzten Mal hier oben warst, ist das kein Wunder. In jungen Jahren hat man wenig Sinn für diese Dinge.«

»In jungen Jahren.« Sie lachte. »Soll das heißen, jetzt sind wir steinalt?«

Benjamin drehte sich zu ihr. »Nein, das soll es nicht heißen. Aber wir haben eine gewisse Lebenserfahrung und können solche Momente anders schätzen. Als Kind denkst du doch, das Leben ist ein einziger Spielplatz.« Er schwieg einen Moment. »Glücklicherweise. Die Kindheit sollte unbeschwert sein.«

»Wahre Worte«, merkte Amélie leise an. »Warum hast du mich hier hochgeschleppt?«

Benjamin deutete auf die Stadt. »Ist dieser Ausblick nicht grandios? Die Weinreben zu deiner Linken, das Château vor dem fast magisch wirkenden Blau des Mittelmeers. Und schau mal dort.« Er zeigte in die Ferne. »Das Wasser vermischt sich mit den unendlichen Weiten des Himmels.«

»Und über uns der Horizont«, murmelte Amélie andächtig, als sie an die Zeilen ihrer Oma dachte. Diese Worte hatte Friedrich in einem sehr innigen Moment zu Isabelle gesagt.

»Was?« Benjamin sah sie stirnrunzelnd an.

»Und über uns der Horizont«, wiederholte Amélie nachdenklich. »Vor vielen Jahren hat das jemand zu meiner Oma gesagt.« Sie sah Benjamin an. »Genau hier.«

Seine Miene nahm einen interessierten Ausdruck an. »Möchtest du mir davon erzählen?«

Sie schüttelte den Kopf. »Nein, im Moment nicht. Vielleicht später irgendwann.«

Er nickte. »Und jetzt schrei.«

Verwirrt blickte sie ihn an. »Wie bitte?«

»Du sollst schreien«, forderte er sie ein weiteres Mal auf. »So laut du möchtest und so lange du möchtest.«

»Hier?« Ungläubig sah sie sich um. »Was denken die Leute?«

»Interessiert dich das wirklich?« Sein Blick wurde eindringlicher.

Zögernd erwiderte sie: »Nein. Nein, eigentlich interessiert es mich nicht.«

»Siehst du.« Benjamin klang zufrieden. »Denk daran, was du mir gestern Abend gesagt hast. Spüre all deine Gefühle, die in deinem Inneren dieses Chaos verursachen. Deine Trauer, deine Wut, deine Enttäuschung.« Er machte eine Pause. »Deinen Zorn und deinen Hass.«

»Ich soll einfach losbrüllen?« Amélie kam sein Vorschlag noch immer abstrus vor.

»Ja, mach einfach. Du wirst sehen, dass es dir danach besser geht.«

Ein weiteres Mal musste er sie nicht auffordern. Amélie öffnete ihren Mund und begann zu schreien. Sie blickte auf das endlose azurblaue Wasser vor Collioure und brüllte. Keine Worte, nichts, was Sinn ergab. Die Laute kamen ungefiltert aus ihrer Kehle.

Danach konnte sie nicht mehr sagen, wie lange sie ihre Gefühle in die Welt hinausgeschrien hatte. Sie dachte an Marco, der in einem kleinen Zinksarg vom Unfallort weggebracht worden war, und an Thorsten, der ihr erst Minuten vor seinem Tod eröffnet hatte, dass er sie nicht mehr liebe und sie verlassen werde. Amélie erinnerte sich an die Wut in jenem Moment, als er mit seinen Worten ihre kleine Familie unwiderruflich zerstört hatte, und sie musste an den unbeschreiblichen Schmerz denken, als ihre Eltern ihr mitteilten, dass ihr Kind tot sei.

Als ihre Kehle zu brennen begann, schloss sie die Augen und hielt sich an den Steinen der Mauerreste fest. Die Laute erstarben, und ihr Geschrei verwandelte sich in ein schmerzerfülltes Wimmern. Ihr wurde schwindlig, und sie krallte sich fester in den Mörtel, als sie zwei Arme um sich spürte.

»Pst! Es ist gut, Amélie. Lass los. Die Vergangenheit wird dich immer begleiten, aber sie wird nicht mehr deine Zukunft bestimmen. Sie kann dir nichts mehr anhaben. Sie ist vergangen.«

Schluchzend schlang Amélie die Arme um Benjamins Nacken und drängte sich gegen ihn. »Lass mich nicht los.«

»Nein, nicht, wenn du es nicht möchtest.«

Sanft strich er ihr über ihr Haar und murmelte etwas, das sie nicht verstand.

Es kam ihr wie eine halbe Ewigkeit vor, bevor sie sich von ihm löste. »Es tut mir leid«, schniefte sie verlegen. »Ich habe mich mal wieder ... unmöglich benommen.«

»Nein, hast du nicht. Schließlich war es meine Idee, hier hoch zu kommen und alle Touristen zu verscheuchen.«

Erschrocken riss sie die Augen auf und blickte sich um.

»Keine Sorge. Das war ein Scherz.« Er lachte.

»Haben mich die Leute komisch angesehen?« Amélie wischte sich über die Augen.

Er zuckte mit den Achseln. »Ist das wichtig?«

»Nein.« Sie bemühte sich um ein schwaches Lächeln. »Nein,

das ist es nicht.« Während sie weiter um Fassung rang, starrte sie den Hügel hinunter. »Ich fühle mich …«

» … befreit?«, half Benjamin ihr.

Sie nickte. »Es ist, als ob ich endlich wieder durchatmen kann. Als ob sich alle Knoten in meiner Brust gerade gelöst hätten.« Amélie konnte sich vorstellen, wie sie aussah: verquollene Augen, gerötete Wangen, Tränenschlieren im Gesicht. Doch das war ihr in diesem Moment völlig egal. Sie blickte zu Benjamin auf und musterte ihn. »Danke.«

»Gern geschehen.« Lächelnd hob er eine Hand und fuhr ihr sanft über die Wange. »Manchmal braucht man jemanden, der einen an die Hand nimmt und aufzeigt, dass das Leben noch lebenswert ist.«

»Du hast recht«, erwiderte Amélie nachdenklich. »Mein Kind ist tot. Durch nichts, was ich tue, wird es wieder lebendig. Aber ich lebe. Ist es nicht meine verdammte Pflicht, meine verbliebene Zeit bestmöglich zu nutzen?«

»Doch, das ist es«, erklärte er ernst. »Und ich habe das Gefühl, du bist schon auf einem sehr guten Weg.« Er begann zu grinsen. »Deine Baguettes und diese köstlichen Dips sind ein erster Schritt.«

Während sie ins Dorf zurückkehrten, unterhielten sie sich über die Unterschiede des Schreibens. Benjamin erzählte von Reportagen, die ihm besonders eindrucksvoll im Gedächtnis geblieben waren, während Amélie erklärte, wie sie an neue Ideen heranging und diese zu einer umfangreichen Geschichte ausarbeitete.

Zurück im Laden, nahm Amélie die beiden verbliebenen Brote und hielt sie Benjamin hin. »Appetit auf Baguette?«

Sekundenlang sahen sie sich schweigend in die Augen, bevor

Benjamin schließlich erwiderte: »Ich glaube, im Kühlschrank steht noch ein guter Weißwein.«

Amélie räusperte sich, während sie daran denken musste, wie sie Benjamins Getränke aus der Kühlung geworfen hatte. Sie nickte stumm, bevor sie ihm die Treppen hinauf folgte. Ihr Herz pochte ihr bis zum Hals.

»Geh schon mal hoch. Ich hole den Wein und Teller.« Vor der Küche wandte er sich ihr zu und sah sie erneut an.

»Soll ich dir helfen?« Amélies Stimme klang belegt.

»Nein, nimm das Baguette mit und …«

»Wenn ich ehrlich bin, habe ich überhaupt keinen Hunger.«

Er trat näher und umfasste ihre Arme. »Und der Wein?«

Sie schüttelte nur stumm den Kopf, da sie befürchtete, dass ihre Stimme versagen könnte.

»Was möchtest du dann?«, fragte er leise, während er sie näher zu sich heranzog, ihr das Brot aus der Hand nahm und es auf die Arbeitsfläche hinter sich legte.

»Amélie, was möchtest du?«, wiederholte er seine Frage kaum hörbar.

»Ich …« Sie schloss die Augen, musste sie jedoch sofort wieder öffnen, um ihn weiter ansehen zu können.

Behutsam nahm er ihren Kopf in seine Hände und kam näher. Amélie wurde es gleichzeitig heiß und kalt.

Als sie seine Lippen auf ihren spürte, bog sie sich ihm bereitwillig entgegen und genoss seinen Geschmack in ihrem Mund. Benjamins Hände wanderten über ihren Körper. Als seine Finger über ihre Oberschenkel strichen, stieg ihre Sehnsucht ins Unermessliche. Hatte sie bei Thorsten je so intensiv empfunden? Sie stöhnte auf und wünschte sich, dass dieser Moment niemals verstreiche. Als sie Benjamins Unterleib an ihrem spürte, wusste sie, dass es ihm ähnlich ging.

Geschickt ließ er seine Hände unter ihre Bluse wandern und öffnete ihren BH, während Amélie sich sanft von ihm löste, um ihm sein T-Shirt über den Kopf zu ziehen. Widerwillig gab er sie frei. »Nicht wieder weglaufen.« Er lächelte schief, bevor er sie sofort erneut an sich zog.

»Nein, heute bleibe ich«, versprach sie ihm schmunzelnd.

Wieder küssten sie sich. Wie eine Ertrinkende klammerte Amélie sich an Benjamin, als wollte sie ihn nie mehr loslassen. Wie hatte sie sich nur all die Jahre allein in ihrer Wohnung vergraben können? Was hier gerade geschah, zeigte ihr auf unverkennbare Weise, dass sie selbst schon fast nicht mehr gelebt hatte.

Vorsichtig hob er sie in diesem Moment hoch und sah sie lächelnd an. »Zu dir oder zu mir?«

»Bevor du mit mir die Treppe runterfällst, lieber zu dir.«

Er lachte und stieg die Stufen hinauf. Sein Bett war genauso ordentlich gemacht wie die letzten Tage. Während er sie sanft auf die Matratze legte, streifte Amélie den Slip ab.

Benjamin blieb stehen und ließ den Blick über ihren nackten Körper wandern.

»Worauf wartest du?«

»Ich möchte deinen Anblick genießen.«

»Nur meinen Anblick? Anfassen ist erlaubt«, merkte sie neckisch an. »Und ausdrücklich erwünscht.«

Er kam zu ihr. »Weißt du, wie wunderschön du bist?« Gedankenverloren ließ er seine Finger durch ihr dichtes Haar gleiten.

»Es ist sehr lange her, dass das jemand zu mir gesagt hat«, merkte sie leise an.

»Dann wird es höchste Zeit, dass ich dir zeige, wie schön du bist«, raunte er ihr ins Ohr.

»Ich glaube, ich bin ein wenig aus der Übung«, bekannte sie verlegen.

»Manche Dinge verlernt man nie«, flüsterte er heiser, während er sie an sich heranzog.

Seine Haut auf ihrer, sein Atem in ihrem Nacken, seine Hände, die ihren Körper liebkosten. Amélies Unterleib krampfte sich voller Sehnsucht zusammen. Ja, sie wollte endlich wieder leben. Mit allem, was dazugehörte. Während sie Benjamins Hände an ihren Brüsten, ihrem Bauch und ihren Innenschenkeln spürte, verabschiedeten sich ganz langsam ihre Gedanken. All der Ballast, die düsteren Erinnerungen, die sie seit Jahren mit sich herumschleppte, wurden verdrängt von einem Gefühl, das sie viel zu lange nicht mehr empfunden hatte. Sie wurde begehrt. Ihr Körper reagierte auf Benjamins Liebkosungen, und sie konnte kaum noch an sich halten. »Lass mich nicht mehr warten«, raunte sie ihm entgegen.

Benjamin hielt inne, um ihren Blick erneut einzufangen. »Du hast es verdient, wieder glücklich zu sein, Amélie.«

Sie lächelte schwach. »Dann lass mich nicht mehr warten.«

Als sie ihn endlich ganz spürte, schloss sie die Augen und ließ sich von ihren Empfindungen davontragen, die sie höher und höher emportrugen. Benjamin war zärtlich und rücksichtsvoll. Amélie genoss jede Bewegung, die sie einander näherbrachte. Als ihr Verstand sich verabschiedete, spürte sie schlagartig, dass sie ins Leben zurückgefunden hatte.

29

Als Amélie erwachte, sah sie direkt in Benjamins grüne Augen, die sie liebevoll musterten.

»*Bonjour*, schöne Frau.«

»*Bonjour*«, murmelte sie verschlafen, während sie dichter an ihn heranrückte und den Arm um seinen Nacken schlang.

»*Oh là là* was für eine Begrüßung.« Er erwiderte ihre Umarmung und streichelte sanft über ihren nackten Rücken.

Als sie nicht reagierte, bog er seinen Kopf ein wenig nach hinten, um Amélie ansehen zu können. »Ist alles in Ordnung?«

Unsicher erwiderte sie seinen Blick und nickte.

»Es war also kein Fehler?«

»Nein«, erwiderte sie mit belegter Stimme. »Es war ... wunderschön.«

Zärtlich umfasste er ihr Gesicht und küsste sie. »Das war es für mich auch.«

»Es ist nur ...«

»Ja?« Seine Miene nahm einen beunruhigten Ausdruck an.

»Merkwürdig«, vervollständigte sie ihren Satz.

»Merkwürdig?« Er verzog sein Gesicht.

»Noch vor wenigen Tagen saß ich in meiner Wohnung und wollte mir ...« Sie zog ihre Hand unter der Decke hervor und hielt ihm den Unterarm hin.

»Also doch«, merkte er grimmig an.

»Woher …?« Sie rückte von ihm ab.

»Ich habe die Verletzungen sofort entdeckt, schon kurz nachdem wir uns das erste Mal gesehen hatten. Aber ich wollte dich nicht darauf ansprechen. Ich kannte dich nicht und war mir nicht ganz sicher. Aber diese Stelle …« Er verstummte. »Du wolltest dich umbringen?«

»Nein«, entgegnete sie gereizt und verdrehte die Augen. »Nein, eigentlich nicht. Es war nur … ein blöder Moment.«

»Ein blöder Moment?« Benjamin zog sie wieder an sich.

»Ich wusste nicht mehr weiter«, bekannte Amélie bekümmert. »Ich habe überhaupt keinen Sinn mehr im Leben gesehen, war wie taub. Ich habe mich dazu gezwungen, wieder etwas zu empfinden. Wollte den Schmerz fühlen.«

»Keine gute Idee«, erklärte er mit ernster Stimme.

»Das weiß ich jetzt auch«, nuschelte sie in seiner Halsbeuge, während ihre Finger auf Wanderschaft gingen.

Doch Benjamin war schneller und umfasste sanft ihre Hände. »Ich muss noch ein wenig arbeiten, *chérie*. Was hältst du davon, wenn wir heute Nachmittag etwas zusammen unternehmen?«

»Was hast du vor?«

»Wir suchen uns eine einsame Bucht und genießen das Leben.« Er grinste.

»Definiere ›das Leben genießen‹ genauer«, forderte sie ihn belustigt auf.

Statt einer Antwort küsste er sie erneut und ließ seine Hände liebevoll über ihren Körper wandern.

Als ihre Berührungen fordernder wurden, löste Benjamin sich schwer atmend und sah sie abwartend an. »War das Vorgeschmack genug?«

Amélie ließ sich auf den Rücken fallen und nickte. »Ich denke schon.«

Benjamin beugte sich über sie und verschränkte seine Finger mit ihren. »Ab sofort gibt es in deinem Leben keine blöden Momente mehr, Amélie. *D'accord?*«

Sie nickte schweigend und zog sein Gesicht erneut zu sich hinunter.

»Jetzt mache ich uns aber Frühstück, und danach ruft die Arbeit.« Lächelnd erhob er sich und warf ihr eine Kusshand zu, bevor er das Schlafzimmer verließ.

Genüsslich rollte Amélie sich auf den Bauch und vergrub ihr Gesicht in seinem Kissen. Während sie eine Etage unter sich das Wasser der Dusche rauschen hörte, ließ sie den vergangenen Abend Revue passieren. Die Erinnerungen zauberten ihr ein Lächeln ins Gesicht. Amélie konnte kaum glauben, wie anders das Leben ihr mit einem Mal erschien. Sie hatte keine Ahnung, wie es mit Benjamin und ihr weitergehen sollte, doch im Moment lag sie in seinem Bett. Und der Mann, der ihr in der letzten Nacht die schönsten Stunden seit Langem beschert hatte, bereitete genau in diesem Augenblick Frühstück für sie vor. Wenn Amélie etwas aus den Ereignissen der Vergangenheit gelernt hatte, dann, dass es keinen Sinn hatte, zu weit in die Zukunft zu planen. Das Leben fand seinen eigenen Weg. Auch wenn Benjamin nicht an Schicksal glaubte, war sich Amélie sicher, dass ihrer Begegnung an diesem Ort und zu diesem Zeitpunkt ein Hauch von Magie innewohnte. Ihre Oma hatte in Collioure ihre große Liebe gefunden und verloren. Benjamin hatte vor vielen Jahren seine Frau verloren. Und Amélie? Seufzend erhob sie sich und machte sich daran, ihre Kleidung einzusammeln. Als ihr einfiel, dass ein Teil im Stockwerk unter ihr lag, musste sie grinsen. Nein, sie war nicht mehr die Amélie, die vor zwei Wochen nicht einmal in der Lage gewesen war, die eigenen vier Wände zu verlassen. Die sich von der Menschheit abgesondert und zurückgezogen hatte. Die Trübsal geblasen und mit der Welt um sich herum gehadert hatte.

Als sie an Benjamins Schreibtisch trat, erstarrte sie. Das Buch, das vor ihr lag, hätte sie unter einer Million anderer Cover erkannt. Die fliederfarbene Rose vor dem schwarz-weißen Hintergrund, die geschwungene Schrift und am oberen Rand ihr eigener Name. »Die Seelenverwandte« als deutsche Ausgabe. Irritiert blickte sie zur Tür, bevor sie das Buch aufnahm und umdrehte. Über dem Barcode befand sich ein Preisschild mit der Adresse der kleinen Buchhandlung von Collioure. Benjamin hatte ihr Buch hier erworben. Auf Deutsch. Amélie überlegte fieberhaft. Was hatte das zu bedeuten? Er hatte ihr gegenüber nicht erwähnt, dass er Deutsch sprach. Warum aber sollte er eine Lektüre kaufen, die er nicht lesen konnte? Als sie das Buch auf den Tisch zurücklegen wollte, fiel ihr Blick auf den Zettel, der darunter gelegen hatte. Die säuberlich geschriebenen Buchstaben begannen, vor ihren Augen zu verschwimmen. Was hatte sie getan? Und was führte Benjamin Lemarre im Schilde? Wer war dieser Mann, der ihr vorgegaukelt hatte, er wolle ihr helfen, ins Leben zurückzufinden? Welches Spiel spielte der Journalist mit ihr? Ihre Gedanken begannen zu rasen. Sie schnappte nach Luft. Wütend warf sie das Buch auf die Tischplatte, rannte aus dem Zimmer und stürzte die Treppe hinunter. Als sie Benjamin in der Küche fröhlich vor sich hin pfeifen hörte, stieg Übelkeit in ihr auf. Amélie riss ihre Zimmertür auf, zerrte ein Kleid aus dem Schrank und verließ den Raum wieder. Das Knallen der Tür musste Benjamins Aufmerksamkeit erregt haben. Während sie die Stufen hinunterhastete, hörte sie seine Stimme hinter sich. »Wo willst du hin, Amélie? Wir wollten doch zusammen frühstücken.«

Sie erwiderte nichts, durchquerte eilig die Baguetterie und

verließ schwer atmend das Haus. Sie brauchte dringend frische Luft. Benjamin hatte kein Interesse an ihr. Nicht an ihr als Person, als Frau. Alles, was seit gestern Abend geschehen war, war pure Berechnung gewesen. Er recherchierte nicht über Collioure. Zumindest nicht mehr, seit sie hier angekommen war. Vielleicht hatte ihn ihre Ankunft sogar erst auf den Gedanken gebracht, einen Bericht über sie zu schreiben, doch das machte seinen Plan kein bisschen ehrenwerter. Benjamin Lemarre hatte sie in sein Bett gezerrt, um an Informationen über sie zu kommen. Er hatte sie ausspioniert und ganz offensichtlich in ihrer Vergangenheit herumgestochert. Und sie blöde Kuh hatte ihm ihr Herz geöffnet. Sie hatte ihm die Wahrheit über den Unfall erzählt und ihm dadurch eine offene Angriffsfläche geboten. War Amélie von allen guten Geistern verlassen? Wie hatte sie so unvorsichtig sein können? Maurice hatte sie ihm ja quasi auf dem Silbertablett präsentiert.

Als sie am Château ankam, blieb sie völlig außer Atem stehen. Was hatte sie getan? Von Anfang an hatte sie gewusst, dass er Journalist war. Und von Anfang an war es ihr merkwürdig vorgekommen, dass er nicht beziffern konnte, wie lange seine Recherchen noch andauerten. Nun wurde ihr einiges klar. Sie selbst war das Objekt seiner Begierde gewesen – zumindest war sie dazu geworden. Er hatte nicht ahnen können, dass sie nach Collioure reisen würde. Aber ihre Ankunft musste seine Pläne geändert haben.

Wütend auf sich selbst, auf ihre Unvorsichtigkeit, ließ sie sich auf einen Felsen sinken und starrte auf die Wellen, die sanft gegen das Ufer schwappten. Er hatte sie benutzt, und sie war zu blöd gewesen, um es zu merken. Schlimmer noch, sie hatte ihm geglaubt, als er ihr letzte Nacht die Sterne vom Himmel geholt hatte. Hatte gehofft, dass seine Gefühle ihr gegenüber ähnlich intensiv waren wie ihre eigenen. Doch Benjamin Lemarre hatte sie belogen. Sein Verhalten war schäbig und hinterhältig. Amélie hatte es ihm nicht allzu schwer gemacht. Sie kickte einen Kiesel ins Wasser und wischte sich die Tränen von den Wangen.

Friedrich blieb verschwunden – und wenige Wochen später stellte ich zu allem Überfluss fest, dass ich schwanger war. Immer wenn man denkt, schlimmer könne es nicht kommen, schlägt dir das Schicksal ohne Vorwarnung eine weitere Faust ins Gesicht. Ich saß auf der Toilette und rechnete und überlegte. Aber wie ich es auch drehte und wendete: Es gab nur eine Antwort. Ich war schwanger. Ich erwartete ein Kind von einem deutschen Wehrmachtssoldaten, der seit Wochen spurlos verschwunden war. Meine Eltern und Nachbarn sprachen unentwegt über die Zeit nach dem Krieg, den Abzug der Deutschen, die Niederlagen der Besatzungsmacht und die beharrlichen Bombardierungen durch die Alliierten. Nichts davon erreichte mich. Meine Gedanken kreisten lediglich um ein Thema: Friedrich und unser gemeinsames Kind. Was sollte ich bloß tun? Ich fühlte mich wie in einer Falle. Schon bald würde man mir meinen Zustand ansehen. Und dann? Was sollte ich meinen Eltern sagen? Den Nachbarn? Meinen Freundinnen? Ich konnte Maman kaum noch in die Augen sehen. Und wenn ich Papa in der Baguetterie half, vermied ich tunlichst jede Diskussion mit ihm. Hatte ich mich vor meiner Entdeckung schon in mein Schneckenhaus zurückgezogen, so begann ich nun ganz bewusst, jedem aus dem Weg zu gehen, der sich auch nur ansatzweise mit mir beschäftigen wollte. Ich ging nicht mehr ins Freie und redete mit niemandem mehr. Mein Leben spielte sich ausnahmslos in unserem Haus ab. Natürlich bemerkten meine Eltern, dass mit mir etwas nicht stimmte. Aber ich hörte auch auf, mit ihnen zu sprechen, obwohl ich die Verzweiflung in Mamans

Augen sah. Ich erkannte die Hilflosigkeit in Papas Gesicht, wenn er Maman beim Abendessen einen verstohlenen Blick zuwarf. Ich schaffte es einfach nicht, mich ihnen anzuvertrauen. Mein Körper veränderte sich. Mein Bauch wurde weicher, meine Brüste spannten. In mir wuchs ein kleiner Mensch heran. Ein Baby, das nichts für seine Herkunft konnte. Was sollte ich diesem Kind sagen? Meinem Kind? Sein Leben war vorgezeichnet, bevor es überhaupt das Licht der Welt erblickt hatte. »Deutschenflittchen«, »Nazischlampe«, »Deutschenbastard«. Grausame Begriffe, die das Baby und mich für immer verfolgen würden. Ich wusste nicht mehr ein noch aus.

Als ich eines Abends im Bad war und mich für die Nacht fertig machte, klopfte Maman an die Tür. »Isabelle?«

Während ich im Spiegel auf meinen Bauch starrte, beschleunigte sich mein Puls. »Hm?«

»Papa und ich möchten mit dir reden. Wie lange brauchst du noch?«

»Ich bin gleich fertig«, erwiderte ich mit zittriger Stimme. Was wussten sie? Hatte Maman etwas bemerkt? War mein Geheimnis aufgeflogen? Mir wurde schwindlig. Hastig hielt ich mich am Waschbecken fest und schloss für einen Moment die Augen.

»Wir warten in der Küche auf dich.« Ihre Schritte entfernten sich.

Mein Kopf begann zu dröhnen. Was sollte ich sagen? Mir war klar, dass sie mich auf mein sonderbares Verhalten ansprechen würden. Als ich den Eindruck hatte, einigermaßen die Fassung wiedererlangt zu haben, verließ ich das Badezimmer und ging in die Küche hinüber.

Meine Eltern saßen nebeneinander am Tisch und blickten mir abwartend entgegen. Wann waren sie dermaßen gealtert? Ich erschrak, als ich die tiefen Falten in Papas Gesicht wahrnahm, die dunklen Schatten unter Mamans Augen. Waren es die Sorgen um mich, die sie umtrieben, oder waren es die Folgen dieses schrecklichen Krieges?

»Setz dich, Isabelle.« Papa klang mutlos und resigniert.

Ich rückte meinen Stuhl zurecht und nahm Platz. Noch immer wagte ich nicht, ihnen in die Augen zu sehen.

»Isabelle, wir machen uns große Sorgen um dich«, begann Papa leise. »Deine Mutter macht kaum noch ein Auge zu, und auch ich sehe, dass es dir nicht gut geht.«

Ich wandte den Kopf zur Seite und schwieg.

»Was ist denn bloß los, Isabelle?« Maman fuhr sich durchs Gesicht. »Du weißt doch, dass du über alles mit uns reden kannst. Seit Wochen stehst du vollkommen neben dir. Du sprichst kaum noch, isst nichts mehr.«

Ich befeuchtete meine Lippen. Was sollte ich ihnen sagen?

»Der Krieg hat bei uns allen seine Spuren hinterlassen«, setzte Papa noch mal an. »Wenn du Kummer hast, wenn dich etwas bedrückt, was auch immer es ist, dann sprich mit uns. Wir werden alles in unserer Macht Stehende tun, um dir zu helfen. Diese beiden Soldaten vor der Baguetterie …«

»Nicht alle Männer sind so«, unterbrach Maman ihn sanft.

Überrascht sah ich auf. Dachten meine Eltern, dass ich unter den Repressalien des Krieges litt? Der Zwischenfall mit den beiden Deutschen schien ewig her. Wenn ich ehrlich war, hatte ich danach kein einziges Mal mehr daran gedacht.

»Das ist es nicht«, murmelte ich undeutlich.

»Was ist es dann?«, wurde Papa lauter. Maman legte ihm beschwichtigend ihre Hand auf den Arm.

»Es ist …«, begann ich zu stammeln. »Ich bin …«

»Was?«, bedrängte mich Papa. »Was bist du?«

»Ich bin schwanger«, flüsterte ich und begann zu schluchzen.

»Du bist schwanger?« Maman sah mich fassungslos an.

»Wer hat … Was ist …?« Papa war das blanke Entsetzen ins Gesicht geschrieben.

»Wer hat dir das angetan?« Obwohl auch Maman jetzt Tränen über die Wangen liefen, bemühte sie sich, ruhig zu bleiben.

»Niemand hat mir das angetan«, presste ich hervor. »Nicht so, wie ihr meint.«

»Du bist nicht …?« Papa versagte die Stimme.

»Nein.« Ich schüttelte den Kopf.

»Wer ist … der Vater?«

Ich blickte auf und sah Maman in die Augen. »Er heißt Friedrich Herzog.«

»Ein Deutscher? Ein sale boche?« Papa schnappte nach Luft.

Ich presste die Lippen aufeinander.

»Isabelle, dein Vater hat dich etwas gefragt«, ermahnte Maman mich.

Ich nickte. »Ja, er ist Deutscher. Ein Oberfeldwebel bei der Wehrmacht.«

»Was hast du getan?«, brauste Papa wieder auf.

Ich sprang hoch. »Nichts. Ich habe überhaupt nichts getan. Ich liebe Friedrich.«

Maman schlug sich eine Hand vor den Mund.

»Was redest du denn da? Habe ich nicht oft genug von den Gräueltaten berichtet, die diese …« Er schnaufte. » … diese Schweine begangen haben und immer noch begehen? Und du …«

»Ja«, erwiderte ich mit einem Mal völlig ruhig. »Ich habe mich in einen von ihnen verliebt.«

»Verliebt?«, brüllte Papa los. »Weißt du eigentlich, was sie mit dir machen, wenn irgendjemand davon erfährt?«

Ich schloss die Augen und begann zu erzählen. Ich berichtete ihnen von unseren ersten Begegnungen. Details unserer Treffen ließ ich weg. Ich war schwanger, meine Eltern konnten sich denken, was zwischen uns geschehen war. Schließlich endete ich mit Friedrichs Verschwinden, nachdem ich ihnen von seinen Verbindungen zur Résistance erzählt hatte.

»Glaubst du ihm das?« Maman sah mich ängstlich an.

Ich lachte kurz auf. »Ich weiß nicht mehr, was ich noch glauben soll. Ich kann mir nicht vorstellen, dass er einfach gegangen ist, ohne sich von mir zu verabschieden. Und warum sollte er sich auf Saint-Elme verstecken?«

»Du hast uns in große Gefahr gebracht«, merkte Papa ernst an. »Wenn sie ihn in jener Nacht im Hof entdeckt hätten ...«

»Es tut mir leid«, entgegnete ich beschämt. »Ich wusste einfach nicht ...«

»Du hättest mit uns reden können«, unterbrach er mich verärgert.

»Und dann? Was hättest du dann gemacht? Ihn an die Deutschen verraten? Sie hätten ihn sofort an die Wand gestellt!«

Papa sah mich sekundenlang schweigend an. »Was willst du den Nachbarn sagen? Unseren Freunden?«

Wieder lachte ich bitter auf. »Ja, das ist alles, was dich interessiert.«

»Isabelle, der Krieg ist noch nicht zu Ende. Auch wenn die Deutschen überall abziehen ... Willst du dieses Kind allen Ernstes bekommen? Und dann? Was sagst du, wer der Vater ist? Weißt du nicht, was sie mit Frauen machen, die sich mit den Besatzern eingelassen haben?«

»Dieses Kind hat ein Recht darauf zu leben«, erklärte ich trotzig.

»Isabelle«, mischte sich nun Maman wieder ein. »Du bist noch so jung. Sicher möchtest du doch irgendwann heiraten, eine Familie haben. Ich könnte mich erkundigen, wo ...«

»Ich werde dieses Kind bekommen«, beharrte ich auf meiner Entscheidung. »Es ist mein Kind. Meines und Friedrichs.«

Meine Eltern wechselten einen betretenen Blick.

»Du weißt nicht, was du da sagst«, erwiderte Papa nachdenklich. »Dieses Kind wird dein ganzes Leben zerstören.«

»Amélie?«

Amélie legte das Tagebuch beiseite und musste erst gegen die Sonne blinzeln, bevor sie die Stimme zuordnen konnte. »Mathilde.«

»Warum sitzen Sie hier so gedankenverloren herum?« Die Malerin machte es sich auf dem Felsen neben ihr bequem. »Ich darf doch?«

Amélie nickte. »Natürlich. Bitte.«

»Was ist los? Sie sehen ja aus, als würde man Sie gleich zum Schafott führen! Kindchen, Sie haben Urlaub.«

»Urlaub?«, presste sie bitter hervor. »Ich wünschte, ich wäre niemals hergekommen.«

»Aber ...«, setzte die Künstlerin an, bevor sie sich selbst unterbrach. »Warten Sie hier. Ich komme gleich wieder.« Sie erhob sich und schlug ohne ein weiteres Wort den Weg Richtung Altstadt ein.

Amélie strich über den Einband von Isabelles Büchlein und überlegte, was es mit dieser Schwangerschaft auf sich hatte.

Fünf Minuten später tauchte die mollige Frau wieder in ihrem Blickfeld auf, zwei Becher Kaffee in den Händen.

»Danke.« Etwas besser gestimmt, nahm Amélie das heiße Getränk entgegen.

»Ohne Kaffee kann der Tag nicht gut beginnen«, erklärte Mathilde lächelnd. »Trinken Sie, und dann erzählen Sie mir, wer Sie so geärgert hat.«

»Woher wissen Sie …?«

Die Malerin lächelte. »Ich bin eine Frau. Und wenn ich mir Ihr Gesicht ansehe, kann nur ein Mann hinter Ihrem Kummer stecken.«

»Ich möchte Sie wirklich nicht mit meinen Sorgen belasten«, murmelte Amélie kaum hörbar.

Mathilde seufzte theatralisch. »Manchmal tut es gut, jemand Unbeteiligtem sein Herz auszuschütten.« Sie legte ihre Hand auf Amélies Unterarm. »Aber ich möchte Sie nicht drängen. Ich kann Ihnen lediglich anbieten, mir Ihr Problem anzuhören und mit meinen fünfundfünfzig Jahren Lebenserfahrung aufzuwarten, um Ihnen vielleicht …« Sie lächelte. » … möglicherweise einen Ratschlag zu geben. Ohne Garantie.«

»Ich bin einfach zu blöd!«, erklärte Amélie genervt.

»Das wiederum glaube ich nun überhaupt nicht«, widersprach die Malerin sanft.

Amélie beobachtete eine Möwe, die auf dem Wasser schwamm und nach Fischen Ausschau hielt. »Doch«, bestätigte sie mit düsterer Stimme. »Eigentlich bin ich ein sehr vorsichtiger Mensch, aber bei Benjamin …« Sie schüttelte den Kopf.

»*Alors*«, setzte Mathilde an. »Was genau hat dieser Benjamin denn getan, um Ihren Zorn auf sich zu ziehen?«

Amélie blickte die Künstlerin an und überlegte. Als sie zu dem Schluss kam, nichts mehr verlieren zu können, begann sie zu erzählen. Sie berichtete von dem tragischen Unfall vor drei Jahren, von ihrer Trauer, die sie gelähmt und komplett vom Leben abgehalten hatte. Sie fuhr fort mit ihrer Ankunft in Collioure, berichtete in kurzen Sätzen vom Tagebuch ihrer Oma und endete schließlich mit ihrem Verdacht Benjamin betreffend.

»Ach je!« Die Miene der Malerin hatte einen bekümmerten Ausdruck angenommen.

Amélie nippte an ihrem Kaffee. »Ich bin ein hoffnungsloser Fall.«

»Nein, das sind Sie mit Sicherheit nicht«, entgegnete Mathilde in bestimmtem Ton.

»Ich habe mich benutzen lassen.«

»Woher wollen Sie wissen, dass er Sie benutzt hat?« Sie blickte Amélie prüfend an.

»Das Buch und Maurices Name …«, antwortete sie verärgert. »Was will er denn damit, wenn er keinen Artikel über mich plant?«

Mathilde zuckte mit den Schultern. »Das kann ich Ihnen nicht sagen. Aber fragen Sie ihn doch einfach. Wenn ich Ihren Erzählungen Glauben schenke, hat sich Benjamin bisher doch sehr bemüht, Ihnen bei Ihrer Trauerbewältigung zu helfen. Warum sollte er das tun, wenn Sie ihm nicht wichtig wären?«

»Wir kennen uns kaum«, brauste Amélie auf. Ein älteres Paar, das gerade an ihnen vorbeiging, sah sie konsterniert an. »Wie könnte ich ihm nach so kurzer Zeit wichtig sein?«

Mathilde lachte. »Sie finden ihn doch auch interessant. Ist es so abwegig, dass es ihm ähnlich geht?«

»Ich habe aber nicht seine Artikel ausgegraben und in seiner Vergangenheit herumgestochert.«

Mathilde schüttelte den Kopf. »Sie haben ihm erzählt, dass Sie schreiben …«

»Das hat ihm wahrscheinlich Valérie schon berichtet.« Amélie zögerte. »Meine Tante.«

»Na schön. Benjamin weiß also, dass Sie Bücher schreiben. Sie lernen sich kennen, essen zusammen, unterhalten sich …« Sie machte eine bedeutungsvolle Pause. » … kommen sich näher.«

Amélie verzog verlegen den Mund.

»Und er kauft sich ein Buch von der Frau, für die er sich interessiert. Ich kann daran nichts Verwerfliches finden.«

»Auf Deutsch«, erklärte Amélie gereizt. »Er kauft eine Originalausgabe auf Deutsch. Er ist Franzose.«

Mathilde zog die Augenbrauen hoch. »Entweder kann er kein Deutsch, dann hat er es nur gekauft, um etwas von Ihnen zu besitzen, was für Sie wichtig ist. Oder aber er spricht Deutsch und möchte einen Text von Ihnen lesen. Ohne Übersetzung.«

»Sie ...«, stammelte Amélie. »Bei Ihnen hört sich das so selbstverständlich an.«

»Weil es das ist«, bestätigte die Malerin achselzuckend.

»Was ist mit dem Namen meines Ex-Freundes?«

»Ich weiß es nicht«, bekannte Mathilde. »Aber warum fragen Sie ihn nicht einfach? Er ist Ihnen wichtig. Sie haben sich gut verstanden. Oft sind es nur blöde Missverständnisse, wir reden einfach viel zu wenig miteinander.« Sie nickte nachdrücklich. »Sie haben Schlimmes erlebt. Umso mehr würde ich mich für Sie freuen, wenn Ihre Reise nach Collioure einen Neuanfang darstellen könnte.«

»Das hatte ich gehofft«, flüsterte Amélie hilflos. »Aber diese Geschichte mit meiner Oma und die Sache mit Benjamin ...«

»Niemand weiß, was das Leben für uns bereithält«, entgegnete Mathilde ernst. »Aber ich bin mir sicher, dass alles einen Sinn ergibt. Auch wenn wir ihn vielleicht erst sehr viel später erkennen. Sie kamen hierher und wollten ausspannen. Jetzt backen Sie Baguettes und kreieren Dips. Sie wollen sich um die verlorene Liebe Ihrer Oma kümmern und haben dabei selbst die Liebe neu entdeckt. Ja, vielleicht sehen Sie noch nicht deutlich genug, wohin Ihr Leben Sie führen wird. Sie haben einen netten jungen Mann kennengelernt.« Sie lächelte. »Die Welt steht Ihnen offen. Sie müssen nur genau hinschauen.«

»An Ihnen ist eine Psychologin verloren gegangen.« Amélie schniefte verhalten.

»Psychologin, Künstlerin«, sinnierte Mathilde gedehnt. »Manchmal funktioniert das eine nicht ohne das andere. Ich nenne es Lebenserfahrung und Weisheit.«

»Ich nenne es Klugheit und Besonnenheit«, erwiderte Amélie nachdenklich.

»Ich beobachte die Menschen. Sehe mir ihre Verhaltensmuster an. Es ist interessant, wie leicht Leute zu durchschauen sind, obwohl man sie nicht kennt.«

»Sie besitzen sehr viel Feingefühl.«

Mathilde nickte. »Ja, vielleicht. Ich liebe das, was ich tue. Obwohl ich eine Einzelkämpferin bin, befinde ich mich gern unter Menschen. Dadurch lernt man vieles kennen. Erfährt vieles.«

»Sie machen den Eindruck, als ob Sie tatsächlich völlig mit sich im Reinen sind.«

Wieder nickte die Malerin. »Das bin ich. Es war ein langer Weg bis dahin, aber mittlerweile kann ich sagen, dass ich genau das Leben führe, das ich möchte.«

»Und ich weiß überhaupt nicht, wie es weitergehen soll.«

»Hören Sie in sich hinein. Als Autorin wissen Sie ganz genau, wie Menschen ticken. Stellen Sie sich doch einfach vor, Sie befänden sich in einem Ihrer Romane.«

»Die haben immer ein Happy End.« Amélie grinste schief.

»Und Ihr Leben wird auch eines haben«, bekräftigte Mathilde. »Sie müssen es nur zulassen.«

Amélies Handy klingelte. Als sie aufs Display sah, erkannte sie Benjamins Nummer, die sie gestern Nachmittag gespeichert hatte.

»Gehen Sie ran«, ermunterte die Malerin sie, während Amélie das Gesicht verzog.

»Ja?«

»Ich bin es, Benjamin«, erklang auch sogleich seine Stimme. »Ich weiß nicht, warum du vorhin einfach weggerannt bist. Aber wir sollten dringend reden.«

»Das glaube ich weniger«, erwiderte Amélie kühl.

»Deshalb rufe ich aber nicht an. Hier ist eine Dame, die mit dir wegen deiner Baguettes sprechen möchte. Sie ist wohl eine Bekannte von deiner Tante und betreibt mit ihrem Sohn ein Lokal in Port-Vendres.«

Amélie sah Mathilde nachdenklich an. »Gut, sag ihr bitte, dass ich in zehn Minuten im Laden bin.«

»Mache ich.« Er zögerte. »Aber danach muss ich dir etwas sagen.«

»Ich weiß nicht, ob ich das hören möchte«, murrte sie ungehalten.

»Es wird dir wohl nichts anderes übrig bleiben.«

30

Das Gespräch mit Madame Lonchilles dauerte länger, als Amélie vermutet hatte. Obwohl sie der Schwester von Valéries Nachbarin mehrfach erklärt hatte, dass sie momentan nicht vorhabe, den Laden gewerbemäßig zu betreiben, hatte die ältere Frau nicht aufgehört zu versuchen, Amélie von den Vorzügen der Selbstständigkeit zu überzeugen. Sie bot ihr einen Vertrag über die tägliche Abnahme einer festen Anzahl an Broten an. Berichtete ihr von dem gut laufenden Restaurant ihres Sohnes, der mit der Gastronomie in den Sommermonaten ein komplettes Jahr finanzieren konnte. Amélie wimmelte sie schließlich mit dem Versprechen ab, sich die nächsten Tage Gedanken über das vorliegende Angebot zu machen und sich danach bei ihr zu melden. Auf jeden Fall, wie Madame Lonchilles nachdrücklich betonte.

Während sie mit der Dame in der Baguetterie stand und sich unterhielt, hatte Benjamin das Haus verlassen, ihr dabei aber noch einen beschwörenden Blick über die Schulter zugeworfen. Widerwillig hatte sie den Kopf abgewandt und an Mathildes Worte denken müssen. Handelte es sich wirklich um ein Missverständnis zwischen ihnen? Nein, warum sollte er Maurice hinterherschnüffeln? Ihr fiel kein einziger vernünftiger Grund dafür ein. Benjamin Lemarre hatte sie aufs Gemeinste hintergangen. Er hatte sie dazu gebracht, sich ihm bedingungslos zu öffnen. Und alles nur, um an Informationen für seinen Artikel zu kommen. Nach wie vor war Amélie davon überzeugt, dass sie das Objekt seiner Begierde war, natürlich rein recherchetechnisch gesehen. Warum er sie in sein Bett gezerrt hatte, war ihr jedoch ein Rätsel. Er hatte doch schon vorher alles gewusst, was relevant für ihn war.

Genervt betrat sie ihr Zimmer und nahm das Tagebuch ihrer Oma zur Hand. Es wurde höchste Zeit, die Geschichte von Isabelle und Friedrich zu Ende zu lesen. Wollte sie sich auf Spurensuche begeben, musste sie alles wissen. Die Andeutungen ihrer Großmutter hatten ihr eindeutig suggeriert, dass sich die letzten Seiten als nicht ganz unwichtig herausstellen würden.

Da Benjamin nicht da war, stieg sie die Stufen zur Dachterrasse hinauf. Wehmütig fiel ihr Blick auf das sorgfältig gemachte Bett. War es wirklich erst wenige Stunden her, dass sie hier gelegen und das Glück neu für sich entdeckt hatte? Das vermeintliche Glück, verbesserte sie sich grimmig.

Amélie setzte sich auf einen der Gartenstühle und schlug das Buch auf.

Nachdem ich Maman und Papa immer wieder verdeutlicht hatte, dass ich das Kind behalten will, blieb ihnen letztlich nichts anderes übrig, als meine Entscheidung zu akzeptieren. Noch konnte man nichts erkennen, aber es war nur eine Frage der Zeit, bis sich mein Bauch wölben würde. Maman brachte jeden Tag neue Vorschläge an, wie wir meine Schwangerschaft erklären sollten. Irgendwann wollte ich nichts mehr davon hören. Ich hasste diese Lügengebilde. Obwohl ich nach wie vor nicht wusste, warum Friedrich sang- und klanglos verschwunden war, spürte ich, dass ich ihn noch immer liebte. Wenn ich an unsere Begegnungen dachte, kam die Traurigkeit mit voller Kraft zurück. Dieser Mann hatte mich verzaubert, und ich hatte keine Ahnung, wie ich jemals wieder von ihm loskommen sollte. Ich konnte ihn mit jeder Faser meines Körpers fühlen. Der Klang seiner Stimme hatte sich unwiderruflich in mein Gedächtnis eingebrannt. Seine wunderschönen blauen Augen verfolgten mich bei jedem Schritt.

Wenige Wochen später – meine Blusen wurden mittlerweile immer weiter, um meinen Zustand zu verbergen – wurde ich endgültig und unwiderruflich aus meinem ursprünglichen Leben gerissen. Niemals hätte ich gedacht, dass Menschen so gemein und grausam sein könnten.

Papa lieferte gerade die letzten Bestellungen des Tages aus, während ich die Backstube säuberte und den Ofen ausschaltete. Als die Ladentür aufging, vermutete ich im ersten Moment einen Kunden, der noch nach Baguettes fragen wollte. Ich wischte meine Hände an der Schürze ab und betrat den Verkaufsraum. Vor dem Tresen standen drei junge Männer, von denen ich nur einen vom Sehen kannte. Den beiden anderen war ich nie zuvor begegnet.

»Was kann ich für Sie tun?« Ich sah die drei der Reihe nach an, während sich ein mulmiges Gefühl in meiner Magengegend ausbreitete.

Sie blickten sich an und begannen zu lachen. »Was sie für uns tun kann, fragt sie allen Ernstes!«

»Wir haben geschlossen, unser Baguette ist ausverkauft für heute«, erklärte ich mit zitternder Stimme und blickte zur Tür. »Bitte gehen Sie.«

»Und wenn nicht?« Der Größte der drei umrundete die Theke und trat auf mich zu.

Ängstlich wich ich zurück. »Mein Vater kommt gleich zurück.«

»Ihr Vater kommt gleich zurück«, höhnte der Kerl, den ich vom Sehen kannte. »Hätte er mal besser auf seine Tochter aufgepasst.«

»Was wollen Sie?« Panik stieg in mir auf. Maman war nicht zu Hause, und bis Papa zurückkäme, konnte noch einige Zeit vergehen. Was wollten diese Männer von mir? Es waren Franzosen.

Der Kleinste hob eine Tasche hoch und grinste dreckig. »Weißt du, was ich da drinnen habe?«

Stumm schüttelte ich den Kopf.

Langsam zog er eine Schere und einen Rasierer hervor. »Weißt du, was wir mit Frauen wie dir machen?«

»Lassen Sie mich in Ruhe.« Schützend legte ich eine Hand auf meinen Bauch und wich zurück. Aber die drei kamen mir nach.

»Deutschenflittchen«, zischte der Kerl, den ich kannte. »Nazihure! Machst die Beine für diese Dreckschweine breit, während unser stolzes Volk mit aller Kraft gegen diese Barbaren kämpft.«

Mir blieb fast das Herz stehen. Woher wussten sie von Friedrich? Voller Panik starrte ich auf die Schere in der Hand des Mannes.

»Lasst mich in Ruhe«, sagte ich noch mal, aber selbst in meinen Ohren hörten sich die Worte schwach und flehend an. »Haut ab.«

»Gleich«, entgegnete der mit der Schere süffisant. »Sobald wir fertig mit dir sind, gehen wir.«

Als die beiden anderen plötzlich meine Arme packten und mich in den Hinterhof schleiften, schrie ich angsterfüllt auf. Im nächsten Moment spürte ich eine Hand auf meinem Mund. Fieberhaft versuchte ich, mich aus ihrem Griff zu befreien, trat nach ihnen, aber ich hatte keine Chance gegen sie. Hilflos musste ich miterleben, wie sie mir erst meine Haare abschnitten, bevor mir mit dem Rasierer der Schädel kahl geschoren wurde. Ich schluchzte ununterbrochen, aber die drei ließen sich in ihrem Tun nicht beirren. Als sie ihr Werk vollendet hatten, ließen sie mich los und stießen mich zu Boden. Ich kauerte mich zusammen und hielt schützend die Arme vor den Bauch. Völlig ruhig packten sie die Tasche zusammen und verließen den Hof. Bevor der Kerl, den ich kannte, die Backstube betrat, drehte er sich nochmals um und bespuckte mich. »Drecksschlampe. Möge dein Verrat an unserem Volk dein Leben für immer zerstören!«

»Haut ab«, wimmerte ich, während ich vor mich hin schluchzte.

Vier Tage später musste ich mit einem weit entfernten Verwandten aus Perpignan nach Nordfrankreich reisen, wo ich wenige Monate später im Frühling 1945 meine geliebte Tochter Valérie zur Welt brachte. Der Krieg war vorüber.

Ich habe meine Tochter ihr Leben lang belogen. Sie hat ein Geburtsdatum bekommen, das nicht ihr wahres ist. Sie ist offiziell mehr als ein Jahr jünger, als es ihrem tatsächlichen Alter entspricht. Und warum? Weil ich ein Feigling bin. Bis heute habe ich ihr nicht die Wahrheit über ihren Vater erzählt, und ich bin mir nicht sicher, ob ich es ihr jemals beichten werde.

Außerdem habe ich meinen Mann belogen. Pierre denkt, Valéries Vater sei ein französischer Soldat, der nichts von seiner Tochter weiß. Eine kleine Liebschaft kurz nach dem Krieg. Weitere Lügen, die ich streuen musste, um mein »falsches« Leben aufrechtzuerhalten. Nur meine Eltern kennen die Wahrheit, sie prophezeiten mir von Anfang an, dass ich mit einem Bastard niemals einen ehrbaren französischen Mann finden würde. Ja, Bastard, so haben sie meine Tochter vor ihrer Geburt genannt. Nachdem sie Valérie zum ersten Mal gesehen hatten, hat sich ihre Einstellung vollständig geändert. Sie lieben ihr erstes Enkelkind heiß und innig. Pierre hat Valérie wie seine eigene Tochter angenommen. Und ich? Ich sitze hier und denke seit fast einem Jahrzehnt an einen Mann, der mich wahrscheinlich schon lange vergessen hat. Für den ich nur eine kleine Anekdote in einer Zeit war, in der Regeln und Gesetze nichts mehr galten. Warum kann ich ihn nicht auch vergessen? Und werde ich es schaffen, meiner Tochter irgendwann die Wahrheit zu sagen? Ich weiß es nicht.

Es ist so unglaublich lange her, dass ich in dieses Tagebuch geschrieben habe. Ich weiß nicht, warum ich gerade jetzt den Drang verspüre, die kompletten Ereignisse, die mir in den letzten Kriegsmonaten widerfahren sind, zu lesen und dadurch ein weiteres Mal zu erleben. Liegt es an meiner Schwangerschaft? An der Tatsache, dass ich ein zweites Kind erwarte? Die letzten Jahre sind sehr ereignisreich gewesen, mir fehlte schlicht die Zeit, mich mit meinen Gedanken auseinanderzusetzen.

Aber habe ich meine Vergangenheit wirklich überwunden? Bin ich undankbar? Führe ich denn nicht ein Leben, von dem die meisten Frauen träumen? Ich kenne die Antworten auf all meine Fragen nicht.

Seit ich weiß, dass ich erneut ein Kind erwarte, überkommen mich diese Gefühlsschwankungen, die mich bereits seit Jahren begleiten, noch öfter. Bei den kleinsten Anlässen breche ich in Tränen aus. Furchtbar. Manchmal frage ich mich wirklich, was nur mit mir los ist. Warum kann ich nicht glücklich sein? Ich freue mich auf mein Kind. Ich liebe meine Tochter, und ich liebe Pierre. Und doch … Da ist diese Lücke, die sich nie wieder schließen lässt.

Manchmal wird meine Traurigkeit so übermächtig, dass ich befürchte, es nicht aushalten zu können. Alles, was ich möchte, ist, meinem Mann eine gute und treue Ehefrau und meinen Kindern eine fürsorgliche Mutter zu sein. Aber was, wenn ich das nicht schaffe? Wenn ich mich nicht endlich von der Vergangenheit lösen kann? So viele Jahre sind mittlerweile verstrichen, schwierige Jahre und welche, die das Glück in mein Leben zurückgebracht hatten. So dachte ich zumindest. Heute bin ich mir meiner Gefühle nicht mehr sicher.

Lebe ich eine Lüge? Tief in meinem Inneren weiß ich, dass es keinen anderen Weg gab. Warum kann ich nicht endlich loslassen? Warum schaffe ich nicht, das zu schätzen, was ich habe? Es ist ein ständiges Auf und Ab, eine Achterbahnfahrt. Ein Karussell, das sich mit doppelter Geschwindigkeit dreht.

Wieder lege ich meine Hand auf mein ungeborenes Kind. Ja, ich möchte eine gute Mutter sein. Meine Kinder sollen in einem sicheren Land aufwachsen.

Wenn ich jetzt, so viele Jahre später, an die Zeit zurückdenke, kann ich noch immer den Schmerz fühlen, der nie vollständig verschwunden ist. Ich weiß nicht, ob irgendjemand, der diese Zeilen vielleicht einmal liest, nachvollziehen kann, welche Gedanken mich quälen. Aber das ist auch nicht wichtig. Es ist meine Geschichte, mein Schicksal. Friedrich war meine erste große Liebe. Was gäbe ich selbst jetzt noch dafür, wenn ich herausfände, was damals geschehen war? Der Krieg ist lange Vergangenheit. Die Traumata der Menschen werden wohl nie ganz verschwinden, solange unsere Generation lebt. Es liegt noch sehr viel Aufarbeitungsbedarf vor uns. Vor den ehemaligen Kriegsparteien, allen voran dem deutschen Volk. Lebt Friedrich noch? Irgendwo weit weg? Vielleicht hat er ebenfalls geheiratet und Kinder bekommen? Oder ist er damals entdeckt und ermordet worden? Manchmal befürchte ich, dass diese Ungewissheit mich niemals zur Ruhe kommen lassen wird. Ich trage diese Geschichte immer in meinem Herzen. Ein schwarzer Fleck, den ich nicht schließen kann.

Pierre weiß nichts von meiner Beziehung zu Friedrich Herzog. Ich glaube, er würde nicht verstehen, wieso ich mich damals mit einem Angehörigen der Besatzungsmacht eingelassen habe. Das Band zwischen Pierre und mir ist anders als das zu Friedrich. Nicht besser oder schlechter, einfach anders. Pierre ist der Vater meiner Kinder. Er sorgt für uns. Ich liebe ihn sehr und bin froh, einen so ehrenwerten Mann gefunden zu haben. Er vergöttert Valérie und ist schon ganz aufgeregt wegen des Babys. Ja, ich führe eine glückliche Ehe. Aber die Frage, wie mein Leben verlaufen wäre, wenn Friedrich mich nicht verlassen hätte, hat mich nie ganz losgelassen. Es gibt so vieles, was ich ihm gern noch gesagt hätte. Fehlende Antworten auf Fragen, die ich niemals werde stellen können. Ja, fast scheint es, als ob der deutsche Soldat einen Teil von mir mitgenommen hätte – wohin auch immer. Dieses Puzzlestück fehlt.

Das Baby strampelt. Hängt meine innere Unruhe mit dem Rätsel meiner Jugend zusammen? Und was kann ich tun, um es zu lösen? Um doch noch Antworten zu bekommen?

Ich weiß, dass weiterhin sehr viele Menschen vermisst werden. Angehörige können sich beim Roten Kreuz melden und den Namen des Verschollenen auf eine Liste setzen lassen. Aber was würde passieren, wenn Pierre das herausfände?

Ich verwarf den Gedanken sofort wieder. Eine Französin, die einen deutschen Wehrmachtssoldaten als vermisst meldete, erschien zynisch. Sicher hatte seine Familie das längst getan. Wir waren nicht verheiratet. Nicht einmal verlobt. Ich habe keinen einzigen Nachweis über seine Existenz. Keinen Brief, nichts. Ich würde nie erfahren, was damals mit Friedrich geschah. Und ich weiß nicht, ob ich ihn jemals vergessen kann. Was ich aber sicher weiß, ist, dass diese Wochen im Frühsommer 1944 mein Leben für immer verändert haben. Damals habe ich die Liebe kennengelernt. Und ich weiß, dass Gefühle ihren eigenen Weg gehen. Sie lassen sich nicht von so etwas Bedeutungslosem wie Nationalität oder Zugehörigkeit beeinflussen. Wenn sie ihr Ziel gefunden haben, haben wir keine Chance, uns dagegen zu wehren. Wir lieben und wir leiden, völlig ungeachtet, wo und wann wir leben. Es gibt nichts Wundervolleres als die Liebe – und es gibt nichts Schmerzhafteres!

Wenn ich diese Zeilen lese, kann ich kaum glauben, wie viele Jahre seit den Ereignissen damals vergangen sind. Wie viele Jahre ich dieses Buch bereits mit mir herumtrage, ohne je wieder hineingesehen zu haben. Während Valérie in der Etage unter mir seit Stunden meine Kleidung sichtet und entscheidet, was ich mitnehme in das

Seniorenheim, in das ich in den nächsten Tagen ziehen werde, und was nicht, schwelge ich in Erinnerungen.

Mittlerweile bin ich eine alte Frau. Pierre ist bereits vor vielen Jahren gestorben. Die Baguetterie konnte ich nicht mehr weiterführen. Da meine Knie nicht mehr so wollen wie ich, muss ich nun mein Elternhaus verlassen. Hier habe ich geliebt und gelitten, zwei wundervolle Kinder großgezogen und eine harmonische Ehe geführt. Aber das Gebäude erinnert mich täglich auch an das, was ich vor vielen Jahrzehnten verloren habe. Der Holzschuppen im Hinterhof, in dem ich Friedrich in jener Nacht versteckt habe, existiert natürlich schon lange nicht mehr. Aber immer, wenn ich in der Baguetterie gestanden und mit meinen Kunden geredet habe, hatte ich das Bild vor Augen, wie sich die Ladentür öffnete und der hochgewachsene Wehrmachtssoldat mit dem gescheitelten dunkelblonden Haar und den strahlend blauen Augen eintrat. Wenn ich daran denke, fühle ich mich nicht alt. Im Gegenteil: Ich frage mich, wo die Zeit geblieben ist, und wie ich all die Jahre ertragen konnte, ohne zu wissen, was aus der Liebe meines Lebens geworden ist. Denn das weiß ich mittlerweile: Ich liebte Pierre über alles. Er war ein herzensguter Mann, ein fürsorglicher Vater. Aber einen Teil meines Herzens habe ich 1944 unwiderruflich verloren. Wenn Friedrich damals nicht verschwunden wäre, hätte ich ihn geheiratet. Wenn er während meiner Ehe mit Pierre je unverhofft erneut in mein Leben zurückgekehrt wäre, weiß ich nicht, wie ich mich verhalten hätte. Oder doch! Mein Herz kennt die Entscheidung. Mein Kopf hingegen … Unter mir höre ich Valérie fluchen und muss schmunzeln. Meine Tochter ist eine Seele von Mensch, ebenso wie André, mein Sohn. Die Kinder haben mir zwei herzensgute Enkelinnen geschenkt. Charlotte hat mit ihrem Freund ein Restaurant in Argelès-sur-Mer eröffnet. Amélie ist eine sehr erfolgreiche Buchautorin, die vor Kurzem ihren Mann und ihren kleinen Sohn bei einem Unfall verloren hat. Das Leben ist nicht gerecht, diese Lektion habe ich schon vor langer Zeit gelernt. Aber wir müssen es nehmen, wie es kommt. Müssen das Schicksal ertragen, das uns zugedacht wurde. Ich bin dankbar für die Erfahrungen, die ich im Laufe meiner Jahre machen durfte. Schöne, die mir für immer im Gedächtnis haften werden, und weniger schöne, die ich am liebsten vergessen würde, die mich aber trotzdem haben wachsen lassen. Ohne Trauer gibt es kein Glück, ohne Schatten kein Licht. Erst die schlimmen Momente lassen uns die schönen schätzen.

Gedankenverloren lasse ich den Blick durch die Küche schweifen. Wenn ich durch diese Tür gehe, werde ich niemals zurückkehren. Ich weiß nicht, was mit dem Haus geschehen wird. Den Großteil meines Lebens habe ich hier verbracht, aber mir ist klar, dass weder Valérie noch Charlotte jemals hier wohnen werden. Wahrscheinlich wird es verkauft und saniert. Gern hätte ich es innerhalb der Familie weitergegeben, als eine Art Erbe. Aber André lebt in Deutschland. Amélie ebenfalls. Vielleicht sollte ich mir bewusst machen, dass es nur ein Haus ist. Steine, die von Mörtel zusammengehalten werden. Mauern, die mir viele Jahre Schutz geboten haben. Vor meinem inneren Schmerz, aber auch vor den Unwägbarkeiten des Lebens. Ich sollte den Tatsachen weniger melancholisch ins Auge sehen. Das Heim, in das ich ziehen werde, ist sehr schön. Valérie hat es vor einigen Wochen mit mir besucht. Ihr war es wichtig, dass ich mich dort wohlfühle. Was hätte ich ihr denn sagen sollen? Dass ich nicht von zu Hause weg möchte? Dass ich bis zum heutigen Tag hoffe, dass Friedrich kommen und mich suchen wird? Meine Gedanken sind völlig unvernünftig und närrisch. Ich weiß nicht, ob je irgendjemand diese Zeilen lesen wird. Falls ja, denkt er wahrscheinlich, er hat es mit den wirren Aufzeichnungen einer alten Frau zu tun, die noch immer in der Vergangenheit lebt und die Gegenwart nicht akzeptieren will. Aber so ist es nicht. Es ist diese Lücke in meiner Biografie, die mich nicht zur Ruhe kommen lässt. Diese eine offene Frage, auf die ich *bis heute keine Antwort gefunden habe. Werde ich mit dieser Ungewissheit sterben müssen? Der Gedanke erscheint mir unerträglich. Nicht der Gedanke ans Sterben. Nein, davor habe ich keine Angst. Das Schicksal hat mich mit einem langen, wunderbaren Leben gesegnet. Ich blicke weder bitter noch reuevoll auf die vergangenen Jahrzehnte zurück. Aber die Sorge um Friedrich treibt mich um. Lebt er noch? Wo ist er? Warum hat er mich verlassen? Ich muss die Augen schließen, da die Erinnerung zu schmerzhaft wird. Friedrich Herzog, du wundervoller, liebevoller, schöner und mutiger Mann! Werde ich dich jemals wiedersehen? Wenn ich einen Wunsch frei hätte, dann wüsste ich gern, ob du mich ebenso geliebt hast wie ich dich. Und wie ich dich immer noch liebe.*

Während Amélie die letzten Seiten las, wuchs ihr Entsetzen. Was hatte ihre Oma ertragen müssen! Und woher hatten diese Schweine von der Beziehung zwischen Isabelle und dem Deutschen gewusst? Wer hatte ihre Großmutter verraten? Weitere Fragen, die Amélie unbedingt klären musste, auch wenn sie keine Ahnung hatte, wo sie mit ihren Nachforschungen überhaupt beginnen sollte. Die Ereignisse lagen so viele Jahrzehnte zurück. Mit Sicherheit gab es kaum noch lebende Zeitzeugen. Und wie sollte sie sich Valérie gegenüber verhalten? Wenn sie an die Reaktion ihrer Tante dachte, als Amélie ihr von dem Tagebuch erzählt hatte, musste sie davon ausgehen, dass Isabelles Tochter nichts über ihre Herkunft wusste. Wie auch? Ihre Mutter hatte sie ein Leben lang belogen. Hatte das Geburtsdatum gefälscht, um jegliche Verbindung zur Besatzungszeit zu vermeiden. Wie verzweifelt musste ihre Oma damals gewesen sein? Ein uneheliches Kind war in den Vierzigerjahren des letzten Jahrhunderts eine Katastrophe gewesen. Ein Kind ohne Vater. Wahrscheinlich konnte sich Amélie nicht ansatzweise vorstellen, welche Ängste Isabelle Blanc zu jener Zeit hatte ausstehen müssen. Und wahrscheinlich hatte sie damals nicht im Entferntesten damit gerechnet, dass die Liebe zu dem deutschen Oberfeldwebel sie ein Leben lang verfolgen würde. Wie oft hatte sich Amélie die Frage gestellt, wie ihr Leben weiter verlaufen wäre, wenn an jenem verfluchten Abend nicht dieser unsägliche Transporter aufgetaucht und auf ihre Fahrbahn geschwenkt wäre? Wie oft hatte sich ihre Oma gefragt, was geschehen wäre, wenn Friedrich nicht spurlos verschwunden wäre? Es gab Momente im Leben, deren Folgen man erst viel später erkannte. Winzige Augenblicke, die die Zukunft eines Menschen unwiderruflich zerstören konnten.

Instinktiv griff Amélie zu ihrem Smartphone und wählte die Nummer ihrer Oma.

»Ja?«, erklang nach einer halben Ewigkeit die Stimme von Isabelle Monet.

»Ich bin es, Amélie.«

»Du hast es zu Ende gelesen.« Es war keine Frage.

»Ja«, erwiderte Amélie kurz, da sie nicht wusste, was sie sonst sagen sollte. Warum hatte sie ihre Großmutter angerufen?

»Was denkst du?« Die Stimme der alten Frau klang kraftlos.

»Ehrlich gesagt …«, setzte Amélie vorsichtig an, »… bin ich aufs Tiefste erschüttert.«

»Das ist dein gutes Recht«, erwiderte ihre Großmutter leise. »Diese Lüge wird mir meine Tochter übel nehmen.«

»Nicht wegen Valéries Herkunft«, widersprach Amélie bestimmt. »Diese Zeit damals, was dir zugestoßen ist, der ungewisse Verbleib deiner großen Liebe …« Ihre Stimme versagte.

»Du verurteilst mich nicht?«

Amélie lachte kurz auf. »Warum sollte ich? Ich kann nicht ansatzweise nachvollziehen, wie es während des Krieges gewesen sein muss. Nichts läge mir ferner, als mir ein Urteil zu erlauben über die Dinge, die damals geschehen sind.«

»Valérie sieht das sicherlich nicht so«, hauchte ihre Oma ins Telefon.

»Du solltest mit ihr reden. Ihr alles erklären. Ich finde, sie hat ein Recht auf die Wahrheit.« Amélie stockte. »Genau wie Papa.«

»Ich muss mich beeilen.«

»Sie wird es verstehen«, ermunterte Amélie sie. »Und ich versuche in der Zwischenzeit, etwas über Friedrich herauszufinden.«

»Du bist ein gutes Kind. Wenn du es tatsächlich schaffst, eine Antwort auf meine drängendste Frage zu finden, würdest du mir einen großen Teil meines Seelenfriedens zurückgeben.«

Amélies Augen begannen zu brennen. Wo sollte sie ansetzen? »Ich werde alle Hebel in Bewegung setzen, Oma. Aber ich weiß nicht, ob ich ...«

»Wenn es nicht sein soll, dann muss ich das akzeptieren, Amélie«, entgegnete ihre Oma. »Ich wollte dich nicht unter Druck setzen. Seit über siebzig Jahren lebe ich mit dieser Ungewissheit, da ändern ein paar weitere Tage auch nichts mehr.«

»Ich verspreche dir, dass ich es versuche«, bekräftigte Amélie.

31

Is-sur-Tille, Frankreich, August 1944

Sonnenstrahlen kitzelten Friedrich in der Nase. Er blinzelte. Was war geschehen? Wo war er? Mit der rechten Hand betastete er vorsichtig den stacheligen Untergrund. Verwirrt zog er einen Strohhalm heraus und hielt ihn sich vor die Augen. Als er auch den anderen Arm heben wollte, durchfuhr ihn ein brennender Schmerz. Friedrich presste die Zähne aufeinander, um nicht laut loszuschreien. Langsam drehte er den Kopf und betrachtete die malträtierte Hand. Um sein Gelenk herum befand sich grober Stoff. Was war passiert? Und wie war er hierhergekommen?

Er legte den Kopf zurück auf den Strohballen und versuchte, das Chaos in seinem Kopf zu ordnen. Während er sich umblickte – offenbar befand er sich in einer Scheune –, hörte er draußen leise Stimmen. Er kniff die Augen zusammen und lauschte angestrengt. Ja, eindeutig. Da sprach jemand. Panik stieg in ihm auf. Ihm war klar, dass er nicht hier sein sollte. Sein Herz schlug schneller. Als die Erinnerungen gnadenlos Besitz von seinen Gedanken ergriffen, spürte Friedrich, wie ihm der Schweiß ausbrach. Zu dem äußeren Schmerz in seiner Hand gesellte sich die innere Kälte, die sich wie eine Welle in seinem Körper ausbreitete. Seine Augen begannen zu brennen. Der schreckliche Verrat, die Todesgefahr, der er wochenlang ausgesetzt gewesen war und die immer noch greifbar schien – alles war plötzlich wieder präsent. Er schluckte. Wie war er hierhergekommen?

Als er Schritte näher kommen hörte, hob er mit der gesunden Hand hastig den dicken Tuchstoff an, den man über ihn gelegt hatte. Wessen Kleidung trug er? Das verschmutzte weiße Hemd und die löchrige Arbeitshose gehörten eindeutig nicht ihm. Wer hatte ihn umgezogen? Friedrichs Angst wuchs. Doch er musste Ruhe bewahren, auch wenn er seine Situation in keiner Weise einzuschätzen wusste.

Als das Scheunentor geöffnet wurde, schnürte sich ihm fast die Kehle zu. Er schloss die Augen und stellte sich schlafend.

»Er ist noch nicht wach.« Eine weibliche Stimme. Französin.

»Wir hätten ihn nicht herbringen sollen.« Ein Mann, hörbar aufgebracht. Friedrich schätzte ihn älter als sich selbst.

»Sieh ihn dir doch an. Das ist kein Nazi. Der Mann scheint seit Wochen kaum etwas zu sich genommen zu haben, so abgemagert, wie er ist.« Wieder die Frau.

»Charlène, was wir hier tun, ist sehr gefährlich.«

»Der Krieg ist vorbei, Papa!«

Ein heiseres Lachen. »Denkst du wirklich, Hitler gibt auf?«

»Er ist aus«, wiederholte sie bestimmter. »Die Deutschen ziehen überall ab.«

Ungläubiges Schnaufen.

Friedrich überlegte fieberhaft. Was sollte er tun? Wenn die beiden bemerkten, dass er Deutscher war … Andererseits lag die Französin mit ihrer Vermutung richtig. Seit Wochen hatte er keine Nahrung mehr zu sich genommen. Weder im Lager noch im Zug hatte man seinen Leidensgenossen und ihm auch nur annähernd ausreichend Essen zur Verfügung gestellt. Beim Gedanken an den quälenden Hunger begann wie auf Kommando sein Magen zu knurren. Friedrich fluchte stumm und öffnete dann gezwungenermaßen die Augen.

»Er ist wach.« Abermals die Frau.

Langsam drehte Friedrich den Kopf und erblickte eine junge schwarzhaarige Frau, die neben einem älteren Mann mit kräftigem Körperbau stand und zu ihm herüberschaute.

»Guten Tag. Können Sie uns verstehen?« Sie trat näher. Ihr Vater folgte ihr sichtlich widerwillig.

Friedrich räusperte sich. »Wo bin ich?«, wollte er auf Französisch wissen.

»Habe ich dir nicht gesagt, dass er ein …«, herrschte der Mann die junge Frau an. Friedrichs harter Akzent war unüberhörbar.

Doch sie hob eine Hand und unterbrach ihn. »Sind Sie Jude?«

Friedrich zögerte kurz, bevor er schließlich schwach den Kopf schüttelte, da es ihm nicht richtig vorkam, die beiden anzulügen.

»Aber Sie sind Deutscher?«

Er nickte.

»Haben Sie Hunger?«

Als sie sich dichter vor ihn stellte, bemerkte er, dass sie kaum älter sein konnte als er selbst. Wieder nickte er.

»Ich sage Maman, dass sie ihm Baguette und Suppe bringen soll«, raunte sie ihrem Vater zu, während sie Friedrich weiter unverwandt anblickte.

»Wo bin ich? Bitte«, flehte Friedrich ein weiteres Mal.

»Wo kommen Sie denn her?«, brauste der Mann auf.

»Papa!«, ermahnte seine Tochter ihn, bevor sie in Friedrichs Richtung erwiderte: »Wir sind in der Nähe von Is-sur-Tille.«

Der Ort sagte ihm nichts.

»Was ist mit Ihnen passiert? Sie sind kein Soldat, nicht wahr? Als wir Sie gefunden haben, waren Sie völlig durchnässt. Ihre Kleidung war …« Sie brach ab. »Ich musste sie wegwerfen. Pardon. Wir haben Ihnen alte Sachen meines Bruders angezogen.«

»Danke«, entgegnete er leise.

»Wollen Sie uns sagen …?«, begann sie erneut zaghaft.

Friedrich drehte den Kopf zur Seite und schwieg. Die beiden hatten ihm höchstwahrscheinlich das Leben gerettet. Seine Flucht war in der Zwischenzeit sicherlich bemerkt worden. Wenn sie ihn nicht hierhergebracht hätten, wäre er jetzt tot. Sollte er hier gefunden werden, würde man nicht nur ihn, sondern auch seine Helfer umbringen. Je weniger die beiden also wussten, desto sicherer wäre die Situation für alle.

Friedrich sah die junge Frau wieder an und schüttelte den Kopf.

Sie musterte ihn sekundenlang, während sich ihr Vater verärgert abwandte und etwas Undeutliches vor sich hin murmelte.

»Wir erwarten heute Nachmittag den Tierarzt«, wechselte die Frau unvermittelt das Thema. »Sobald er hier auftaucht, wird er sich Ihre Hand ansehen.« Sie schien zu überlegen. »Und die Platzwunden an Ihrem Körper. Ich glaube, ein paar haben sich schon entzündet.«

Wieder wandte Friedrich das Gesicht ab, diesmal vor Scham, und erwiderte nichts. Diese Frau hatte seinen geschundenen Körper gesehen, der von der wochenlangen Tortur gezeichnet war. Was hätte er sagen sollen? Seine Gedanken überschlugen sich und kehrten in eine Zeit zurück, in der alles anders gewesen zu sein schien. Zu viel Leid war geschehen, dachte er bitter, während er verfolgte, wie die Frau mit ihrem Vater die Scheune verließ und das Tor hinter sich schloss.

War es Glück gewesen, das er während der letzten Monate in Collioure empfunden hatte? Er wusste es nicht mehr. Hatte ihn die traurige Wahrheit letztlich nicht eines Besseren belehrt? Friedrichs Herz krampfte sich zusammen, als er sich die raren Momente völliger Zufriedenheit ins Gedächtnis rief. Aber nein, er war lediglich einem Trugschluss aufgesessen. Einer träumerischen Illusion, von der er inständig gehofft hatte, sie könne irgendwann Realität werden. Doch das Leben hatte ihn abrupt auf den Boden der Tatsachen zurückgeholt. Die Zeiten waren schwierig. Der Krieg hatte die Menschen verändert. Dinge, an die er all die Jahre bedingungslos geglaubt hatte, waren bedeutungslos geworden im Angesicht der Schrecken, die sich vor ihrer aller Augen abgespielt hatten und immer noch abspielten. Was man früher für selbstverständlich erachtete, schien heute unerreichbar. Wie hatte er jahrelang einem Regime dienen können, das Tausende unschuldiger Menschen tötete? Das Städte bombardierte, Kinder tötete und die eigenen Bürger folterte.

Nichts davon entsprach seiner Überzeugung, und doch hatte er Befehle ausgeführt, die ihm jetzt falsch und verräterisch vorkamen.

Friedrich atmete tief durch. Er lebte. Dieser Umstand war schon mehr, als er in seiner Situation erwarten konnte. Er lebte, und er war einigermaßen unversehrt. Obwohl er nach wie vor nicht wusste, was in den letzten Stunden geschehen war, nachdem er den Zug verließ, war ihm doch bewusst, dass er unglaubliches Glück gehabt hatte. Und die Menschen, die ihn aufgegriffen hatten, wirkten auf ihn trotz aller Vorbehalte, die er eben gespürt hatte, nicht, als ob sie ihm etwas Böses wollten. Sonst würden sie kaum das Risiko eingehen, einen Tierarzt zu ihm zu schicken.

Friedrich war Deutscher, damit verkörperte er den Feind dieser Leute. Er war einer derer, die ihr Land brutal vereinnahmt und besetzt hatten. Die millionenfaches Leid über Frankreich und die ganze Welt gebracht hatten.

Nun war Friedrich jemand, der bis zu seinem Lebensende dafür würde büßen müssen, was sein Volk nicht zu verhindern gewusst hatte. Niemand würde sich später für die Umstände interessieren, die zu all dem Elend geführt hatten.

Friedrich rollte sich auf die Seite und schloss die Augen. Erneut musste er an die Wochen in Collioure denken, die ihm wenige, aber dadurch umso kostbarere Momente des Glücks beschert hatten. An die heimlichen Treffen unter größter Gefahr, an die Nähe und Verbundenheit, die er in dieser Intensität nie zuvor erlebt hatte. Fast meinte er, schwach den Duft wahrzunehmen, der ihm so vertraut war. Trotz des unsagbaren Unglücks, das sein Land über die Welt gebracht hatte, beherrschte seit seinem Erwachen nur ein einziger Mensch seine Gedanken. Die Frau, die ihn verraten hatte. Ihn und seine Liebe.

32

»Amélie, bitte!« Erneut klopfte Benjamin an die Zimmertür.

Amélie starrte auf das Buch neben ihrem Bett und überlegte fieberhaft. Zu viel ging ihr durch den Kopf. Wollte sie sich jetzt wirklich noch mit einer Diskussion um fadenscheinige Ausreden belasten?

»Lass uns reden«, ertönte Benjamins Stimme erneut. »Ich habe dir nicht die ganze Wahrheit gesagt, aber …« Es entstand eine Pause. »Ich würde dir gern alles erklären.«

Stöhnend erhob sie sich und trat an die Tür.

»Danke.« Benjamin grinste sie unsicher an.

»Du hast mich belogen und benutzt«, schleuderte sie ihm entgegen. »Ich wüsste nicht, was es da zu erklären gibt.«

Auf seiner Stirn bildete sich eine Furche. »Belogen? Was meinst du? Und ich habe dich nie benutzt! Wie kommst du auf so einen Schwachsinn?« Er streckte eine Hand aus, um sie zu berühren, doch Amélie wich zurück. »Lass das.«

Er atmete tief aus, während er sich durchs Haar fuhr. »Wie kommst du zu deinen Anschuldigungen?« Seine Stimme klang verunsichert.

»Du hast mich ins Bett gezerrt«, warf Amélie ihm erbost vor. »Nur um an Informationen über mich zu kommen.«

Ungläubig schüttelte er den Kopf. »Wie bitte?«

»Warum hast du mit mir geschlafen?« Sie kniff die Augen zusammen, während sie zu ihm aufsah.

Resigniert hob er die Hände. »Weil …« Er senkte die Stimme. »Weil ich mich zu dir hingezogen fühlte.«

Sie deutete mit dem rechten Zeigefinger auf ihn. »Ha, siehst du!«

»Ich verstehe nicht …«

»Du sagtest ›fühlte‹«, wiederholte sie triumphierend. »Du hast mit mir geschlafen, und jetzt wirfst du mich weg wie ein Stück Müll.«

»Bist du verrückt geworden?« Er fasste sich an die Nasenwurzel. »Ach so, ich vergaß, du bist ja Autorin. Bei dir wird wohl jedes Wort, das man von sich gibt, analysiert.« Er schloss kurz die Augen. »Ich habe die Vergangenheitsform benutzt, weil ich im Moment anderes im Kopf habe. Aber wenn du es genau wissen möchtest, seit gestern Nacht fühle ich mich noch mehr zu dir hingezogen. Zufrieden?« Er knirschte mit den Zähnen. »Auch wenn ich dein Verhalten absolut nicht verstehen kann. Heute Morgen rennst du einfach weg, obwohl ich uns ein schönes Frühstück zaubern wollte, und jetzt …« Wieder schüttelte er den Kopf. »Ich habe keine Ahnung, was in dich gefahren ist.«

»Jetzt bin ich also diejenige, die an allem schuld ist«, brauste Amélie auf. »Du stocherst doch in meiner Vergangenheit rum. Kaufst Bücher, die du nicht lesen kannst, schnüffelst meinem Ex-Freund hinterher.«

»Ich kaufe keine Bücher, die ich nicht lesen kann«, erwiderte Benjamin mit kühler Stimme auf Deutsch. »Warum sollte ich das tun? Und ich habe niemandem hinterhergeschnüffelt, schon gar nicht deinem Ex-Freund, den ich übrigens überhaupt nicht kenne.«

»Ich habe doch seinen Namen gesehen«, erboste sich Amélie.

Selbst jetzt stand er nicht zu seinem erbärmlichen Verhalten. Sie konnte kaum noch an sich halten. Und wieso sprach er plötzlich deutsch?

»Das wird mir jetzt echt zu blöd«, presste Benjamin verärgert hervor, bevor er Amélie an den Handgelenken packte und sie mit sich die Treppe hinaufzog.

»Was machst du da?«, protestierte sie lautstark. »Lass mich los. Du tust mir weh.«

Oben angekommen, drehte Benjamin sich zu ihr um und funkelte sie mit seinen grünen Augen zornig an. »Was hast du für ein Problem, Amélie?«

»Ich? Du bist das Problem, Benjamin. Du und deine Heimlichtuereien. Was willst du von mir?«

Er nickte. »Können wir reden?«

»Was machen wir denn gerade?«, konterte sie schnippisch.

Er zeigte erst auf sie, dann auf sich. »Ich meinte reden, miteinander kommunizieren. Nicht sich gegenseitig mit Vorwürfen überhäufen.«

Amélie ließ die Schultern sinken.

»Komm.« Er fasste sie sanfter an der Hand und bugsierte sie auf die Terrasse. »Setz dich.«

»Und jetzt?« Ablehnend verschränkte Amélie die Arme vor dem Oberkörper.

Benjamin nahm ihr gegenüber Platz und musterte sie eindringlich. »Was willst du wissen, *chérie*?« Seine Stimme klang weich wie Butter.

»*Chérie*«, wiederholte sie sarkastisch. »Warum hast du mit mir geschlafen?«

Er lachte kurz auf. »Ich dachte, diese Frage hätte ich eben schon beantwortet. Aber gut, fangen wir noch mal bei null an. Seit dem Tod von Marie bist du die erste Frau, die mich nicht nur von ihrem Äußeren anspricht. Du bist ernsthaft, empathisch«, er zog seine Brauen hoch, »kannst witzig und charmant sein, auch wenn du das in meiner Gegenwart bisher nur sehr selten gezeigt hast, und du bist intelligent und warmherzig.«

Seine Worte hatten Amélie die Sprache verschlagen. »Du kennst mich doch kaum«, stammelte sie unbeholfen.

»Das stimmt«, erklärte er ernst. »Aber ich würde dich sehr gern sehr viel besser kennenlernen. Außerdem habe ich dein Buch fast fertig gelesen. Deine Worte berühren mich.«

»Warum sprichst du so gut deutsch?«

»Ist das ein Verbrechen?«

Sie verzog das Gesicht.

»*D'accord*«, gab er sofort nach. »Meine Mutter hat mit meinem Bruder und mir meistens deutsch gesprochen.«

»Deine Mutter ist Deutsche?« Amélie sah ihn abwartend an.

»Halb«, erwiderte er leise.

»Warum hast du mir nicht gesagt, dass du mein Buch liest? Und dass du Deutsch sprichst? Und was du von Maurice möchtest?«

Benjamin runzelte die Stirn. »Ich hatte vor, das Buch erst zu Ende zu lesen, bevor ich dir davon erzählen wollte. Und dass ich Deutsch spreche, ist doch nicht so ungewöhnlich, oder? Einen Maurice kenne ich übrigens nicht.«

»Jetzt lügst du schon wieder«, ärgerte sich Amélie erneut. »Ich habe doch seinen Namen auf deinem Schreibtisch gesehen.«

»Du musst dich irren«, beharrte Benjamin fest.

»Auf einem der Zettel steht ›Ravalles‹. Willst du das weiterhin leugnen?«

Benjamins Miene verfinsterte sich. »Nein, das will ich nicht.«

»Also«, erklärte Amélie triumphierend. »Was willst du von ihm?«

»Nichts«, bekräftigte er leise.

»Fängst du jetzt schon wieder ...?«

»Amélie«, unterbrach Benjamin sie behutsam, während er seinen Stuhl anhob und ihn genau vor ihren stellte. Sachte nahm er ihre Hände in seine und sah ihr fest in die Augen. »Das ist die Geschichte, die ich dir bis jetzt nicht erzählt habe.«

»Welche Geschichte?« Sein Tonfall ließ sämtliche Alarmglocken in ihr schrillen. »Ich verstehe nicht.«

»Wie auch?« Er seufzte. »Ich bin nicht hier, um einen Bericht über Collioure zu schreiben«, bekannte er leise.

»Wusste ich es doch!«

»Lässt du mich erzählen?« Seine Stimme klang bittend.

»Ich höre.«

Liebevoll streichelte er über ihre Handrücken, während er zu reden begann: »Ich habe vor drei Monaten einen Artikel über ein Brüderpaar geschrieben, das sich erst nach über sechzig Jahren wiedergetroffen hat. Die beiden Männer wurden während des Zweiten Weltkrieges getrennt, sind in Gefangenschaft geraten und brauchten Jahre, um sich nach ihrer Freilassung wieder in das normale Alltagsleben einzufinden. Einer von ihnen war nach Amerika ausgewandert, während der andere in der Schweiz lebte. Durch Zufall fanden sie wieder zueinander, und ich hatte die große Ehre, ein Interview mit den beiden führen zu dürfen.«

Amélie hörte schweigend zu und starrte auf ihre Hände.

»Als mein Opa den Artikel gelesen hatte«, fuhr Benjamin wehmütig fort, » ... wollte er unbedingt mit mir reden.« Nachdenklich sah er Amélie für einige Sekunden lang an. »Mein Opa ist sechsundneunzig Jahre alt. Er erzählte mir von seiner Zeit als Soldat während des Zweiten Weltkrieges. Dass er in Collioure stationiert gewesen war und damals eine junge bildhübsche Französin kennengelernt hatte.«

Amélie wurde schwindlig. Das konnte nicht sein! Alles in ihrem Körper spannte sich an.

»Sie verbrachten einige Wochen miteinander, die, wie er selbst mir anvertraut hat, die schönste Zeit seines Lebens waren.« Benjamins Stimme brach.

»Wie heißt dein Opa?«, fragte Amélie heiser.

Benjamin sah sie skeptisch an. »Warum lässt du mich nicht fertig erzählen?«

»Wie heißt dein Opa?«, wiederholte sie ihre Frage ungeduldig.

»Ich verstehe dich nicht ...«

»Warum sagst du mir nicht endlich seinen Namen?« Amélie konnte ihre Ungeduld kaum mehr bändigen.

»Er heißt Friedrich Herzog.«

Amélie durchlief ein Schauder. Das konnte nicht sein. Was geschah hier gerade? Zitternd entzog sie Benjamin ihre Hände.

»Was ist? Hat dir deine Oma von ihm erzählt?« Benjamin rückte auf seinem Stuhl vor.

Amélie blickte in den wolkenlosen Himmel. Fieberhaft versuchte sie, die Tränen zu bekämpfen, die unaufhörlich ihren Weg suchten. »Ich habe meiner Oma vor wenigen Tagen versprochen, ihn für sie zu finden. Es ist ihr letzter Wunsch.«

»Was?« Benjamin sah sie mit offenem Mund an.

Amélie berichtete ihm knapp von dem Tagebuch, das ihre Großmutter ihr anvertraut und welches sie vor wenigen Stunden zu Ende gelesen hatte.

»Du kennst die Geschichte von meinem Opa und deiner Oma?«

Benjamin schien es nicht glauben zu können.

»Ja«, bestätigte Amélie bedächtig. »Aber erst seit wenigen Tagen. Ich wusste nicht, ob er noch lebt.« Sie schluckte. »Oder ob er damals ... Nach seinem Verschwinden ...«

»Er ist verraten worden«, erwiderte Benjamin mit finsterer Stimme. »Er wurde von seinen ehemaligen Kameraden in der Festung aufgespürt und verhaftet.«

»In den Augen der Deutschen war er ein Verräter«, erklärte Amélie ernst. »Ein Kollaborateur mit den Franzosen.«

Benjamin nickte. »Dafür wäre er fast hingerichtet worden. In letzter Sekunde wurde der Befehl zurückgenommen.« Er musterte Amélie besorgt. »Hast du je von dem Geisterzug gehört? Dem *Train fantôme*?«

Amélie schüttelte den Kopf. Benjamin berichtete ihr von seinem Gespräch mit der Historikerin Frida Nadol. »Sie wollten ihn nach Dachau bringen. Dort hätten sie ihn mit großer Wahrscheinlichkeit umgebracht. Nach wenigen Tagen in dem Zug gelang ihm jedoch im August 1944 mithilfe von anderen Mitgefangenen die Flucht.«

»Und dann?«

»Er hatte großes Glück. Eine französische Bauernfamilie hatte ihn gefunden und bei sich auf dem Hof versteckt.«

»Warum hat er sich nicht bei meiner Oma gemeldet?«

Benjamin zog seine Brauen hoch. »Er war verletzt. Und zu dieser Zeit herrschte in Frankreich noch immer Krieg. Die Alliierten waren auf dem Vormarsch, aber Hitler hatte noch nicht aufgegeben. Mein Großvater befand sich seit seiner Flucht in höchster Lebensgefahr. Egal, wer ihn dort aufgespürt hätte, Deutsche oder Franzosen, es wäre sein Todesurteil gewesen.« Er machte eine Pause. »Er verbrachte dort mehr als ein halbes Jahr. Als der Krieg im April 1945 zu Ende war, wusste er nicht, wo er hingehen sollte. In Deutschland hätte man ihm den Prozess gemacht. Wem hätte er noch trauen können? Das Regime, dem er jahrelang gedient hatte, existierte nicht mehr. Deutschland lag in Trümmern. Und als Deutscher in Frankreich bleiben? Nach dem Krieg interessierte es niemanden mehr, dass er der Résistance geholfen hatte. Charlène, die Tochter des Bauern, und er kamen sich damals näher. Natürlich war mein Uropa alles andere als begeistert, dass seine Tochter sich ausgerechnet mit einem Deutschen einließ. Aber mein Opa konnte seinen Schwiegervater letztlich davon überzeugen, dass es unter den Deutschen auch anständige Menschen gab.«

»Charlène ist deine Oma?« Amélie hatte bei Benjamins Bericht eine Gänsehaut bekommen.

»Ja«, bestätigte Benjamin nachdenklich. »Sie ist die Mutter meiner Mutter.«

»Meine Oma hat ihn nie vergessen«, hauchte Amélie berührt, während sie an ihre Tante denken musste. Doch das war nicht ihre Aufgabe.

»Meinem Großvater ging es ähnlich«, bekannte Benjamin gedehnt. »Er hat mir erzählt, dass er viele Jahre später nach Collioure zurückgekehrt ist. Nur für einen Tag. Er wollte wissen, wie es Isabelle ergangen war. Und er hat sie tatsächlich gefunden. Sie war mit ihrem Mann und zwei Kindern an der Uferpromenade.« Er räusperte sich. »Mein Opa meinte, sie habe glücklich gewirkt. Zu der Zeit war er bereits mit meiner Oma verheiratet. Es wäre ihm nie in den Sinn gekommen, zwei Familien zu zerstören.« Er nickte. »Aber er hat sie nie vergessen. Niemals. Bis heute nicht.«

»Das ist …« Amélie rang um Fassung. »Das ist so unglaublich traurig.«

Benjamin zuckte mit den Achseln. »Sie hatten keine Wahl. Was meinen Opa all die Jahre nie losgelassen hat, war die Frage, ob Isabelle ihn damals verraten hat. Was damals wirklich passiert ist. Als ich mit meinen Recherchen begonnen habe, stand diese einfache Frage im Raum. Aber im Laufe meines Aufenthalts haben mich die damalige Zeit und die Geschehnisse immer weiter gepackt, und ich habe meine Nachforschungen ausgedehnt, um ein Gefühl für das Leben während der Besatzungszeit zu bekommen.«

Amélie schüttelte heftig den Kopf. »Isabelle war es nicht. Sie weiß bis heute nicht, was geschehen ist. Und sie hat es mir auch selbst gesagt. All die Zeit hat meine Oma sich gefragt, ob Friedrich sie damals ohne ein Wort sitzen gelassen hatte oder ob er aufgeflogen war. Sie hätte ihn niemals verraten.«

Benjamin umfasste ihre Schultern und sah sie eindringlich an. »Was machen wir jetzt?« Seine Stimme klang bewegt.

»Wo lebt dein Opa?«

»In einem Pflegeheim bei Lyon.«

»Meiner Oma geht es nicht gut«, erklärte Amélie traurig. »Denkst du, Friedrich kann zu ihr kommen?«

Benjamin kaute nachdenklich auf seiner Unterlippe. »Wir müssen es versuchen.«

Amélie nickte. »Die beiden müssen dringend miteinander sprechen. Sie müssen darüber reden, was damals passiert ist. Ich glaube, meine Oma hat Friedrich einiges zu sagen.«

»Ich versuche gleich morgen früh, mit dem Heim zu sprechen. Ein Krankentransport müsste möglich sein. Wenn er erfährt, dass Isabelle ihn nicht …«

»Sie liebt ihn«, unterbrach Amélie ihn hektisch. »Und sie müssen unbedingt miteinander sprechen.«

»Was für eine Tragödie«, murmelte Benjamin abwesend.

»Hatte er denn überhaupt keine Ahnung, wer ihn denunziert haben könnte?«

Benjamin schüttelte den Kopf. »Nein, er hatte keinen Verdacht.« Er zögerte. »Aber ich habe die alten Unterlagen von damals im Archiv gefunden.«

»Und?« Amélie hielt den Atem an.

»Es war Michel Ravalles, der ihn damals an die Deutschen verraten hat.«

33

Als Amélie erwachte, spürte sie Benjamins weiche Lippen auf ihrem Schulterblatt. »Hm«, seufzte sie genüsslich. »Mehr.«

Er lachte heiser. »Ich habe schon befürchtet, du fragst mich noch mal, warum ich letzte Nacht mit dir geschlafen habe.«

Amélie drehte sich zu ihm um und stimmte in sein Lachen ein. »Warum hast du denn mit mir geschlafen?«

Benjamin schüttelte den Kopf. »Nicht, weil ich Informationen brauchte.«

»Ich bin eine Idiotin«, murmelte sie beschämt und zog seinen Kopf näher zu sich, als sie bemerkte, dass er bereits komplett angezogen war. Stirnrunzelnd musterte sie ihn.

»Nein, du bist keine Idiotin«, erklärte er leise und küsste sie auf die Nasenspitze. »Du bist die warmherzigste, mitfühlendste, attraktivste und …« Er legte den Kopf schief.

»Weiter«, forderte sie grinsend.

Nachdenklich verzog er seine Lippen. » … und manchmal eigenwilligste Frau, die ich seit Langem getroffen habe.« Er nickte. »Und ja, genau das sind die Gründe, warum ich dich, wie hattest du dich so schön ausgedrückt … warum ich dich erneut in mein Bett gezerrt habe.« Benjamin grinste.

Amélie verdrehte die Augen. »*D'accord*. Ich bin also doch eine Idiotin.«

»Du hattest Gründe für dein Verhalten.«

Sie sah ihn ernst an. »Vor meiner Abfahrt hat mir der Kommissar, der damals die Ermittlungen wegen des Unfalls geleitet hatte, mitgeteilt, dass ein Journalist Informationen zu dem Hergang haben wollte. Er befürchtete, dass dieser Dreckskerl auf mich zukommen könnte, weil er die Geschichte ein weiteres Mal in die Presse bringen möchte.« Sie schob das Kinn vor. »Bestsellerautorin tötete Mann und Kind, weil sie den Verrat nicht ertragen konnte.« Ihre Stimme klang sarkastisch.

Benjamin ließ sich seufzend neben sie fallen. »Besagter Dreckskerl war ich.«

»Was?«

»Ich habe mich bei der Pressestelle der Polizei nach Informationen zu dem Unfall erkundigt.«

Amélie kniff überrascht die Augen zusammen.

»Bevor du mich wieder beschimpfst«, er hob die Hände, »ich wollte niemanden verunglimpfen. Es war einfach eine weitere Spur, der ich nachgehen wollte, falls ich hier nicht weitergekommen wäre.«

»Du konntest doch überhaupt nicht wissen, dass ich nach Collioure komme.«

Er schüttelte den Kopf. »Ich hätte versucht, dich telefonisch zu erreichen. Übrigens hatte ich auch schon im ehemaligen Büro deines Mannes angerufen. Seine damalige Sekretärin arbeitet immer noch dort.« Er machte eine Pause und sah Amélie prüfend an. »Und war äußerst redselig. Ich wollte nur wissen, mit was für einer Familie ich es zu tun habe.« Er sah sie abwartend an. »Das musst du mir glauben.«

Amélie legte ihre Hand auf seine Wange und küsste ihn sanft. »Ich glaube dir. Weißt du auch, warum?«

»Hm?«

»Weil ich eine Idiotin war. Du bist ... wundervoll.«

Er lachte erneut, während er sie auf sich zog. »Ich weiß nicht, was da zwischen uns ist, aber es fühlt sich für mich auf jeden Fall wunderschön und aufregend an.«

Amélie nickte. »Warum bist du schon angezogen? Wie spät ist es?«

»Kurz nach zehn«, erwiderte er gelassen.

Hastig wollte sie sich von ihm lösen. Die halbe Nacht hatten sie über Isabelle und Friedrich gesprochen und ihr Vorhaben, die beiden zueinander zu bringen. »Wir müssen ...«

Benjamins Griff wurde fester. »Wir müssen gar nichts. Ich habe bereits mit dem Heimleiter in Lyon gesprochen und ihm alles erklärt. Mein Großvater befindet sich mittlerweile seit einer Stunde mit einem Krankentransport auf dem Weg hierher.«

Amélie sah ihn fassungslos an. »Du hast schon alles in die Wege geleitet? Aber wir wollten doch zusammen ...«

»Du hast so fest geschlafen«, unterbrach er sie liebevoll. »Kein Wunder nach der kurzen Nacht!« Er lächelte verschmitzt.

Amélies Wangen begannen zu glühen.

»Es läuft alles.«

»Ich muss dringend mit Valérie sprechen«, fiel ihr siedend heiß ein.

»Mit deiner Tante?« Skepsis machte sich auf Benjamins Miene breit. »Warum das denn? Hältst du es nicht für besser, wenn die beiden sich erst einmal allein treffen und unter vier Augen miteinander sprechen?«

»Sie ist nicht nur meine Tante«, flüsterte Amélie unbeholfen.

»Wie meinst du das?«

»Valérie ist auch die Tochter deines Opas.«

»Wie bitte?« Benjamin wandte den Kopf ab. »Aber ... Warum hast du mir nicht gestern Abend ...?«

»Ich dachte eigentlich, es sei die Sache meiner Oma, ihr Geheimnis zu lüften. Und ich finde auch, dass sie es deinem Opa sagen sollte. Aber die Nähe zwischen uns …«, begann sie zu stammeln. »Es fühlt sich richtig an, dass ich es dir jetzt sage.«

»Danke«, entgegnete Benjamin gedehnt. »Ich meine es ernst. Dein Vertrauen bedeutet mir viel.« Er atmete tief durch. »Aber dass Valérie … Dass die beiden ein gemeinsames Kind haben …« Er schüttelte den Kopf. »Was für eine unglaubliche Geschichte.«

»Eine Geschichte, die meines Erachtens niedergeschrieben werden müsste.« Amélie sah ihn an.

Er nickte. »Du hast recht. Und ich wüsste keine Bessere als dich, die diese großen Emotionen zu Papier bringen könnte.«

Amélies Augen begannen zu brennen. »Ist das dein Ernst?«

»Mein voller«, bestätigte er bestimmt. »Deine Art, Figuren mit Leben zu füllen, ihnen eine Seele zu geben …«, er legte die rechte Hand auf sein Herz, » … das ist große Kunst, Amélie. Sei dankbar für diese Gabe.«

Sie schloss ihre Augen und küsste ihn.

»Wow«, entfuhr es ihm lächelnd, als sie ihre Lippen wieder von ihm löste.

»Was denkst du?«

»Dass ich gerade sehr glücklich bin«, bekannte er offen.

»Ich auch«, erwiderte sie leise. »Haben wir noch ein wenig Zeit?«

»Alle Zeit der Welt«, erklärte er mit erhobenen Brauen und zog sein T-Shirt über den Kopf.

• • •

»Kommt er wirklich?« Die Augen von Isabelle Monet glänzten

feucht, während sie sich mit zittrigen Fingern zum wiederholten Mal über die Stirn fuhr. »Wie sehe ich aus?«

»Du siehst toll aus, Oma. Und ja, Friedrich kommt. Als Benjamin ihm erzählt hat, dass er dich gefunden hat, gab es für ihn kein Halten mehr.« Amélie musste schmunzeln. Ihre Großmutter war aufgeregt wie ein pubertierender Teenager.

»Er lebt!«, flüsterte sie erneut. »Ich kann es nicht glauben ... So viele Jahre ...« Sie ließ die Schultern sinken.

»Valérie kommt gegen fünf. Das heißt, ihr habt genügend Zeit, erst einmal allein miteinander zu sprechen.«

»Was er wohl dazu sagen wird? Und Valérie?« Amélies Großmutter schloss die Augen. »Dass du ihn wirklich gefunden hast ...«

»Oma, ich habe ihn nicht gefunden. Friedrich hat seinen Enkel Benjamin gebeten herauszufinden, was damals passiert ist. Wer ihn verraten hat.«

Isabelle Monets Kopf wackelte hin und her.

Amélie hatte ihr bereits dreimal die Zusammenhänge erklärt, die dazu geführt hatten, dass sich Friedrich Herzog in diesem Moment auf dem Weg in den Süden befand.

»Er kommt aus Lyon«, hauchte die alte Frau verzückt. »Vor vielen Jahren hatte dein Opa einmal eine dreitägige Reise nach Lyon für uns gebucht. Es ist eine sehr schöne Stadt mit der Kathedrale und ...« Sie stockte. » ... mit den beiden Flüssen. Wenn ich damals gewusst hätte, dass Friedrich dort lebt ...« Sie zupfte an ihrem Haar und blickte Amélie an. »Wie sehe ich aus, Kind?«

Amélie lächelte. »Du siehst zauberhaft aus.«

»Ich bin schon so furchtbar alt«, sinnierte Isabelle nachdenklich. »Ob er mich überhaupt noch erkennt? Ein stattlicher Bursche, wie er einer ist.«

Amélie verkniff sich die Bemerkung, dass auch der ehemalige Soldat älter geworden war.

Sie saßen am Rande der Terrasse und blickten in den Garten. Die Heimleitung wusste über das bevorstehende Treffen Bescheid und hatte sogar ein erst vor Kurzem frei gewordenes Zimmer für Friedrich Herzog bereitgestellt. Eine sofortige Rückreise nach Lyon hätte man dem Sechsundneunzigjährigen schließlich kaum zumuten können.

Während Isabelle mit ihren Fingern ungeduldig auf die Lehnen des Rollstuhls trommelte, musterte Amélie sie verstohlen. Was musste in diesem Moment in ihrem Kopf vorgehen? Trauerte sie den vergangenen Jahrzehnten nach? Oder überwog die Vorfreude auf das Wiedersehen? Das Wissen, dass Isabelles große Liebe noch lebte?

Als sie Benjamin erblickte, der einem älteren Mann mit seinem Rollator behutsam auf die Terrasse half, sprang sie auf und machte ihre Oma auf die beiden aufmerksam. »Da kommt er.« Sie drehte den Rollstuhl so, dass ihre Großmutter den Männern entgegenblicken konnte.

»Friedrich.«

Erschrocken registrierte Amélie, dass ihrer Oma Tränen über die Wangen liefen. Sie stellte sich neben den Stuhl und fing Benjamins Blick auf, der ähnlich aufgewühlt wirkte wie sie selbst.

Hektisch wischte Isabelle sich über die Augen und bemühte sich um ein Lächeln, während sie den alten Mann betrachtete. Trotz seines Alters wirkte er rüstig und voller Leben. Als er Isabelle erblickte, blieb er stehen und verzog freudig das Gesicht. Die Falten vertieften sich. »Isabelle.« Seine Stimme klang erstaunlich fest. Die blauen Augen stachen aus seinem gebräunten Gesicht heraus.

Es fiel Amélie nicht schwer, den charmanten und resoluten

Soldaten in ihm zu erkennen, der er vor vielen Jahren einmal gewesen war. Ein Mann mit Charakter. Der sein Leben für seine Überzeugung aufs Spiel gesetzt hatte.

»Friedrich«, hauchte ihre Oma erneut und streckte ihre Hände nach ihm aus.

»Isabelle«, wiederholte der Deutsche ihren Namen.

»Komm, Opa. Ich helfe dir.« Benjamin fasste nach dem rechten Arm des alten Mannes.

Gemeinsam kamen sie langsam auf Amélie und ihre Großmutter zu.

»Ich kann leider nicht mehr aufstehen«, flüsterte Isabelle, während sie immer wieder aufschluchzte.

»Wir werden alle nicht jünger, *ma belle*«, entgegnete Friedrich lächelnd, während er seinen Rollator neben den Rollstuhl stellte, sich nach vorn beugte und Isabelle einen Kuss auf die Wange hauchte. »Ich hätte nicht gedacht, dass ich dich noch einmal sehen darf.«

Amélie konnte die Tränen nicht mehr zurückhalten. Vor Rührung schlug sie eine Hand vor den Mund. »*Mon Dieu*.«

Benjamin trat neben sie und legte seinen Arm um ihre Schultern.

»Ich muss dir so viel sagen.« Isabelles Stimme war kaum hörbar.

»Jetzt bin ich ja da.« Liebevoll tätschelte Friedrich ihre Hand.

»Setz dich doch, Opa.« Benjamin schob einen Stuhl neben den Rollstuhl und half dem alten Mann sich hinzusetzen.

Auch Amélie und Benjamin nahmen Platz.

Sie musste an die Tagebucheintragungen denken. Als sie die Blicke bemerkte, die Friedrich und Isabelle sich zuwarfen, stupste sie Benjamin neben sich an.

»Ich habe dich nie vergessen«, ergriff der ehemalige Wehrmachtssoldat das Wort und nahm Isabelles Hände in seine. »All die Jahre habe ich mit mir gehadert, ob du mich damals verraten hast oder ...« Seine Stimme brach.

Isabelle schüttelte den Kopf. »Das hast du wirklich von mir gedacht? Hast du denn nicht gespürt, was ich damals für dich empfunden habe?«

Er nickte. »Doch, Isabelle. Doch. Mir ging es ja genauso. Aber ich habe nie erfahren, wer mich verraten hat.«

»Ich war es nicht«, erwiderte Isabelle mit fester Stimme. »Das musst du mir glauben.«

»Ich habe herausgefunden, wer dich an die Deutschen verraten hat«, mischte sich Benjamin ein.

Amélie blickte auf ihre Hände, während sie an den Opa ihres Ex-Freundes denken musste.

Die beiden Alten sahen Benjamin abwartend an.

»Es war Michel Ravalles«, erklärte er mit ernster Stimme.

»Michel?« Isabelles Stimme zitterte. »Warum sollte er so etwas tun?«

»Er hat bei einem Onkel auf einem Hof bei Perpignan gearbeitet.«

Isabelle nickte. »Ich weiß. Als Friedrich und ich uns kennenlernten, hielt er sich gerade in Collioure auf.«

»Die Deutschen wollten ihn zum Arbeitsdienst abkommandieren. Aber Michel sträubte sich. Letztlich hat er sich bereit erklärt, mit den Nazis zu kooperieren.« Er sah seinen Opa an. »Du warst nicht der Einzige, den er denunziert hatte.«

»Aber warum?« Friedrich blickte zu Isabelle. »Woher wusste er von uns?«

Sie zuckte mit den Schultern. »Ich habe ihm nichts erzählt.« Sie hielt inne und starrte auf den Rasen. »Aber warte, einmal bin ich ihm begegnet. Als ich dir etwas zu essen bringen wollte.« Sie runzelte die Stirn. »Ich habe ihm etwas von einem Picknick erzählt. Vielleicht hat er mir meine Lüge damals nicht abgenommen. Dann war er es auch, der den Franzosen von unserer Beziehung erzählt hat.«

Amélie nickte neben ihr. Sie konnte sich an die beiden Szenen erinnern. Ihre Oma hatte sie in den Tagebucheintragungen erwähnt.

»Was haben sie mit dir gemacht?« Isabelles Miene spiegelte ernsthafte Besorgnis wider.

Und in diesem Moment erkannte Amélie in ihnen die beiden jungen Menschen, die sich einmal so nahegestanden hatten. Isabelle und Friedrich. Eine Französin und ein Deutscher, die sich ineinander verliebten und nicht gegen ihre Gefühle ankamen. Die trotz aller Widrigkeiten der damaligen Zeit von ihrer Liebe überzeugt waren und daran festhielten. Und die sich fünfundsiebzig Jahre später noch immer liebten. Die nicht mit ihrem Schicksal haderten, sondern sich genau an dem Punkt befanden, an dem man sie auseinandergerissen hatte.

Friedrich schwieg einige Sekunden. »Ich wurde verhaftet. Was ich getan hatte, war Hochverrat. Ich kam in ein Lager und musste mit ansehen, wie andere Verräter vor meinen Augen erschossen wurden. Ich wäre der Nächste gewesen.« Seine Stimme klang emotionslos.

Isabelle strich ihm über die Wange.

Die Geste hatte etwas zutiefst Vertrautes und Berührendes. Hilfe suchend griff Amélie nach Benjamins Hand und drückte sie.

»Du wärst beinahe erschossen worden.«

Friedrich nickte. »Beinahe, ja. Im letzten Moment änderten sie ihre Pläne und ließen das Lager räumen. Ich wurde in einen Zug verfrachtet, der mich nach Dachau bringen sollte. Weiß der

Himmel, was mich dort erwartet hätte. Glücklicherweise habe ich wenige Tage später fliehen können.«

»Warum bist du nie zurückgekommen?« Die Trauer in Isabelles Stimme war unüberhörbar.

»Es war sehr schwierig für mich. Diese Zeit ...« Er schüttelte den Kopf. »Ich gehörte keinem Volk mehr an. Die Deutschen hatte ich verraten und die Franzosen ...«

Isabelle weinte leise. »Hast du Kinder?«

Er lächelte. »Ich habe eine Tochter. Benjamins Mutter. Charlène, meine Frau, ist schon vor vielen Jahren verstorben.«

»Mein Mann auch«, bekannte Isabelle leise, bevor sie Amélie anblickte. »Würdet ihr uns bitte allein lassen? Ich möchte Friedrich etwas sehr Wichtiges sagen.«

Amélie nickte und bedeutete Benjamin mit dem Kopf aufzustehen. »Wir sind in der Nähe, wenn ihr uns braucht. Und Valérie kommt auch bald.«

»Valérie?« Friedrich sah fragend von Amélie zu Isabelle.

»Gleich«, vertröstete sie ihn bekümmert, bevor sie Amélies Hand ergriff. »Ich danke dir von Herzen, du liebes Kind. Du hast mir meinen letzten Wunsch erfüllt.«

Amélie schluckte. »Wichtig ist nur, dass ihr jetzt zusammen sein könnt.«

Isabelle nickte und drückte ein letztes Mal Amélies Finger, bevor diese sich mit Benjamin entfernte.

»Zu gern würde ich jetzt Mäuschen spielen«, merkte Amélie an, während sie an der Strandpromenade saßen und aufs Meer blickten.

»Ich wusste gar nicht, dass du so neugierig bist.« Benjamin warf ihr einen Seitenblick zu.

»Interessiert es dich nicht, wie die Familienzusammenführung klappt?« Amélie sah auf ihre Uhr. »Jetzt ist Valérie schon zwei Stunden dort.«

»Zwei Stunden«, wiederholte Benjamin nachdenklich. »Wie lange benötigt man, um ein ganzes Leben aufzuarbeiten? Fünfundsiebzig Jahre.« Er schüttelte den Kopf. »Das ist dein und mein Leben zusammen.«

»Ich kann mir überhaupt nicht vorstellen, wie es sich anfühlen muss, einen Menschen so lange nicht gesehen zu haben und doch zu wissen, dass man ihn noch immer über alles liebt.«

Benjamin nahm ihre Hand in seine. »Der Gedanke hat etwas Tröstliches. Etwas Hoffnungsvolles.«

»Du hast recht«, erwiderte Amélie aufgewühlt. »Man darf die Hoffnung nie aufgeben. Und dass Gefühle so stark sein können …«

Benjamin legte seinen Arm um ihre Schultern und zog sie an sich. »Meine Mission hier ist erfüllt. Irgendwann muss ich nach Lyon zurück. Mein Chef hat bereits wegen eines neuen Artikels angefragt.«

Gedankenverloren drehte Amélie ihre Hand um und streichelte über Benjamins Finger. »Was wird mit uns?«

Er lächelte. »Ich habe gehofft, dass du das fragen würdest.«

Sie erwiderte seinen Blick. »Hattest du Zweifel?«

Er zog seine Brauen hoch. »An uns? Nein. Aber ob es für dich ein Uns gibt, schon.«

Amélie wandte den Kopf ab und starrte zum Horizont. »Bin ich wirklich so furchtbar?«

Benjamin nahm seinen Arm von ihren Schultern, legte eine Hand unter ihr Kinn und zwang sie, ihn anzusehen. »Du bist nicht furchtbar. Du bist wundervoll. Und ich wünsche mir, dass es uns weiterhin gibt.«

»Ich habe keine Ahnung, wie es in meinem Leben weitergehen soll.«

»Du bist eine begnadete Autorin«, erwiderte Benjamin sanft. »Das ist eine wertvolle Gabe.«

Amélie nickte. »Ich muss Oma und Friedrich fragen, ob ich ihre Geschichte benutzen darf.«

»Sie haben sicher nichts dagegen.«

»Kommst du mich in Deutschland besuchen?«

Er lachte. »Ich dachte schon, du würdest mich nie fragen.«

Amélie bemühte sich um ein Lächeln. »Nach Lyon ist es weit.«

»Etwas mehr als sechshundert Kilometer von Heidelberg aus.«

Sie sah ihn überrascht an.

Er setzte eine Unschuldsmiene auf und zuckte mit den Achseln. »Ein Klick im Internet.«

»Du bist toll«, murmelte sie und legte den Kopf an seine Schulter. »Und sechshundert Kilometer sind unendlich weit.«

»Du könntest auch hierbleiben«, schlug er vorsichtig vor.

»In Collioure?«

Benjamin nickte. »Der Ort passt zu dir.«

»Und du?«

»Ich könnte auch hierbleiben. Bei dir.«

Amélie riss die Augen auf. »Meinst du das ernst?«

»Warum nicht? Recherchieren und schreiben kann man schließlich überall.«

»Du hast dein Leben lang in einer Großstadt gelebt«, wandte sie skeptisch ein.

»Du hast dein Leben lang in Deutschland gelebt«, konterte er grinsend. »Denkst du nicht, dass es manchmal an der Zeit für eine Veränderung ist?« Sein Gesicht näherte sich ihrem.

Amélie schlang ihren Arm um seinen Nacken und zog seinen Kopf näher zu sich. Als sie seine Lippen auf ihren spürte, wusste sie, dass sie ihn nicht gehen lassen konnte. Benjamin Lemarre hatte sich still und heimlich in ihr Herz geschlichen. Sehnsüchtig krampfte sich ihr Unterleib zusammen, während sie seine Hände auf ihrem Rücken spürte. Atemlos löste sie sich Minuten später von ihm. »Veränderung klingt verlockend«, erklärte sie lächelnd.

»Wir müssen nichts überstürzen«, versicherte er ihr ruhig. »Was hältst du davon, wenn wir erst einmal nach den alten Herrschaften sehen und ich dich im Anschluss zum Essen einlade? Dann können wir immer noch überlegen, wie und wo es mit uns weitergeht.«

»Ich muss schon sagen, Monsieur Lemarre, manchmal haben Sie geniale Ideen.« Liebevoll kniff sie ihn in die Seite.

»Au!«, rief er lachend aus.

Kopfschüttelnd erhob sie sich und streckte ihm ihre Hände entgegen, bevor sie ernst wurde. »Solange es mit uns überhaupt weitergeht, ist mir das Wie und Wo ziemlich egal.«

Zehn Minuten später bog Benjamin auf den Parkplatz des Seniorenheims ein.

»Was Opa wohl zu seiner neuen Vaterschaft sagt!« Benjamin stieg grinsend aus.

»Ich finde die ganze Geschichte immer noch unglaublich.« Amélie dachte an ihre Tante, die heute nach vierundsiebzig Jahren zum ersten Mal ihrem leiblichen Vater begegnet war.

»Da vorne sitzen sie.« Benjamin zeigte an den Rand der Terrasse.

Als Valérie, die neben ihrer Mutter gesessen hatte, sich erhob und auf sie zusteuerte, erkannte Amélie, dass ihr Tränen über die Wangen liefen. Was war geschehen? Erschrocken drückte sie Benjamins Hand. »Sie weint.«

»Ist wohl doch nicht so gut gelaufen.«

»Was ist denn los?«, rief Amélie ihrer Tante entgegen, die hektisch mit ihren Händen wedelte.

»Sie ist vor wenigen Minuten eingeschlafen«, erklärte sie schluchzend, während sie Amélie in den Arm nahm.

Stirnrunzelnd blickte Amélie zu Friedrich und Isabelle. »Als ich die letzten Male bei ihr war, ist sie auch mitten im Gespräch eingeschlafen.«

Benjamin schüttelte unmerklich den Kopf, bis Amélie endlich verstand. »Du meinst, sie ist …?«

Valérie wischte sich über die Augen und nickte. »Vor etwa zehn Minuten wurde sie plötzlich ganz still. Während Friedrich ihre Hand hielt und ihre Finger streichelte, hat sie die Augen geschlossen und …« Ihre Stimme brach. »Zuerst dachten wir, sie schläft. Aber kurz darauf hat Friedrich festgestellt, dass sie nicht mehr aufwachen wird.«

Amélie begann ebenfalls zu weinen. »Aber … Sie haben sich doch gerade erst wiedergetroffen …« Sie schluchzte laut auf. Benjamin zog sie an sich. »Sie hat ihren Frieden gefunden.«

Valérie nickte. »Die beiden waren so unglaublich liebevoll miteinander. Diese Verbindung zwischen ihnen …«

»Hatten sie Zeit zum Reden?«

»Ich glaube, sie haben sich alles Wichtige gesagt«, erwiderte Valérie und schniefte. »Die beiden hat etwas verbunden, das ich nicht benennen kann. Fast schien es, als ob sie nie getrennt gewesen wären.«

»Dabei hatten sie nur wenige Wochen zusammen«, murmelte Amélie betreten.

»Vielleicht kommt es nicht auf die Dauer der gemeinsamen Zeit an, sondern auf die Intensität«, mutmaßte Benjamin bewegt, während er seinem Opa einen Blick zuwarf.

Friedrich Herzog saß regungslos neben Isabelle, die friedlich in ihrem Rollstuhl ruhte, und hielt noch immer die Hand seiner großen Liebe.

Der Anblick berührte Amélie tief.

»Ich gehe mal zu ihm«, raunte Benjamin den beiden Frauen zu und ging zu dem alten Mann hinüber.

»Sie ist glücklich gestorben, Amélie«, erklärte Valérie mit trauriger Stimme. »André hat mich heute Nachmittag angerufen. Katarina und er wollten dich überraschen. Sie sind auf dem Weg hierher.«

»Sie kommen zu spät«, flüsterte Amélie mit erstickter Stimme. »Oma und Friedrich hätten es verdient gehabt, etwas mehr Zeit ...«

»Bitte mach dir keine Vorwürfe«, merkte Valérie an. »Benjamin und du, ihr habt ihnen ihren letzten großen Wunsch erfüllt.« Sie sah zu Benjamin, der seine Hände auf die Schultern seines Opas gelegt hatte und leise auf ihn einredete.

»Und du scheinst auch wieder glücklicher zu sein.« Sie lächelte schwach.

Amélie nickte verlegen. »Es hat sich irgendwie ergeben.«

»Das freut mich ehrlich«, entgegnete ihre Tante. »Wie lange wusstest du es schon? Dass Friedrich mein Vater ist?«

»Noch nicht lange«, gab Amélie zu. »Aber ich fand, dass es nicht meine Aufgabe ist, es dir zu sagen. Ich hoffe, du verstehst das und bist nicht böse.«

Valérie nickte. »Natürlich verstehe ich das. Für Friedrich war es wohl ein noch größerer Schock als für mich. Irgendwie hatte ich mir schon immer so etwas in der Richtung gedacht.«

Amélie sah sie fragend an.

»Sie hat mir nie von meinem Vater erzählt. Das war eigentlich überhaupt nicht ihre Art. Ich vermutete schon lange, dass es um meine Geburt irgendein Geheimnis gibt, das sie mir nicht sagen konnte. Mit diesem Ausmaß an Tragik hätte ich jedoch niemals gerechnet.«

»Ich glaube, Friedrich ist ein toller Mann.«

Valérie lächelte. »Wie sein Enkel.«

Amélie nickte. »Benjamins Mutter ist deine Schwester.«

»Und Benjamin ist mein Neffe«, folgerte Valérie schmunzelnd.

»Dann sind er und ich verwandt«, stellte Amélie entsetzt fest.

»Nein, seid ihr nicht«, widersprach ihre Tante beruhigend. »Zumindest nicht blutsverwandt.«

Erleichtert atmete Amélie aus.

»Wollen wir zu ihnen gehen?«

Amélie nickte. »Ja, lass uns Abschied nehmen.«

Epilog

Vier Tage später

»Isabelle war in jeder Hinsicht eine außergewöhnliche Frau. Und ich darf mich glücklich schätzen, dass sie mir vor vielen Jahren ...« Friedrich sah in die Menge, » ... als die meisten von euch noch nicht einmal geboren waren, ihre bedingungslose Liebe und ihr unermessliches Vertrauen geschenkt hat. Unter den damaligen Umständen war dies mehr als beachtenswert.«

Amélie traten Tränen in die Augen. Benjamin drückte ihre Hand und nickte ihr aufmunternd zu. Ein weiteres Mal wunderte sie sich über die feste Stimme des Sechsundneunzigjährigen, die von Wärme und Empathie geprägt war. Valérie stand hinter ihrem Vater, der auf einem Stuhl vor dem offenen Grab saß. François hatte seinen Arm um die Schultern seiner Frau gelegt. Halb Collioure war anwesend. Amélies Oma hatte ihr ganzes Leben, bis auf die wenigen Jahre nach Valéries Geburt, in ihrem Heimatort verbracht. Und durch die Baguetterie kannten sie die meisten Einwohner.

»Sie war ein warmherziger, liebevoller und mitfühlender Mensch. Auf der anderen Seite stand sie zu ihrer Meinung und vertrat diese, ohne einen Millimeter davon abzurücken.« Friedrich verzog seine Lippen zu einem schwachen Lächeln. »Kurzum: Isabelle war für mich das Puzzleteil, das mich komplett machte. Durch Umstände, die wir beide nicht beeinflussen konnten, wurden wir voneinander getrennt und mussten unser Leben getrennt meistern. Erst vor wenigen Tagen habe ich durch mehr als glückliche Umstände erfahren, dass uns nicht nur unsere Liebe, sondern auch eine zauberhafte Tochter, die Isabelle mir geschenkt hatte, für immer verbinden wird. Dank meines Enkels Benjamin und seiner Freundin Amélie ...«, er unterbrach sich kurz, » ... die Verwandtschaftsverhältnisse untereinander wären dann noch mal an anderer Stelle vollends zu klären, hatte ich die Möglichkeit, mich endlich mit meiner großen Liebe auszusprechen.« Er atmete tief durch. »Ich bin dankbar für jede Minute, die ich mit dieser wunderbaren Frau verbringen durfte.« Eine Träne löste sich in seinem Augenwinkel. »Es waren, weiß Gott, viel zu wenige. Aber eines ist gewiss.« Mit Valéries Hilfe erhob er sich von seinem Stuhl und trat einen Schritt vor. In diesem Moment schien es fast, als habe er die trauernde Gemeinde um sich herum vergessen. Er blickte in das offene Grab und erhob ein weiteres Mal seine Stimme. »Wo auch immer du gerade bist, meine geliebte Isabelle. Bis zu unserem nächsten Treffen vergehen mit Sicherheit keine weiteren fünfundsiebzig Jahre. Und ich freue mich schon jetzt auf unser nächstes und endgültiges Wiedersehen.« Er nickte andächtig. »Nie werde ich unsere Zeit in Saint-Elme vergessen, Liebste. Und über uns der Horizont ...«

Amélie konnte ein Schluchzen nicht länger unterdrücken. Als sie sich umblickte, erkannte sie auch in den Gesichtern der anderen Trauergäste die Rührung und Fassungslosigkeit angesichts der tragischen Umstände dieser Liebe.

Benjamin zog sie enger an sich. »Sie war in ihren letzten Stunden wahrscheinlich der glücklichste Mensch auf Erden.«

Dankbar sah Amélie zu ihm auf, konnte jedoch nichts erwidern.

Wenige Tage später saßen sie zusammen mit Valérie, François und Amélies Eltern auf der Dachterrasse von Isabelles Haus. Benjamins Rückkehr nach Lyon stand bevor, und Amélie konnte sich überhaupt nicht vorstellen, auch nur einen Tag ohne ihn zu sein.

»Amélie?«

Fragend blickte sie ihre Tante an.

»Ich habe gerade mit deinem Vater gesprochen, und er meinte auch, dass hier und heute der richtige Ort sei.«

»Der richtige Ort? Wofür?« Hilfe suchend sah Amélie zu Benjamin. Doch der zuckte nur mit den Achseln.

»Als Charlotte ihr Restaurant eröffnete, hatte Maman ihr finanziell ein wenig unter die Arme gegriffen.« Valérie sah zu ihrem Bruder, der zustimmend nickte.

»Was hat das mit mir zu tun?« Amélie verstand nicht.

»Maman hat verfügt, dass du das Haus bekommen sollst.« Valérie lächelte schwach.

»Sie war der Ansicht, dass du eine besondere Verbindung zu Collioure hast«, ergänzte ihr Vater bekräftigend. »Valérie und ich sind damit einverstanden, dass es auf dich überschrieben wird.«

»Aber ...«, stammelte Amélie überrascht, während sie an die Worte ihrer Oma dachte. Es war ein großer Wunsch von ihr gewesen, dass die Baguetterie neu eröffnet würde. Wieder sah Amélie Benjamin an, der ihr aufmunternd zunickte. »Schreiben kannst du überall.«

»Schreiben?« Ihr Vater sah sie erstaunt an. »Ich dachte ...«

Amélie blickte nachdenklich in die Runde. »Friedrich hat mir die Erlaubnis gegeben, dass ich die Geschichte von ihm und Oma als Grundlage für ein neues Manuskript nehmen darf.«

»Das freut mich«, bekannte ihr Vater sichtlich erleichtert. »Das ist eine wirklich gute Idee.«

»Aber dass sie mir tatsächlich das Haus vermachen möchte …« Amélie schüttelte den Kopf.

Valérie blickte zu Benjamin. »Übrigens ist es groß genug für zwei Personen oder mehr.«

»Ich muss morgen erst mal nach Lyon zurück«, bekannte er, während er Amélie dichter an sich zog. »Aber wir werden eine Lösung finden. Irgendwie.«

Amélies Vater sah seine Tochter prüfend an. »Ich bin stolz auf dich. Ohne dich …« Er nickte Benjamin zu. »Ohne euch hätten sich Friedrich und Maman niemals wiedergesehen.«

Amélie fiel etwas ein. Sie verließ die Terrasse und kramte in Benjamins Schlafzimmer in ihrer Tasche herum. Dann kehrte sie zu ihrer Familie zurück. »Ich habe noch etwas …« Triumphierend zog sie das Tagebuch hervor und reichte es ihrer Tante. »Ich finde, ihr solltet es lesen. Sie war eure Mutter.«

Unsicher sah Valérie zu ihrem Bruder.

»Sie wollte dieses Geheimnis nicht mit in ihr Grab nehmen«, beschwor Amélie die beiden. »Und die schlüpfrigen Szenen könnt ihr ja auslassen.«

Ihr Vater wechselte einen bedeutungsvollen Blick mit Benjamin. »Kinder und Eltern sind geschlechtslose Wesen.«

Der lächelte kurz, bevor er behutsam Amélies Schultern berührte und sie zu sich umdrehte. »Ich freue mich auf unsere gemeinsamen Abende mit einem Glas Wein auf dieser traumhaften Terrasse mit umwerfendem Blick über die Dächer deiner neuen Heimatstadt. Was meinst du?«

Amélie erwiderte seinen Blick. »Neue Heimatstadt? Du denkst, wir können es wagen?«

Er verzog die Lippen. »Was haben wir zu verlieren? Du hast gerade deine Wohnung verkauft. Einen besseren Zeitpunkt für etwas Neues kann es kaum geben. Die Baguetterie wartet nur darauf, wieder eröffnen zu dürfen. Und die Geschichte von Isabelle und Friedrich …« Benjamins Miene wurde zuversichtlich. »Du solltest sie unbedingt aufschreiben.«

Amélie nickte. »Ja«, erwiderte sie versonnen. »Ich sollte sie aufschreiben. Und ich sollte mich um Omas Haus kümmern.« Sie fasste nach Benjamins Händen. »Collioure ist ein guter Ort für einen Neuanfang.«

Er küsste sie sanft. »Der beste, den ich mir vorstellen kann.« Benjamin streichelte ihre Wange. »Mit der bezauberndsten Frau, die ich mir vorstellen kann.«

Danksagung

Liebe Leserinnen und Leser,

am Anfang jedes Manuskripts steht eine Idee. Eine Szene aus dem Alltag, dem Urlaub, eine Nachricht, die etwas in mir auslöst, manchmal ist es ein Lied, manchmal ein Gebäude, das mein Kopfkino anstößt. Im Fall von *Isabelles Geheimnis* war es das Backen. Ich liebe Frankreich seit meiner Jugend, da war es naheliegend, einmal selbst zu Mehl und Hefe zu greifen und leckere Baguettes zu backen. Und während ich den Teig knetete, entstand die Idee, das Backen in einen Roman zu verpacken.

Da ich das kleine idyllische Städtchen Collioure schon mehrfach besucht habe und es für mich einen der schönsten Orte an der französischen Mittelmeerküste und der Côte Vermeille darstellt, lag es nahe, das Baguettebacken an ebenjenem Lieblingsplatz zu verorten.

Und nachdem ich in Collioure mit einer sehr zuvorkommenden und hilfsbereiten Angestellten der Touristeninformation über die Besatzungszeit während des Zweiten Weltkriegs gesprochen hatte, war für mich klar, dass dieses Thema in meinem neuen Roman aufgegriffen werden musste. Die Vor-Ort-Recherchen waren in diesem Fall mehr als aufwühlend, doch ich habe sehr viel für mich bis dahin Unbekanntes gelernt und bin sehr dankbar, dass aus diesem einen Roman eine Trilogie wurde, sodass ich verschiedene Facetten der Thematik intensiver beleuchten konnte.

Der Weg von der Idee zum Buch ist lang. Und es gibt sehr viele Menschen, die mich auf diesem Weg begleitet und unterstützt haben.

An erster Stelle möchte ich meiner Familie danken, meinem Mann Christian und meinen Kindern, die meine Rechercheereisen geduldig begleitet haben und mir seit Jahren die Freiräume geben, die ich zum Schreiben benötige. Danke für Euer Verständnis, wenn ich mal wieder dermaßen tief in meinen Geschichten versinke, dass ich alles andere um mich herum vergesse.

Weiter danke ich meinen Eltern und meinem Bruder, die ebenfalls im Hintergrund dafür sorgen, dass der Familienbetrieb rundläuft, wenn z. B. Lesungen oder andere Veranstaltungen anstehen.

Vielen Dank an meine langjährige Testleserin Claudia Hugo, die mich von der ersten Stunde an begleitet und mir bei unseren »Arbeitsessen« jedes Mal aufs Neue ihr differenziertes Feedback gibt.

Dann möchte ich Ulrike Rodi danken, die mir die passende Literaturagentur empfohlen hat, um für meinen ersten »Nichtkrimi« einen Verlag zu finden. Vielen Dank für den wertvollen Tipp, der den Beginn von etwas ganz Neuem auf meinem schriftstellerischen Weg markierte.

Ein großes Dankeschön geht an Antje Hartmann von der Literaturagentur Kossack in Hamburg für ihr großes Engagement, für meine Romane die passende Heimat zu finden. Ebenso möchte ich auch dem Ehepaar Kossack dafür danken, dass ich mich in die illustre Schar der von ihnen betreuten Autoren einreihen durfte.

Ein ganz herzlicher Dank geht an meine liebe Lektorin Tabea Horst, die mit ihren vielen Tipps und Vorschlägen das Beste aus meinem Manuskript herausgeholt hat. Unsere erste Zusammenarbeit war sehr ergiebig, konstruktiv und lehrreich für mich. Und ich freue mich schon auf das Arbeiten an den weiteren Bänden der Purpurküste.

Weiterhin möchte ich Catherine Beck für ihr sorgfältiges Feinlektorat danken, welches dem Text im wahrsten Sinne des Wortes den letzten Schliff verpasst hat. Wenn am Ende ein Ergebnis steht, mit dem die Autorin hundertprozentig zufrieden ist, hat sich die Mühe mehr als gelohnt.

Vielen Dank an Ullstein für die Unterstützung, das wunderschöne Cover, das all meine Erwartungen übertroffen hat, und die Arbeit, die in der Umsetzung des Manuskripts steckt.

Ein riesengroßes Dankeschön geht an meine lieben Leserinnen und Leser, die mir seit Jahren schon die Treue halten.

Das Schreiben des Buches hat mich aufgrund der realen Hintergründe emotional sehr aufgewühlt, auch wenn die eigentliche Geschichte fiktiv ist. Und selbst beim letzten Überarbeitungsdurchgang haben mir der Verlauf und das Ende zum wiederholten Mal Tränen in die Augen getrieben. Nun hoffe ich daher sehr, dass die Geschichte Sie ebenfalls berühren und vielleicht sogar zum Nachdenken anregen konnte. Denn was gibt es Schöneres, als lieb gewonnene Charaktere auf ihren (fiktiven) Wegen zu begleiten? Mit ihnen zu leiden, zu hoffen und zu lieben, sei es als Autorin, sei es als Leserin. Genau dafür schreibe ich.

Liebe Grüße
Ihre Silke Ziegler

Vom Zauber eines Neuanfangs und dem Traum vom Backen

Lara ist dreißig, als ihre Mutter nach langer Krankheit stirbt. Sie fühlt sich verloren und hofft, dass sie auf der Suche nach ihren Wurzeln auch zu sich selbst zurückfindet. Ihre Mutter hatte nie ein Wort über ihren leiblichen Vater verloren, doch durch einen Zufall erfährt Lara von einem vergangenen Au-pair-Aufenthalt ihrer Mutter in Südfrankreich. Lara reist nach Collioure und stürzt sich dort neben der Vatersuche in die Arbeit in einer kleinen Crêperie und lernt den attraktiven Félix kennen, der ihr ganz schön den Kopf verdreht. Durch eine uralte Notiz erfährt sie von einer schicksalhaften Entscheidung, die 1944 die Schwester einer Geburtenklinik treffen musste, und deren Auswirkungen bis in Laras Gegenwart reichen …

Silke Ziegler
Die Frauen von der Purpurküste – Julies Entscheidung

Roman
Taschenbuch
Auch als E-Book erhältlich
www.ullstein-buchverlage.de

ullstein